The ugly truth about us

S. H. Roxx

Bestellung und Vertrieb: Nova MD GmbH, Vachendorf
ISBN: 978-3-96966-381-3

Umschlaggestaltung: © S. H. Roxx unter der Verwendung von Adobe Photoshop und canva.com
Bildquelle: depositphotos.com, © Subbotina

Lektorat: https://www.derletzteschliff.de

Kontakt: www.shroxx.com

Liebe Leserin, lieber Leser

Was du hier in den Händen hältst, ist weder eine Dark Romance noch eine New Adult Lovestory. Dennoch ist es ein typischer Roxxi-Roman. Es geht um Liebe und Leidenschaft, um emotionale Höhen und Tiefen, um Schwarz, Weiß **und** Grau. Um dieses Etwas zwischen richtig und falsch, das wir alle schon einmal kennengelernt haben.

Wer mich schon kennt, weiß, dass ich keine klischeehaften Liebesgeschichten schreibe, die einem Märchen gleichen. Meine Protagonisten verhalten sich oft recht fragwürdig und agieren nicht immer ganz vorbildlich. Ich möchte mit meinen Romanen – egal, welches Genre sie bedienen – auch keine moralischen Maßstäbe setzen.

Meine Bücher sollen dich einfach nur gut unterhalten und für eine kurze Zeit in eine andere Welt abtauchen lassen.

Also genieß die wenigen Stunden fernab der Realität!

XOXO,
Roxxi

Manchmal muss erst etwas kaputtgehen,
bevor es etwas Schönerem weicht.

1

»Bist du heute Abend zu Hause?« Erwartungsvoll sehe ich James an.

Als er abwesend den Kopf schüttelt, während er eine E-Mail auf seinem Smartphone beantwortet, erlaube ich mir, das Gesicht zu verziehen. An jedem anderen Morgen hätte ich gute Miene zum bösen Spiel gemacht, aber da er mich weder ansieht noch wirkt, als wäre er sich meiner Existenz überhaupt bewusst, muss ich meine Enttäuschung auch nicht mit einem Lächeln überspielen.

Ich schnappe mir seine Tasse Kaffee und schütte den Inhalt in die Spüle.

»Hey, den wollte ich noch trinken«, protestiert er.

Ich werfe ihm einen entschuldigenden Blick zu, obwohl es pure Absicht war, den Kaffee wegzuschütten. Eine kleine und stille Trotzreaktion. »Sorry. Ich dachte, du müsstest gleich los.«

Mein Blick wandert zur Uhr oberhalb des Kühlschranks. Es ist zehn vor sieben Uhr morgens. James verlässt täglich pünktlich um fünf vor sieben das Haus. Zuvor checkt er seine E-Mails auf dem Handy, während ich uns Frühstück zubereite, welches er meist unberührt stehen lässt, bevor er zu seinem supertollen Job aufbricht, der ihm wichtiger zu sein scheint als unsere Ehe.

Ich bewundere meinen Mann für seinen beruflichen Erfolg und Ehrgeiz, aber ich bin auch immer noch eine Frau. Und Frauen möchten gerne beachtet werden. Hin und wieder wenigstens.

»Muss ich auch«, murmelt er wieder abwesend und tippt wie besessen auf sein Smartphone.

Ohne den Blick vom Display zu nehmen, rutscht er vom Barhocker und schnappt sich sein schwarzes Jackett, welches ich gleich nach dem Aufstehen für ihn hergerichtet habe. Wenn ich das nicht tue, zieht er eines dieser potthässlichen Dinger an, die ihm seine Schwester jährlich zum Geburtstag schenkt. Davon bekommt man Augenkrebs.

»Warte nicht mit dem Essen auf mich. In meinem aktuellen Fall gibt es Probleme. Ich komme spät.«

Wie immer, denke ich mir, nicke aber bloß. Innerlich kämpfe ich mit mir selbst, um keinen doofen Spruch abzulassen. Das höre ich nun schon fast jeden Tag, und allmählich habe ich es satt.

James verlässt die Küche in Richtung Flur, bleibt abrupt stehen und dreht sich mit einem Schmunzeln zu mir um. »Bekomme ich einen Abschiedskuss?«

Ich lächele, obwohl mir nicht nach Lächeln zumute ist. »Komm und hol ihn dir.«

Er grinst, steckt das Smartphone in seine Hosentasche und umrundet die Kücheninsel. Als er mich erreicht, schlinge ich meine Arme um seinen Hals und gehe auf die Zehenspitzen, um ihm einen leidenschaftlichen Kuss zu geben, der ihn an unsere früheren, heißen Nächte erinnern soll, die mehr und mehr in Vergessenheit geraten.

Ich vermisse die Nähe zu meinem Mann, und noch mehr, dass *er* sich nach meiner Nähe sehnt. Das ist vielleicht auch der Grund, weshalb meine Hände plötzlich unanständig an seinem Hemd hinunterwandern, während meine Zunge ausgehungert seinen Mund erforscht. Ich presse mich an ihn und greife an seine Gürtelschnalle. Beinahe wild öffne ich sie, während ich mich an ihm reibe und seinen vertrauten Duft einatme. Er trägt das Aftershave, das ich ihm jedes Jahr zu Weihnachten schenke. Fast habe ich vergessen, wie gut es riecht.

Gott, ich habe es so verdammt nötig. *Wir* haben es nötig. Es ist einfach schon zu lange her.

»Rachel«, murmelt James an meinen Lippen und stoppt mich in der Bewegung, als ich den Reißverschluss seiner Anzughose öffnen will. Er weicht mit dem Kopf zurück und runzelt irritiert die Stirn. »Was machst du? Ich muss zur Arbeit.«

Ich beschließe, nicht so leicht aufzugeben. Vielleicht ist es mein Fehler, und ich muss bloß hartnäckiger sein. Wenn ich ihn erst einmal daran erinnert habe, wie viel Spaß wir früher zusammen hatten, wird er schon von selbst merken, wie sehr es auch ihm fehlt, Zeit mit mir zu verbringen. Vorzugsweise nackt.

»Du kannst auch ein bisschen später losfahren, Liebling«, flüstere ich ihm zu und schiebe meine Hand in seine Hose.

Er gibt ein leises Keuchen von sich, während ich versuche, mir nicht anmerken zu lassen, wie überrumpelt ich bin, dass er körperlich nicht im Geringsten auf meine Berührungen reagiert. Sein Schwanz hat sich beinahe verkrochen, anstatt freudig zu seiner beachtlichen Größe heranzuwachsen.

»Komm schon, Liebling … Es ist eine Ewigkeit her, seit wir zum letzten Mal ein bisschen Zeit für uns hatten.«

»Aber jetzt ist bestimmt nicht der richtige Zeitpunkt, Rachel.« James klingt tadelnd, als er meine Hand aus seiner Hose zieht und vor mir zurückweicht. »Mein Mandant wartet. Und ich habe noch einen Termin im Büro, bevor ich zu ihm aufbrechen muss.«

Ich kann meine Enttäuschung nicht länger verbergen, obwohl ich schon lange nicht mehr nur enttäuscht darüber bin, dass zwischen meinem Mann und mir körperlich rein gar nichts mehr läuft.

Nach monatelanger Durststrecke hat sich meine Enttäuschung über sein fehlendes Interesse an Sex mit mir in pure Frustration verwandelt. Und Wut. Ich fühle mich zurückgewiesen und ungewollt. Immer, wenn ich versuche, Sex zu initiieren, weist er mich aufgrund mangelnder Zeit ab, obwohl schon ein fünfminütiger Quickie ausreichen würde, um mir ein bisschen lang ersehnte Befriedigung zu verschaffen. Und abends, wenn wir rein theoretisch Zeit für zehn Quickies hätten, ist er entweder zu erledigt oder kommt gar nicht erst so früh nach Hause, dass wir uns in den Laken wälzen könnten. Meist schlafe ich schon, wenn er sich zu mir ins Bett legt, sodass ich gar nicht mitbekomme, wann denn genau das ist.

Allmählich habe ich wirklich das Gefühl, er würde seine Arbeit mehr lieben als mich.

»Willst du mich nicht mehr?«, platzt es in meiner Verzweiflung aus mir heraus, woraufhin James überrumpelt blinzelt. »Dann sag es mir bitte einfach. Das hat doch so keinen Sinn, James.«

»Was?« Er sieht mich an, als hätte ich den Verstand verloren. »Wovon sprichst du? Natürlich will ich dich noch. Ich liebe dich.«

Aber begehrt er mich noch? Das sind zwei verschiedene Paar Schuhe.

»Schatz«, stößt er mit Nachdruck hervor und greift nach meiner Hand. Er zieht mich an sich und drückt einen Kuss auf meine Stirn. »Es tut mir wirklich leid, dass ich in letzter Zeit so eingespannt bin.

Ich weiß, dass ich dich vernachlässige. Aber dass du denkst, ich würde dich nicht mehr wollen, ist doch lächerlich.« Er versucht es mit einem schelmischen Lächeln und lässt die Augen an meinem Seidenkimono hinabgleiten. »Wer würde dich nicht wollen? Im Büro beneidet mich jeder, du hast ja keine Ahnung. Keiner hat zu Hause eine so sexy Frau wie dich.«

»Und warum -«

Das Klingeln seines Telefons unterbricht meine Frage, warum er die Tatsache, dass zu Hause eine sexy und willige Frau auf ihn wartet, geflissentlich ignoriert und lieber Zeit mit seinen Mandanten oder Fallakten in seinem winzigen Büro ohne Tageslicht verbringt.

James holt das Handy aus seiner Hosentasche und wirft einen Blick auf das Display. Ich erwarte, dass er den Anruf ignoriert, damit wir unser längst überfälliges Gespräch über unser nicht vorhandenes Sexleben zu Ende führen können, doch er entschuldigt sich mit einem Handzeichen bei mir und nimmt den Anruf entgegen. Natürlich tut er das.

Seufzend wende ich mich von ihm ab und leere meinen Kaffee, um die Küche zu verlassen. Ich muss mich ebenfalls für die Arbeit fertig machen, da ich wie jeden Morgen spät dran bin. Das hindert mich trotzdem nicht daran, es immer wieder auch morgens bei meinem Mann zu versuchen. Abends ist er ja kaum da.

Ich würde fast schon lieber aufgrund meiner sich häufenden Verspätungen gefeuert werden, als einen Tag länger ohne Sex zu verbringen. Und ich bin gewiss keine Nymphomanin, nur eben auch nicht innerlich tot.

»Schatz?«

Hoffnungsvoll halte ich im Flur inne und werfe einen Blick über meine Schulter. Vielleicht hat James es sich anders überlegt und wir legen doch noch einen Quickie ein.

Sein Gesichtsausdruck wirkt gestresst, während er den Lautsprecher des Telefons abdeckt, um mir hastig mitzuteilen: »Ich schaffe es heute nicht zur Reinigung. Holst du nach der Arbeit meine Sachen ab?«

Es juckt mich in den Fingern, ihm den Mittelfinger zu zeigen.

»Natürlich«, erwidere ich stattdessen sarkastisch, bevor ich nach oben in unser Schlafzimmer stampfe und die Tür hinter mir zuknalle. Eine weitere kleine Trotzreaktion auf sein abweisendes Verhalten.

»Ich muss los. Ich liebe dich!«, höre ich ihn rufen, ignoriere es jedoch, wie er unsere Sexflaute ignoriert, und knalle auch die Badezimmertür hinter mir zu.

Es ist bereits sechs Minuten nach acht, als ich den Hörsaal mit der Nummer 111 betrete.

Es ist mein liebster Lehrraum an der Fakultät, da er sich im Erdgeschoß befindet, wodurch mir mühsames Treppensteigen erspart bleibt. Die Fenster sind zudem südseitig ausgerichtet, wodurch dem Saal warmes Tageslicht gespendet wird, während die meisten anderen von künstlichen Leuchtröhren erhellt werden. Außerdem ist der Stuhl hinter dem massiven, hölzernen Schreibpult um einiges bequemer als die anderen, da er vor kurzem ersetzt wurde.

Der alte ist unter Mrs Rogerson zusammengebrochen, was vielleicht an ihren schätzungsweise einhundert Kilo Übergewicht liegt. Natürlich nur reine Mutmaßung.

»Guten Morgen!«, rufe ich in die Runde, bevor ich atemlos die hohe Tür hinter mir zuziehe. Ich entdecke ein paar amüsierte Blicke auf mir und schmunzele vor mich hin, während ich eilig das Lehrerpult ansteuere. »Ja, ja, ich weiß. Die Alte ist schon wieder zu spät. Aber ich versichere Ihnen, ich weiß seit meinem siebten Lebensjahr, wie man eine Uhr liest.« Dafür ernte ich leises Kichern von den Mädchen. »Oder doch erst seit meinem zehnten? Ach, unwichtig.« Jetzt lachen auch die jungen Kerle aus den hinteren Reihen.

Lächelnd lege ich meine Umhängetasche auf dem Schreibtisch ab und sehe mit einem leisen Seufzer auf. »So, noch einmal guten Morgen euch allen. Wie war das Wochenende? Habt ihr brav gefeiert?«

»Immer doch, Mrs Summers«, ruft einer der Studenten aus der vorletzten Reihe, den ich trotz der doofen Sprüche, die er regelmäßig von sich gibt, total gerne mag. »Und wie sieht's bei Ihnen aus? Brav gefeiert?«

»Oh, ja. Nachdem ich mir eure Essays von letzter Woche angesehen habe, habe ich tatsächlich eine ganze Flasche Wein geleert.« Wieder ertönt ein leises Kichern, und die Jungs aus der vordersten Reihe grinsen verschmitzt. »Spaß beiseite. Ich habe mir eure Arbeiten am Wochenende angesehen, und sie waren wirklich gut. Alle.«

Zufrieden und ein wenig stolz lächele ich durch die Runde. Erleichterung breitet sich auf den meisten Gesichtern aus, ein paar andere wirken unbeeindruckt, da sie wissen, was sie können, und nicht überrascht sind, dass ich ihre Arbeiten für gut befinde.

»Die Flasche Wein habe ich natürlich trotzdem geleert.«

»So gehört es sich auch«, ruft ein Student mit einem Grinsen, und ich zwinkere ihm zu, bevor ich die Arbeiten aus meiner Tasche ziehe.

Ich liebe meinen Job. Bestimmt genauso sehr, wie mein Mann seinen liebt, nur investiere ich nicht meine gesamte Zeit und Energie hinein. An einer Uni zu lehren, ist das, was ich schon immer machen wollte. Die Zusammenarbeit mit den jungen Leuten gefällt mir, weil ich mich selbst noch jünger fühle, als ich es auf dem Papier bin – letzten Monat wurde ich vierunddreißig – und der Job steht in direkter Verbindung mit meinem größten Hobby, meiner Leidenschaft – dem Schreiben. Daher ist der Beruf als Dozentin, die kreatives Schreiben unterrichtet, für mich mehr als bloß das. Ich sehe ihn als meine Berufung an.

Mein Start an der *Rosegarden University* in Woodshaven hätte nicht besser verlaufen können. Nachdem James und ich vor einem Jahr in die idyllische Kleinstadt an der Grenze zu Louisville, Kentucky, gezogen sind, hatte ich die Befürchtung, hier keinen Anschluss und keine Akzeptanz zu finden, doch das Gegenteil war der Fall.

Obwohl Woodshaven im Vergleich zu anderen Städten so wenige Einwohner hat, dass gefühlt jeder jeden kennt, wurden wir hier sehr herzlich aufgenommen. Auch an der Privatuni hat man mich sehr nett willkommen geheißen und nicht wie eine Außenseiterin behandelt – oder als Großstadttussi betrachtet, die hier nichts zu suchen hat. Man sieht mir vermutlich an, dass ich nicht von hier stamme, aber das scheint niemanden zu stören. Mein Kleidungsstil entspricht nun mal immer noch eher dem einer Großstadttussi als dem einer Kleinstadtvorzeigehausfrau.

Ich muss zugeben, dass mir das Leben hier sehr gut gefällt, obwohl ich zu Beginn skeptisch gegenüber dem Umzug war. James hat man hier eine tolle Stelle in der renommiertesten Kanzlei der Stadt angeboten, die er aufgrund des Gehaltes nicht ausschlagen konnte, und ich war ohnehin auf der Suche nach einem Job. Dass man mich an der einzigen Privatuni der Stadt annehmen könnte, hätte ich nicht für möglich gehalten, weshalb ich mich gar nicht erst für die freie Stelle beworben habe. Eine Nachbarin aus unserer Straße überredete mich schließlich, mein Glück zu versuchen, und trug wohl maßgeblich dazu bei, dass man mich hier aufgenommen hat – sie ist nicht nur ein hilfsbereiter Mensch, sondern auch die Ex-Frau des Dekans.

So führte eines zum anderen, und heute bin ich unendlich froh darüber, hier und nicht auf dem öffentlichen College in Woodshaven zu unterrichten. Die Kids an der *Rosegarden* sind definitiv cooler, obwohl man meinen sollte, sie wären verzogen und versnobt, da sie mit dem silbernen Löffel im Mund geboren wurden. Die Kosten, um hier studieren und auf dem Campus wohnen zu dürfen, sind horrend, aber die meisten Eltern haben wohl so etwas wie einen Geldbaum im Garten, an dem Dollarscheine wachsen, und die anderen Kids haben ein Stipendium. Viele von ihnen leben aber auch noch zu Hause, weil es dort schöner ist. Verständlich. Im Hotel Mama ist es doch immer am schönsten, oder? Überhaupt, wenn es einen Pool und eine Haushälterin besitzt, was bei den meisten der Fall ist.

Mit den Essays in der Hand umrunde ich meinen Schreibtisch und gehe zur vordersten Reihe. Ich teile die Arbeiten aus, lobe diejenigen, die besonders gute Arbeit geleistet haben, und ignoriere die interessierten Blicke der jungen Kerle, die auf meinen Beinen und meinem Po haften.

Insgeheim schmeichelt es mir, dass ich den Titel als heißeste Professorin der Uni trage. Mir kam schon des Öfteren zu Ohren, dass der eine oder andere Student ein Auge auf mich geworfen hat oder darüber gesprochen wurde, wie jung ich für mein Alter aussehen würde, und ich muss gestehen, dass mein Ego diese Art von Bestätigung dringend nötig hat. Egal, ob sie von gerade einmal volljährigen Jungs oder meinen männlichen Kollegen kommt.

Da mein Mann irgendwann aufgehört hat, mir Komplimente zu machen oder mich als die sexy Frau anzusehen, die ich war, als wir uns kennenlernten – und hoffentlich immer noch bin –, muss ich mir meinen Egopush ab und zu woanders holen. Dazu braucht es gar nicht viel, denn meine Schüler lassen mich im Gegensatz zu meinem Mann ganz schamlos wissen, für welch heißen Feger sie mich halten. Vermutlich rührt ihr Interesse an mir auch daher, dass ich auf dem Campus die jüngste Lehrkraft bin.

Irgendwie ist es traurig, dass mich die Blicke neunzehnjähriger Collegestudenten dermaßen erfreuen, aber abstreiten kann ich nicht, wie gut sie meinem Ego tun.

»Netter Rock«, sagt Timmy Marten, der bei weitem die schlechteste Arbeit geleistet hat, als ich sie ihm über den Tisch reiche. Er grinst dieses bestimmte Grinsen, das nur Kerle in seinem Alter auf diese schmutzige Weise perfektioniert haben. »Wäre ich Ihr Mann, würde ich Sie so nicht aus dem Haus gehen lassen. Viel zu riskant, wenn Sie verstehen, was ich meine.«

Ich schenke ihm ein möglichst unbeeindrucktes Lächeln, obwohl mein Ego freudig im Kreis hüpft. »Und wäre ich deine Mutter, würde ich dich gewiss nicht jedes Wochenende eine Party schmeißen lassen. Deine Arbeit hätte besser sein können, Tim. Versuch es doch mal lieber mit einem guten Buch anstelle eines guten Wodkas.« Über meinen übertrieben strengen Tonfall grinst er noch breiter.

Ich lache kopfschüttelnd und wende mich seinem Sitznachbar zu, der bessere Arbeit geleistet hat. »Sehr gut geschrieben, Ryan. Weiter so.«

»Danke, Mrs Summers«, flötet er.

Das mit der Autorität liegt mir nicht besonders. Und es stört mich kein bisschen. Ich wollte nie die prüde, strenge und kleinliche Professorin werden, wie sie so viele meiner Kolleginnen perfekt repräsentieren, denn ich mochte auf dem College die lockeren Dozenten selbst am meisten. Von ihnen habe ich mehr gelernt, zu ihnen habe ich aufsehen können. Man hatte immer das Gefühl, sich ihnen anvertrauen und eine viel engere Beziehung zu ihnen aufbauen zu können, wenn man mit ihnen scherzen konnte und keine Angst haben musste, bei der kleinsten blöden Bemerkung des Hörsaals verwiesen zu werden.

Also habe ich mich bemüht, bei meinen Schülern einen ähnlichen Eindruck zu hinterlassen. Als jemand, der kompetent und klug ist, ein Vorbild, aber auch jemand, der nicht zum Lachen in den Keller geht und mehr als bloß Professorin an einer Uni ist. Ich möchte nicht auf dem Campus eine andere Person sein müssen als zu Hause – das wäre viel zu anstrengend auf die Dauer gesehen.

Ich bin der Meinung, dass man nicht nur durch Strenge erfolgreich in diesem Job sein kann. Solange mich meine Studenten respektieren, dürfen wir auch gerne einmal miteinander scherzen oder Blödsinn anstellen, wie wir es vor dem letzten Semesterende getan haben. Damals haben wir Dekan Fields einen kleinen Streich gespielt – den er uns Gott sei Dank nicht allzu übelgenommen hat. Das Klopapier später zu entsorgen, muss anstrengend gewesen sein.

Mein Vorgesetzter ist ebenfalls ein umgänglicher Kerl, auch wenn mir seine durchbohrenden Blicke stets unangenehm sind. Als würde er mich mit den Augen ausziehen, röntgen und danach mit Haut und Haar verschlingen wollen. Seine Blicke schmeicheln mir nicht unbedingt, weil er ein paar Jährchen älter als ich und nicht unbedingt der attraktivste Mann der Welt ist. Aufgrund meiner relativ freundschaftlichen Beziehung zu seiner Ex-Frau weiß ich außerdem, dass er auch nicht unbedingt der treueste Mann auf Gottes Erde ist. Das bringt ihm nicht unbedingt Sympathiepunkte bei mir ein.

Ich teile die restlichen Arbeiten aus und gehe dabei von Reihe zu Reihe, bis ich bei der letzten angekommen bin. Als ich aus dem Augenwinkel jemanden auf dem äußersten Platz in der rechten Hälfte des Saals entdecke, stutze ich. Dieser ist für gewöhnlich leer.

Ich lege die letzten Zettel auf den langen Tisch und bedeute den Jungs, sich ihre Arbeiten selbst herauszusuchen, bevor ich den Kopf zu dem Studenten drehe, den ich noch nie zuvor gesehen habe. Zumindest glaube ich das. In diesem Kurs und an diesem Wochentag ganz bestimmt nicht. Anhand seiner auffälligen Größe würde ich mich wohl daran erinnern.

»Hi«, sage ich und gehe zu der sonst leeren Reihe.

Augenblicklich drehen sich ein paar Köpfe nach dem Neuen um, der jedoch geistesabwesend aus dem deckenhohen Fenster starrt, das den hübschen grünen Teil des Innenhofes zeigt, auf dem sich ein paar Lehrkräfte zum Kaffeetrinken versammelt haben. Ich beneide sie. Einen zweiten Kaffee könnte ich jetzt auch gut gebrauchen.

»Hi«, sage ich noch einmal, als ich unmittelbar vor ihm stehe, was er erst bemerkt, als ich mit den Fingerknöcheln auf die hölzerne

Tischplatte klopfe. Sie ist leer, keine Unterrichtsmaterialien liegen darauf. Nicht einmal ein Stift. »Störe ich dich?« Ich sage es amüsiert, anstatt anklagend, und wieder kichern die Mädchen hinter mir.

Als der Neue den Kopf dreht und zu mir aufsieht, blinzele ich überrumpelt. Rasch verdränge ich den unangebrachten Gedanken, der sich beschämender Weise augenblicklich in meinen Kopf geschlichen hat, und schenke dem unbekannten Studenten ein Lächeln. »Du bist neu in meinem Kurs, richtig?«

»Sieht ganz so aus.« Seine Stimme klingt überraschend tief und heiser, als wäre er verkühlt. Er wirkt allerdings nicht angeschlagen, sondern sieht topfit aus, was sich nicht nur auf seinen Körper bezieht, der durch den enganliegenden Pullover mit V-Ausschnitt gut zur Geltung kommt.

Auf den ersten Blick wirkt er wie ein Sportler – athletisch und mit breiten Schultern ausgestattet –, aber mein Gefühl sagt mir, dass er keiner der Basketballer der Uni ist, obwohl er durch seine überdurchschnittliche Größe der ideale Kandidat für diese Sportart wäre. Er muss mindestens einen Meter neunzig groß sein, da er sogar im Sitzen weit in die Höhe ragt.

»Möchtest du dich uns denn nicht vorstellen?«, frage ich verwirrt, da ich es merkwürdig finde, dass er seit Kursbeginn einfach hier sitzt und noch kein Wort von sich gegeben hat.

Es wäre wohl angebracht gewesen, mich auf sich aufmerksam zu machen, da ich nicht über einen Neuzugang in diesem Kurs informiert wurde. Ich werde mich später über meinen neuen Studenten erkundigen müssen.

Seine Augen wandern wie in Zeitlupe an mir herab, bevor sie den ganzen Weg wieder zurücklegen und so tief in meine schauen, dass sich mein Körper kaum merklich anspannt. Sie sind dunkel wie die

Nacht, aber so warm, fast feurig, dass ich dem Blickkontakt kaum standhalten kann. Ein tiefes Dunkelbraun, obwohl ich nun, wo Sonnenstrahlen auf sein Gesicht fallen, einen grünlichen Schimmer darin entdecke.

Der Ausdruck in seinen Augen macht mich plötzlich nervös, weil ich ihn absolut nicht deuten kann. Der junge Mann taxiert mich ganz unverhohlen, und der Gedanke, dass ich gerne wüsste, was *er* denkt, macht mich noch eine Spur nervöser.

»Eigentlich nicht«, erwidert er knapp.

Ich runzele amüsiert die Stirn. »Sprichst du nicht gerne?«

Wieder kichern ein paar der Mädchen, und nun drehen sich auch die Studenten aus den vorderen Reihen auf ihren Sitzen um und starren zu dem Neuen. Offensichtlich habe nicht nur ich seine Anwesenheit nicht bemerkt. Und ganz offensichtlich bin nicht nur ich überrumpelt von seinem Aussehen. Ein Blick zu den Mädchen in den Reihen hinter mir zeigt deutlich, dass wir ein und denselben Gedanken teilen: Dass der junge Mann unverschämt gut aussieht.

Für seine geschätzt neunzehn Jahre wirkt er älter, männlicher und … erfahrener, wobei ich nicht weiß, wie ich auf diesen Schluss komme. Es liegt etwas in seinem Blick, das mich an James erinnert. Dieser nachdenkliche Ausdruck, der leicht strenge Zug um seinen schönen Mund. Er hat wahnsinnig volle Lippen, die von leichten Bartstoppeln umgeben sind – ein Hinweis darauf, dass er starken Bartwuchs hat, da er trotzdem wie frisch rasiert aussieht. Zwischen seinen geschwungenen Augenbrauen bildet sich eine Falte, als meine Worte in seinem Kopf ankommen. Er scheint mit den Gedanken weit weg gewesen zu sein.

Plötzlich glätten sich seine fast harten Gesichtszüge, die auf eine maskuline Weise ausgeprägt und markant wirken, wie es selten bei

Männern in diesem Alter der Fall ist. Die meisten haben noch etwas Kindliches an sich, etwas Weiches in ihren Gesichtern. Nicht so er.

»Entschuldigen Sie, Mrs Summers.« Er spricht leise, als würde er nur zu mir sprechen und nicht wollen, dass die anderen hören können, was er sagt. »Ich spreche gerne, aber nicht mit jedem.«

»Wenn du an diesem Kurs teilnehmen möchtest, solltest du wohl gerne mit mir sprechen, weil es ohne Kommunikation zwischen uns ziemlich schwer würde«, kommt mir ein lockerer Spruch über die Lippen, um die seltsame Situation aufzulockern.

Er reagiert darauf mit einem Schmunzeln, welches meinen Magen unwillkürlich rumoren lässt. Sein Schmunzeln wirkt flirtend, ist aber weniger offensiv als das der anderen Jungs. Nur seine Augen verraten, dass er wirklich mit mir flirtet, als er in demselben lockeren Tonfall wie ich eine Antwort liefert, die mich prompt aus dem Konzept bringt.

»Ich bin mir sicher, dass es auch ohne verbale Kommunikation gut zwischen uns laufen würde, aber ganz wie Sie wünschen, Mrs Summers.«

Ich spüre, wie meine Wangen erröten, und werfe rasch einen Blick zu den anderen Studenten im Saal. Die aus den vorderen Reihen runzeln die Stirn, da sie aufgrund seines fast geflüsterten Tonfalls nicht hören konnten, was er gesagt hat, und die Mädchen aus der Reihe direkt hinter mir erröten auf dieselbe Weise, bevor sie hinter vorgehaltener Hand kichern. Sie wirken gleichermaßen verlegen wie ich.

»Nennst du mir bitte deinen Namen«, fordere ich den Neuen möglichst unbeeindruckt auf, der mich mit seinen Augen durchbohrt, wie es Dekan Fields stets tut.

Ich wende mich ab und steige auf den hohen Absätzen die Stufen zu meinem Pult hinunter. Aus irgendeinem Grund überkommt mich das dringende Bedürfnis, Distanz zwischen den jungen Mann und mich zu bringen.

»Zane.«

Beim Klang seiner Stimme spanne ich mich wieder am ganzen Körper an. Ich lasse mich auf den Stuhl hinter dem massiven Tisch sinken. Nachdem ich meine Beine überschlagen habe, ziehe ich meine Unterlagen aus der Umhängetasche und hänge diese über den Stuhl. »Verrätst du mir auch deinen Nachnamen, Zane?«

»Lewis.«

»Zane Lewis«, murmele ich vor mich hin, während ich meine Dokumente durchblättere. Irgendwo muss es doch einen Vermerk über den neuen Studenten geben – ich finde jedoch keinen. Seltsam. »Wann hast du in diesen Kurs gewechselt?«

Ich sehe auf und treffe sofort auf seinen Blick. Immer noch sind seine dunklen Augen mit einer Intensität auf mich gerichtet, die mir gleichermaßen unangenehm und angenehm ist. Er ist ein attraktiver, junger Mann – und er wirkt, als würde er etwas Ähnliches über mich denken. Dass ich eine attraktive, junge Frau bin, wobei ich im Vergleich zu ihm eine alte Schachtel bin.

»Ich habe erst heute an diese Uni gewechselt«, eröffnet er mir zu meiner Überraschung. Es ist nicht üblich, dass wir mitten im Semester neue Studenten aufnehmen – schon gar nicht im zweiten –, aber vielleicht hatte er an seiner alten Uni einen für sich sprechenden Notendurchschnitt und Dekan Fields hat deswegen eine Ausnahme gemacht. Vielleicht hat er auch ein Stipendium?

»Welche Uni hast du bisher besucht?«, möchte ich wissen. Ob er von hier kommt?

Immer noch starren alle interessiert zu ihm nach hinten, doch er würdigt niemanden außer mich eines Blickes. Fast fühlt es sich an, als wären wir allein im Saal.

»Die öffentliche«, erwidert er kurz angebunden.

Ich nicke. »Hast du schon alle Unterrichtsmaterialien erhalten?« Er schüttelt den Kopf. »Dann bitte ich dich, dich bis morgen darum zu kümmern. Ein paar der Bücher, mit denen wir arbeiten werden, musst du selbst kaufen. Die anderen bekommst du von der Universität zur Verfügung gestellt.« Er starrt mich bloß an. Ich räuspere mich erneut und schiebe die Unterlagen beiseite, um mit dem Unterricht für heute zu beginnen. »Dann heißen wir dich herzlich willkommen, Zane.«

Er sagt nichts darauf, starrt mich immer noch einfach nur an.

Es ertönt ein Schwall geflüsterter Worte in seine Richtung, der ausschließlich von den weiblichen Teilnehmerinnen des Kurses stammt. *»Schön, dass du jetzt bei uns bist«, »Hi Zane«, »Falls du jemanden brauchst, der dich herumführt, sag Bescheid …«*

Seine männlichen Mitstudenten scheinen nicht ganz so euphorisch über seinen Wechsel zu sein. Sie werfen sich untereinander Blicke zu und taxieren Zane argwöhnisch. Vermutlich sehen sie in ihm einen Konkurrenten, was die Mädchen anbelangt, die während der restlichen Stunde nur noch Augen und Ohren für ihn haben. Sie tuscheln untereinander und drehen sich immer wieder zu ihm um, um ihn etwas zu fragen, worauf er knappe Antworten gibt, die ich jedoch von hier vorne aus nicht verstehen kann.

Ich ermahne sie deswegen nicht, notiere mir aber gedanklich, die Tuschelei im nächsten Unterricht zu unterbinden. Heute lasse ich sie während des Kurses für den Neuen schwärmen, da ich es ihnen nicht verdenken kann. Mich lenkt er ebenfalls ein wenig ab, zumal er bis zum Ende des Unterrichts seine Augen kein einziges Mal von mir nimmt. Selbst dann nicht, als er mit den Mädchen ein paar Reihen vor sich spricht. Er wirkt dabei ziemlich desinteressiert, fast schon genervt.

»Ich wünsche euch noch einen schönen Tag!«, beende ich den Unterricht schließlich, nachdem wir ein paar der besten Essays durchgegangen sind, und packe meine Sachen zusammen. Den nächsten Kurs habe ich in einem anderen Saal.

Ich beschließe, mir auf dem Weg dorthin noch schnell einen Kaffee zu holen. Ich bin ein wenig nervös wegen des Zwischenfalls, der eigentlich gar keiner war, und entgegen der Meinung der meisten Menschen bilde ich mir ein, dass Koffein gegen innere Unruhe hilft, was natürlich Unsinn ist.

»Bleibt brav«, sage ich in Richtung der Jungs, die mit lässig über eine Schulter geworfenen Rucksäcken aus dem Saal marschieren. Sie grinsen mich zum Abschied an.

Während nach und nach alle Studenten in den Flur verschwinden, hole ich mein Handy aus der Tasche und stelle überrascht fest, dass ich eine Nachricht von James erhalten habe. Tagsüber hören wir kaum voneinander, da wir beide zu beschäftigt mit der Arbeit sind, aber in der Mittagspause telefonieren wir meistens, wenn auch nur eine Minute lang, um zu klären, ob er es zum Abendessen nach Hause schafft. Da ich schon weiß, dass er heute wieder länger arbeitet, öffne ich mit einem Stirnrunzeln die Nachricht, die er mir vor knapp zwanzig Minuten geschrieben hat.

Sorry wegen heute Morgen, Schatz. Ich habe umdisponiert und komme doch zum Abendessen nach Hause. Bis später also. Ich liebe dich.

Mit einem Lächeln drücke ich die Nachricht weg und spüre, wie es in meinem Magen zu flattern beginnt. *Endlich. Wieder. Sex.* Ich werde wohl den Hauptgang überspringen und direkt zur Nachspeise übergehen, beschließe ich. Nur für alle Fälle – vielleicht muss James doch noch spontan weg. Das ist oft der Fall.

»Gute Neuigkeiten?«

Erschrocken sehe ich auf. Diese tiefe, heisere Stimme durchschneidet die Stille im Saal wie ein Messer.

Ich habe nicht bemerkt, dass der Neue noch anwesend ist, und nicht einmal, dass er lässig mit der Hüfte unmittelbar vor mir an meinem Schreibtisch lehnt. Sein dezenter, fremder Duft steigt mir in die Nase. Er ist nicht aufdringlich, sondern frisch und erdig. Nun sehe ich auch, was er untenherum trägt – dunkle Jeans mit einem abgewetzten Ledergürtel um seine schmalen Hüften.

»Kann man so sagen.« Ich lächele zu ihm hoch. »Kann ich dir helfen, Zane?«

»Ich weiß es nicht«, erwidert er rau und aus unerklärlichen Gründen leise, als ob er wieder nicht wollte, dass uns jemand hören kann, obwohl wir alleine im Saal sind. »Können Sie?«

»Wobei denn?«, frage ich verwirrt.

Wieder dieses Schmunzeln …

Unwillkürlich angespannt lege ich das Handy auf den Tisch und verschränke die Hände darüber. Dabei stelle ich zu meiner Verwirrung fest, dass meine Handflächen feucht sind und meine Finger kaum merklich zittern. Woran liegt das?

Es gibt viele attraktive Studenten auf dem Campus, und die meisten von ihnen haben mich schon mindestens einmal angebaggert, wenn auch nur als Gag. Aber Zane Lewis ist irgendwie anders. Etwas an der Art, wie er mich ansieht, beunruhigt mich. Allerdings nicht in dem Sinne, dass ich Angst vor ihm hätte.

Es beunruhigt mich, dass nicht nur mein Ego, sondern auch mein Körper darauf reagiert.

»Netter Ring.« Er sieht auf meine Hände herab und betrachtet den kleinen, tropfenförmigen Diamanten an meinem Ringfinger. Ich streiche unwillkürlich darüber. »Unterrichtet Ihr Mann auch?«

Ich muss lachen. »Oh nein, das wäre nichts für ihn. Er verhandelt lieber, als sich normal zu unterhalten.«

»Ein Anwalt?« Er klingt erstaunt, sofern ich das beurteilen kann.

Ich nicke. »Der geborene Anwalt.«

»Muss anstrengend sein«, meint er, während er mich ein weiteres Mal eingehend mustert. Ich spüre seine Blicke heiß auf meiner Haut und bewege mich automatisch auf dem Stuhl nach hinten, um ihnen auszuweichen, was nicht funktioniert. »Er ist älter als Sie?« Er formuliert es eher wie eine Tatsache als eine Frage.

»Zehn Jahre«, beantworte ich ihm die Frage trotzdem und unnötig detailliert, woraufhin ein seltsamer Ausdruck über sein markantes Gesicht huscht. Es ist wirklich einzigartig durch seinen eckigen Kiefer und das energische Kinn. Im Vergleich dazu wirken seine vollen Lippen fast schon zu sanft, zu weich. »Brauchst du Hilfe dabei, dir alle Unterrichtsmaterialien zu organisieren?«

»Nein.«

»Welchen Hauptkurs belegst du denn?«, möchte ich interessiert wissen. Kreatives Schreiben ist bloß ein Wahlfach, das man zusätzlich belegen kann. Jeder Student muss mindestens drei Kurse besuchen, bestehend aus einem Hauptfach und zwei Wahlfächern. Fällt er in einem davon durch, muss er das Semester wiederholen. Die Regeln hier sind sehr streng, was ich für gut befinde.

Zane fährt sich mit einer Hand durch das dichte, dunkelbraune Haar. Er trägt es relativ lang und lässig, sodass es mit einer leichten Welle locker zur Seite fällt. Ich bin mir sicher, dass allein bei dieser Geste ein Dutzend Mädchen weiche Knie bekommen. »Englische Literatur.«

»Du liest und schreibst also gerne«, schlussfolgere ich angetan. Da scheinen wir etwas gemein zu haben.

»Nur das Plaudern ist nicht so meins«, erwidert er mit einem Funkeln in den Augen, das ich wieder nicht deuten kann. Scherzt er? Und warum klingt es, als würde die eigentliche Message unausgesprochen zwischen den Zeilen hängen?

Ich erinnere mich an seine früheren Worte und spüre, wie meine Wangen warm werden. *Ich bin mir sicher, dass es auch ohne verbale Kommunikation gut zwischen uns laufen würde.* Rasch erwidere ich möglichst locker: »Daran werden wir arbeiten.«

»Wie Sie wünschen, Mrs Summers.«

Ein paar Sekunden verstreichen, ohne dass er sich vom Fleck bewegt. Oder ich. Ein Blick auf die Uhr verrät mir, dass der nächste Unterricht gleich beginnt.

»Du solltest jetzt gehen, wenn du nicht zu spät zu deinem nächsten Kurs kommen willst«, sage ich schließlich und bemerke, ebenfalls sehr leise zu sprechen, wie er es die ganze Zeit über tut. Als würden wir über verbotene Dinge sprechen, die niemand hören soll.

Ich erhebe mich abrupt und hänge mir meine Tasche über die Schulter, woraufhin er sich wortlos vom Tisch abstößt. »Also dann bis morgen, Zane. Ich wünsche dir einen erfolgreichen ersten Tag und noch einmal herzlich willkommen an der *Rosegarden*.«

Seine dunklen Augen treffen auf meine und verharren ein paar Sekunden lang auf ihnen. Oder ganze Minuten? Ich kann es kaum erklären, aber sein Blick ist irgendwie magisch, hypnotisierend. Als würde er mich an mein Gegenüber fesseln, kann ich mich nicht davon losreißen, obwohl es jede Faser meines Körpers verlangt, weil ich ihm gleichzeitig auch kaum standhalten kann. Ich blinzele nicht ein einziges Mal, während ich in den dunklen Tiefen seiner mandelförmigen Augen forsche. Sie sind von langen und genauso dunklen Wimpern umgeben, die bestimmt jede Frau vor Neid erblassen lassen. Mich eingeschlossen.

Als er unseren Blickkontakt abrupt unterbricht, bevor er den Saal wortlos verlässt, höre ich mich tief ausatmen, als hätte ich während unseres unverwandten Blickkontaktes die Luft angehalten.

Zu meiner Schande stelle ich fest, dass ich das auch habe.

2

Im Haus ist es so still, dass man eine Stecknadel würde fallen hören. Einzig und allein die massive Wanduhr aus Eichenholz gibt ein regelmäßiges *Ticktack* von sich. Ich werfe einen Blick darauf. Zwanzig nach sieben. James ist immer noch nicht da.

Wut wallt in mir auf, ich unterdrücke sie jedoch mit aller Macht. Dass er sich verspätet, sollte mich nicht ärgern, doch das tut es. Entweder kommt mein Mann gar nicht zum Essen nach Hause oder erst, wenn dieses längst kalt und ungenießbar ist. Hundefutter. Oder wenn ich schon mein drittes Glas Rotwein intus habe, bevor ich mich mit der ganzen Flasche ins Schlafzimmer verziehe, um meinen Frust zu ertränken. Irgendeine Art der Gesellschaft brauche ich immerhin. Und wenn mein Mann mir keine leistet, dann eben der Alkohol. Im Gegensatz zu ihm bricht er seine Versprechen nie.

Ticktack.

Ich beschließe, noch zehn Minuten zu warten, bevor ich mein übliches Ritual durchziehe. Das Essen im Müll entsorgen, die Küche aufräumen, mit der Flasche Rotwein nach oben gehen und mir ein heißes Bad einlassen. Dort bemitleide ich mich kurz selbst, bevor ich es mir selbst besorge und mich dabei an die Zeiten zurückerinnere, in denen es James' Hand war, die zwischen meinen Beinen gearbeitet hat. Danach lege ich mich mit einem angenehmen Schwindelgefühl ins Bett und vergesse, dass die Seite neben mir leer ist. Und das viel zu oft in den vergangenen Monaten.

Vielleicht trinke ich regelmäßig abends, um mich nicht mit der Ursache hinter dem Problem beschäftigen zu müssen. *Dem eigentlichen Problem.*

Mir ist klar, dass meine Ehe gerade dabei ist, den Bach hinunterzugehen. Einsehen will ich es aber nicht. Ich weigere mich, zu akzeptieren, dass James und ich zu einem dieser Paare gehören, bei denen nach ein paar Jahren einfach die Luft raus ist. So etwas habe ich früher nie verstanden. Paare, die sich trennen und als Grund angeben, dass es einfach nicht mehr zwischen ihnen passen würde. Dass es im Bett und im Alltag nicht mehr laufen würde.

Wenn man sich Hals über Kopf verliebt, den besten Sex seines Lebens hat und eine gemeinsame Zukunft miteinander plant, bevor man sich sogar vor einem Altar ewige Treue schwört, wie kann es eines Tages dann plötzlich dazu kommen, dass man sich auseinanderlebt? Es passiert wohl eher schleichend, aber dennoch … Ich möchte mir nicht eingestehen, dass es exakt das ist, was mit James und mir passiert.

Wie konnte es dazu kommen? Ist es meine Schuld? Ist tatsächlich sein stressiger Job schuld daran? Gibt es für so etwas überhaupt einen expliziten Grund oder geschieht es einfach bei all den Paaren, die nicht füreinander bestimmt sind? Schlägt das Schicksal irgendwann aus dem Nichts zu, weil es etwas anderes für einen vorgesehen hat?

James und ich sind seit neun Jahren ein festes Paar. Seit fast vier Jahren davon verheiratet. Und seit einem Jahr leben wir wie Fremde nebeneinanderher. Nun bin ich an einem Punkt, an dem ich die Veränderung in unserer Beziehung nicht mehr verdrängen kann.

Es ist leicht, sich einzureden, dass es bloß eine Phase ist, dass irgendwelche Faktoren wie ein stressiger Job und die dadurch fehlende Zeit für Zweisamkeit dafür verantwortlich sind, aber im

Grunde genommen weiß ich, dass es an niemand anderem als uns selbst liegt. An ihm und mir. Wir funktionieren offenbar nicht mehr zusammen.

Aber ich versuche wenigstens, wieder mit ihm zu funktionieren. Ich versuche, uns zu reparieren, will Pflaster auf all unsere Wunden kleben und hoffe darauf, dass sie heilen. Aber er … Er lässt uns einfach kaputtgehen, als wären wir nicht wertvoll genug, um gekittet zu werden.

Es ist Punkt halb acht, als ich mit einem resignierten Seufzer aufstehe und beginne, den Tisch abzuräumen. Dreißig Minuten lang saß ich alleine im totenstillen Wohnzimmer vor diesem lächerlich riesigen Tisch, dessen Dekoration mich weitere dreißig Minuten gekostet hat – mal ganz abgesehen von dem Menü, für dessen Zubereitung ich über eine Stunde benötigt habe –, und von meinem Mann fehlt jede Spur. Nicht einmal angerufen hat er, um mir Bescheid zu geben, dass er es doch nicht schafft.

Die Wut packt mich erneut und dieses Mal bekämpfe ich sie nicht. Ich bin verdammt noch mal sauer. Und ich habe jedes Recht dazu. Die Trauerphase ist definitiv vorbei.

Kurzerhand lasse ich die Teller wieder fallen und reiße nur die Flasche Wein an mich. Soll James doch sehen, wie viel Mühe ich mir gegeben habe, um uns einen schönen Abend zu bereiten, und den Dreck selbst wegräumen. Den Braten kann er höchstens dem Hund unserer Nachbarin vor die Füße werfen, doch selbst dieser würde ihn nicht anrühren.

Leise vor mich hin fluchend, stampfe ich aus dem Wohnzimmer in den Eingangsbereich und öffne noch im Gehen den Reißverschluss meines Kleides, das ich mir ebenfalls extra für ihn angezogen habe. Es ist eines meiner – und seiner – Lieblingskleider und erinnert mich an alte Zeiten. Ich hatte es zu unserem ersten Hochzeitstag an, und irgendwie wurde es eine Tradition, dass ich es zu diesem besonderen Anlass trage. Heute wollte ich ihn damit schlicht daran erinnern, wie schön es zwischen uns war. Und welch unanständige Dinge wir schon getan haben, als ich dieses Kleid trug. Wie beispielsweise es auf einer Restauranttoilette zu treiben. Wo ist seine Abenteuerlust heute?

Ich stoße ein verzweifeltes Lachen hervor, während ich die Treppe nach oben gehe. Jetzt treiben wir weder unanständige noch überhaupt irgendwelche Dinge miteinander. Und das einzige Abenteuer, das wir zusammen erleben, sind unsere gemeinsamen Morgen, an denen wir zusammen Kaffee trinken, ohne wirklich miteinander zu kommunizieren.

Ich werde immer wütender und bin geneigt, die Flasche Rotwein hysterisch an die Wand zu schleudern, um ein klares Zeichen zu setzen, doch dann wäre ich nur noch einsamer und würde mich vermutlich in den Schlaf heulen.

Also nehme ich stattdessen einen großen Schluck daraus und betrete das geräumige Schlafzimmer, an welches unser Badezimmer angrenzt. Als ich die Kleidersäcke auf dem Bett entdecke, die ich wie eine brave Ehefrau nach der Arbeit für ihn aus der Reinigung geholt habe, brennt eine Sicherung in mir durch.

Ich schleudere statt der Flasche die Kleidersäcke an die Wand. Dann marschiere ich ins Badezimmer und knalle die Tür lautstark hinter mir zu.

Beim Anblick der Rosenblätter und Kerzen auf dem Wannenrand wird mir schlecht. Und gleichzeitig steigen mir Tränen in die Augen.

Ich schätze, James und ich gehören wohl doch zu diesen Paaren, die ich nie verstehen konnte. Zu jenen, deren Feuer nur einmal entflammbar ist. Einmal erloschen, sieht man die Flammen nie wieder. Und unsere sehe ich schon lange nicht mehr, spüre keine Hitze mehr. Nur Kälte, selbst als ich mich in die volle Badewanne lege, den Kopf auf den Rand bette und es mir selbst mit der Hand mache. Wie beinahe jeden Abend seit ungefähr zehn Monaten.

Seit mich mein Mann zum letzten Mal angefasst hat.

»Es tut mir so unendlich leid, Schatz.«

Ich schlinge die Finger fester um meine Tasse Kaffee, sodass sie beinahe zerbricht. Der reuevolle Unterton in James' Stimme verärgert mich, anstatt mich zu besänftigen.

Ich kann seine Entschuldigungen nicht mehr hören. Ich brauche seine Reue nicht – ich brauche seine Aufmerksamkeit, seine Zeit, seine Nähe, seine Liebe. Und seinen verdammten Schwanz, der bestimmt nicht einmal mehr weiß, wie er zu funktionieren hat.

»Liebling …«

»Halt den Mund.« Ich fahre zu ihm herum und schneide ihm zusätzlich mit einer scharfen Handbewegung das Wort ab. »So kann das nicht weitergehen, James. Wir müssen darüber reden.«

Mein Mann reibt sich seufzend den Nacken. »Es war das letzte Mal, dass ich dich versetzt habe. Ich verspreche es dir. In der Kanzlei gab es so etwas wie einen Notfall und …-«

»Das hier«, ich deute mit dem Finger auf ihn und mich, »hat sich ebenfalls zu einem verdammten Notfall entwickelt.«

James schweigt. Wie jeden Morgen steht er in einem seiner teuren Anzüge vor mir, nur dass er heute eines dieser potthässlichen Jacketts trägt, das ihm seine Schwester zum Geburtstag geschenkt hat, weil ich ihm keines vorbereitet habe. Geweckt habe ich ihn ebenfalls nicht und Frühstück gibt es auch keines. Meine Wut hat sich seit gestern Abend nicht gelegt, wenn überhaupt ist sie schlimmer geworden. Da hilft es auch nicht, dass James erschöpft wirkt, als hätte er letzte Nacht kaum geschlafen und wäre genauso frustriert über unsere Situation wie ich.

»Wann bist du überhaupt nach Hause gekommen? Ich habe dich nicht gehört«, will ich im Verhörstonfall von ihm wissen.

»Du hast so fest geschlafen, dass ich dich nicht wecken wollte«, erklärt er kleinlaut und umrundet die Kücheninsel. *Das ist wohl dem Wein geschuldet.* Er bewegt sich beinahe vorsichtig auf mich zu, als befürchte er, dass ich wie eine Bombe bei der nächsten Bewegung in die Luft gehen könnte. »Es war schon spät.«

»Wie spät?«

»Kurz nach Mitternacht.«

Erst blinzele ich überrumpelt, dann frage ich nüchtern: »Betrügst du mich, James?«

Als hätte ich ihm ins Gesicht geschlagen, zuckt er zurück. »Wie bitte? Das … das ist nicht dein Ernst.«

»Sag du es mir.« Herausfordernd recke ich das Kinn, die Tasse Kaffee immer noch brutal zwischen meinen Fingern eingequetscht. »Du hast mich seit Monaten nicht mehr angefasst. Du siehst mich ja kaum noch an. Und ständig arbeitest du bis spät in die Nacht. Jede Frau würde die logische Schlussfolgerung daraus ziehen, dass du eine andere hast, mit der du dich vergnügst.«

»Natürlich betrüge ich dich nicht. Was für ein Unsinn!«, zischt er durch zusammengepresste Zähne, was mich ein wenig besänftigt.

Ich weiß, dass er nicht so reagieren würde, würde er lügen. Wenn er unehrlich ist, gerät er ins Stottern und weicht meinem Blick aus. Nun jedoch sieht er mich mit wütend funkelnden Augen an, Empörung spiegelt sich darin. Es macht ihn sauer, dass ich ihm Untreue unterstelle – ein gutes Zeichen.

»Du weißt, dass ich keiner dieser Männer bin. Und wir nicht eines dieser Paare sind. Also frag mich das nie wieder, Rachel. Das ist lächerlich.«

»Was ist dann los?«, will ich verzweifelt wissen. All die Wut fällt mit einem Mal von mir ab. Ich möchte so sehr eine Lösung für unser Problem finden – oder erst einmal die Ursache –, dass es mich beinahe erstickt. Vor lauter Ratlosigkeit kann ich kaum noch klar denken. »Läuft es in der Arbeit schlecht? Warum bist du ständig so gestresst und erledigt? Und warum arbeitest du immer bis spät in die Nacht? Das war früher doch auch nicht so.«

»Im Gegenteil, es läuft sehr gut«, erwidert er, und seufzt dennoch angestrengt. »Genau deswegen bin ich so gestresst. Du weißt doch, wie es ist. Als Anwalt bin ich quasi ständig im Einsatz. Ich habe keine fixen Arbeitszeiten. Und die Fälle, die ich nun bearbeite, machen andauernd Probleme. Die Mandanten auch. Sogar die Kollegen, verdammt. Es ist nervenaufreibend und verlangt mir alles ab, aber wenn ich irgendwann zum Senior Partner ernannt werden will, kann ich jetzt nicht schlapp machen. Ich glaube, sie wollen mich immer noch testen.«

Ich runzele die Stirn. »Aber wir sind doch hierhergezogen, weil man dir eine Stelle als Junior Partner in der Kanzlei angeboten hat. Warum musst du denn jetzt sofort Senior Partner werden?«

»Nicht sofort, aber irgendwann.«

»Aber als Junior Partner verdienst du doch schon richtig gut«, wende ich verständnislos ein. »Wenn du zum Senior Partner ernannt wirst, wird es doch nur noch schlimmer, oder? Dann sehen wir uns gar nicht mehr.«

»Wenn ich einmal Namenspartner in der Kanzlei bin, wird sich alles ändern, Schatz«, meint er tröstend, doch anstatt durch dieses Wissen beruhigt zu sein, beunruhigt mich das nur noch mehr.

Jetzt soll ich also noch ein paar Jahre lang so weitermachen, bis er zum Senior Partner und irgendwann auch noch Namenspartner ernannt wird, damit sich sein Stress legt und wir … einmal einen Abend zusammen verbringen können, um wie jedes andere normale Paar miteinander zu essen und zu vögeln?

Gott, wie himmelschreiend. Nein, das ist keine Lösung. Eher ein weiteres Problem.

»James, ich -«

Sein Handy klingelt. *Sein verdammtes Handy klingelt.*

»Wenn du rangehst, lasse ich mich scheiden«, kommt es mir trocken über die Lippen, woraufhin er mich schockiert ansieht. »James, das ist doch nicht normal. Können wir denn nicht wenigstens ein Gespräch miteinander führen, bei dem du mir deine volle Aufmerksamkeit schenkst?«

»Ich wollte gar nicht rangehen, Schatz«, erklärt er mir hastig, doch er stottert dabei etwas und weicht meinem Blick aus. *Lügner*. Schnell kommt er auf mich zu und schlingt seine Arme um meine Taille. Sogar diese unschuldige Berührung sendet feine Blitze durch meinen nach Nähe schreienden Körper. »Hör zu, heute sollte ich meinen Fall endlich abschließen. Das bedeutet, dass ich früher Schluss machen kann. Aber anstatt zusammen zu Hause zu Abend zu essen, habe ich eine bessere Idee. Ich führe dich in dein Lieblingslokal aus.«

Trotzig sehe ich ihn an.

»Ich hole dich um sieben Uhr ab. Was sagst du? Ein Abend nur du und ich?« Er beugt den Kopf nach unten, um mich auf die Stirn zu küssen. Dann legt er seine Lippen an mein Ohr und flüstert: »Und dann holen wir nach, was wir in letzter Zeit versäumt haben … Ich werde dich bis zum Morgengrauen vernaschen, das verspreche ich dir. Erst, wenn wir beide nicht mehr gehen können, höre ich auf. Klingt das gut?«

Das klingt wie das verdammte Paradies.

Gegen meinen Willen muss ich lächeln. »Okay. Ich nehme dich beim Wort. Wehe, wenn ich morgen um diese Uhrzeit noch stehen kann, Mister.«

James grinst an meinem Ohr, bevor er einen Kuss darauf drückt und sich zum Gehen abwendet. Als er im Flur verschwindet, wirft er einen Blick über die Schulter und formt »Ich liebe dich« mit seinen Lippen. Ich erwidere es, doch zum ersten Mal fühle ich dabei ein schmerzhaftes Ziehen in der Brust, das mich an Verlust erinnert.

Er entgleitet mir, und ich weiß nicht, wie ich es aufhalten soll.

Zane Lewis. Neunzehn Jahre alt, geboren in Woodshaven, lebhaft in Woodshaven. Kein besonders toller Notendurchschnitt wie angenommen. Offenbar gehörte er in der High School zu den Schwänzern und Unruhestiftern. In der zehnten Klasse wurde er sogar der Woodshaven High School verwiesen, weil er einen seiner Lehrer angegriffen hat. Das wirft nicht unbedingt ein gutes Licht auf den Kerl. Danach hat er an die private High School der Stadt gewechselt, wo er seinen Abschluss gemacht hat. Trotzdem ging er danach auf das öffentliche College, nur um jetzt – mitten im Semester – doch auf die private Uni zu wechseln. Hat er dort etwa auch Probleme gemacht?

Aus seiner Akte werde ich nicht schlau. Grundsätzlich gibt es außer Zeugnissen und seinen eingereichten Dokumenten zur Anmeldung keine weiteren Informationen über ihn. Seine Akte ist im Gegensatz zu vielen anderen der Studenten sehr dünn, da er keinerlei außerschulische Leistungen erbracht hat, wie an dem Spendenmarathon teilzunehmen, den die Stadt jährlich veranstaltet, bei einer Schul- oder Universitätsveranstaltung mitzuwirken, oder einem Wochenend- oder Sommerjob nachzugehen, was sich in seinem Zeugnis gut gemacht hätte. Vielleicht wurde er deswegen nicht an der *Rosegarden* angenommen, da diese sehr viel Wert auf außerschulische Aktivitäten legt, aber warum dann jetzt?

Ich schlage die Akte zu, verstaue sie in meiner Umhängetasche, um sie später im Verwaltungsbüro abzugeben, und hänge mir diese über die Schulter. Gestern habe ich es versäumt, mich über meinen neuen Studenten zu erkundigen, was ich heute vor Kursbeginn schnell nachholen wollte. Dafür bin ich extra früher gekommen. Aber das hätte ich mir auch sparen können. Viel habe ich nicht über Zane Lewis herausgefunden.

»Guten Morgen«, trällert Susan, als sie in das Lehrerzimmer rauscht und noch im Laufen ihren Blazer von ihrem Körper reißt. Ich muss lächeln – sie ist mindestens genauso oft spät dran wie ich. Das macht sie in meinen Augen sehr sympathisch, zumal all meine anderen Kollegen übereifrig sind und schon dreißig Minuten vor ihrem Kursbeginn auf dem Campus antanzen.

»Morgen. Alles klar?«

»War etwas hektisch heute Morgen«, murmelt sie achselzuckend, während sie den Blazer achtlos über einen Stuhl wirft und mit der anderen Hand blind die Kaffeemaschine bedient. Ihre Finger zittern dabei, als wäre sie auf starkem Koffeinentzug. Ihre Augen scannen mich bis aufs Knochenmark, bevor sie mir schmeichelt: »Gut siehst du aus.«

»Danke. Du auch.« Ich deute auf ihr etwas wildes Haar. »Aber vielleicht solltest du dich noch einmal bürsten, bevor du in den Unterricht gehst.«

Verwirrt greift sie sich an den Kopf, bevor sie errötend ihr abstehendes Haar glattstreicht. »Ich … ich hatte es ziemlich eilig.«

Ich hebe eine Augenbraue, während mein Mundwinkel amüsiert zuckt. »Lange Nacht gehabt?«

»Nicht so, wie du denkst«, erklärt sie und verdreht dramatisch ihre Augen, worüber ich lachen muss. »Rodney und ich renovieren das Haus und haben bis spät in die Nacht irgendwelche Möbelstücke zusammengebaut.«

»Oh«, mache ich. »Das allerdings klingt wirklich nicht sehr spaßig.« Aber immer noch spaßiger als das, was ich gemacht habe.

»Absolut nicht. Dafür haben wir heute Morgen eine Runde Spaß eingelegt.« Sie gluckst.

Ich verspüre einen Stich der Eifersucht in der Brust und wechsele rasch das Thema. »Essen wir heute zusammen zu Mittag?«

Susan lächelt mich an, während sie sehnsüchtig ihren Kaffee an sich nimmt. »Gerne. Ich hole uns was, geht diesmal auf mich. Pasta?«

Ich nicke lächelnd und wende mich zur Tür ab. Gleich beginnt mein Kurs mit dem Neuen. »Dann bis später.«

Während ich mich auf den Weg zum Hörsaal 111 mache, stelle ich fest, wie froh ich darüber bin, hier Anschluss gefunden zu haben. Hätte ich nicht einmal auf der Arbeit nette Gesellschaft, wäre ich wirklich erbärmlich einsam.

Susan ist nicht die einzige Kollegin, mit der ich mich gut verstehe, allerdings sind wir uns wohl am ähnlichsten. Sie ist etwas lockerer als die anderen und immer zu Scherzen aufgelegt. Mit ihr habe ich mich auch schon das eine oder andere Mal privat getroffen, wenn James am Wochenende arbeiten musste und ich nicht alleine in dem großen Haus sein wollte. Sie versteht das gut, weil ihr Mann als Architekt ebenfalls oft unterwegs ist. Grundsätzlich bereue ich unseren Umzug nach Woodshaven kein bisschen, allerdings scheint er meiner Ehe nicht besonders gut getan zu haben.

Die Gedanken an James und unsere Probleme verdrängend, öffne ich die Tür zum Hörsaal und bin erstaunt darüber, dass ich entgegen meiner Annahme nicht die Erste bin, die ihn heute betritt. Ich habe fest damit gerechnet, bis zum Kursbeginn alleine hier zu sitzen, da die meisten Studenten wie ich eher spät als früh erscheinen.

Heute wollte ich sie alle damit überraschen, dass ich es tatsächlich viel früher als sie geschafft habe. Sie ziehen mich immer damit auf, dass ich unpünktlich bin, was wohl eher nicht so professionell wirkt, mir allerdings keiner wirklich übelnimmt.

Einen meiner Studenten kann ich nicht überraschen, denn er sitzt schon mit einem Arm lässig über der Stuhllehne auf dem äußersten Platz in der letzten Reihe. Rechte Hälfte des Saals. Sein Kopf dreht sich in meine Richtung, als die Tür hinter mir zufällt und meine Absätze auf dem Holzboden klackern.

Ich visiere meinen Platz an und lächele dabei zu ihm hoch. »Guten Morgen, Zane. So früh da?«

»Ich bin immer pünktlich«, antwortet er schlicht. Soll das ein Seitenhieb gegen mich sein?

»Vorbildlich«, erwidere ich genauso schlicht und lege meine Tasche auf dem massiven Schreibtisch ab.

Meine Augen zucken zur Uhr an der Wand – der Kurs beginnt erst in zwölf Minuten. Solange mit dem Neuen allein zu sein, macht mich irgendwie nervös, was ich selbst nicht erklären kann.

»Hast du dir die Unterrichtsmaterialien besorgt?«, will ich beiläufig wissen, während ich meine eigenen aus der Tasche krame.

»Wie Sie befohlen haben, Mrs Summers.«

Ich sehe zu ihm auf. »Sehr gut, danke.«

Seine dunklen Augen drohen mit meinen zu verschmelzen, so intensiv starrt er mich wieder an. Warum werde ich unter seinem Blick schon wieder so … unruhig? Meine Muskeln spannen sich ganz automatisch an und meine Handflächen werden wie gestern etwas feucht, während ich den Blick genauso unverwandt erwidere.

Zane neigt den Kopf, als wüsste er, was in mir vor sich geht. Rasch senke ich meinen und nehme auf dem Stuhl Platz.

»Lange Nacht gehabt?«

Mein Kopf schnellt wieder in die Höhe. Er fragt mich dasselbe, was ich Susan vor wenigen Minuten gefragt habe, doch im Gegensatz zu ihr wirke ich nicht unordentlich. Hoffe ich zumindest.

Flüchtig werfe ich einen Blick an mir hinunter, doch meine weiße Bluse sitzt wie angegossen und mein Bleistiftrock ist ebenfalls, wo er sein sollte. Unbewusst greife ich mir ins offene Haar, das ich heute zu leichten Locken gestylt habe, während ich ihn frage: »Wie kommst du darauf?«

»Sie sehen müde aus.«

Das schmeichelt mir nicht unbedingt, auch wenn es vermutlich wahr ist. Ich habe gestern zu viel getrunken und bin zu meiner Schande etwas verkatert, was er zu meinem Glück mit Müdigkeit verwechselt. Trotzdem bin ich irritiert darüber, dass er es so offen anspricht. Mehr aber darüber, dass es mich kurz aus der Fassung bringt, in seinen Augen nicht gut auszusehen.

Mein Ego ist wohl pflegebedürftiger als angenommen.

Ich streiche meinen Pony glatt und schenke Zane ein professionelles Lächeln. »Keine Sorge, ich bin auch unausgeschlafen in Topform.«

Seine Mundwinkel heben sich auf eine anzügliche Weise. »Das glaube ich Ihnen aufs Wort, Mrs Summers.«

Verlegenheit nistet sich kribbelnd in meinen Wangen ein. Mist. Ich habe ihm eine Steilvorlage geliefert. Meine Worte könnte man auch zweideutig auffassen. Dabei bezog ich mich lediglich auf das Unterrichten. Das sollte er wissen, oder? Da seine Lippen dieses schiefe Schmunzeln formen, nehme ich an, dass er es weiß.

Bringt er mich absichtlich in Verlegenheit? Gestern hat er es ebenfalls getan. Wie unangebracht.

»Ich habe in deiner Akte gelesen, dass du von der High School geflogen bist«, sage ich unvermittelt und scheine ihn damit zu überrumpeln. Er runzelt kurz die Stirn und richtet seinen Blick danach auf das hohe Fenster, um in den menschenleeren Innenhof zu schauen. Zufrieden lehne ich mich im Stuhl zurück und klopfe mir innerlich auf die Schulter. Jetzt habe auch ich ihn in Verlegenheit gebracht. »Warum, wenn ich fragen darf?«

»Haben Sie doch gelesen, oder?«, gibt er monoton zurück. Seine Stimme klingt heute genauso tief und heiser wie gestern. Als wäre er angeschlagen.

Ich nutze die Gunst der Sekunde, in der er mir einmal keine Aufmerksamkeit schenkt, und betrachte sein heutiges Outfit. Da die Reihen vor ihm noch leer sind, kann ich sowohl sein schlichtes schwarzes Shirt als auch seine dunkelblauen Jeans sehen. Er trägt dazu schwarze Stiefel, die so locker geschnürt sind, dass ich mich frage, wie er sie auf dem Weg hierher nicht verlieren konnte. Sein dunkelbraunes Haar schlägt wie gestern eine leichte Welle und fällt locker zur Seite. Es ist nicht gestylt und sieht trotzdem gut aus. Vielleicht gerade deswegen. Auf dem linken Handgelenk trägt er ein paar lederne Armbänder. Beim Blick darauf fallen mir auch seine kräftigen und gebräunten Unterarme auf. Er hat überraschend nette Arme.

Rasch schüttele ich diesen sonderbaren Gedanken wieder ab.

»Du hast einen Lehrer angegriffen«, bringe ich hervor, ohne vorwurfsvoll zu klingen. Seine Augen treffen auf meine, doch er sagt nichts dazu. »Warum hast du das getan?«

Zane zuckt mit den Schultern. Das ist die einzige Antwort, die ich von ihm erhalte.

»Warum hast du mitten im Semester die Uni gewechselt?«, stelle ich ihm eine weitere Frage und bemerke, neugierig auf ihn zu sein.

Alles ganz normal, rede ich mir ein. Er ist ein neuer Student, und ich möchte wissen, mit wem ich es hier zu tun habe. Das ist alles.

Er lächelt auf eine müde Weise, als wäre er das kleine Verhör jetzt schon leid. »Ich habe gehört, dass es hier besseres Personal gibt.«

Ich kann nicht einschätzen, ob er es scherzhaft meint oder mich provozieren möchte. Also beende ich meine Fragerunde und wende mich meinen Unterlagen zu. Doch schon nach einer Minute ertappe ich mich dabei, wieder zu ihm hochzusehen, während seine Augen auf das Fenster gerichtet sind.

Alles an seinem Aussehen und Auftreten ist lässig und cool. Auch seine Ausstrahlung wirkt auf diese kühle Weise cool, wie es bei den Mädchen heutzutage bestimmt viel Eindruck schindet. Auch ich selbst stand in meinen jüngeren Jahren auf diese Sorte Kerl. Die unbekümmerte, schwerelose und gleichgültige Sorte. Auf Kerle, die mehr wortkarg als redegewandt sind. Vielleicht sogar ein bisschen gefährlich, weil das einen gewissen Reiz auf mich, die brave und vorbildliche Studentin, ausgeübt hat. Es wundert mich bis heute, dass ich James und nicht den Kiffer geheiratet habe, in den ich in meinem ersten Collegejahr so schwer verliebt war.

»New York?«

Ich schüttele den Kopf, als ich aus meinen Gedanken gerissen werde. »Wie bitte?«

Zanes Augen treffen wieder auf meine, scheinen mich bis aufs Knochenmark zu röntgen. »Stammen Sie aus New York?«

Woher zur Hölle weiß er das? Kurz spiele ich mit dem Gedanken, er könnte sich ebenfalls über mich erkundigt haben, doch dann wird mir klar, wie lächerlich das ist. Er zieht wohl wie die meisten Menschen in dieser Stadt anhand meines Aussehens den Schluss, dass ich aus einer Großstadt komme. Und hat dabei zufällig ins Schwarze getroffen. Mehr steckt nicht dahinter.

Ich nicke. »Aufgewachsen bin ich in New York, Buffalo, aber studiert habe ich in Boston. Dort habe ich auch nach meinem Abschluss gelebt.«

Seine Augenbrauen zucken überrascht nach oben. »Harvard?«

Stolz nicke ich. »Ich bin erst vor einem Jahr nach Woodshaven gezogen.« Warum ich ihm das erzähle, weiß ich nicht. Er ist nicht unbedingt der euphorischste Gesprächspartner oder wirkt überhaupt richtig interessiert an unserer Unterhaltung, aber irgendwie unterhalte ich mich trotzdem gerne mit ihm. Vielleicht, weil er gestern meinte, er würde nicht mit jedem gerne plaudern, doch er tut es mit *mir*. Und ich wollte ohnehin mit ihm daran arbeiten.

»Mit Ihrem Mann«, fügt er hinzu.

Ich blinzele. Das hielt ich für unnötig, zu erwähnen. Natürlich bin ich mit meinem Ehemann umgezogen, was denkt er denn?

»Was hat Sie hierhergetrieben?«

»Er hat eine Stelle angeboten bekommen«, erzähle ich ihm. »In einer Anwaltskanzlei, die schon länger versucht hat, ihn abzuwerben. Aufgrund der höheren Position, die man ihm angeboten hat, und des damit einhergehenden Gehaltes, haben wir die Stelle schließlich angenommen. Alles andere wäre dumm gewesen.«

»Wir«, wiederholt er und ich glaube, feinen Spott in seiner Stimme mitschwingen zu hören, könnte es mir aber auch einbilden. »Also sind Sie für ihn umgezogen.«

»Ich war sowieso auf der Suche nach einem Job.«

»Universitäten gibt es überall auf der Welt. Auch in Boston und Buffalo.«

»Das stimmt, aber von dort aus hätte er die Stelle hier nicht antreten können.«

»Also *sind* Sie seinetwegen umgezogen«, beharrt er, woraufhin ich schließlich zustimmend nicke. Es ist ja auch die Wahrheit. »Sie scheinen eine vorbildliche Ehefrau zu sein.« Ich starre ihn an. Warum klingt das wie ein Vorwurf aus seinem Mund? Oder eine

Frage? »Oder irre ich mich? Sind Sie keine gute Frau für Ihren Mann?«

»Ich … Ähm, doch«, murmele ich durcheinander. »Natürlich bin ich eine gute Ehefrau.«

»Natürlich«, wiederholt er mit diesem Schmunzeln, das ich beim besten Willen nicht deuten kann. Seine braunen Augen blitzen amüsiert, was ich sogar aus der Entfernung erkennen kann.

Wann ist unser Gespräch in diese merkwürdige Richtung abgedriftet? Und worauf will er eigentlich hinaus?

Ich soll es wohl nicht erfahren, denn just in dem Moment, in dem ich ihn das fragen möchte, schwingt die Tür auf und Timmy Marten betritt gefolgt von seiner Clique den Saal.

»Guten Morgen, Mrs Summers. Heute sind Sie aber früh dran«, flötet er, und ich schenke den Jungs ein Lächeln, während meine Gedanken immer noch bei Zane Lewis sind, der mich, wie gestern während des Unterrichts, keine Sekunde lang aus den Augen lässt. Über die volle Aufmerksamkeit meiner Studenten freue ich mich immer, aber seine macht mich aus irgendeinem Grund nervös.

Und das beunruhigt mich.

3

»Ich bin wirklich froh, dass wir das hier machen.«

Ich halte mit dem Glas Pinot noir vor meinen Lippen inne und betrachte meinen Ehemann, der sich zu meiner Überraschung extra für unser Date in Schale geworfen hat.

Während ich mein kleines Schwarzes und meinen besten Schmuck trage, trägt er das weinrote Hemd, das ich am liebsten an ihm mag, und die Krawatte, die ich ihm dazu geschenkt habe. Außerdem funkelt eine silberne Rolex an seinem Handgelenk, und er hat sein helles Haar nach hinten frisiert und mit Haarspray fixiert. Sonst trägt er es immer unordentlich wie Zane Lewis.

Halt, was? Ich habe nicht gerade ernsthaft meinen Mann mit einem meiner Studenten verglichen, oder? Wie verdammt seltsam. Und unangebracht, auch wenn ich mich nur auf die Frisur bezogen habe.

Ich schenke James ein Lächeln. »Ich auch.«

»Du hattest recht«, sagt er mit einem ernsten Nicken. »Es ist dringend notwendig, dass wir mehr Zeit miteinander verbringen. Innerhalb und außerhalb des Hauses.«

Ich stimme schweigend zu und nehme einen Schluck vom leckeren Rotwein.

»Es tut mir wirklich leid, dass ich dich in den letzten Monaten seit unserem Umzug so vernachlässigt habe«, flüstert er mir über den hübsch gedeckten Tisch in dem edlen Restaurant zu, welches sich schon am ersten Tag nach unserem Umzug zu meinem Lieblingslokal entwickelt hat.

Es hat neben anderen köstlichen Speisen das beste Risotto der Stadt – mein Lieblingsessen –, dafür ist es mit Abstand das teuerste Lokal weit und breit. Und trotzdem immer sehr gut besucht. Die Leute hier können es sich schließlich auch leisten, vierzig Dollar für einen Teller Spaghetti zu bezahlen. Dass wir nun auch zu dieser Sorte gehören, fühlt sich für mich immer noch komisch an.

Ich stamme aus guten Verhältnissen – meine Eltern waren nie arm, aber auch nie reich. Ich habe neben der Schule schon gearbeitet und bis vor kurzem noch meinen Studienkredit abbezahlt. Seit ich mit James zusammen bin, hat sich mein Lebensstandard deutlich gehoben, da er aus einem besseren Elternhaus stammt und seine Familie immer schon großen Wert auf Materielles gelegt hat. Prachtvolles Haus, Poollandschaft, nagelneuer Wagen, und natürlich die beste Ausbildung für ihre Kinder.

Nun, wo James Junior Partner ist, können wir uns all das auch selbst leisten. Finanzielle Hilfe seiner Eltern anzunehmen, war mir von Anfang an zuwider, aber James bestand darauf. Von seinem Willkommensbonus haben wir uns schließlich vor einem Jahr unser erstes Haus gekauft und eingerichtet. Und von seiner Abfindung einen nagelneuen Range Rover, den allerdings nur er fährt. Ich bin bei meinem Ford Fiesta geblieben, der auch noch relativ neu und sehr treu ist. Ich mag das Auto, auch wenn es keine Blicke auf sich zieht, und würde es nicht gegen ein teureres tauschen wollen, das moderner aussieht. Ich habe damals lange dafür gespart und stehe nicht unbedingt auf all diesen Luxus, in dem die Leute hier leben, auch wenn ich gerne einmal nett essen gehe wie heute. Dennoch verkrampft sich mein Magen jedes Mal, wenn der Kellner die

Rechnung bringt. Ich würde das Geld lieber auf eines unserer Sparbücher einzahlen.

Wir bekommen unsere Hauptspeisen serviert und beginnen schweigend zu essen. Während ich das köstliche Risotto mit Meeresfrüchten verschlinge, werfe ich James immer wieder einen Blick zu. Er wirkt konzentriert, und seine Schultern sind angespannt, als wäre er am Arbeiten und nicht beim Verzehren eines köstlichen Rindersteaks.

Ich versuche, mich daran zu erinnern, warum ich mich einmal in ihn verliebt habe. Es war seine witzige Art und selbstbewusste Ausstrahlung. Er wusste mit jedem Problem umzugehen und war nie leicht aus der Fassung zu bringen. Das mochte ich, ich fühlte mich dadurch sicher bei ihm. Und sein Ehrgeiz gefiel mir, der sich im Laufe der Jahre jedoch etwas überentwickelt hat, wie ich finde. Man muss nicht immer nach etwas Besserem streben. Man sollte sich auch einmal mit dem zufriedengeben, was man hat.

Und wir führen ein tolles Leben, haben ein abbezahltes Haus in einer hübschen Gegend, die einer Serie wie *Desperate Housewives* entsprungen sein könnte, zwei sichere und gut bezahlte Jobs, zwei Autos, nette Bekannte und einander. Wir haben mehr als die meisten Menschen. Warum sollten wir also nach noch mehr gieren?

Als sein Handy klingelt, halten wir beide in unseren Bewegungen inne. Es liegt auf dem Tisch, was mich schon die ganze Zeit über stört. Warum muss er immer auf Abruf bereit sein, um alles stehen und liegen zu lassen? Wenigstens heute Abend hätte er es ausschalten können.

»Ist das Büro«, lässt er mich wissen und drückt den Anruf weg, worüber ich froh bin. »Keine Sorge, ich rufe später zurück.«

Ich lächele ihn an. Das ist der James, in den ich mich verliebt habe. »Danke.«

»Wie ist dein Risotto?«

»Köstlich, und dein Steak?«

Er nickt halbwegs zufrieden. »Gut.«

Ich nicke ebenfalls. Danach fahren wir schweigend damit fort, unsere Teller zu leeren, bis der Kellner kommt und sie abräumt. Ich trinke das Glas Wein aus und bestelle ein zweites, wofür ich einen kritischen Blick von meinem Mann ernte.

»Hm?«, mache ich unsicher.

Er runzelt die Stirn, während er mich in meinem engen Kleid mustert. Ein Kompliment für mein herausgeputztes Äußeres – das mich über eine Stunde meines Lebens gekostet hat – hat er mir nicht gemacht, worüber ich enttäuscht bin.

»Du trinkst in letzter Zeit recht viel, kann das sein?«

Unwillkürlich spannen sich meine Schultern an. »Abends mal ein Glas Wein … Warum?«

Sein Stirnrunzeln vertieft sich. »Ein Glas … oder eine Flasche?«

»Ich trinke doch nicht jeden Abend eine volle Flasche Rotwein«, gebe ich mich empört, obwohl ich in letzter Zeit tatsächlich häufig mehr als ein Glas Wein getrunken habe, bevor ich zu Bett ging. Oder mehr als drei.

»Das sollte kein Vorwurf sein, Schatz«, versucht er mich sofort zu besänftigen. »Ich frage mich nur, warum du plötzlich so gerne zum Alkohol greifst. Du hast doch früher auch nicht viel getrunken.«

»Nicht viel, aber gerne«, erinnere ich ihn trocken. Seine Anschuldigung, ich würde zu viel trinken, nervt mich. Wahrscheinlich, weil es stimmt. Trotzdem bin ich noch weit von einer Alkoholikerin entfernt. »Was soll ich denn sonst abends alleine zu Hause machen, hm? Mir ist eben langweilig.«

Den Seitenhieb ignoriert er geflissentlich. »Schon gut, Schatz. Ich wollte dich nicht aufregen.«

Ich starre ihn beleidigt an.

Sein Handy klingelt ein weiteres Mal.

Seufzend nimmt er es von der Tischplatte und starrt auf das Display. »Wieder die Arbeit.«

Ich lache humorlos. »Klar, wer denn sonst?«

James' Augen treffen auf meine, wirken unschlüssig. Ich erwidere seinen Blick ruhig, doch meine Augen flehen ihn förmlich an, den Anruf nicht entgegenzunehmen.

»Es ist offenbar wichtig«, erklärt er mir gepresst. »Ich gehe ganz schnell raus und nehme den Anruf an. Ich bin sofort wieder bei dir, in Ordnung?«

Ich wende meinen Blick von ihm ab, ohne ihm eine Antwort zu geben. Er erwartet ohnehin keine.

So habe ich mir unseren romantischen Abend nicht vorgestellt. Sogar in dieses überirdisch teure Restaurant nimmt er seine Arbeit mit. Es kotzt mich schier an, nie seine volle Aufmerksamkeit zu haben. Oder auch nur einen Bruchteil seiner Aufmerksamkeit ergattern zu können. Die ganze Zeit über wirkt er, als wäre er in Gedanken bei seinem nächsten Fall oder Mandaten. Oder seinen Aussichten auf die Position als Senior Partner in der Kanzlei. Allmählich verliere ich die Hoffnung, dass sich sein Ehrgeiz und Übereifer irgendwann wieder legen werden.

Nachdem er aufgestanden ist und das Restaurant durch die Eingangstür verlassen hat, seufze ich leise und lasse meinen Blick über all die besetzten Tische schweifen.

Das Lokal ist nicht riesig, aber groß genug, sodass ich für ein paar Minuten beschäftigt sein sollte, während ich all die verliebten Paare und Geschäftsmänner taxiere, die ihren Gesprächspartnern aufmerksam lauschen. Sogar diese Anzugtypen bekommen mehr Aufmerksamkeit von ihrem Gegenüber als ich von meinem Mann.

Dabei könnte ich nicht besser aussehen. Mein Haar habe ich frisch gewaschen und geglättet, meine Augen mit Lidschatten und Mascara betont, und meine Lippen in dem satten Rotton angemalt, wie ich es immer tue, wenn ich das kleine Schwarze trage, das nebenbei bemerkt einen sehr netten Blick auf mein Dekolleté bietet. Durch den tiefen V-Ausschnitt kommen die Rundungen meiner Brüste gut zur Geltung, doch ich glaube, dass James sie selbst dann nicht bemerken würde, säße ich splitterfasernackt auf seinem Schoß und würde sie ihm ins Gesicht drücken.

Als meine Augen durch den hinteren Teil des Restaurants schweifen, stutze ich plötzlich. Ich kneife sie zusammen und lehne mich nach vorne, um besser zu dem Tisch ganz in der Ecke am Fenster sehen zu können, der bloß von einer Kerze darauf beleuchtet wird.

Mit einem Mal erstarre ich.

Meine Augen haben mir keinen Streich gespielt. Auch der Wein ist mir nicht zu Kopf gestiegen. Der junge Mann, der dort in der Ecke sitzt, ist niemand Geringeres als Zane Lewis, mein neuer Student.

Und er starrt mich an.

Mit diesem perfektionierten, undurchschaubaren Schmunzeln auf den vollen Lippen.

Überrumpelt blinzele ich, während ich spürbar erröte. Im selben Augenblick bringt der Kellner mein Glas Wein an den Tisch, welches ich dankbar an mich nehme und einen großen Schluck daraus trinke.

Was für ein Zufall, Zane hier zu treffen. Warum treibt er sich in solch teuren Restaurants herum? Ich hielt ihn eher für jemanden, der seine Abende in irgendwelchen Bars mit einer Flasche Bier und seinen Kumpels verbringt. Obwohl ich so eine Ahnung habe, dass er nicht viele Freunde hat. Er scheint mir nicht gerade der geselligste Typ der Welt zu sein.

Am meisten irritiert mich seine Begleitung. Er sitzt dort mit einer dunkelhaarigen Frau. Ich sehe sie bloß von hinten, doch was ich sehe, reicht, um die Stirn zu runzeln. Sie ist alt. Älter als ich, definitiv. Sie trägt ein teures Kleid mit teuren Schuhen und hat ihre teure Handtasche über die Stuhllehne gehängt. Dunkelblaues Krokodilleder, wenn ich mich nicht ganz täusche. *Hermes*. Woran ich erkenne, dass die Frau alt ist, ist ganz einfach: sie trägt eine Dauerwelle. Welche junge Frau trägt heutzutage eine verdammte Dauerwelle?

Als ich beobachte, wie sie die Hand nach seiner ausstreckt, die auf dem Tisch ruht, wird mir schlecht. Sie legt sie darauf und streichelt darüber. Er wendet den Blick von mir ab und lächelt sie an. Ein ehrliches Lächeln, das mir den Magen umdreht.

Wie unangemessen! Was zur Hölle soll das? Der Kerl ist quasi noch ein Kind. Diese Frau kann doch nicht … Im nächsten Moment kommt mir der Gedanke schon lächerlich vor. Natürlich ist er kein Kind mehr, im Gegenteil. Er wirkt viel älter und reifer als die meisten anderen Kerle in seinem Alter. Und er kann ganz bestimmt selbst entscheiden, mit wem er sich in seiner Freizeit trifft. Er ist volljährig.

Und trotzdem starre ich entsetzt zu den beiden rüber und verspüre das dringende Bedürfnis, diese Frau zur Rede zu stellen und ihr zu sagen, dass sie sich gefälligst einen Mann in ihrem Alter angeln soll. Das ist doch pervers und abartig.

Ich betrachte ihre etwas stärkeren Beine, die schlaffe Haut an ihren Oberarmen, und ihre Hand voller Ringe, die immer noch auf Zanes liegt. Als ich glaube, seinen Blick auf mir zu spüren, lasse ich meine Augen nach oben gleiten und schlucke schwer. Wieder starrt er mich an. So intensiv, dass mir auf einmal heiß wird.

Und dann nimmt er die Hand der Frau in seine und lächelt sie wieder an. Sie dreht sich im selben Moment um und sagt etwas zu dem vorbeilaufenden Kellner.

Und da erkenne ich sie.

Vor Schock klappt meine Kinnlade nach unten.

»Sorry, Schatz«, ertönt es plötzlich neben mir und ich zucke zusammen. James nimmt mir gegenüber Platz und lächelt mich an. »Das war der letzte Anruf für heute, versprochen. Also, was sagst du zu einer Nachspeise?«

»Unsere Nachbarin Gabriella trifft sich mit einem neunzehnjährigen Typen!«, platzt es im Flüsterton aus mir heraus, die Augen ungläubig weit aufgerissen. James runzelt die Stirn und scheint nicht ganz mitzukommen. »Da hinten! Schau! Sie sitzt an dem Tisch in der Ecke und hält Händchen mit einem meiner Studenten! Ist das zu fassen? Wie alt ist die Frau? Sechzig?« Als James sich ruckartig umdreht, rutsche ich peinlich berührt auf meinem Stuhl hinunter. »Um Gotteswillen, schau doch nicht so auffällig rüber!«, zische ich ihm zu.

»Du sagtest doch, ich solle schauen«, erwidert er verwirrt und dreht den Kopf wieder zu mir um. »Ich sehe sie nirgendwo. Außerdem ist sie erst fünfundvierzig, soweit ich weiß.«

»Was macht das denn für einen Unterschied?«, zische ich. »Sie ist alt. Viel zu alt für ihn!«

James mustert mich etwas belustigt. »Seit wann bist du denn so prüde, Schatz? Uns selbst trennen zehn Jahre voneinander.«

»Das ist etwas anderes«, murmele ich und frage mich zugleich, warum ich tatsächlich so empört über meine Entdeckung bin.

Als ich James kennengelernt habe, war ich Anfang Zwanzig und er Anfang Dreißig. Mit Mitte Zwanzig kamen wir dann offiziell zusammen. Unser Altersunterschied hat mich nie gestört. Und solange der jüngere Part volljährig ist, spricht absolut nichts gegen eine Beziehung mit hohem Altersunterschied. Auch nicht körperlicher Natur.

Igitt. Der Gedanke ist wie Säure in meinem Magen.

Warum regt es mich so sehr auf, dass unsere Nachbarin, die eine gute Bekannte von mir ist, mit einem viel jüngeren Kerl ausgeht? Ehrlich gesagt, regt es mich mehr auf, dass *er* mit *ihr* ausgeht. Wieso sieht er sich nicht nach Mädchen in seinem Alter um? Die Frau ist nicht einmal besonders gutaussehend.

»Du magst Gabriella doch«, meint James nun gelassen. »Frag sie doch einfach, wer ihre Begleitung ist.«

»Jetzt?«, frage ich eine Oktave zu hoch.

Er lacht leise. »Natürlich nicht jetzt, sondern morgen. Oder wenn du ihr das nächste Mal über den Weg läufst.«

»Das ist widerlich«, murmele ich voller Abneigung und weiß selbst nicht, warum.

So schlimm ist es doch eigentlich gar nicht. Gabriella ist eine geschiedene Frau; sie kann sich treffen, mit wem sie will. Nachdem sie ihr Ex-Mann mit einem jungen Püppchen betrogen hat, sucht sie sich nun vielleicht auch einen jüngeren Kerl, um sich besser zu fühlen. Das wäre nur verständlich.

Und da ihr Ex-Mann mein Chef ist – der Dekan der Uni – kann ich verstehen, dass sie Bestätigung für ihr Ego dringend nötig hat. Er glotzt ja sogar mich ständig so an, als würde er sich bei jeder Gelegenheit vorstellen, mich über seinen Schreibtisch zu beugen, obwohl er weiß, dass ich mit seiner Ex-Frau befreundet bin. Mehr oder weniger.

Es ist nicht so, dass wir uns zum Kaffee trinken treffen würden, aber wir plaudern jedes Mal nett miteinander, wenn wir uns über den Weg laufen, und sie hat mir schließlich auch zu meinem Job verholfen. Ich sollte nicht so fies über sie sprechen und denken.

Oh, Moment. Ist das der Grund für Zanes Wechsel mitten im Semester? Hat sie auch ihm zu einem Platz an der *Rosegarden* verholfen? Bezahlt sie womöglich sogar die Unigebühren? *Kauft sie ihn?*

Bah. Ist sie vielleicht so etwas wie seine Sugarmommy?

»Möchtest du nun noch eine Nachspeise haben?«, fragt James mich, während ich mich davon abzuhalten versuche, immer wieder in den hinteren Teil des Restaurants zu schielen.

Es ist, als könnte ich Zanes Blicke auf meiner Haut spüren – wie eine geisterhafte Berührung. Ich weiß, dass er mich anstarrt. Ob es ihm peinlich ist, dass ich ihn mit einer älteren Frau erwischt habe? Gewirkt hat er jedenfalls nicht so, als er dieses arrogante Schmunzeln aufgesetzt hat.

»Nein, danke«, erwidere ich gedämpft. Mir ist gehörig der Appetit vergangen. Ich komme mir vor wie eine Spießerin, weil ich mich so sehr über meine Entdeckung empöre. »Lass uns nach Hause gehen.«

James nickt und ruft den Kellner mit einer Hand herbei. Nachdem wir bezahlt haben, deute ich auf die Toilettenräume und sage: »Ich muss noch mal kurz für kleine Mädchen.«

»Ich warte draußen auf dich.« Er drückt mir einen Kuss auf die Wange und marschiert zum Ausgang.

Mit immer noch schwerem Magen, der ganz bestimmt nicht vom Risotto kommt, lasse ich mir meinen Mantel reichen und hänge mir meine Abendtasche über die Schulter. Es kribbelt in meinem Nacken, als ich mich umdrehe und auf die Toilettenräume zusteuere. Wieder glaube ich, Zanes Blick auf mir zu spüren.

In der Damentoilette entleere ich mich, bevor ich mich am Waschbecken abstütze und mein Spiegelbild betrachte. Meine Wangen wirken gerötet. Habe ich mich innerlich so sehr über Zane und meine Nachbarin aufgeregt, dass ich sogar schon rot angelaufen bin?

Wie bescheuert. Es geht mich absolut nichts an, mit wem es einer meiner Studenten treibt. Irgendwie bin ich mir sicher, dass die beiden es miteinander treiben, denn warum sollten sie sonst zusammen in ein solch schickes Lokal essen gehen? Vielleicht ist sie tatsächlich so etwas wie seine Sugarmommy.

Ekelhaft. Einfach nur ekelhaft.

Kopfschüttelnd wasche ich mir die Hände und bessere meinen dunklen Lippenstift nach. Ich richte meinen Pony und schiebe das enge Kleid zurecht, bevor ich in den Mantel schlüpfe und meine Clutch unter meinen Arm klemme.

Als ich die Tür aufziehe, erstarre ich ein weiteres Mal heute Abend.

Zane Lewis lehnt an der Wand gegenüber und lächelt mich an.

Hitze steigt mir zu Kopf, als ich einen Schritt aus dem Raum mache und die Tür hinter mir ins Schloss fällt. Meine Augen zucken nach links und rechts, suchen den Durchgang nach anderen Menschen ab. Doch die gibt es nicht. Wir sind allein und vom lauten Stimmengewirr im Restaurantbereich abgeschirmt.

»Zane«, stoße ich mit merkwürdig hoher Stimme hervor und räuspere mich. Ich bemühe mich um ein ungezwungenes Lächeln. »Was für eine Überraschung.«

»Ach ja?« Belustigt legt er den Kopf schief, wodurch sein dunkles Haar wie immer zur Seite fällt. »Sie haben mich doch schon vorhin gesehen, oder etwa nicht?«

Wieder räuspere ich mich. Ich möchte mir nicht anmerken lassen, was ich von ihm und seiner Begleitung halte, also erwidere ich in lockerem Tonfall: »Ich war mir nicht sicher.«

Zane schmunzelt. Seine Augen wirken feuriger als sonst, als würden Flammen darin lodern. Vielleicht aber steigt mir auch bloß der Pinot noir zu Kopf. Als er sich von der Wand abstößt und auf mich zukommt, halte ich die Luft an.

»Ich habe Sie gleich erkannt. Schon als Sie das Restaurant betreten haben.« Er bleibt so dicht vor mir stehen, dass ich trotz meiner hohen Absätze den Kopf in den Nacken legen muss.

Herrgott, er ist noch viel größer, als ich angenommen habe. Wir standen uns noch nie gegenüber, daher fällt mir das erst jetzt auf. So wie mir sein erdiger Duft in die Nase steigt und mein Hirn benebelt.

»Sie sind ja auch schwer zu übersehen, Mrs Summers.« Die Worte flüstert er mir zu, seine Stimme beinahe verführerisch heiser, als würde er es darauf anlegen.

Als ich seinen auffordernden Blick bemerke, verstehe ich, dass er es tut.

Ich spüre, wie mein Herz wild zu rasen beginnt. *Bum. Bum Bum. Bum. Bum Bum.* Ich kann meinen Herzschlag förmlich in meinen Ohren hören.

Macht er mich gerade an? Und warum kann ich nicht einfach darüber lachen, wie ich es bei jedem anderen meiner Studenten täte?

»Die Farbe steht Ihnen«, presst er mit rauer Stimme hervor, seine Augen nun auf meine Lippen gerichtet. Während er das sagt, leckt er sich über seine eigenen. »Ist der Lippenstift kussecht?«

Ich weiß nicht, worüber ich mehr irritiert bin. Über die Frage an sich, über die Tatsache, dass er weiß, dass man wisch- und wasserfeste Lippenstifte kussecht nennt, oder über meine Antwort, die beinahe gehaucht über meine Lippen kommt.

»Nein.«

»Noch besser.«

Ich halte erneut die Luft an und glaube für einen Moment, er würde mich küssen. Ich sehe in seinen Augen, dass er es will. Dass er es sich vorstellt, so wie ich es gerade tue, wenn auch nur, weil er diesen Eindruck vermittelt, als würde er es gleich tun. Mein Herzschlag brüllt nun schon in meinen Ohren, mein Körper regt sich keinen Millimeter weit. In meinem Kopf überschlagen sich die Gedanken, bis er zu explodieren droht, als Zane sich wortlos und abrupt abwendet und in der Männertoilette verschwindet. Dabei würdigt er mich keines Blickes mehr.

Ich sehe ihm entgeistert hinterher. Meine Hände zittern und meine Knie sind plötzlich ganz weich.

Was zur Hölle war das gerade?

4

Am nächsten Tag sehe ich Zane nicht, da der Kurs, den ich unterrichte, mittwochs nicht stattfindet, und ich daher freihabe. Dafür begegne ich ihm am Donnerstag pünktlich um acht Uhr wieder. Oder sagen wir, zehn vor acht, da ich darauf geachtet habe, ihn vor Unterrichtsbeginn zu erwischen. Weil er meinte, er wäre immer pünktlich, bin ich extra früher von zu Hause losgefahren.

Ich möchte ihm sagen, dass sein Verhalten letztens unangebracht war. So spricht man nicht mit seiner Dozentin. Und man kommt ihr auch nicht so nahe, das ist unangemessen. Nicht auszudenken, hätte uns jemand von der Uni gesehen, wie wir in diesem dunklen Durchgang standen, allein, unsere Gesichter so nah voreinander, dass wir beinahe dieselbe Luft eingeatmet hätten … Fast hat sein Körper den meinen berührt.

Ich konnte an jenem Abend die ganze Nacht lang nicht aufhören, an unsere Begegnung zu denken. Und an seine Worte und die Art, wie er mich angesehen hat.

Nicht, dass man das jetzt falsch versteht: Ich lag nicht nackt unter meinem Mann und hatte dabei einen meiner Studenten im Kopf. James fiel quasi komatös ins Bett, kaum haben wir unser Schlafzimmer betreten, und ich lag frustriert noch die halbe Nacht lang putzmunter neben ihm. Daher hatte ich genügend Zeit, um nachzudenken. Darüber, dass er versprochen hat, mich so ausgiebig zu vögeln, dass ich nicht mehr gehen könnte, und eben über Zane.

Ich muss gestehen, dass sich meine Gedanken für einen klitzekleinen, haarsträubenden Augenblick tatsächlich überschnitten haben, aber das habe ich natürlich sofort unterbunden. Ich stelle mir meine Studenten nicht beim Sex vor. Weder mit einer anderen Frau noch mit mir.

Allerdings kam mir in den Sinn, dass ein Kerl wie Zane ganz bestimmt nicht zu müde dafür gewesen wäre, mich zu vögeln. Bis ich nicht mehr gehen kann. Er ist jung und fit – er hätte die Ausdauer und das Stehvermögen dazu. Garantiert. Gabriella kann sich wohl glücklich schätzen.

Ich habe mich sogar dabei erwischt, aus dem Fenster zu ihrem Haus auf der anderen Straßenseite zu spähen, doch ich konnte nicht erkennen, ob sie alleine oder mit ihrem Toyboy zu Hause war. Ihr Mercedes stand in der Einfahrt, als ich hinübergeschaut habe, aber im Haus war es dunkel. Das muss jedoch nicht zwangsläufig bedeuten, dass sie keinen Besuch hatte – vielleicht ist sie auch bloß eine Frau, die beim Sex das Licht ausmacht.

So oder so, es geht mich absolut nichts an, deswegen habe ich sie heute Morgen auch nicht darauf angesprochen, als wir uns auf der Straße begegneten. Sie hat mir fröhlich gewinkt, während sie sich nach der Zeitung vor ihrer Haustür gebückt hat, und ich habe ihr verkrampft zugelächelt, bevor ich eilig in meinen Wagen gestiegen bin.

Dann habe ich James angerufen und ihm davon erzählt, und er meinte lachend, dass ich mich komisch verhalten würde, weil doch nichts Schlimmes passiert sei. Allerdings kann ich nicht bestreiten, wie unangenehm mir meine Entdeckung ist, sodass ich beschlossen habe, sie zu verdrängen.

Es ist ja ohnehin nicht so, als wäre ich Zeuge einer Straftat geworden, die ich nun aus moralischen Gründen melden müsste. Ich habe bloß gesehen, wie ein junger Mann in Gegenwart einer deutlich älteren Frau zu Abend gegessen hat. Das ist nichts, wofür man in die Hölle kommt.

Als ich den Saal betrete, sieht Zane sofort zu mir auf. Er schenkt mir ein Lächeln, welches ich aufgrund meines Vorsatzes, heute die strenge Professorin zu spielen, die es gar nicht in Ordnung findet, wie er sich ihr gegenüber benommen hat, ignoriere.

Ich marschiere auf meinen Pumps auf das Lehrerpult zu, lege meine Tasche darauf ab und vergewissere mich flüchtig, dass wir auch tatsächlich allein im Saal sind und ich niemanden übersehe, für dessen Ohren unser Gespräch ungeeignet ist. Dann sehe ich mit einem bemüht ernsten Blick, der ein wenig Zurechtweisung in sich trägt, zu Zane auf.

»Zane, ich möchte dich bitte kurz sprechen.«

Falls er überrascht ist, lässt er es sich nicht anmerken. Anstandslos steckt er das Handy in seine Hosentasche, auf welchem er gerade eben noch getippt hat, und erhebt sich von seinem Stuhl, bevor er geschmeidig die wenigen Stufen zu meinem Schreibtisch hinunterschlendert.

»Ja, Mrs Summers?« Er bleibt unmittelbar davor stehen und starrt mit diesen feurig funkelnden Augen auf mich herab.

Heute trägt er ein olivgrünes Shirt mit V-Ausschnitt, das seine gebräunten Arme betont, dazu schwarze Jeans mit dem abgewetzten Ledergürtel und seine lose geschnürten Stiefel. Wieder wirkt er lässig, und seine Körperhaltung strahlt aus, dass ihm nichts und niemand etwas anhaben kann.

»Was kann ich für Sie tun?«

»Ich habe über unsere letzte Begegnung nachgedacht«, beginne ich das Gespräch in ruhigem, aber autoritärem Tonfall, und dazu passender professioneller Miene, aus der man keinen meiner Gedanken ablesen kann. Ich habe mich gut auf dieses Gespräch vorbereitet und fühle mich selbstsicher, bis er mich schon gleich zu Beginn mit zwei simplen Worten aus dem Konzept bringt.

»Ich auch.«

Perplex blinzele ich. Kurz bröckelt meine Fassade, doch ich kratze sie rasch mühevoll wieder zusammen. »Jedenfalls war das nicht in Ordnung. Du –«

»Dass ich einfach weggegangen bin?« Er stützt die Hände auf dem Tisch zwischen uns ab und beugt sich zu meinem Gesicht hinunter. So nah, dass ich wieder seinen erdigen Duft in der Nase habe. »Es tut mir leid, wenn Sie etwas anderes erwartet haben, aber wenn ich mich nicht ganz täusche, hat Ihr Mann draußen auf Sie gewartet.«

»Was?« Wie vor den Kopf gestoßen weiche ich zurück. »Nein, natürlich nicht! Ich … ich wollte sagen, dass es unangebracht war, dass du mir auf diese Weise nahegekommen bist.«

»Auf welche Weise?«

»So wie jetzt«, erwidere ich mit zittriger Stimme.

Gott, der Kerl bringt mich vollkommen durcheinander. Was soll das? Was bezweckt er damit?

»Das … das ist unangemessen, Zane. Wie du bemerkt hast, bin ich eine lockere Professorin, die über jeden noch so doofen Spruch lacht und vieles nicht allzu ernst nimmt, was ihre Studenten von sich geben oder tun. Allerdings gibt es Grenzen, die du klar überschritten hast. Ich bitte dich darum, dich künftig anständiger zu verhalten. Dich *zurückzuhalten*. Egal ob hier oder außerhalb des Campusgeländes.« *Puh. Geschafft. Das war doch gar nicht mal so schwer.*

Als sich plötzlich ein schiefes Lächeln auf seinen vollen Lippen bildet, spüre ich, wie es in meinem Magen zu ziehen beginnt. Es ist das schmutzigste Lächeln, das ich jemals gesehen habe. Und das verführerischste obendrein.

»Aber Mrs Summers … Ich benehme mich doch schon so anständig wie nur möglich in Ihrer Nähe. Was Sie da von mir verlangen, grenzt fast schon an Folter. Schließlich bin ich auch nur ein Mensch.« Er überbrückt den Abstand zwischen uns wieder und kommt meinem Gesicht so nahe, dass sich unsere Lippen beinahe berühren. Mir stockt der Atem. »Um genau zu sein, ein Mann.«

»Das reicht!«, entfährt es mir lautstark. Mein Herz überschlägt sich wie mein Magen, mein ganzer Körper steht plötzlich wie unter Strom. »Hör auf damit, Zane. Das ist absolut unangebracht!«

»Entschuldigen Sie, Mrs Summers. Ich wollte Ihnen nicht zu nahetreten«, presst er mit leiser Stimme hervor und lehnt sich zu meiner Erleichterung zurück. Ich bin mir sicher, knallrot angelaufen zu sein, und auch, dass er mein wild galoppierendes Herz hören kann, das wie ich völlig überfordert ist.

»Stehst du auf ältere Frauen? Ist es das?«, platzt es ziemlich unprofessionell aus mir heraus, weil ich mich herausgefordert fühle. Fast schon in die Enge getrieben. Vielleicht ist das für ihn nur ein dummes Spiel. Vielleicht versucht er sein Glück nur zu seinem eigenen Amüsement bei älteren und verheirateten Frauen.

Wie teuflisch kann man sein?

Zane runzelt erst die Stirn, dann lacht er auf. Er lacht mich tatsächlich aus. »Würde ich dann auf Sie stehen?«

Im ersten Moment starre ich ihn bloß entgeistert an, bis seine Worte komplett zu mir durchdringen und ich merkbar weiche Knie bekomme. Und einen ungesund hohen Puls.

Sagte er gerade, er würde auf mich stehen, während er mir indirekt ein Kompliment gemacht hat?

»Ich bin deutlich älter als du«, erinnere ich ihn mit belegter Stimme.

Zane mustert mich ausdruckslos. »Wenn ich Sie ansehe, sehe ich keine alte Frau.«

Was siehst du dann?, will ich fragen und ohrfeige mich mental dafür. Spinne ich jetzt etwa auch schon?

»Ältere«, korrigiere ich ihn tonlos. »Nicht alte.«

Er schmunzelt. »So oder so. Ich stehe auf keine älteren oder alten Frauen, Mrs Summers.«

Ich bin tatsächlich mehr verwirrt als empört über sein Verhalten.

»Aber Sie gehören, wie schon erwähnt, zu keiner dieser beiden Kategorien«, fährt er trotz meines zunehmend überforderten Gesichtsausdruckes unbeirrt fort und umrundet den Schreibtisch, sodass sich kein Hindernis mehr zwischen uns befindet.

Meine Stimme der Vernunft schreit mich an, mich zu bewegen, ihm auszuweichen oder ihm zu sagen, er solle Abstand halten, doch ich tue nichts dergleichen, sondern hänge nur an seinen Lippen, als er sich seitlich meines Körpers auf den Stuhllehnen abstützt und schamlos vor meinem Mund sagt: »Es tut mir leid, wenn Sie meine Nähe als unangenehm empfinden. Oder mich. Ich hingegen fühle mich in Ihrer Gegenwart sehr wohl, deswegen kann ich mich wohl auch nicht von Ihnen fernhalten. Es fällt mir schon ziemlich schwer, jetzt gerade meine Hände bei mir zu behalten, während Sie so greifbar für mich sind. Sehen Sie?«

Wie gebannt folge ich seinem Blick zu seinen großen, mit Adern durchzogenen Händen, die sich so fest um die Stuhllehnen krallen, dass seine Fingerknöchel weiß hervortreten. Mein Atem stockt und ich presse die Schenkel zusammen.

Oh Gott. Was passiert hier gerade?

»Aber ich bin sehr wohl dazu in der Lage, mich zurückzuhalten. Wenn es also das ist, was Sie wollen, müssen Sie es nur sagen. Dann halte ich ab sofort mehr Abstand zu Ihnen.«

Schritte ertönen vor der Tür und ich drücke Zane gerade noch im letzten Moment von mir, bevor die Tür zum Saal aufschwingt und ein paar Mädels mit einem Lächeln eintreten.

»Guten Morgen!«, rufen sie fröhlich und mustern Zane mit deutlichem Interesse in den Augen, welches ihn kalt zu lassen scheint.

»Morgen«, krächze ich mit einem halbherzigen Lächeln.

Zane wirft einen letzten Blick auf mich, bevor er sich schmunzelnd abwendet und zurück zu seiner Sitzreihe marschiert. Wie ein verdammter König, der gerade ein ganzes Land erobert hat.

Okay, das hier entwickelt sich zu einem ernsthaften Problem. Damit habe ich absolut nicht gerechnet. Ich muss mich darum kümmern, bevor es zu spät ist. Dieser Typ wird mir Schwierigkeiten bereiten, das kann ich spüren. Er bedeutet Ärger.

Und ich muss vergessen, dass ich ein weiteres Mal dachte, er würde mich gleich küssen, und wieder nicht vor ihm zurückgewichen bin. Was sagt das über mich aus?

—

»James? Ruf mich bitte zurück. Ich muss mit dir über etwas sprechen.« Ich beende den Anruf und hoffe, dass mein Mann sobald wie möglich seine Mailbox abhört. Den ganzen Tag schon bin ich unruhig und nervös, habe hin und her überlegt, was ich wegen des Zwischenfalls mit Zane Lewis tun soll, bin jedoch zu keinem Entschluss gekommen.

Erst wollte ich erneut das Gespräch mit ihm suchen, doch das erschien mir als zu riskant. Wer weiß, welche Dreistigkeit er noch so an den Tag legt. Am Ende betatscht er mich vielleicht sogar, weil ich *so greifbar für ihn bin.*

Dann habe ich überlegt, zu Dekan Fields zu gehen, doch was sollte ich ihm sagen? Der Junge hat mir nichts getan.

Der Mann, korrigiere ich mich gedanklich. Er ist ein junger Mann, kein Junge mehr. Das hat er bewiesen. Dekan Fields würde mich auslachen, sollte ich ihm erzählen, dass einer meiner Studenten … Nun ja, was eigentlich? Mir indirekt Komplimente gemacht hat? Sagte, er würde auf mich stehen? Das klingt selbst in meinen Gedanken lächerlich. Er würde es für eine harmlose Schwärmerei halten oder vielleicht sogar für einen Scherz.

Dann habe ich darüber nachgedacht, zu meiner Nachbarin Gabriella zu gehen, um mit ihr über Zane zu sprechen, allerdings kam mir auch das bescheuert vor. Ich weiß doch gar nicht, in welcher Beziehung die beiden zueinander stehen. Am Ende ist sie noch eifersüchtig und erzählt es überall herum.

Also brauche ich James' Rat. Er wird wissen, was zu tun ist. Ich möchte diese … Sache sofort unterbinden, bevor sie ausartet. Zane ist für mich undurchschaubar, was ihn unberechenbar macht.

Außerdem möchte ich keine Geheimnisse vor meinem Mann haben, da unsere Ehe ohnehin schon auf wackeligen Beinen steht. Wir haben immer noch nicht miteinander geschlafen, doch allmählich beschleicht mich das Gefühl, dass uns selbst körperliche Nähe nicht wieder enger zusammenschweißen wird. Uns fehlt die emotionale Intimität genauso sehr wie die körperliche, und dafür habe ich keine so simple Lösung wie einen Quickie, den er heute Morgen ein weiteres Mal abgelehnt hat.

Ob er mich nicht mehr attraktiv findet? Habe ich mich irgendwie verändert? Mich abstoßend für ihn gemacht? Es kann doch nicht normal sein, dass ein Mann freiwillig monatelang abstinent lebt. Schon gar nicht, wenn er täglich eine willige und beinahe bettelnde Frau neben sich im Bett hat.

Die verunsichernden Gedanken verdrängend, verabschiede ich mich von meinen Kollegen und schlüpfe in meinen Mantel. Ich sehe mich nach meinem Regenschirm um, kann ihn jedoch nirgendwo entdecken.

Toll. Draußen schüttet es in Strömen, und mein Auto steht ganz hinten auf dem riesigen Parkplatz. Bis ich es erreicht habe, bin ich bestimmt nass wie ein Straßenhund.

Seufzend mache ich mich auf den Weg nach draußen. Ich schließe meine große Umhängetasche, schultere sie, und ziehe den Mantel zu, bevor ich die hohen Eingangstüren der Fakultät aufdrücke. Die Regentropfen, die auf dem Asphalt aufprallen, peitschen mir augenblicklich ins Gesicht, weshalb ich es rasch abwende. Es schüttet so stark, dass der Regen wie Steine auf den Boden prasselt. Der Wind macht das Ganze nur noch schlimmer. Es beginnt zu stürmen.

Als ich in der Ferne ein Donnerkrachen höre, welches von einem wütend wirkenden Blitz am Himmel begleitet wird, beeile ich mich, zu meinem Wagen zu kommen, bevor das Gewitter noch schlimmer wird.

Ich laufe auf den hohen Schuhen über den Parkplatz und bete zu Gott, dass ich keinen Bauchklatscher hinlege, da ich aufgrund des starken Regens beinahe blind bin. Ich kneife die Augen zusammen und hechte auf meinen Ford zu, der unter einem Baum steht, dessen herunterhängender Ast gefährlich stark auf und ab wippt. Beinahe trifft er das Blech.

»Mist«, fluche ich vor mich hin, als mir der Autoschlüssel aus der Manteltasche fällt, während der Regen durch meine Kleidungsschichten sickert. Mein Mantel fühlt sich bereits tonnenschwer an.

Mein Pony tropft und all das Wasser gemischt mit der Mascara brennt in meinen Augen, als ich mich bücke und den Schlüssel hastig aufhebe. Ich renne wieder los, öffne meinen roten Ford per Funkfernbedienung, und reiße die Fahrerseite auf. Im selben Moment ertönt ein weiteres Donnern, welches mich auf dem Fahrersitz zusammenfahren lässt.

Allerdings nicht so sehr wie die Autotür der Beifahrerseite, die plötzlich aufgerissen wird. Ich brauche keinen Spiegel vor mir zu haben, um zu wissen, dass meine Augen tellergroß werden und meine Kinnlade herunterklappt, als ich Zane Lewis dabei beobachte, wie er sich auf den Sitz neben mir fallen lässt. Auch er ist nass wie ein begossener Pudel, nur dass er keine schwarzen Streifen von Mascara auf den Wangen hat.

»Was zur Hölle?«, entfährt es mir ungläubig, verwirrt und ein wenig verängstigt. Hat er mir etwa auf dem Parkplatz aufgelauert? Hat er nur den richtigen Moment abgewartet, um mich abzupassen?

Mein Kopf schnellt herum und ich starre durch die Heckscheibe, um Ausschau nach anderen Leuten zu halten. Aufgrund des Gewitters kann ich allerdings absolut nichts erkennen. Der Parkplatz war vorhin wie ausgestorben.

»Zane, steig bitte sofort aus meinem Wagen«, presse ich bemüht ruhig hervor, während ich innerlich vor Nervosität zu zerplatzen drohe.

Was will dieser Kerl von mir? Verwandelt sich diese Sache nun in sexuelle Belästigung und Stalking? Und warum mischt sich zwischen diese beiden Gedanken ein weiterer, der so beschämend ist, dass ich ihn kaum aussprechen kann?

Dass er so klatschnass noch viel besser aussieht als trocken.

Sein dunkles Haar klebt feucht an seiner Stirn, während Wassertropfen über sein Gesicht perlen und an seinen dichten Wimpern glitzern. Seine gebräunte Haut glänzt so feucht, dass sie beinahe schimmert. Seine braunen Augen funkeln, wirken gefährlich wie die Blitze am Himmel, und sein olivgrünes Shirt klebt wie eine zweite Haut an seinem Körper. Bauchmuskeln zeichnen sich auf dem nassen Stoff ab, ich kann sie aufgrund seiner gekrümmten Haltung deutlich erkennen.

Mein Puls beschleunigt sich. Oh Mann. Hat mich vielleicht ein Blitz getroffen, ohne dass ich es bemerkt habe? Warum denke ich so etwas? Warum schreie ich nicht längst los?

»Ich gehe sofort«, stößt er endlich hervor. Seine Stimme klingt vollkommen ruhig, nicht wie meine eigene. Er lehnt sich nicht an den Sitz an, vermutlich um ihn nicht noch nasser zu machen, sondern stützt die Arme angewinkelt auf seine nassen Beine und starrt mir ernst ins Gesicht. Automatisch versteife ich mich. Diesen Blick kenne ich noch nicht bei ihm. »Ich wollte mich bloß bei Ihnen entschuldigen.«

»Bei mir … entschuldigen?«, echoe ich überrascht. Ich entspanne mich unwillkürlich etwas und wende mich ihm zugegebenermaßen neugierig zu. »Wofür genau?«

Er wirkt reuevoll, als er zögerlich hervorpresst: »Sehen Sie, ich kann nicht davon ausgehen, dass Sie mir gegenüber dasselbe empfinden wie ich Ihnen gegenüber. Natürlich nicht, Sie sind erfahrener und reifer … und verheiratet. Mein Fehler. Ich werde Ihnen nie wieder zu nahekommen, Sie müssen sich also keine Sorgen machen.«

Das macht mich jetzt tatsächlich sprachlos, weil er aufrichtig klingt.

»Das wollte ich nur loswerden«, meint er mit einem leichten Lächeln, das genauso ehrlich wirkt wie seine Worte. »Sie haben sich ja ganz schön Zeit gelassen. Noch etwas länger und ich wäre von einem Blitz getroffen worden.« Er lacht leise, schüttelt den Kopf und greift nach der Autotür. »Also dann, Mrs Summers, kommen Sie gut nach Hause.«

Ehe ich blinzeln kann, schlingen sich meine Finger um seinen feuchten Arm. Sie drücken in seine überraschend weiche Haut, streichen kurz darüber.

Als er den Kopf stirnrunzelnd zu mir umdreht, ziehe ich die Hand weg, als hätte ich mich verbrannt. Diese unschuldige Berührung allein hat mich vollkommen elektrisiert, und beinahe vergesse ich, wie es dazu kam.

Als es mir wieder einfällt, sage ich leise: »Warte kurz.«

Zane wartet.

Und ich bin plötzlich um Worte verlegen, was selten der Fall ist.

»Ja?«, hakt er nach, ein neugieriges Funkeln in den Augen. Sie forschen in meinen, und wieder kann ich mich nicht von seinem magischen Blick losreißen. Ich schlucke belegt.

»Was meintest du damit, dass ich dir gegenüber nicht so empfinde wie du mir gegenüber?«, will ich schließlich nervös wissen. Meine Finger zittern erneut, und ich stecke sie rasch unter meine Oberschenkel.

Zane lächelt dieses Lächeln, das meine Knie weich werden lässt. Verdammt. Das ist nicht gut. Absolut nicht gut.

Und seine nächsten Worte machen es nicht besser.

»Soll ich es wirklich laut aussprechen?«, fragt er herausfordernd.

Aus irgendeinem Grund nicke ich. Mein Ego bringt mich dazu. Mein mich ignorierender Ehemann verleitet mich dazu. Der begierige Ausdruck in seinen Augen nötigt mich dazu.

»Sie sind eine sehr begehrenswerte Frau, Mrs Summers«, sagt er, ohne verlegen zu wirken. Dabei sieht er mir so fest in die Augen, dass eine Lüge ausgeschlossen ist. »Sie haben gefragt, ob ich auf ältere Frauen stehe, was ich verneint habe. Das tue ich nicht. Allerdings stehe ich auf gebildete, humorvolle und attraktive Frauen. Frauen wie Sie.« Meine Kehle wird trocken, während sich mein Magen aufgrund verwerflicher Gedanken heiß zusammenzieht. »Ich hätte nicht davon ausgehen sollen, dass Sie auf Kerle wie mich stehen. Natürlich passe ich nicht in Ihr Beuteschema.«

»Ich bin verheiratet«, erinnere ich ihn und frage mich, warum das meine Antwort auf sein Geständnis ist.

Ich könnte sagen, dass mir sein Interesse schmeichelt, er allerdings recht hat und ich nicht interessiert bin. Könnte ihn darauf hinweisen, dass eine Beziehung zwischen uns unangebracht wäre und ich in der Tat nicht auf Kerle wie ihn stehe – Studenten, die ich unterrichte. Stattdessen weise ich ihn bloß darauf hin, dass ich verheiratet bin, als wäre der Ring an meinem Finger das einzige Hindernis zwischen uns. Ein Hindernis, kein Grund.

»Ich weiß.« Zane lehnt sich über die Mittelkonsole und legt seine Hand auf meine. Auf die, an der ich meinen Ehering trage, über dessen Diamanten er nun mit dem Finger streicht. Danach streicht er langsam über meinen Handrücken. Ich erschauere. »Nicht zu übersehen.«

Ich spüre, wie mein Atem schneller geht und mein Herz sich wild gegen meine Rippen wirft. *Stoß seine Hand weg*, schreit mir meine innere Stimme zu, doch ich rühre mich nicht. *Sag ihm, dass er aussteigen soll,* fordert mich meine Vernunft auf, doch auch meine Lippen bleiben wie versiegelt.

Seine Augen gleiten forschend über mein Gesicht, als würde er versuchen, meine Gedanken zu lesen, während seine Hand immer noch auf meiner ruht. Dabei leckt er sich über die Lippen. Ich bemerke, dass sich sein Duft schon im ganzen Wagen verbreitet hat. Wie werde ich den jemals wieder los? Und will ich das überhaupt? Er riecht so gut. Definitiv besser als mein Auto-Lufterfrischer.

»Also dann, Mrs Summers«, murmelt er mit heiserer Stimme nah vor meinem Gesicht. Ich spüre seinen heißen Atem auf meiner feuchten Haut und blinzele, als er mir den nassen Pony aus der Stirn streicht. »Wir sehen uns im Unterricht.« Mit diesen Worten reißt er die Wagentür auf und verschwindet im strömenden Regen.

Ich sitze noch minutenlang reglos da und streiche über die Stelle, die er an meiner Hand berührt hat, und die den ganzen Heimweg über nicht aufhören will, zu kribbeln.

5

Die Situation mit James und mir spitzt sich zu, als er an den darauffolgenden zwei Tagen wieder nicht zum Abendessen nach Hause kommt. Er entschuldigt sich am Telefon für sein Fernbleiben, liefert mir irgendwelche Erklärungen, die absolut nichts erklären, und verspricht, dass wir nächste Woche mehr Zeit miteinander hätten. Was er seit Wochen verspricht. Nichts davon besänftigt mich oder beruhigt meine innere Stimme, die mir ständig einzureden versucht, dass irgendetwas nicht stimmt.

Sei nicht naiv und blind, flüstert sie gehässig, als ich am Samstagabend ein hitziges Telefonat mit ihm beende und einen Blick auf die Uhr werfe. Es ist bereits neun Uhr abends. Warum sollte er sogar am Wochenende so lange im Büro bleiben müssen?

Ich glaubte ihm, als er sagte, er hätte keine Affäre, aber es erscheint mir einfach als die logischste Erklärung für das Ganze. Für seine fehlende Aufmerksamkeit, seine langen Nächte im Büro, unsere monatelange Durststrecke. Meine Mitte ist mittlerweile so vertrocknet wie die verdammte Sahara.

Und dann ist da auch noch diese andere Stimme in meinem Kopf, die nicht nach meiner eigenen klingt, sondern fremd und doch vertraut. Verdächtig tief und heiser flüstert sie mir zu, dass ich eine begehrenswerte Frau bin. Beim Gedanken an den Mann, dem sie gehört, bemerke ich, dass die Wüste da unten doch gar nicht so vertrocknet ist, wie ich dachte.

Was absolut schrecklich ist, weshalb ich abrupt aufstehe und in die Küche marschiere, um mir ein Glas Rotwein einzuschenken. Ich muss diese Gedanken wegspülen. Ertränken. Töten.

Obwohl es schon zwei Tage her ist und ich Zane seit unserem Gespräch in meinem Wagen nicht mehr gesehen habe, kann ich nicht aufhören, daran zu denken. Er war anders als bei unseren Gesprächen zuvor. Er wirkte nicht so oberlässig und arrogant, sondern so, als hätte er einen Teil seiner Fassade abgelegt, um mir einen Blick dahinter zu gewähren. Nur so viel, wie er mir erlaubt hat, zu sehen, dann ist er verschwunden. Ich weiß nicht, warum, aber seither sehe ich ihn mit anderen Augen.

Und ich sehe keinen Jungen, wenn ich sein Gesicht vor Augen habe. Auch nicht meinen Studenten. Das ist ein Problem. Ich muss ihn aus meinem Kopf bekommen, und da hilft es nicht, dass mein Mann ständig von Zuhause fernbleibt. Ich fühle mich mehr wie ein Single als wie eine gebundene Frau. Nur der Ring an meinem Finger erinnert mich daran, dass ich verheiratet bin, doch gleichzeitig spüre ich auch Zanes Berührung heiß auf meiner Haut.

Ich habe seine Hand nicht weggeschoben. Und er hat mich gestreichelt. Das ist … ethisch alles andere als korrekt.

Ob das schon als Ehebruch durchgeht?

Dann wohl eher meine Gedanken. Denn in jener Nacht habe ich in meinem Kopf Ehebruch begangen, während ich es mir selbst mit der Hand besorgt habe. Mit Zane Lewis vor Augen, meinem neunzehnjährigen Studenten.

Hauptsache, ich habe mir noch vor kurzem Gabriella hinter Gittern gewünscht … Pah. Ich bin eine verdammte Heuchlerin.

Ich leere das Glas Wein und schlendere in meinem Bademantel ins Wohnzimmer. Das Fenster steht weit offen, und Gänsehaut überzieht meine Arme, als ich mich auf die rote Velourleder-Couch plumpsen lasse und meinen Laptop an mich ziehe. Ich werfe die Decke über meine nackten Beine und hebe das Notebook auf meinen Schoß, dann klappe ich es auf. Die Flasche Rotwein habe ich absichtlich in der Küche gelassen, damit ich nicht noch ein Glas trinke. James hatte recht, ich lasse es mir in letzter Zeit etwas zu gut gehen.

Da ich ohnehin nichts Besseres zu tun habe, beschließe ich, die Arbeiten meiner Studenten jetzt schon durchzugehen und zu beurteilen. Eigentlich erledige ich das immer erst sonntags, da die Abgabefrist um zwölf Uhr mittags endet und ich somit weiß, dass ich alle Arbeiten erhalten habe, aber nach einem kurzen Blick in meinen E-Mail-Account der Universität stelle ich fest, dass ich so gut wie alle Hausaufgaben übermittelt bekommen habe. Meine Studenten sind vorbildlich fleißig, was mich mit Zufriedenheit erfüllt.

Ich scrolle durch die E-Mails der letzten beiden kursfreien Tage und stoppe bei einer, die als ungelesen und potenziell gefährlich gekennzeichnet ist. Der Ausdruck passt wie die Faust aufs Auge zum Absender. *Potenziell gefährlich*.

Als ich sie anklicke, steht oberhalb der E-Mail-Adresse: »Sie haben bisher noch keine E-Mails von diesem Absender erhalten. Prüfen Sie die Nachricht auf Spam.«

Das erweist sich als überflüssig, da ich den Absender kenne. Es ist Zane Lewis.

Ich schlucke und starre ein paar Sekunden lang auf das Display, bevor ich die E-Mail-Adresse zu meinen Kontakten hinzufüge und der Warnhinweis verschwindet. Erst dann scrolle ich nach unten und lese die Nachricht über dem Dokument, das er mitgeschickt hat und bei dem es sich bestimmt um die aktuelle Hausarbeit handelt.

Beim Lesen seiner Nachricht wünschte ich, ich hätte die Flasche Wein doch mit zur Couch gebracht. Ich werde wieder nervös.

Liebe Mrs Summers,

anbei übermittle ich Ihnen meine Hausarbeit. Ich hoffe, Sie sind zufrieden mit mir. Lassen Sie mich doch wissen, was Sie darüber denken.
Bis Montag,
Zane
P.S.: 500 Wörter brauchte ich dafür nicht.

Ich hoffe, Sie sind zufrieden mit mir. Warum klingt dieser Satz so … unanständig?

Ich kann nicht leugnen, neugierig auf seine Arbeit zu sein. Es ist die allererste, die ich je von ihm lesen werde, und bisher konnte ich mich noch nicht wirklich von seinen schreibtechnischen Fähigkeiten und Talenten überzeugen. Im Unterricht ist er sehr ruhig und meldet sich kaum zu Wort. Er hört bloß aufmerksam zu und starrt mich unentwegt an. Die Hausarbeit war ziemlich einfach, aber auch knifflig durch die begrenzte Wörteranzahl: *Wähle ein beliebiges Thema und drücke in höchstens fünfhundert Wörtern aus, was es für dich bedeutet.*

Die meisten Studenten neigen dazu, auszuschweifen und zu viel drum herum zu erklären. Doch hier geht es darum, explizit auf ein Thema einzugehen, ein simples Wort in wenigen Sätzen zu beschreiben, sodass man am Ende dennoch das Gefühl hat, genau zu wissen, was es für diese Person bedeutet. Die Lieblingsthemen sind meiner Erfahrung nach unangefochten Liebe, Hass, und Freundschaft. Für jeden bedeuten diese Begriffe etwas anderes.

Ich bin gespannt, welches Thema Zane gewählt hat.

Als ich das angehängte PDF-Dokument öffne, sticht mir sofort der dick geschriebene Titel ins Auge.

Leidenschaft.

Mein Herz schlägt einen Takt schneller. Warum überrascht es mich nicht, dass er ein Thema gewählt hat, das noch nie einer meiner Studenten ausgesucht hat?

Beinahe begierig darauf, zu erfahren, was er darüber schreibt, lehne ich mich mit dem Notebook auf dem Schoß zurück und scrolle nach unten. Dann fange ich an, zu lesen. Schon der erste Satz bringt meinen Magen zum Flattern.

Die meisten Menschen verwechseln Leidenschaft mit Liebe. Leidenschaft jedoch ist viel stärker als emotionale Gebundenheit, was der Begriff ›Liebe‹ für mich darstellt. Leidenschaft besiegt jede Liebe, jeden Krieg, und hinterlässt meist nur Zerstörung. Aber wir Menschen sehnen uns nach dieser Art der Zerstörung. Wir möchten in den Trümmern wühlen, die sie zurücklässt, auch wenn der Schaden, den sie hinterlassen hat, irreparabel ist. Leidenschaft ist unanfechtbar, unbesiegbar, unüberwindbar. Wer Leidenschaft erfährt, weiß erst wirklich, was es bedeutet, zu leben. Ohne Leidenschaft sind wir Menschen nur funktionierende Maschinen, darauf programmiert, bestimmte Gefühle in bestimmten Situationen zu empfinden. Aber wahre Leidenschaft entzieht sich jeglicher Kontrolle. Sie ist unser aller Antrieb, selbst wenn wir uns dessen gar nicht bewusst sind. Sie ist das, was uns antreibt, egal ob beruflich oder privat; sie ist das, was uns unüberlegte Dinge tun lässt, gegen die sich unser klarer Verstand zu wehren versucht, weil er nicht

darauf programmiert ist, Fehler zu begehen. Wir Menschen wissen instinktiv, was richtig und was falsch ist, und doch entscheiden wir uns manchmal bewusst dafür, gegen unseren Verstand zu handeln, der uns den richtigen Weg zu weisen versucht. Die Leidenschaft treibt uns sogar so weit, unverzeihliche Dinge zu tun, die jede Grenze des Vorstellbaren überschreiten. Wir erblühen in Leidenschaft, wachsen in Leidenschaft, hassen aus Leidenschaft, und lieben aus Leidenschaft.
Weil es das einzige Gefühl ist, das wir nicht steuern können. Und fehlende Kontrolle ist das, was uns erst menschlich macht. Deswegen gibt es kein richtig und falsch, wenn es um Leidenschaft geht.
Leidenschaft ist alles.

Mein gesamter Körper steht wie unter Strom. In meinen Fingern kribbelt es, als ich den Text ein weiteres Mal lese, und mein Herz pumpt so heftig gegen meine Rippen, dass es wehtut. Würde ich diesen Text mit einem Wort beschreiben müssen, würde ich ihn als *leidenschaftlich* betiteln.

Und würde ich zulassen, länger als eine Sekunde über den letzten Absatz nachzudenken, käme ich vermutlich auf sehr dumme Gedanken.

Aufgrund der Leidenschaft, nach der ich mich verzehre wie Hungernde nach einem Laib Brot. Ich stimme Zane zu. Leidenschaft ist es, die uns in allen Punkten des Lebens antreibt.

Sein Text bringt mich dermaßen durcheinander, wühlt mich fast schon emotional auf, dass ich trotz meines guten Vorsatzes aufstehe und mir ein Glas Wein in der Küche einschenke. Während ich es trinke, lehne ich mich an die Kücheninsel und atme tief durch.

Das ist es, was in meiner Ehe verloren gegangen ist: Leidenschaft. Keine Nähe, kein Sex, keine Zärtlichkeit, keine Liebe. Unsere Leidenschaft ist gestorben.

Als ich glaube, wieder einen kühlen Kopf zu haben, kehre ich zurück ins Wohnzimmer und tue, was ich bei jedem Studenten täte. Ich antworte auf die E-Mail und gebe eine Beurteilung zur Hausarbeit ab. Dieses Mal fällt sie sehr knapp aus, weil mir die richtigen Worte dafür fehlen. Aber die wenigen, die ich ihm zukommen lasse, reichen aus, damit er weiß, was ich darüber denke. Er hat auch nicht viele gebraucht, um mich wissen zu lassen, was er denkt.

Dass er talentiert ist, erfüllt mich mit einem merkwürdigen Gefühl von Stolz, das ich bisher bei keinem meiner Studenten je gefühlt habe. Fast so, als wäre er mehr als bloß irgendein Student aus einem meiner Kurse. Als läge mir persönlich etwas daran, dass er gut abschneidet.

prof.rachelsummers@rosegardenuni.com: Vielen Dank für die Zusendung deiner Hausarbeit, Zane. Ich finde sie wirklich gut.
Rachel

Als ich mit meinem Vornamen unterschreibe, stutze ich kurz, bis mir einfällt, dass ich das auch bei den anderen Studenten tue. Nur im Unterricht möchte ich nicht, dass sie mich mit meinem Vornamen ansprechen, da das der Dekan nicht gerne hat. Allerdings stört es mich auch nicht, wenn es einmal unabsichtlich passiert. In privatem Raum – so wie jetzt, selbst wenn es um Berufliches geht – muss es für mich nicht ganz so formell sein. Und der Dekan liest ohnehin keine E-Mails zwischen Lehrpersonal und Studenten.

Ich drücke auf »Senden« und schiebe den Laptop von meinem Schoß, um nach oben zu gehen. Es ist, als hätte sich Zanes Text in meinen Kopf gebrannt, sodass dort kein Platz mehr für den eines anderen Studenten ist. Da ich jeden fair und gleich beurteilen möchte, verschiebe ich das Durchsehen der anderen Hausarbeiten auf morgen. Ich bin mir fast sicher, keine so gut zu finden wie seine.

Ob es tatsächlich nur an seinen Schreibkünsten liegt?

Kaum habe ich mich erhoben, gibt mein Laptop ein Geräusch von sich. Überrascht beuge ich mich nach unten und starre auf das leuchtende Display. Eine eingegangene E-Mail von Zane.

stud.zanelewis@rosegardenuni.com: Es bedeutet mir viel, dass Sie das sagen, Mrs Summers. Arbeiten Sie immer samstagabends?

Seine letzte Frage erfordert eine Antwort, und ich rede mir ein, dass ich mich bloß aus Höflichkeitsgründen wieder auf die Couch setze und eine weitere E-Mail an ihn verfasse. Ich habe schon öfter mit Studenten gechattet, manche von ihnen haben sogar meine private Telefonnummer. Wie schon einmal erwähnt, bin ich nicht die größte Autoritätsperson auf Gottes Erde. Ich bemühe mich stets um einen lockeren und freundschaftlichen Umgang mit meinen Studenten, und sie danken es mir mit Respekt, Freundlichkeit, und Ehrlichkeit.

Es ist nichts dabei, wenn ich Zane wieder antworte und wir ins Gespräch kommen, sage ich mir. Bei ihm ist es nicht anders als bei meinen anderen Schülern. *Er* ist nicht anders als seine Kommilitonen.

prof.rachelsummers@rosegardenuni.com: Eigentlich nicht, aber was du heute kannst besorgen, verschiebe nicht auf morgen … Sagt man so, richtig? :)
stud.zanelewis@rosegardenuni.com: Richtig. Es wundert mich nur, dass Sie an einem Samstagabend nichts Besseres zu tun haben, als die langweiligen Hausarbeiten Ihrer Studenten abzuarbeiten.
prof.rachelsummers@rosegardenuni.com: Ich habe nur deine gelesen. Und sie war nicht langweilig.
stud.zanelewis@rosegardenuni.com: Warum nur meine?
prof.rachelsummers@rosegardenuni.com: Weil ich bisher nichts von dir gelesen habe und neugierig auf deine Arbeit war.
stud.zanelewis@rosegardenuni.com: Und, habe ich Ihre Erwartungen erfüllt? Sind Sie zufrieden mit mir?
prof.rachelsummers@rosegardenuni.com: Das bin ich. Du hast Talent.
stud.zanelewis@rosegardenuni.com: Nicht nur für das Schreiben, Mrs Summers.

Ich nehme die Hände von der Tastatur und starre seine letzte E-Mail an, als wäre sie eine Bedrohung für mich. Oder mein Untergang.

Ich ahne, wie er seine kryptischen Worte meint, und kann nicht verhindern, mir augenblicklich auszumalen, was er noch alles mit seinen talentierten Fingern anstellen könnte … Weit unanständigere Dinge als einen Text über Leidenschaft zu verfassen. Beispielsweise die feurige Leidenschaft, die in ihm schlummert und welche ich stets in seinen Augen sehe, auszuleben. Mit mir.

Ich beschließe, nicht mehr zu antworten, da dieses Gespräch sonst in eine Richtung verliefe, die inakzeptabel wäre. Das kann ich nicht riskieren oder zulassen. Er ist mein Student und ich bin seine

Professorin. Das ist alles. Mehr darf es nicht sein. Und mehr ist es auch nicht, sage ich mir immer wieder.

Doch als die Haustür plötzlich aufschwingt, reagiere ich nicht wie eine Professorin, die sich einfach nur via E-Mail mit einem ihrer Studenten ausgetauscht hat. Stattdessen reagiere ich wie jemand, der etwas zu verheimlichen hat, und schiebe den Laptop in Sekundenschnelle wie ein dunkles Geheimnis unter die Decke, wo es für meinen Mann verborgen bleibt.

Als ich Sonntagmorgen zu mir komme und James' warmen Körper neben meinem spüre, ist mein erster Gedanke Sex. Und mein zweiter, dass uns dieses Mal nichts im Weg steht. Weder ich noch er müssen für die Arbeit aus den Federn.

Im Schlafzimmer ist es angenehm dunkel, da die blickdichten Vorhänge verhindern, dass die ersten Sonnenstrahlen in den Raum dringen, und vielleicht hat uns der Streit, den wir gestern Abend nach seiner Rückkehr hatten, ja gutgetan, denn Versöhnungssex lag uns schon immer.

Ich zögere nicht lange, ehe ich mich auf die andere Seite drehe und die Partnerbettdecke ein Stück weit von unseren Körpern ziehe. Nur diese hat in den letzten Monaten gewährleistet, dass sich unsere Körper überhaupt einmal berührten.

Meine Hände wandern sanft über James' nackten Oberkörper, was er aufgrund seines festen Schlafes nicht zur Kenntnis nimmt. Als ich jedoch eine davon tiefer gleiten lasse, gibt er ein leises Brummen von sich. Ich erreiche gerade den Bund seiner Boxershorts, als er sich mit geschlossenen Augen auf die andere Seite rollen will.

Nein!

»Liebling«, flüstere ich noch heiser vom Schlaf und schmiege mich enger an ihn. Ich halte ihn bei mir, sodass er auf dem Rücken liegt, und beginne, seine Brust mit Küssen zu bedecken. Wieder brummt er leise und meine Hand wandert unter seine Shorts. »Aufstehen.«

»Was machst du da?«, murmelt er schlaftrunken, als ich seinen halb erigierten Schwanz in die Hand nehme. Er zuckt zwischen meinen Fingern und verdickt sich, als ich mit dem Daumen über seine Eichel streiche. Ich lächele zufrieden. »Ich dachte, du wärst sauer auf mich.«

»Bin ich auch«, murmele ich und fange trotzdem an, ihn zu reiben. Nun nicht mehr ganz so sanft, denn ich brauche ihn hart und habe kaum noch Geduld zur Verfügung. Seine Männlichkeit überhaupt auch nur zwischen meinen Fingern zu fühlen, macht mich unglaublich an.

Ich spüre die Feuchtigkeit zwischen meinen Schenkeln und knabbere gierig an seiner Brustwarze. »Deswegen gebe ich dir jetzt die Möglichkeit, es wiedergutzumachen«, füge ich hinzu, bevor ich die Bettdecke von unseren Körpern ziehe und seinen Schwanz aus den Boxershorts befreie. Er liegt nun schwer und hart auf seinem Bauch – ein Anblick, den ich vermisst habe.

»Wollen wir nicht erst einmal einen Kaffee trinken, damit ich halbwegs zu mir kommen kann?«

Beinahe muss ich das Gesicht verziehen. Stattdessen gebe ich ihm eine Antwort, indem ich mir das Höschen und Schlaftop vom Leib reiße.

Dann setze ich mich splitterfasernackt auf ihn und beginne, mich an seiner Härte zu reiben. Meine Nässe ummantelt sie und verteilt sich auf seiner Scham. Allein die Reibung reicht aus, um mich fast explodieren zu lassen. Wie lange saß ich nicht mehr nackt auf meinem Mann?

James brummt wieder leise und packt mich an den Hüften. Beinahe juble ich laut auf. Er will mich genauso sehr wie ich ihn, das sehe ich am Verdunkeln seiner Augen und spüre es am Pulsieren seines Schwanzes unter mir. Wortlos hebe ich die Hüften an, führe ihn an meinen Eingang, und lasse mich auf ihn sinken.

»Fuck«, entfährt es mir gequält, während mich ein wohliger Schauer durchläuft. Ich schließe die Augen, lege die Hände auf seine Brust, und beginne, ihn zu reiten. Erst langsam und sanft, dann schneller und gröber.

Verdammt. Ich kann mich kaum beherrschen. Noch nie wollte ich einen Mann so sehr ficken wie James in diesem Moment, wobei es mir eigentlich nur um seinen Schwanz geht, nicht um ihn an sich.

Und wenn ich ficken sage, meine ich ficken. Ich brauche diese Art der Befriedigung. Ich brauche es schmutzig und unanständig und wild. Es mir selbst zu machen, reicht einfach nicht mehr aus. Und wenn ich ihn dafür benutzen muss, weil er es mir nicht besorgen will, dann tue ich das eben. Ich finde, ich habe ein Recht darauf, und nach all dem geduldigen Warten habe ich es mir auch mehr als verdient.

»Langsam«, ermahnt James mich und stoppt mich in den Bewegungen. »Seit wann bist du so wild?«

Seit wann bist du so langweilig?, will ich ihm als Gegenfrage stellen, sehe ihn stattdessen aber nur verzweifelt an. *Ich brauche dich, James,* flehen meine Augen, und er kommt dem Flehen nach. Endlich.

Im Bruchteil einer Sekunde hat er uns herumgedreht und liegt nun über mir. Sein Schwanz steckt immer noch zwischen meinen Beinen, während ich die Arme um seinen Hals schlinge und meinen Mund ausgehungert auf seinen drücke.

James murmelt etwas an meinen Lippen, bevor er anfängt, sich langsam in mir zu bewegen. Dann vergräbt er das Gesicht an meiner Halsbeuge und flüstert, dass er mich liebt.

Ich blende es aus. Liebe ist es nicht, wonach ich mich gerade sehne. Ich will schmutzigen und versauten Sex, der mich wund zurücklässt und daran erinnert, dass ich eine begehrenswerte Frau bin.

Eine begehrenswerte Frau.

Plötzlich ist es ein anderes Gesicht, das ich vor Augen habe, als ich sie schließe.

Zanes Gesicht.

Erschrocken reiße ich die Augen wieder auf und bemerke, gestöhnt zu haben, während sich seine dunklen Augen im Geiste in meine brannten. Ich habe seine heisere Stimme im Ohr, die mir zuflüstert, dass er seine Hände kaum bei sich behalten kann, und spüre seinen heißen Atem auf der Haut, seine Lippen ganz nah vor meinen. Alles in mir zieht sich verlangend zusammen, obwohl ich es zu verhindern versuche.

Hör auf damit, ermahne ich mich streng. *Er ist dein Student, du Flittchen. Und dein Ehemann steckt zwischen deinen Schenkeln.*

Nur leider reicht Letzteres nicht aus, um die Gedanken an Zane zu vertreiben. Sie begleiten mich bei jedem von James' sanften Stößen, bei jedem seiner Küsse auf meinem Hals, bei jedem seiner geflüsterten Worte, die mich nicht annähernd so erregen wie Zanes.

Ich gebe einen unwilligen Laut von mir, der James kurzzeitig irritiert, und fordere ihn flehentlich auf: »Härter.«

James runzelt für den Bruchteil einer Sekunde die Stirn, bevor er etwas fester in mich stößt. Immer noch nicht fest genug. Ich schlinge die Beine um seine Hüften, verknote die Füße an seinem Hintern, und ziehe ihn drängend näher zu mir, um ihn tiefer zu spüren. Um mehr von ihm zu haben. Obwohl er nicht nur bei mir, sondern *in* mir ist, fühlt es sich an, als wäre er meilenweit von mir entfernt.

Der Gedanke frustriert mich so sehr, dass ich mich verkrampfe. Ich kralle mich in sein Haar, drehe seinen Kopf grob herum, und knabbere so fest an seinem Ohrläppchen, dass er leicht zusammenzuckt.

»Nimm mich härter«, fordere ich ihn erneut auf und schiebe ihm die Hüften willig entgegen. Dann packe ich seine Hand und lege sie auf meinen vernachlässigten Körper. Erst auf meine Brüste, die er sanft zu kneten beginnt, während er ein wenig an Tempo zulegt, dann schiebe ich sie zwischen uns – dorthin, wo ich sie am dringendsten brauche.

»Besorg es mir, James. Fick mich so hart, dass ich nicht mehr gehen kann, wie du es versprochen hast«, raune ich ihm zu, um ihn anzuheizen, doch offenbar scheine ich ihn damit mehr zu irritieren, als zu motivieren.

James zieht sich zurück und starrt mit einem Stirnrunzeln auf mich herab. »Alles in Ordnung?«

Hä? Was soll denn nicht in Ordnung sein?

»Ja«, flüstere ich ungeduldig und ziehe ihn wieder an mich. Sein Schwanz gleitet mühelos in meinen Eingang und durch all die Feuchtigkeit den ganzen Weg in mich. Ich stöhne auf und schließe die Augen. »Komm schon, Liebling. Ich sehne mich so sehr nach dir …«

»Ich mich auch nach dir«, erwidert er und bewegt sich quälend langsam in mir. »Du fühlst dich so gut an, Schatz.«

»Schneller.«

»Ich liebe dich.«

»Härter.«

James hält erneut in seinen Bewegungen inne, bevor er sich plötzlich von mir rollt. Ich reiße irritiert die Augen auf und drehe den Kopf zu ihm um. Er liegt mit einem nachdenklichen Ausdruck im Gesicht auf dem Rücken und starrt an die Decke.

»Was ist los?«, entfährt es mir teils verwirrt, teils genervt.

Warum hört er denn mittendrin auf? Und warum wird sein Penis schlaff? Oh Gott. Er findet mich tatsächlich nicht mehr attraktiv. Er begehrt meinen Körper nicht mehr. Druck bildet sich hinter meinen Augen.

»Sag du es mir«, entgegnet er und klingt zu meiner Überraschung verärgert. Seine Augen blitzen wütend, als er sie auf meine richtet. »Reicht dir normaler Sex mit mir nicht mehr aus?«

»Was?« Abrupt setze ich mich auf. In mir breitet sich eine verzweifelte Leere aus. »Warum denkst du das?«

»Was ist denn dann los mit dir?«, zischt er und erhebt sich vom Bett. Er reißt seine Boxershorts an sich und schlüpft fluchend hinein. »›Schneller, James! Härter, James! Fick mich, James!‹ Bist du seit Neuestem eine Pornodarstellerin, oder was?«

Seine Worte treffen mich wie ein Schlag tief in die Magengrube. Und er schlägt gleich noch einmal zu.

»Ich will auf diese Weise keinen Sex mit dir haben, Rachel. Wir sind verheiratet. Wir lieben uns. Du bist nicht irgendeine Affäre, die ich mal schnell hart durchnehme, ganz ohne Vorspiel und Gefühl. Warum willst du das von mir?«

Da platzt mir der Kragen. »Du fragst, warum ich das von dir will? Weil du mich seit zehn Monaten nicht mehr angefasst hast, James! Zehn verdammte Monate! Ich besorge es mir jeden Abend selbst mit der Hand, weil mein Mann zu beschäftigt ist, um mich flachzulegen. Weil er kein Interesse mehr an mir hat. Das ist doch wohl ganz eindeutig.« Ich zeige auf seinen sich verkriechenden Schwanz. »Du hast recht. Ich wollte einfach nur vögeln und keine verdammte Liebe mit dir machen.«

Ungläubig starrt er mich an, während ich vom Bett springe und meinen Morgenmantel aus Seide an mich reiße. »Ich arbeite viel«, murmelt er dann, woraufhin ich ihm einen ebenso ungläubigen Blick zuwerfe. »Tut mir also leid, dass ich zu erschöpft bin, um meine Frau jeden Tag wie ein Tier zu ficken.« Die letzten Worte schreit er mir entgegen, bevor er sich seine Kleidung vom Boden schnappt und aus dem Schlafzimmer flüchtet. Die Tür landet mit einem lauten Knall im Schloss.

»Ist das dein Ernst?«, schreie ich ihm hinterher, erhalte jedoch keine Antwort. Fuchsteufelswild reiße ich die Schlafzimmertür auf und folge ihm. Ich erwische ihn auf der Treppe, während er umständlich in sein zerknittertes Hemd und die Anzughose von gestern schlüpft. »Wohin zur Hölle willst du? Ich denke, wir sollten endlich mal anständig darüber reden, James.«

»Ich habe jetzt keine Nerven, um mit dir zu reden«, zischt er mir über die Schulter zu, während er in seine Schuhe steigt. »Ich fahre ins Büro.«

Die Wut, die ohnehin schon gefährlich in mir gekocht hat, erreicht nun ihren Siedepunkt. »Wenn du jetzt gehst -«

»Was dann?«, blafft er und wirbelt zu mir herum. Ich zucke aufgrund seines lauten und wütenden Tonfalls zusammen.

»Vielleicht solltest du dich einmal fragen, warum ich dich nicht mehr vögeln will, Rachel. Du bist verdammt noch mal anstrengend, darum.«

Als hätte er mir ins Gesicht geschlagen, zucke ich zurück und starre ihn mit Tränen in den Augen an. Ich erwarte, dass er sich sofort für diese Worte entschuldigt, dass er seine Schuhe wieder auszieht und wir wie zwei Erwachsene vernünftig über unsere Probleme sprechen, doch er tut etwas ganz anderes. Etwas, das mich so sehr verletzt, dass ich für einen Augenblick schwarzsehe.

Er reißt die Autoschlüssel von der Ablage am Schuhschrank, zieht die Haustür auf und verschwindet dahinter. Auch diese landet mit einem lauten Knall im Schloss.

Ich erleide einen Kurzschluss. Voller Unglauben und heißem Zorn laufe ich auf die Haustür zu und reiße sie so schwungvoll auf, dass sie beinahe aus den Angeln fällt und mich mit sich reißt. Dann renne ich in meinem kurzen Seidenkimono und barfuß die Stufen in den Vorgarten herunter und schreie im selben Moment, als James die Autotür seines Range Rovers öffnet: »Dann ficke ich mich eben selbst! Das macht ohnehin mehr Spaß!«

James erstarrt. Ruckartig reißt er den Kopf herum und wirft einen Blick über die Straße. Ich kann förmlich sehen, wie sein Gesicht tomatenrot anläuft, bevor er seinen Blick vernichtend auf mich richtet und in seinen Wagen flüchtet. Er rast so schnell aus der Einfahrt, dass er beinahe unseren Briefkasten mitnimmt.

Mein Fehler wird mir schon bewusst, bevor ich den Kopf drehe und meinen Blick auf die andere Straßenseite richte.

Aus dem Augenwinkel erkenne ich Menschen vor ihren Häusern. Unsere Nachbarn. Ich sehe auch die alte Mrs Grundy mit ihrem

Pudel die Straße überqueren und einen Jungen auf seinem Fahrrad, der die Zeitungen austrägt.

Wie bei einem Autounfall kann ich kaum hinsehen, aber auch nicht wegsehen, und so ziehen die entsetzten und sensationsgeilen Blicke meiner Nachbarn auch meinen Blick auf sich. Doch es kommt noch schlimmer als erwartet.

Viel schlimmer.

Mein Herz setzt für ein paar Schläge aus, als ich erkenne, wer tatsächlich alles diesen unschönen Streit zwischen meinem Mann und mir mitbekommen hat.

Und meine Behauptung, alleine besseren Sex zu haben als mit ihm.

Zane Lewis steht auf der anderen Straßenseite, unmittelbar vor Gabriellas Haus, und starrt mich genauso überrascht an wie ich ihn.

Dann lächelt er dieses arrogante Lächeln und steigt in einen schwarzen Ford Mustang, während ich ein Loch im Erdboden herbeisehne, um mich vor lauter Scham dort drin verkriechen zu können.

6

Zwischen James und mir herrscht seit unserem Streit Eiszeit, doch das ist gerade mein geringstes Problem. Viel mehr beschäftigt mich die Frage, wie ich Zane Lewis jemals wieder gegenübertreten soll. Wie kann ich ihm je wieder in die Augen sehen, nachdem er die wohl privateste und peinlichste Situation meines Lebens hautnah miterlebt hat?

Er hat zugesehen, wie ich halbnackt in einem kurzen Morgenmantel aus meinem Haus gestürmt bin, nachdem mein Mann die Flucht vor mir ergriffen hat, und mit angehört, wie ich durch die ganze Straße gebrüllt habe, dass es mehr Spaß macht, mich selbst zu ficken, als mich von ihm ficken zu lassen.

Ich schätze, ich kann nicht erwarten, dass er mich je wieder als eine professionelle Lehrkraft ansieht.

Wenn ich Glück habe, erzählt er niemandem von der Uni davon. Schlimm genug, dass nun meine gesamte Nachbarschaft weiß, dass James und ich Eheprobleme haben. Probleme, die wir auch in unser Ehebett schleppen.

Die Leute waren so freundlich, mich nicht offen damit zu konfrontieren, sondern so zu tun, als wäre gar nichts geschehen, doch Woodshaven ist eine kleine Stadt, und ich weiß, dass viel geredet wird. Bestimmt wissen nun schon alle Anwohner in zehn Meilen Entfernung von dem Vorfall. Ich konnte ihre Gedanken förmlich hören und die vielsagenden Blicke heute Morgen kaum ertragen, als ich auf dem Weg zur Uni war. Während ich mich hinter dem Steuer verkrochen habe, dachte ich, mich nicht noch mehr für das Geschehene schämen zu können, doch ich lag falsch. Nun stehe ich vor dem Hörsaal 111 und möchte mich am liebsten vor lauter Scham und Unbehagen übergeben.

Dass ich zu spät bin, ist tatsächlich das allererste Mal beabsichtigt. Ich könnte keine Sekunde alleine mit Zane Lewis in einem Hörsaal ertragen. So wie ich ihn einschätze, wäre er nicht so anständig wie meine Nachbarn, so zu tun, als hätte er diese peinliche Sache nicht mitbekommen. Vermutlich hätte er sich die Gelegenheit, mich in Verlegenheit zu bringen, nicht entgehen lassen.

Ich erinnere mich noch gut an sein beinahe schadenfrohes Lächeln gestern Morgen, bevor er in den glänzend schwarzen Ford Mustang gestiegen ist. Irgendwie wundert es mich nicht, dass er ein so teures Auto fährt. Oder ein so maskulines. Es passt zu ihm.

Warum er an einem Sonntag um zehn Uhr morgens das Haus meiner Nachbarin Gabriella verlassen hat, will ich lieber gar nicht wissen.

Ich werfe einen Blick auf die Uhr an der Wand und atme tief durch. Ich habe so lange wie nur möglich hinausgezögert, den Saal zu betreten, doch allmählich befürchte ich, dass meine Studenten denken könnten, ich würde gar nicht mehr kommen und sich wieder vom Acker machen. Daher nehme ich all meinen Mut zusammen, setze eine möglichst professionelle Fassade auf und öffne mit meiner Umhängetasche über der Schulter die Tür.

Sofort wird es still im Saal. Mein Herz pumpt wie wild. Hat Zane all seinen Kommilitonen erzählt, was er gestern beobachtet hat, oder kommt es mir nur so vor, als würden sie mich anders ansehen als sonst? Regelrecht anglotzen?

»Guten Morgen«, sage ich laut und zwinge mir ein Lächeln ins Gesicht. Ich laufe auf den Pumps zu meinem Tisch und lege meine Tasche darauf ab. Danach wage ich einen Blick durch die Reihen, allerdings lasse ich die letzte Reihe rechts im Saal aus. »Tut mir leid für die Verspätung, mein Wagen hat gestreikt.«

»Brauchen Sie Hilfe?«, bietet mir augenblicklich einer meiner Studenten an, sein Tonfall klingt zu meiner Überraschung neutral. Als ich zu ihm schiele, lächelt er mich freundlich an. »Ich habe schon öfter in der Werkstatt meines Onkels ausgeholfen. Vielleicht bekomme ich Ihren Wagen ja wieder hin.«

Mein Blick zuckt wieder durch die linke Hälfte des Saals und ich stelle erleichtert fest, dass ich mir wohl nur eingebildet habe, komisch angesehen zu werden. Meine Studenten wirken eigentlich wie immer. Manche von ihnen sehen verkatert aus und lächeln mich müde an, andere sitzen putzmunter auf ihren Stühlen, einen Block samt Stift vor sich auf dem Tisch. Niemand wirkt, als wüsste er, was in meinem Privatleben gerade abgeht.

»Das wird nicht nötig sein«, erwidere ich schließlich und schenke dem Studenten ein dankbares Lächeln. »Mein Mann kümmert sich darum.« Rasch beobachte ich die Reaktionen, suche nach Anzeichen von Amüsement in den Gesichtern der jungen Leute und warte auf Getuschel, welches jedoch nicht folgt.

Niemand weiß Bescheid. Zane hat den Mund gehalten.

»Wie war Ihr Wochenende?«, fragt mich Tina, eine übereifrige Studentin aus der ersten Reihe. Ich antworte mit einem schlichten »entspannend« und erkundige mich nach ihrem. Sie erzählt von einer Party, auf der sie war, und fragt danach unvermittelt: »Haben Sie von dem neuesten Tratsch gehört?«

Mein Herz setzt für einen Schlag aus, ich lasse mir jedoch nichts anmerken. »Von welchem Tratsch denn?«

»Dekan Fields treibt es mit Miss Mayers.« Kichern und Gelächter ertönt, ein paar der Kerle geben Würgegeräusche von sich. Überrascht sehe ich zu Tina auf, die mir verschwörerisch zunickt. »Eine ganz schöne Geschmacksverirrung, wenn Sie mich fragen. Von beiden Seiten.«

Ich muss schmunzeln. Da hat sie wohl recht. Miss Mayers ist dafür bekannt, noch nie ein Deodorant benutzt zu haben, was man aus einer Meile Entfernung riechen kann, und Dekan Fields … Nun ja, er mag akzeptabel aussehen, ist aber ein echt schmieriger Kerl, der alles flachlegen würde, was nicht bei drei auf dem Baum ist. Zumindest war das meine Einschätzung von ihm, die sich gerade bestätigt.

Trotzdem sage ich unvoreingenommen: »Man sollte nicht immer jedes Gerücht sofort glauben. Vermutlich ist gar nichts dran.«

»Ich habe die beiden gesehen«, ruft Timmy, der Anführer der Jungenclique, und grinst schmutzig. »Freitagabend in seinem Wagen. Die haben es direkt auf dem Parkplatz getrieben.«

»Bestimmt bekommt er ihren Geruch nie wieder aus den Ledersitzen«, wirft einer seiner Jungs lachend ein, woraufhin die anderen grunzen. »Wie ekelhaft, Mann. Der Dekan sieht doch für einen Mann in seinem Alter gar nicht so übel aus. Der kriegt was Besseres als die stinkende Miss Mayers.«

»Ich wusste gar nicht, dass wir in diesem Kurs den neuesten Klatsch und Tratsch behandeln«, ertönt plötzlich eine mir nur allzu vertraute Stimme aus der hintersten Reihe rechts im Saal.

Zu meiner Überraschung höre ich Gereiztheit heraus, weshalb ich trotz meines Vorsatzes, Zane nie wieder anzusehen, zu ihm schiele.

Er hat den Blick finster auf die Jungenclique gerichtet, als würde er sie so zum Schweigen bringen wollen. Und er hat Erfolg damit. Das Gerede und Grunzen verstummen augenblicklich.

Verwirrt mustere ich ihn, senke jedoch sofort meinen Blick, als er den Kopf zu mir umdreht. Rasch suche ich die Unterrichtsmaterialien für heute heraus und bitte die Studenten, sich in Zweierteams zusammenzusetzen. Ich höre, wie Timmy Marten absichtlich laut zu einem seiner Freunde sagt, dass Zane bestimmt auf Miss Mayers abfährt und deswegen genervt von dem Gerede ist, bin mir allerdings sicher, dass dem nicht so ist. Vielleicht mag er einfach keinen Tratsch, was mir nur zugutekommen würde.

Ich erkläre die heutige Aufgabe und bin erleichtert, als alle Anwesenden sich sofort ihrem Partner zuwenden und damit beginnen, ihre Drabbles zu verfassen. Ein paar von ihnen seufzen angestrengt, weil es nicht so einfach ist, eine Kurzgeschichte aus exakt einhundert Wörtern zu schreiben, die ein Thema behandelt, das nicht sie selbst, sondern ihre Partner aussuchen dürfen. Aber jeder von ihnen widmet sich anstandslos seiner Aufgabe und so wird es schnell ziemlich still im Saal.

Ich lasse mich auf den Stuhl hinter dem Schreibtisch sinken und beobachte die Studenten, während ich mich davon abzuhalten versuche, immer wieder zu einem bestimmten zu sehen. Ohne viel Erfolg, wie sich herausstellt. Kurze Zeit später ertappe ich mich zum fünften Mal dabei, zu Zanes Platz zu schielen. Ihm gegenüber sitzt Betty, eine von den heiß begehrten Studentinnen auf dem Campus. Ihre Eltern sind steinreich, was man anhand ihrer Kleidung und ihres Gehabes merkt. Jeder ihrer Blicke signalisiert deutlich, dass sie sich für etwas Besseres als die anderen hält, und obendrein für viel hübscher als ihre Kommilitoninnen. Trotzdem komme ich gut mit ihr klar.

Bis ich mitbekomme, wie sie Zane immer wieder etwas über den Tisch zuflüstert. Ich lausche angestrengt, kann jedoch nur ein paar Wortfetzen aufschnappen. Zane schreibt weiterhin an seiner Kurzgeschichte und antwortet ihr einsilbig, ohne zu ihr aufzusehen. Doch sie lässt nicht locker, lehnt sich näher zu ihm und zwirbelt verführerisch ihr blondes Haar zwischen den rot manikürten Fingern, während sie um seine Aufmerksamkeit buhlt.

»Betty, würdest du mir den Gefallen tun und dich bitte auf deine Aufgabe konzentrieren?«, entfährt es mir viel strenger als für gewöhnlich, woraufhin mich ein paar der Mädchen aus den vorderen Reihen perplex ansehen.

Auch Betty dreht sich mit einem verwunderten Stirnrunzeln zu mir um. Nun sieht Zane von seiner Arbeit auf, und wieder brennen sich seine dunklen Augen so tief in meine, dass ich seinen Blick wie eine geisterhafte Berührung auf mir spüren kann.

Ich räuspere mich. »Ihr habt noch zehn Minuten, Leute.«

»Sorry«, höre ich Betty sarkastisch murmeln, bevor sie sich kopfschüttelnd zu Zane umdreht. »Was ist denn der heute über die Leber gelaufen?«

»Halt den Mund und schreib.«

Mein Herz macht bei seinen abweisenden Worten einen kleinen Satz. Fast fühle ich mich geschmeichelt, dass er Betty eine derartige Abfuhr erteilt, nachdem sie über mich zu lästern versucht hat. Ob er das bei jedem Professor getan hätte? Weil er nicht auf Lästern und Tratschen steht und einfach seine Aufgabe erledigen will?

Die Frage erübrigt sich, als er kurz darauf den Blick hebt und mich über die Köpfe all der anderen Studenten hinweg ansieht. Ich erwidere ihn still und für ein paar Sekunden verheddern sich unsere Blicke ineinander. Als sich seine Mundwinkel leicht heben, heben sich automatisch auch meine.

Zehn Minuten später stehen die ersten Studenten auf und bringen ihre Arbeiten nach vorne. Als sie sie mir auf den Tisch legen, lächele ich dankbar und erlaube ihnen, jetzt schon zu gehen. Der Saal leert sich recht schnell, bis der Unterricht offiziell vorbei ist und nur noch zwei Studenten aus der vorderen Reihe, sowie Betty und Zane anwesend sind. Irgendwie habe ich das Gefühl, das Letzterer längst mit seiner Aufgabe fertig ist, aber darauf wartet, dass seine Kommilitonen den Hörsaal verlassen.

Obwohl es heute Morgen noch unvorstellbar für mich war, ihm allein gegenüberzutreten, bin ich jetzt überraschend entspannt, als er tatsächlich noch sitzen bleibt, während die letzten Anwesenden ihre Arbeiten nach vorne bringen.

»Kommst du?«, höre ich Betty fragen, als sie sich in ihrem kurzen Rock erhebt.

»Ich brauche noch ein bisschen«, erwidert Zane, ohne aufzusehen.

Sie zögert für einen Moment, als würde sie überlegen, auf ihn zu warten, doch dann bemerkt sie wohl, dass er nicht im Geringsten so wirkt, als wüsste er das zu schätzen, und marschiert sichtlich beleidigt die Stufen zu meinem Schreibtisch nach unten.

»Schönen Tag noch«, sagt sie, als sie mir ihre Arbeit vor die Nase legt, doch ihre Augen schießen giftige Pfeile auf mich. Sie nimmt mir meine Zurechtweisung von vorhin wohl übler als gedacht.

»Dir auch, Betty«, erwidere ich dennoch freundlich und sehe ihr nach, als sie den Hörsaal in Richtung Flur verlässt.

Als die Tür hinter ihr ins Schloss fällt, rutscht mir das Herz in die Hose. Wieder bin ich mit Zane allein und weiß nicht, warum er das initiiert hat.

»Bist du fertig, Zane?«, frage ich ihn, während ich bemüht gelassen meine Sachen zusammenpacke.

»Schon lange.«

Ich halte inne und schlucke. Dann schiebe ich die Arbeiten zusammen mit meinen Unterlagen in die Umhängetasche und wage einen Blick nach oben. Zane erhebt sich in seinen lockeren Jeans und dem lässigen, schwarzen Shirt mit Aufdruck und kommt auf mich zu. Ich bemühe mich um ein neutrales Lächeln, das jeden meiner Gedanken vor ihm verbergen soll. Diese drehen sich schon wieder wild im Kreis.

Warum macht mich dieser Kerl nur so nervös?

»Worum geht es in deiner Geschichte?«, möchte ich wissen, um ihm keine Gelegenheit zu geben, ein anderes Thema anzuschneiden, falls er das vorhatte.

Er reicht mir den Zettel und hält etwas zu lang daran fest, als ich ihn an mich nehmen will. »Um Verbotenes.«

Ich blinzele.

»Das war Bettys Idee, nicht meine«, erinnert er mich.

Ich nicke nur und stecke den Zettel zu den anderen in meine Tasche, bevor ich mich erhebe. Als er sich plötzlich über den Tisch beugt, weiche ich abrupt zurück.

Er runzelt kurz die Stirn, bevor er mit einem Ausdruck in den Augen fragt, den ich nicht zu deuten vermag: »Alles in Ordnung?«

Warum fragt er das? Weil ich vor ihm zurückgewichen bin, als hätte ich Angst davor, etwas Dummes zu tun, wenn er mir wieder so verboten nahekommt, oder weil er gestern den schlimmsten Streit in meiner gesamten Ehe miterlebt hat?

»Konnten Sie Ihre Differenzen mit Ihrem Mann klären?«, wird er genauer, woraufhin ich spürbar rot anlaufe. Ich wusste, er würde es ansprechen, sobald er die Gelegenheit dazu bekommt.

Ohne ihm zu antworten, schultere ich meine Tasche und wende mich in Richtung der Tür. Seine Hand schnellt nach vorne und seine Finger umfassen mein Handgelenk. Überrumpelt halte ich inne.

»Tut mir leid, ich wollte Sie nicht in Verlegenheit bringen, Mrs Summers.«

»Ach, nein? Das tust du doch ständig«, entfährt es mir defensiv, obwohl ich ihm tatsächlich glaube. Allerdings möchte ich nun wirklich nicht mit einem meiner Studenten über meine Eheprobleme sprechen. »Bei mir ist alles in Ordnung, Zane. Danke der Nachfrage.«

Immer noch hält er mein Handgelenk fest, als würde er nicht zulassen wollen, dass ich vor diesem Gespräch flüchte. Er verhält sich wie immer dreist, aber ich ermahne ihn deswegen nicht.

Seine dunklen Augen bohren sich in meine, als er wissend nachhakt: »Auch zwischen Ihrem Mann und Ihnen?«

»Das geht dich absolut nichts an, Zane.«

»Ich kann nichts dafür, dass Sie Ihren Streit öffentlich ausgetragen haben«, erwidert er kühl und lässt mich endlich los.

Ich schlucke schwer und unterdrücke das Bedürfnis, über die Stelle zu reiben, die er berührt hat, und welche wie beim letzten Mal zu kribbeln beginnt, als hätten mich einhundert Bienen gestochen.

»Ich war nicht heiß darauf, Zeuge von Ihren Eheproblemen zu werden.«

»Mein Mann und ich haben keine Eheprobleme«, versuche ich ihm weiszumachen, worüber er nur lächelt. Oder eher *belächelt* er mich für diese offensichtliche Lüge. »Und auch wenn, geht dich das nichts an. Du solltest dich um deine eigenen Angelegenheiten kümmern.«

»Keine Sorge, ich verrate niemandem etwas«, sagt er immer noch so bescheuert lächelnd. Am meisten nervt mich, dass sein Lächeln diese bestimmte Wirkung auf mich hat, wie es sonst nur das Lächeln meines Mannes hat. Obwohl selbst dieser es schon lange nicht mehr geschafft hat, mir weiche Knie zu bereiten. »Ihr Geheimnis ist bei mir sicher.«

»Da gibt es kein Geheimnis«, lasse ich ihn möglichst unbeeindruckt wissen. »Aber es wäre schön, wenn du für dich behalten könntest, was du gestern gesehen hast. Am besten, du vergisst es einfach.«

Zane starrt mich sekundenlang nur an, bevor er sich wie jedes Mal abrupt und wortlos abwendet. Kurz bevor er den Saal verlässt, höre ich ihn heiser sagen: »Ich kann vergessen, was ich gehört habe. Aber Sie in diesem kurzen Morgenmantel werde ich gewiss nicht so leicht vergessen.«

Er wusste, er würde alles dafür tun, um sie zu haben, sobald er sie das erste Mal gesehen hatte. Das Verbotene hatte immer schon einen gewissen Reiz auf ihn ausgeübt, aber noch nie so sehr wie bei ihr. Wenn er sie ansah, stellte er sich all die Dinge vor, die er mit ihr tun würde, wenn die Zeit reif dafür wäre. All die Dinge, die nur ihrem Mann zustanden, mit ihrem Körper zu machen. Und all jene Dinge, nach denen sie sich sehnte, und die ihr Mann ihr nicht geben konnte. Er würde warten, bis sie bereit war, in die verbotene Frucht zu beißen. Denn er wusste, irgendwann würde sie es tun.

Ich lese seinen Text drei Mal und bin geneigt, die Flasche Rotwein auf Ex zu leeren, die ich vorhin in der Küche mit aller Kraft ignoriert habe. Erst bin ich perplex über das, was Zane im Unterricht geschrieben hat – abwechselnd verlegen und geschmeichelt –, dann überfordert, weil ich nicht weiß, wie ich darauf reagieren soll, und jetzt stinksauer.

Was zum Teufel bildet sich dieser Kerl eigentlich ein? Und wie kann er es wagen, so etwas in einer Uniarbeit zu schreiben? Über mich! Seine Professorin! Zum Glück verwendet er keine Namen. Sollte das je jemand anderes zu Gesicht bekommen, würde es dennoch einen merkwürdigen Eindruck erwecken. Kein Student hat je so etwas … Anzügliches als Hausarbeit abgegeben.

Viel schlimmer aber finde ich, dass er denkt, zu wissen, wonach ich mich sehne. Und dass mein Mann diese Sehnsüchte nicht stillen kann. Das ist … inakzeptabel. Sein Text ist schlichtweg inakzeptabel. Ich werde das so nicht hinnehmen. Ich fühle mich fast schon angegriffen von seinen Worten. Der letzte Satz treibt mich beinahe zur Weißglut.

Wofür hält er sich? Adonis?

Wütend ziehe ich den Laptop auf meinen Schoß und öffne meinen E-Mail-Account der Universität. Ich ignoriere all die ungelesenen Nachrichten von Studenten, die sich nach der Frist einer Hausarbeit erkundigen oder mir mitteilen, aus welchen Gründen sie an welchem

Wochentag dem Unterricht fernbleiben werden, und öffne eine neue E-Mail. Als Absender tippe ich Zanes E-Mail-Adresse ein, bevor ich all meine Wut an der Tastatur auslasse.

prof.rachelsummers@rosegardenuni.com: Wenn du keine schlechte Benotung haben möchtest, musst du die heutige Aufgabe wiederholen. Dieses Mal solltest du dich an das Thema halten. Eine Kurzgeschichte bestehend aus 100 Wörtern. Was ich hier vor mir habe, ist weder eine Kurzgeschichte noch hat es die angegebene Wörteranzahl.
Lass mir bis Mitternacht deine neue Arbeit zukommen. Andernfalls benote ich diese mit **Ungenügend**.

Gleich nachdem ich auf »Senden« gedrückt habe, bereue ich es. Aus meiner E-Mail liest man deutlich heraus, dass ich sauer bin. Das wirkt unprofessionell. Außerdem war es unnötig, die Benotung auch noch mit fett gedruckter Schrift zu betonen. Und dass ich viel härter bewertet habe als für gewöhnlich, was er mit Leichtigkeit herausfinden könnte – noch nie habe ich die Arbeit eines Studenten mit *Ungenügend* benotet –, lässt meine Reaktion persönlich wirken, was sie natürlich auch ist. Der Text greift schließlich mich als Person und meine Ehe an, aber das sollte besser niemand wissen.

Zane antwortet wie beim letzten Mal so schnell, dass ich mich frage, ob er nur darauf gewartet hat, von mir zu hören. Vielleicht wollte er mich mit seiner Arbeit provozieren und aus der Fassung bringen. Ist ihm gelungen.

stud.zanelewis@rosegardenuni.com: Tut mir leid, dass Sie mit meiner Arbeit unzufrieden sind, Mrs Summers.

prof.rachelsummers@rosegardenuni.com: Du musst dich nicht bei mir entschuldigen. Erledige die Aufgabe einfach ordnungsgemäß, und du bekommst eine neue Benotung.
stud.zanelewis@rosegardenuni.com: Was genau stört Sie denn daran, Mrs Summers? Einmal abgesehen von der überschrittenen Wörteranzahl.
prof.rachelsummers@rosegardenuni.com: Das sagte ich dir bereits. Du hast das Thema verfehlt.
stud.zanelewis@rosegardenuni.com: Das Thema war *Verbotenes*. Und darüber habe ich geschrieben.
prof.rachelsummers@rosegardenuni.com: Du solltest eine Kurzgeschichte verfassen und nicht deine unangebrachten Gedanken aus der objektiven Erzählperspektive niederschreiben!

Mist! Das hätte ich nicht schreiben sollen. Wie kann man E-Mails zurückrufen?

Gott, damit könnte ich mir ziemliche Probleme bereiten. Was, wenn er es so hinstellt, als wäre ich verrückt und es ginge in dem Text gar nicht um ihn und mich? Was, wenn er jemandem von meinem unprofessionellen Verhalten erzählt? Er könnte behaupten, ich hätte ihn unfair benotet, weil ich ein persönliches Problem mit ihm habe, und das durch die E-Mails untermauern.

Oh nein. Was habe ich getan?

Als minutenlang keine Antwort von ihm eingeht, wird mir so schlecht, dass ich mich ruckartig erhebe und in die Küche laufe. Ich schnappe mir die Flasche Rotwein und trinke gierig daraus. Seit ich mir eingeredet habe, dass ich nicht mehr jeden Abend trinken darf, will ich es umso mehr – die Ironie ist mir bewusst. *Weil es verboten ist, reizt es mich.*

Von der Küche aus höre ich das Ping, das mein Laptop bei einer neu eingetroffenen E-Mail von sich gibt. Mit mulmigem Magen kehre ich zurück ins Wohnzimmer und lasse mich wieder auf der Couch nieder. Ich blinzele nervös zum Display des geöffneten Laptops und entdecke wie nicht anders erwartet eine E-Mail von Zane.

Beinahe ängstlich öffne ich sie.

stud.zanelewis@rosegardenuni.com: Ich hoffe, dieser Text gefällt Ihnen besser, Mrs Summers.

Mit immer noch unruhigem Magen öffne ich die angehängte PDF-Datei und beginne zu lesen.

Schon als kleiner Junge sagte man ihm, was er dürfe und nicht dürfe. Was richtig und was falsch war. Er wollte immer tun, was ihm verboten war, und strebte das Unerreichbare an, nur um dann festzustellen, dass es gar nicht so unerreichbar für ihn war. Alles verlor mit der Zeit seinen Reiz, also war er ständig auf der Suche nach einem neuen. Nach dem lang ersehnten Kick, den er nur erhielt, wenn er etwas Verbotenes tat. Doch das High danach ebbte immer viel zu schnell ab.

Bis er sie traf und seither wie in einem Rausch gefangen war.

Das Ende.

Im ersten Moment habe ich keine Ahnung, was ich von seinem neuen Text halten soll. Ich zähle die Wörter, es sind exakt einhundert. Dann lese ich den Text ein zweites und drittes Mal, bis ich den Sinn dahinter endlich verstehe: Er liegt in den letzten beiden Worten. Die Geschichte hat noch gar nicht begonnen, doch sie endet hier.

Genau wie das zwischen uns.

7

In den nächsten Tagen spreche ich mit Zane genauso viel wie mit James: gar nicht. Beide Männer ignorieren mich, was mich mehr beschäftigt, als es sollte. Zumindest, was Zane angeht.

Seit James und ich am Sonntagmorgen diesen üblen Streit hatten, scheint er nur noch mehr zu arbeiten, um bloß nicht zu Hause sein zu müssen. Wir hören uns auch tagsüber nicht, und sobald er spät nachts zu mir ins Bett schlüpft, stelle ich mich schlafend, obwohl ich vor lauter Gedanken kaum ein Auge zumachen kann.

Unser Problem ist, dass wir beide stur sind – keiner möchte nachgeben. Da ich der Meinung bin, dass nicht ich die Schuld an unserem Streit trage, werde ich das gewiss auch nicht tun. Es ist ja ohnehin nicht so, als würde sich viel ändern, würden wir uns versöhnen. James ist so oder so kaum präsent in meinem Leben. Eine traurige Tatsache, aber leider wahr.

Welches Problem Zane und ich haben, kann ich nicht genau sagen. Seit wir am Montagabend über seine Arbeit geschrieben haben, würdigt er mich keines Blickes mehr. Im Unterricht sieht er starr aus dem Fenster, erledigt aber anstandslos jede der Aufgaben, die ich dem Kurs erteile. Sobald der Unterricht vorbei ist, unterhält er sich mit Betty, die sich vor lauter Freude über seine Aufmerksamkeit ein Bein ausreißen möchte. Sie grinst jedes Mal wie ein Honigkuchenpferd, wenn Zane neben ihrer Reihe stehenbleibt, damit sie zusammen den Saal verlassen können.

Warum er plötzlich Interesse an ihr zu haben scheint, ist mir ein Rätsel. Es wirkte bislang nicht so, als würden ihn Mädchen in seinem Alter überhaupt auch nur im Entferntesten interessieren. Zumal er sich immer noch mit meiner Nachbarin Gabriella trifft, die fast dreißig Jahre älter als Betty ist.

Vorgestern habe ich ihn abends aus ihrem Haus kommen gesehen. Zuvor ist mir schon sein glänzender Mustang in der Einfahrt ins Auge gesprungen. Gabriella versteckt ihren Toyboy nicht einmal! Bevor er in den Wagen gestiegen ist, hat er einen Blick zu meinem Haus geworfen, und ich habe mich ruckartig an die Wand neben dem Fenster gepresst, damit er mich nicht entdeckt.

Es ist so widerlich, dass er mit dieser Frau schläft. Ich kann ihr kaum noch in die Augen sehen, was bestimmt auch an dem peinlichen Szenario liegt, das James und ich am Wochenende dargeboten haben, und von welchem sie zweifellos gehört hat. Auch sie war anständig genug, es nicht anzusprechen, als wir uns begegnet sind.

Vermutlich sollte ich froh darüber sein, dass Zane mir den nötigen Respekt erweist und meiner Forderung, mich in Ruhe zu lassen, nachkommt. Endlich.

Nur habe ich nicht damit gerechnet, dass es mich so sehr beschäftigen würde, wenn er mich tatsächlich wie Luft behandelt. Dass er mich nicht einmal mehr wirklich ansieht, als wäre ich plötzlich von null Interesse für ihn, schadet meinem Ego mehr, als ich je zugeben würde.

Allmählich frage ich mich, ob es tatsächlich nur ein dummes Spiel für ihn war. Ob er sich selbst etwas beweisen wollte, indem er versucht hat, mich herumzukriegen. Ob er mich bloß wollte, um den

Reiz des Verbotenen auszukosten. Ob ich bloß ein Mittel zu seinem nächsten High sein sollte.

Bis er sie traf und seither wie in einem Rausch gefangen war.

Immer noch habe ich seine Hausarbeiten im Kopf. Die Texte wollen wie ein lästiger Popsong einfach nicht daraus entweichen. Jedes Mal, wenn ich an Zane denke – was haarsträubend oft ist – denke ich zugleich an seine Worte.

Er wusste, er würde alles dafür tun, um sie zu haben, sobald er sie das erste Mal gesehen hatte. Ob er das wirklich so meinte? Oder spielte er nur mit mir? Lotste er seine Grenzen aus?

All jene Dinge, nach denen sie sich sehnte, und die ihr Mann ihr nicht geben konnte … Er würde warten, bis sie bereit war, in die verbotene Frucht zu beißen. Denn er wusste, irgendwann würde sie es tun.

Nein, das würde ich nicht. Niemals.

Heute ist Freitag, aber nicht irgendeiner. Es ist der letzte Freitag im Monat, was bedeutet, dass die Uni eine Art Party schmeißt, wobei es wohl eher eine kleine Studenten-Professoren-Veranstaltung ist. Bei Kuchen und alkoholfreien Drinks sollen wir so die Möglichkeit haben, uns untereinander auszutauschen und besser kennenzulernen.

Eigentlich eine nette Sache, aber ich habe gerade recht wenig Lust auf einen ganzen Abend in der Sporthalle der Uni mit Zane Lewis. Wobei dieser mich ohnehin ignorieren wird, sofern er sich überhaupt blicken lässt. Die Veranstaltung ist freiwillig für Studenten. Nur die Lehrkräfte sind zum Kommen verpflichtet. Meistens endet die Party gegen zehn Uhr abends und ein paar der Studenten verlagern sie in irgendeine Bar, wo sie sich mit gefälschten Ausweisen betrinken.

Mir kam zu Ohren, dass der eine oder andere Professor mitzieht, was ich jedoch nicht vorhabe. Ich sehne das Ende des Abends in der Sporthalle jetzt schon herbei.

Wie immer bin ich zu spät dran, als ich auf dem Campusparkplatz parke. Die Veranstaltung hat um 19:30 Uhr begonnen, aktuell zeigt mir die Uhr auf dem Bordcomputer 19:48 Uhr an. *Juckt mich nicht.* Je später ich komme, desto kürzer der Abend.

Es sind überraschend viele Autos auf dem Parkplatz abgestellt, und ich entdecke schon aus der Ferne ein paar Studentinnen in hübschen Kleidern, die ihr Wohnheim verlassen. Im letzten Monat kamen nur wenige Studenten zur Veranstaltung, es war eher ein Professorentreff. Heute scheint das anders zu sein. Die meisten Fahrzeuge gehören keinem der Lehrkräfte. Diese können sich keine Autos über fünfzigtausend Dollar leisten, soviel steht fest.

Als ich in meinem figurbetonten, aber eleganten Kleid aus dem Wagen steige, fällt mir sofort der schwarze Ford Mustang ins Auge.

Verdammt. Zane Lewis nimmt also doch an der Veranstaltung teil.

Warum? Er wirkt nicht wie jemand, der Bock auf ein privates Treffen mit seinen Kommilitonen und Professoren hat. Da ich ihn schon mehrmals mit seinem Wagen den Campus verlassen gesehen habe, gehe ich davon aus, dass er nicht in einem der Wohnheime lebt, sondern bei seinen Eltern. Daher verstehe ich nur umso weniger, warum er heute Abend hier aufgekreuzt ist.

Aus seiner Akte weiß ich immerhin, dass er nie mehr für seine Ausbildung tut, als er muss. Und er wirkt nicht wie jemand, der einen guten Eindruck hinterlassen möchte. Eher wie jemand, dem es vollkommen egal ist, was andere von ihm denken.

Seufzend schlage ich die Wagentür zu und verriegele meinen Ford per Knopfdruck. Ich stecke den Schlüssel in meine Abendtasche, werfe mein glattes Haar über die Schulter, und mache mich auf den hohen Schuhen auf den Weg zum Verwaltungsgebäude.

Im Keller befindet sich die riesige Sporthalle, in der unter der Woche die Basketballmannschaft der Uni trainiert wird. Letztens roch es von den Trainingseinheiten noch so sehr nach Schweiß, dass mir nach einer halben Stunde speiübel war. Ich hoffe sehr, es wurde heute zuvor gelüftet, andernfalls brauche ich wohl einen Spuckbeutel.

Mein Handy vibriert in der Tasche, als ich die Tür zum Hörsaalgebäude aufziehe. Stirnrunzelnd krame ich es heraus und stelle überrascht fest, dass ich eine Nachricht von meinem Mann erhalten habe.

Ob er sich nun endlich mit mir versöhnen will? Vielleicht ist ihm klar geworden, wie blöd sein Verhalten war. Immerhin habe ich nichts getan, außer Sex mit ihm haben zu wollen. Was für eine Schande, tz tz.

Als ich die Nachricht mit einem Gefühl des Triumphs in der Brust öffne, bin ich schon bereit, ihm zu verzeihen, nur um dann festzustellen, dass er meine Vergebung gar nicht möchte. Seine Nachricht versetzt mir einen unangenehmen Stich.

Habe heute einen Fall gewonnen und gehe zur Feier des Tages mit Craig und den anderen auf ein paar Drinks. Warte nicht auf mich, es wird spät.
James

»Ich warte schon seit Langem nicht mehr auf dich«, murmele ich wütend vor mich hin und stopfe das Handy zurück in meine Tasche.

Sein Verhalten ist echt das Letzte. Es tut weh, zu sehen, wie egal ich ihm geworden bin. Es fühlt sich an, als wäre ihm alles andere wichtiger als unsere Ehe. Als führe er schon seit Längerem ein Leben ohne mich. So wie ich eines ohne ihn führe.

»Hey! Da bist du ja«, ertönt eine vertraute Stimme hinter mir, die mir sofort ein Lächeln ins Gesicht zaubert.

Es ist meine Kollegin Susan, die ich in den letzten Tagen recht wenig zu Gesicht bekommen habe. Umso mehr freue ich mich, sie jetzt zu sehen.

»Ich habe dich schon überall gesucht«, stößt sie grinsend hervor, als sie mich erreicht, und zieht mich in eine kurze Umarmung. »Alles okay? Du siehst irgendwie niedergeschlagen aus.«

Ich winke ab. »Ach, es ist nichts. Nur ein bisschen Stress mit James.«

Unwillkürlich besorgt mustert sie mich. »Was ist denn los bei euch?«

»Keine Ahnung«, erwidere ich wahrheitsgemäß und zucke mit den Schultern.

Susan ist einer der wenigen Menschen, bei denen ich nicht das Gefühl habe, mich verstellen oder gute Miene zum bösen Spiel machen zu müssen. Ich weiß, dass auch sie mit ihrem Mann eine schwere Phase durchlebt hat, und weil die beiden diese hinter sich gelassen haben, hege ich die starke Hoffnung, dass auch James und ich sie überwinden werden.

»Es läuft gerade nicht so toll zwischen uns, aber ich will dich damit nicht belasten. Lass uns heute Abend einfach ein bisschen Spaß haben, okay?«, bitte ich sie mit einem geknickten Lächeln.

Susan erwidert es mitfühlend und streicht mir liebevoll über den Arm, während wir die Treppen nach unten zur Sporthalle gehen. »Aber klar doch, Süße. Die Kids haben bestimmt wie jedes Mal heimlich Alkohol in die Bowle gemischt, also sollte das mit dem Spaß haben kein Problem darstellen.« Sie zwinkert mir zu. »Trink nur nicht zu viel von dem Zeug. Das ist für gewöhnlich echt stark, ich schwöre es dir. Keine Ahnung, wie manche es literweise hinunterspülen und danach immer noch aufrecht stehen können. Ich bin letztens schon nach drei Bechern beinahe umgekippt.«

Ich kichere. »Ich habe das Zeug noch nie gekostet. Es sieht ziemlich ekelhaft aus.«

»Ist es auch«, erwidert sie und zieht die Tür zur Sporthalle auf. »Aber Dekan Fields scheint es zu mögen, sonst hätte er schon längst dafür gesorgt, dass die Typen aufhören, geschmuggelten Alkohol unterzumischen.« Sie gluckst. »Er ist ein kleiner Säufer, glaube ich.«

Ich lache leise und sehe mich danach erstaunt in der Halle um. Oh Mann. Sie ist gerappelt voll. Und müffelt wieder.

Ich entdecke ein paar bekannte Gesichter der Lehrkräfte in einer der hinteren Ecken, in der anderen die Jungenclique mit ihrem Anführer Timmy Marten aus meinem Kurs. Es scheinen fast alle meiner Studenten anwesend zu sein, und ein paar weitere, die ich nur vom Sehen oder Hören kenne. Außerdem vergnügt sich Dekan Fields mit Miss Mayers, die ein solch kurzes Kleid trägt, dass ihre Absichten durchsichtiger erscheinen als das Negligé einer Prostituierten. Insgesamt sind bestimmt fast achtzig Personen anwesend. Das ist viel mehr als sonst.

»Gott, die Mayers hat wohl keinen Spiegel zu Hause. Ich kann ihre Pussy bis hierher sehen«, gibt sich Susan empört, als sie sich bei mir unterhakt, während wir durch die Turnhalle schreiten. Aus den

Lautsprechern ertönt Pop-Musik, sodass man das laute Stimmengewirr der Leute kaum hören kann. »Hast du gehört, dass sie es mit Fields treibt?«

»Die Studenten haben mir davon erzählt. Glaubst du, es ist wahr?«

»Bestimmt, so billig wie sie ist. Die würde es doch mit jedem treiben.«

Sie sagt es so trocken, dass ich laut auflachen muss. Dann boxe ich ihr in die Rippen, woraufhin sie ächzt. »Pscht! Nicht, dass dich noch jemand hört.«

Susan wirkt, als wäre ihr das völlig egal. Sie zuckt nur mit den Schultern und grinst, als wir die Gruppe aus sieben Professoren erreichen, die alle einen roten Pappbecher in der Hand halten. Sie stehen vor einem nett dekorierten Tisch unter einem der bunten Lichterstrahler.

Die ganze Halle wird von den bunten, flackernden Strahlern beleuchtet, was mich an eine Disco erinnert. Außerdem denke ich unwillkürlich an meine eigenen Collegezeiten zurück. Auf den Partys, die in unserem Wohnheim gestiegen sind, gab es dieselben roten Pappbecher, und auch in diesem befand sich Zeugs, von dem einem schon nach dem ersten Schluck der Kopf geschwirrt hat.

»Hi, Rachel. Schön, dich zu sehen«, begrüßt mich einer meiner Kollegen – Stuart Spencer –, der Englische Literatur als Hauptfach lehrt. Er ist erst Anfang Vierzig und schon vier Mal geschieden, aber ein total netter Kerl. Nur trägt er immer ein wenig zu viel Aftershave, was mir wieder bewusstwird, als er mich zur Begrüßung freundschaftlich umarmt. Er steht auf Körperkontakt, wie mir aufgefallen ist. »Wie geht's dir?«

Ich halte nur mühevoll ein Husten zurück. »Gut, danke. Und dir?«

»Ebenso.« Er grinst mich an. »Hast du schon was zu trinken?«

Ich schüttele den Kopf, bevor ich die anderen Lehrkräfte begrüße. Die Frauen haben sich wie ich in Schale geworfen, wenn auch niemand außer mir und Susan ein Kleid trägt – und Miss Mayers, das gewagt kurze. Die Männer tragen allesamt schlichte Freizeitkleidung. Nur Dekan Fields steckt wie immer in einem formellen, maßgeschneiderten Anzug, wie mir auffällt, als er mit einem Lächeln auf mich zukommt.

»Ich habe mich schon gefragt, wo Sie bleiben«, begrüßt er mich mit einer hochgezogenen Augenbraue, bevor er mir die Hand reicht.

Ich ergreife sie und lächele, ohne auf seinen kleinen Seitenhieb aufgrund meiner Unpünktlichkeit einzugehen. Er quetscht meine Finger so fest zusammen, dass ich einen kleinen Aufschrei unterdrücken muss.

»Gut sehen Sie aus, Rachel.«

»Danke.« Ich schiele zu Miss Mayers, die mich so eifersüchtig anfunkelt, dass ihre großen Glubschaugen leicht irre erscheinen. Die Frau macht mir irgendwie Angst. »Heute sind wirklich viele gekommen«, stelle ich schließlich fest, weil ich nicht weiß, was ich sonst sagen soll.

Dekan Fields starrt mich an, als würde er auf irgendetwas warten, und die anderen Professoren haben sich zu meinem Leidwesen abgewandt und plaudern ausgelassen miteinander. Ich habe keine Lust auf eine Unterhaltung mit dem schmierigen Sack.

»Das ist … toll«, füge ich gedehnt hinzu.

Er nickt, dabei streift sein Blick mein Dekolleté. Sofort bereue ich, ein Kleid mit Ausschnitt angezogen zu haben, auch wenn er sehr züchtig ist. Fast schon nonnenhaft. Dadurch, dass ich problemlos ein großes C-Körbchen ausfülle, wirkt sogar der züchtigste Ausschnitt der Welt zu aufreizend.

»Hier«, unterbricht uns Stuart, der mir über die Schulter einen Pappbecher mit rotem Inhalt reicht. »Alkoholfrei.« Er legt die Lippen an mein Ohr und fügt leise hinzu: »Offiziell.« Mit einem Zwinkern wendet er sich ab, doch ich bin schneller und greife grob nach seinem Arm.

Dann drehe ich mich mit einem Lächeln zu Dekan Fields um und sage: »Stuart und ich freuen uns wirklich sehr, dass heute so viele erschienen sind. Wir werden uns gleich unter die Studenten mischen. Stimmt's, Stuart?«

Dieser wirkt verwirrt, nickt aber artig.

Ich hake mich bei ihm unter und genieße das leicht unzufriedene Stirnrunzeln auf Dekan Fields Gesicht. Dass ich einen wildfremden Mann an meine Seite zerren muss, damit er mir nicht mehr in den Ausschnitt glotzt, ist lächerlich, wenn man bedenkt, dass der Diamant an meinem Ringfinger kaum zu übersehen ist. Da er meinen Mann noch nie persönlich getroffen hat, ist er wohl für ihn nicht existent.

»Also dann … Wir sehen uns bestimmt später noch einmal«, will ich mich von ihm verabschieden, doch mein Vorgesetzter hat offenbar andere Pläne. Mit einem Lächeln greift er nach meinem Arm und zieht mich entschlossen von Stuart weg.

»Gleich haben Sie sie zurück«, versichert er ihm, woraufhin Stuart unsicher nickt und sich schließlich abwendet. Als Dekan Fields seinen Blick wieder auf mich richtet, tritt er einen Schritt näher an mich heran und setzt eine ernste Miene auf. »Wir hatten in letzter Zeit nicht viel Gelegenheit, zu plaudern. Wie läuft es so?«

»Mit den Studenten? Super«, antworte ich wie aus der Pistole geschossen.

»Der Unterricht auch?«

»Ja, alles bestens.«

»Haben Sie Probleme in einem Ihrer Kurse?«

»Probleme?«, echoe ich überrumpelt. »Ähm, nein … Wie kommen Sie darauf?« Mein Herz beginnt, zu rasen, als ich den forschenden Ausdruck in seinen braunen Augen bemerke.

Oh Gott. Weiß er etwas von Zane und mir? Gibt es da überhaupt etwas, das er wissen könnte? Ich bin vor Panik wie gelähmt und leere den Inhalt meines Pappbechers, noch bevor Dekan Fields zu einer Antwort ansetzen kann.

Ugh. Das Zeug schmeckt genauso ekelhaft, wie es aussieht.

»Ich wollte nur sichergehen, dass alles so weit in Ordnung ist. Sie haben einen Neuzugang in einem Ihrer Kurse und wir hatten noch nicht die Möglichkeit, uns über den Studenten auszutauschen«, erklärt er mir, woraufhin meine Hände zu zittern beginnen. Unwillkürlich schweift mein Blick durch die Sporthalle und sucht besagten Studenten. Entdecken kann ich ihn allerdings nirgendwo.

»Stimmt«, erwidere ich schließlich bemüht gelassen. »Zane Lewis besucht seit zwei Wochen einen meiner Kurse.«

»Richtig«, murmelt Dekan Fields nachdenklich. »Wie macht sich der Junge? Er hat von der öffentlichen Uni auf unsere gewechselt. Ich wollte nur sicherstellen, dass es kein Fehler war, ihn aufzunehmen. Er hat sich in der Vergangenheit ein paar Dummheiten geleistet.«

Ich nicke verständnisvoll, innerlich erleichtert, dass seine Frage nichts mit mir zu tun hat. »Er macht keinerlei Probleme.«

»Das ist gut«, meint er merkbar zufrieden. »Sollte sich das ändern, sagen Sie es mir, ja?«

»Natürlich«, versichere ich ihm.

Und dann spüre ich plötzlich *seinen* Blick auf mir. Als hätte ich ihn auf meinem Radar, schlagen meine Sirenen Alarm und meine Muskeln spannen sich ganz automatisch an. Ich bemerke, wie mein Puls steigt, während ich dem Impuls nachgebe und mich noch einmal in der vollen Halle umsehe. Dieses Mal entdecke ich ihn auf Anhieb, weil mich sein Blick wie immer magnetisch anzieht.

Zane steht in der linken Ecke der Halle, mir quer gegenüber, und lehnt mit einem Becher in der Hand an der Wand. Lässig hat er einen Fuß daran abgestützt, während er mich unverhohlen beobachtet. Ich habe fast schon vergessen, wie es sich anfühlt, wenn sich seine dunklen Augen in meine brennen.

Warum würdigt er mich nun wieder eines Blickes, nachdem er mich die ganze Woche über ignoriert hat?

»Dann halte ich Sie nicht mehr auf. Gehen Sie und plaudern Sie ein bisschen mit den Studenten«, reißt mich Dekan Fields von seinem Anblick los, und ich schenke ihm ein verkrampftes Lächeln. Er beugt sich nah zu meinem Gesicht und flüstert: »Es ist kein Geheimnis, dass Sie die Lieblingsdozentin aller sind, Rachel. Die Studenten himmeln Sie an. Ich kann es ihnen nicht verdenken.«

Mein Lächeln wird noch eine Spur verkrampfter, doch ich zwinge mich, es beizubehalten, bis sich mein Vorgesetzter endlich abwendet und zurück zu Miss Mayers marschiert, die schon ungeduldig auf ihn zu warten scheint. Als ich die Mundwinkel sinken lasse, tut mir das ganze Gesicht weh.

Ohne nachzudenken drehe ich mich zu dem Tisch mit der Bowle um und fülle meinen leeren Pappbecher auf. Dann mische ich mich unter die Studenten meiner Kurse, plaudere mit ihnen und gehe immer mal wieder zu Susan, die schon einen leichten Schwips zu haben scheint.

»Ich sagte doch, das Zeug ist grauenhaft stark«, nuschelt sie mir zu, während ich aus dem Augenwinkel zu der Ecke schiele, in der Zane immer noch an der Wand lehnt.

Nun allerdings nicht mehr allein. Betty Barson steht in einem hautengen Kleidchen neben ihm und plappert in einer Tour. Sie trägt die höchsten Absatzschuhe, die ich je gesehen habe, und wirkt trotzdem immer noch wie eine Ameise neben ihm.

»Die müssen dieses Jahr irgendetwas anderes untergemischt haben. Normalerweise vertrage ich zwei Becher locker, aber heute …«

Ich richte meine Aufmerksamkeit auf Susan, deren Augen ein wenig gerötet sind. »Entschuldige, was?«

»Die Bowle«, murmelt sie und verzieht das Gesicht. »Die ist noch stärker als sonst.«

»Ich spüre das Zeug auch schon«, erwidere ich ehrlich und bemerke, wie warm mir plötzlich ist. Fast schon heiß. Gott, was ist da bloß drin?

»Ich gehe mal kurz für kleine Mädchen«, sagt Susan und drückt mir ihren vollen Becher in die Hand. »Pass drauf auf, solange ich weg bin.«

»Geht klar.« Ich sehe ihr etwas besorgt hinterher, stelle aber fest, dass sie noch mühelos auf ihren Pumps laufen kann. Innerlich beschließe ich, nichts mehr von dem Zeug zu trinken, und sehe mich stattdessen nach Wasser um, welches es nicht zu geben scheint. Mein Mund ist leider völlig ausgetrocknet und so nehme ich widerwillig einen weiteren Schluck von der Bowle.

»Mrs Summers!«, höre ich jemanden über die Musik hinweg meinen Namen rufen und drehe mich stirnrunzelnd um.

Es ist Timmy Marten, der mit einem schiefen Grinsen auf mich zu schlendert. Er wirkt ebenfalls, als hätte er schon über den Durst hinaus getrunken. Seine Augen sind glasig und seine Wangen gerötet. Das blonde Haar, das sonst immer perfekt gestylt ist, steht wild in alle Richtungen ab. Er sieht irgendwie … durchgevögelt aus?

Ich muss über den Gedanken lachen, weshalb er fragend die Augenbrauen zusammenzieht, als er mich erreicht. »Hast du dich auf der Toilette vernaschen lassen?«

»Was?« Beinahe quietscht er wie ein Mädchen. Dann gluckst er, kichert und stolpert einen Schritt auf mich zu. Ich packe ihn mit meiner freien Hand am Arm, um ihm Halt zu geben, während er lallend flüstert: »Wissen Sie, mit wem?«

Ich weiche mit dem Kopf zurück. »Mit wem, was?«

»Na, mit wem ich mich vernaschen habe lassen.«

Amüsiert zucke ich mit den Schultern. Er ist total betrunken. »Mit wem hast du dich denn vernaschen lassen?«

Er sieht sich in Zeitlupe um, bevor er mir verschwörerisch mit großen Augen anvertraut: »Mit Miranda Marshall!«

Ich weite meine Augen, als wäre das etwas irrsinnig Schockierendes. »Nein!«

Er grinst dämlich und klopft sich selbst auf die Schulter. »Oh doch, Mrs Summers. Die fährt voll auf mich ab.«

Lachend klopfe ich ihm auf den Arm und sehe mich noch einmal nach einer Wasserflasche um. »Du solltest etwas Alkoholfreies trinken, Timmy. Ich besorge dir etwas.«

»Nicht nötig«, nuschelt er immer noch so dämlich grinsend. »Vielleicht sollten Sie stattdessen noch mehr von der Bowle trinken.«

»Lieber nicht«, sage ich und ächze, als er mir einen Arm um die Schultern legt. Gott, ist der schwer. Und hinüber. »Wo sind denn deine Jungs?«, will ich von ihm wissen, um ihn an irgendjemanden zu übergeben, der sich darum kümmern kann, dass er ausnüchtert.

Ich übernehme nur ungern die Verantwortung für solch ein Riesenbaby. »Ryan und die anderen?«

»Keine Ahnung.« Er zuckt mit den Schultern, wodurch sein Arm auf meinen Schultern hüpft. Beinahe knicken meine Beine weg. »Wollen Sie mich loswerden, Mrs Summers? Das ist aber nicht sehr nett von Ihnen.«

»Ich möchte nur dafür sorgen, dass man auf dich achtgibt«, erwidere ich und versuche, mich mit ihm an meiner Seite umzudrehen, was sich als schwierig erweist. »Warte ganz kurz hier, Tim. Ich sehe mal nach, wo -«

»Habe ich Ihnen schon gesagt, wie verdammt heiß Sie aussehen?«, lallt er mit einem Blick in meinen Ausschnitt, dann ballt er die Hand zur Faust und steckt sie sich in den Mund. Er knurrt wie ein Hund. »Wie viele Nächte ich schon von Ihnen geträumt habe … Oh Mann.«

»Träum mal weiter«, ertönt es plötzlich hinter ihm, bevor sein schwerer Arm von meinen Schultern verschwindet. Ich atme erleichtert aus, nur um kurz darauf die Luft anzuhalten. Es ist Zane, der Timmy gerade etwas unsanft von mir wegzerrt. Er stützt ihn, während er ihn in Richtung des Ausgangs schiebt. »Geh nach Hause, Mann. Du bist völlig hinüber.«

Timmy reißt sich von Zane los und zischt: »Fass mich nicht an, du Schwuchtel.«

Zanes Blick verdunkelt sich im Bruchteil einer Sekunde. Seine breiten Schultern spannen sich an und seine Kiefer beginnen zu mahlen, als er einen großen Schritt auf Timmy zu macht und fragt: »Wie hast du mich gerade genannt?« Er verpasst ihm einen Stoß auf die Brust, wodurch Tim das Gleichgewicht verliert und nach hinten stolpert. »Sag das noch einmal.«

»Hey!«, mische ich mich rasch ein und laufe auf die beiden zu. Als ich mich zwischen sie drängen will, schubst mich Timmy unabsichtlich zur Seite, da er schwankend auf Zane loszugehen versucht.

Ich stolpere über meine eigenen Füße und drohe, zu Boden zu plumpsen, doch Zane ist schneller und schlingt von hinten einen Arm um meinen Bauch, um mich auf den Beinen zu halten.

»Verpiss dich lieber«, rät er Timmy, der ihn mordlustig anstarrt, bevor er stirnrunzelnd Zanes Arm um meinen Bauch betrachtet. Rasch schiebe ich ihn weg und bringe Abstand zwischen Zane und mich. »Du bist besoffen, deswegen vergesse ich, was du gesagt hast. Glück für dich.«

»Arschloch«, murmelt Timmy, der wohl einsieht, dass er in seinem Zustand keine Chance gegen Zane hätte, bevor er sich mir zuwendet und einen reuevollen Blick aufsetzt. »Tut mir echt leid, Mrs Summers. Ich wollte Sie nicht stoßen.«

»Was ist hier los?«, donnert Dekan Fields Stimme durch die Sporthalle, und Zane sucht sofort das Weite. Innerhalb weniger Sekunden ist er aus der Sporthalle verschwunden, Betty Barson rennt ihm wie eine läufige Hündin hinterher.

Stirnrunzelnd sehe ich ihm nach. Warum läuft er vor einem Gespräch mit dem Dekan weg? Er hat doch gar nichts verbrochen.

»Was hat er gemacht?«, fragt dieser mich mit einem zornigen Blick, bevor er ihn geringschätzig an Timmy hinabgleiten lässt. »Junge, du gehst jetzt besser auf dein Zimmer, bevor du mir hier den Boden versaust.«

Timmy murmelt eine Entschuldigung und wendet sich ab. Dass die beiden Männer nun gleichzeitig das Gebäude verlassen, halte ich für keine gute Idee. Was, wenn sie ihren Streit auf dem Parkplatz fortsetzen?

»Rachel? Alles in Ordnung?«

Ich runzele die Stirn, als ich Dekan Fields' Blick erwidere. In seinen Augen blitzt es gefährlich, und ich frage mich, was genau ihn so zornig macht. »Ja, alles in Ordnung«, versichere ich ihm. »Es ist nichts passiert. Timmy Marten ist bloß ein wenig betrunken und -«

»Was hat er gemacht?«

»Nichts, er ist wie gesagt nur ein wenig -«

»Nicht Timmy, sondern der Neue«, unterbricht er mich ungeduldig. »Hat er Streit mit dem Jungen angefangen?«

»Was? Nein!«, schießt es augenblicklich aus mir hervor. Ich schüttele zusätzlich heftig den Kopf. »Zane Lewis hat gar nichts gemacht. Er wollte mir bloß mit Timmy helfen.«

»Aha.« Er wirkt nicht überzeugt. Ich frage mich, warum er eine so schlechte Meinung von Zane hat, denn offensichtlich hält er ihn für einen Unruhestifter. Irgendwie habe ich das Gefühl, dass er ihn auf dem Kieker hat, aber weshalb?

Da dämmert es mir plötzlich. Gabriella. Seine Ex-Frau. Natürlich! Bestimmt weiß er von ihrer Affäre mit Zane. Deswegen kann er ihn nicht leiden. Fraglich ist nur, weshalb er ihm dann überhaupt einen Platz an der Uni gegeben hat. Um ihn im Auge zu behalten?

»Ich sollte vielleicht besser mal nach den beiden sehen«, meine ich mit einem unguten Gefühl im Magen, während ich zur Tür schaue, hinter der die beiden fast gleichzeitig verschwunden sind. »Nicht, dass sie sich auf dem Parkplatz prügeln oder so.«

»Ja, tun Sie das besser«, weist er mich an und wendet sich dann einfach von mir ab.

Verwirrt sehe ich mich nach Stuart um, dem ich vorhin meine Tasche anvertraut habe, und finde ihn neben Susan, die schon von ihrem Toilettengang zurück ist. Ich vergeude keine Zeit und steuere auf die beiden zu.

»Meine Tasche«, rufe ich ungeduldig und reiße sie Stuart aus der Hand, kaum habe ich ihn erreicht.

Plötzlich ist das Bedürfnis, nach Zane zu sehen, übermächtig, und ich merke, mir ernsthaft Sorgen zu machen, er könnte sich einen Kampf mit Timmy liefern. Er wirkte plötzlich so wütend und ungehalten, dass ich nicht einschätzen kann, ob er die Sache nun tatsächlich auf sich beruhen lässt, wie er sagte. Vielleicht provoziert ihn Timmy aber auch gedankenlos in seinem betrunkenen Zustand, und die Situation eskaliert.

Dass ich mir nur um einen der beiden Sorgen mache, sollte mich beunruhigen. Das sollte es wirklich.

»Gehst du schon?«, fragt mich Susan enttäuscht, die nun viel nüchterner wirkt als noch vor zehn Minuten. Vielleicht hat sie sich auf der Toilette den Finger in den Hals gesteckt. Ich habe das zu Collegezeiten immer so gemacht, wenn ich zu viel getrunken hatte. Danach konnte ich problemlos weiter trinken.

»Ich komme zurück«, erwidere ich, bevor ich mich eilig auf den Weg nach draußen mache. Auf der Treppe bemerke ich, dass ich etwas unsicher auf den Beinen bin. Als ich auf den hohen Schuhen umknicke, halte mich japsend am Geländer fest.

Mist. Durch das Adrenalin war ich kurzzeitig völlig nüchtern, doch nun steigt mir die berüchtigte Bowle zu Kopf. Frische Luft zu schnappen, wird mir guttun.

Kaum erreiche ich den dunklen und menschenleeren Parkplatz, schnellt mein Kopf von links nach rechts. Auf den ersten Blick kann ich niemanden entdecken, doch dann glaube ich, eine Gestalt hinter einem der vielen Autos auszumachen und bewege mich instinktiv auf sie zu.

Je näher ich ihr komme, desto sicherer bin ich mir, dass es sich um Zane handelt, der mit dem Rücken zu mir hinter dem fremden Auto steht. Er bewegt sich nicht, sein Kopf ist in den Nacken gelegt und er sieht still in den Himmel.

Ob alles in Ordnung bei ihm ist? Timmy kann ich zu meiner Erleichterung nirgendwo entdecken, ebenso wenig wie Betty. Bestimmt sind beide schon in ihren Wohnheimen.

Ich bin nur noch ein paar Meter von Zane entfernt, als ich es höre. Eindeutige Geräusche, die nicht von ihm stammen. Wie erstarrt bleibe ich stehen, mein Herzschlag hämmert in meinen Ohren. Er hat mich immer noch nicht bemerkt, was mich nun auch nicht sonderlich wundert. Denn entgegen meiner Annahme, er würde bloß hier stehen und in den Himmel starren, lässt er sich nämlich gerade einen blasen.

Mitten auf dem Campusparkplatz. Von Betty Barson.

Ein Knurren steigt seine Kehle empor, bevor er nicht gerade freundlich hervorpresst: »Was soll das werden? Mach es richtig oder lass es bleiben.«

Wieder ertönt ein Würgegeräusch gefolgt von einem Röcheln, bevor ich ihre zittrige Stimme wahrnehme, die entschuldigend flüstert: »Ich versuche es ja, aber er ist zu groß.«

Hitze schießt mir in die Wangen. Ich weiß, dass ich mich umdrehen und gehen sollte, aber meine Beine sind wie auf dem Asphalt festgewachsen. Obwohl ich nicht genau sehen kann, wie Betty vor Zane kniet, kann ich die Bewegungen seiner Arme erkennen. Er hält ihren Kopf fest, dirigiert ihn vor und zurück.

Dabei wirkt er nicht gerade sehr sanft, was ihr allerdings nichts auszumachen scheint. Bereitwillig lässt sie seinen Schwanz wieder tiefer in ihre Kehle gleiten, was ich an dem Würgen und Röcheln erkenne, dann spuckt sie ihren Speichel zu Boden und lässt sich brav weiter benutzen.

Das Vibrieren meines Handys in meiner Tasche lässt mich zusammenzucken.

Zane reißt den Kopf herum und starrt mich an.

Ich starre erschrocken zurück.

Oh mein Gott. Er hat mich erwischt. Nein, nein, nein … Er muss mich für einen verdammten Voyeur halten, wobei ich ja nicht wirklich zugesehen habe, nur gelauscht. Trotzdem ist es unangebracht und unmoralisch. Ich kann doch nicht einem meiner Studenten …

»Was war das?«, ertönt Bettys schrille Stimme. Verflucht! Auch sie hat das Vibrieren meines Handys gehört.

Zanes dunkle Augen verwachsen allmählich mit meinen. Ich wage es nicht einmal, zu blinzeln, während ich darauf warte, dass er irgendetwas sagt oder die Cops ruft, um mich verhaften zu lassen. Wobei sie eher ihn wegen Erregung öffentlichen Ärgernisses verhaften würden, aber vollkommen egal. Was ich hier tue, ist absolut inakzeptabel. Ich sollte mich einfach umdrehen, in meinen Wagen steigen und wegfahren.

Ja, genau das werde ich jetzt tun.

»Nichts«, stößt Zane im selben Moment hervor, den Blick immer noch auf mich gerichtet. Ohne Vorwarnung lässt er Betty los, umrundet sie, und bückt sich. Ich kann erst erkennen, was er tut, als er Betty ein Stück weit nach links hebt, sodass sie nun in meinem

Blickfeld ist, ihr schlanker Rücken mir zugewandt. Ihre nackten Knie müssen vom harten Asphalt schon ganz aufgescheuert sein.

»Und jetzt bring zu Ende, was du angefangen hast«, befiehlt Zane ihr, seine Augen wieder unverwandt auf meine gerichtet. Nun muss er den Kopf dafür nicht mehr umdrehen. Noch mehr Hitze schießt in meine Wangen, und jetzt wird es sogar in meinem Magen unangenehm heiß. »Beeil dich lieber, bevor uns noch jemand sieht.« Mit diesen Worten packt er ihren Hinterkopf und versenkt seinen Schwanz in ihrem Mund. Sie krümmt sich und würgt, doch er gibt ihr keine Möglichkeit, ihm auszuweichen, sondern wickelt sich ihr blondes Haar um die Faust und stößt seine Hüften nach vorne. Hart.

Meine Kehle wird staubtrocken. Ich rühre mich immer noch nicht vom Fleck. Stattdessen stehe ich mit zittrigen Knien, stockendem Atem und knallrotem Kopf einfach nur da und sehe dabei zu, wie sich zwei meiner Studenten miteinander vergnügen. Obwohl bestimmt nur einer von ihnen tatsächlich Spaß an der Sache hat. Die Art, wie Zane Bettys Mund bearbeitet, kann für sie kein bisschen befriedigend sein. Oder angenehm. Trotzdem lässt sie ihn einfach machen, lässt sich wie eine Puppe von ihm benutzen.

Habe ich voyeuristische Züge, von denen ich bislang nichts wusste? Was zur Hölle tue ich hier eigentlich?

»Besser«, raunt Zane zufrieden, während er sich den Schwanz von einer neunzehnjährigen Blondine lutschen lässt und dabei *mich* ansieht. Seine fünfzehn Jahre ältere Professorin. »Viel besser.« Er vergräbt die Zähne in der Unterlippe und stöhnt.

Beinahe stöhne ich mit ihm.

»Ist es das, was du willst?«, fragt er, doch ich habe keine Ahnung, an wen er seine Frage richtet. »Du kannst es haben. Du musst nur etwas sagen.«

Ich schlucke. Und starre ihn immer noch, ohne zu blinzeln, an, als wäre ich zur Salzsäule erstarrt.

Betty nuschelt irgendetwas, das er offenbar nicht hören will, denn er drückt sie fester gegen sein Becken, und so verschluckt sie ihre Worte wie sein bestes Stück.

»Gefällt dir das?« Wieder sieht er mich an, als er das fragt, und ein schmutziges Lächeln breitet sich auf seinen Lippen aus, als ich mir auf meine beiße, um zu verhindern, dass ich nicke.

Verdammt, ja. Es gefällt mir, ihm zuzusehen, weil es vollkommen egal ist, wessen Mund es ist, den er bearbeitet. Er sieht dabei unentwegt *mich* an, und ich weiß, dass er sich vorstellt, ich wäre diejenige, die vor ihm kniet. Weil ich es nicht bin und somit nichts Verbotenes tue – die moralische Korrektheit einmal beiseitegelassen – erlaube ich es mir, den Anblick zu genießen. Ich tue nichts, außer ihnen zuzusehen. Ich begehe keinen Betrug an meinem Mann und gefährde auch meinen Job nicht.

Alles ganz harmlos, rede ich mir ein, während ich spüre, wie es zwischen meinen Schenkeln feucht wird. Vielleicht war es schon die ganze Zeit über feucht dazwischen, doch erst jetzt bemerke ich, wie erregt ich tatsächlich bin, als meine Lust mein Höschen durchtränkt. Es kitzelt mich zwischen den Beinen, und ich presse sie zusammen.

Zane lächelt wieder.

Dann reißt er Bettys Kopf am Haar zurück, nimmt seinen Schwanz in die andere Hand, und reibt ihn so grob, dass er innerhalb weniger Sekunden zum Orgasmus kommt. Er spritzt ihr seine volle Ladung Sperma ins Gesicht, und ich starre ihn wie gebannt dabei an. So, wie er mich anstarrt. Ich habe keinen einzigen Blick auf seine Männlichkeit geworfen, weil mich der Ausdruck in seinen Augen zu sehr fesselt. Wie immer ist er hypnotisierend und vermittelt mir Unmissverständliches: dass er mich will.

Und ich kann nicht leugnen, dass ich ihn in diesem Moment auch will.

Deswegen wende ich mich ruckartig ab, laufe zu meinem Wagen, und fahre nach Hause. Dorthin, wo eigentlich mein Ehemann auf mich warten sollte, doch wie so oft finde ich nur ein leeres Haus vor.

8

Ich rüttele an James' Schulter. »Wach auf, James.«

Mein Mann gibt ein verschlafenes Brummen von sich, ehe er sich auf der Couch zur Seite rollt. Er hat nicht in unserem Bett geschlafen, und vielleicht war das auch gut so. Ich lag die ganze Nacht lang wach und habe mich gefragt, was zur Hölle gerade in meinem Leben passiert. Was mit mir nicht stimmt. Was mit James nicht stimmt. Was mit Zane nicht stimmt. Sogar, was mit Blasehase-Betty nicht stimmt.

Mein Magen wird immer aufgewühlter, während ich ein weiteres Mal unsanft an James' Schulter rüttele und ihn auffordere, aufzuwachen. Ich kann nicht länger warten. Ich muss unbedingt mit ihm sprechen. Ich muss einfach *irgendetwas* tun, denn ich habe Angst davor, was passieren könnte, wenn ich die Dinge weiterhin so aus dem Ruder laufen lasse. Zwischen ihm und mir, und Zane und mir.

»James!« Nun boxe ich ihm in den Arm, woraufhin er erschrocken die Augen aufreißt. Sie sind gerötet und glasig, tiefe Augenringe lassen ihn hundemüde erscheinen. »Wach endlich auf!«

»Herrgott noch mal, ich bin ja schon wach«, stöhnt er genervt und fährt sich seufzend über das Gesicht. »Wie spät ist es?«

»Sechs Uhr morgens.«

Nun sieht er mich an, als hätte ich den Verstand verloren. »Warum zur Hölle weckst du mich an einem Samstag um sechs Uhr? Ich bin erst vor drei Stunden nach Hause gekommen.«

»War nicht zu überhören«, murmele ich, ohne vorwurfsvoll dabei zu klingen. »Du bist durch das ganze Haus gestolpert. Hattest wohl Probleme damit, die Stufen hochzusteigen, hm?« Ich hebe eine Augenbraue und lasse meinen Blick über seinen Körper auf der Couch schweifen.

»Ich wollte dich nicht wecken«, lautet seine Erklärung für seine Übernachtung im Wohnzimmer. »Ich habe ein bisschen zu viel getrunken.«

Ich nicke. »Das rieche ich.«

James kneift die Augen zusammen und drückt das Gesicht ins Sofakissen. »Gib mir noch zwei Stunden, okay? Dann können wir reden und -«

»Ich masturbiere auf andere Männer.«

Boom. Jetzt habe ich die imaginäre Bombe zwischen uns hochgehen lassen.

James verstummt und hält in seinen Bewegungen inne. Dann dreht er in Zeitlupe den Kopf zu mir um und sieht mich aus trüben Augen an. »Du … was?«

»Ich würde das nur ungern wiederholen«, erwidere ich ehrlich.

Plötzlich ist er hellwach und setzt sich ruckartig auf. »Was soll das bedeuten, Rachel?«

Ich schlucke. »James, wir haben ein ernsthaftes Problem. Lass uns bitte darüber sprechen, bevor … bevor es zu spät ist.«

»Zu spät?« Seine Stimme klingt alarmiert, und seine Augen durchbohren mich förmlich auf der Suche nach einer Erklärung für meine Worte. »Was zum Teufel willst du mir sagen? Betrügst du mich?«

»Nein!«, beteuere ich augenblicklich und greife nach seiner Hand. Sie ist eiskalt. »Natürlich nicht! Es ist nur … Ich bin unglücklich.

Und … sexuell unbefriedigt. Ich kann das nicht länger ignorieren. Ich habe Angst, dass … Ich masturbiere verdammt noch mal auf andere Männer, James! Das ist schrecklich. Es tut mir so leid. Aber ich dachte, du solltest es wissen, weil …«

Als er plötzlich zu lachen beginnt, glaube ich, im falschen Film zu sein. Fast sehe ich mich nach versteckten Kameras um.

Ich beichte meinem Mann, dass ich ihn in meinen Gedanken betrüge, und seine Reaktion darauf ist zu lachen?

»Schatz«, stößt er amüsiert hervor und fährt sich durch das unordentliche Haar. Seine Augen funkeln belustigt, als er mich mustert. »Ich schätze deine Ehrlichkeit, allerdings ist das nichts, wofür du dich schämen müsstest. Oder entschuldigen. Das tut doch jeder mal.«

Was?

»Was?«

»Ich meine, dass du dir irgendeinen Schauspieler mit Waschbrettbauch vorstellst, während du es dir selbst machst, ist doch nicht so schlimm«, fährt er gelassen fort. »Es ist dasselbe, wie wenn sich ein Mann Pornos ansieht, oder nicht? Mach dir keinen Kopf darüber.«

Ich blinzele. Und blinzele.

James drückt meine Hand. »Hör mal, ich weiß, dass es in letzter Zeit im Bett nicht mehr bei uns läuft … Das ist meine Schuld. Ich arbeite rund um die Uhr und du sehnst dich nach meiner Nähe. Das ist verständlich. Alles halb so schlimm, mach dir keine Sorgen.«

Oh, was mir wirklich Sorgen macht, ist die Tatsache, dass *er* sich absolut keine Sorgen macht.

Aufgrund meines entgleisenden Gesichtsausdrucks hakt er ernst nach: »Es ist doch niemand Bestimmtes, an den du denkst, wenn du … du weißt schon?«

Doch, will ich sagen, bleibe stattdessen aber einfach stumm. Ich kann ihm unmöglich beichten, dass ich mir einen meiner Studenten beim Masturbieren vorstelle. Einen neunzehnjährigen Kerl, dem ich zu meiner allergrößten Schande gestern Abend dabei zugesehen habe, wie er den Mund einer Studentin gevögelt hat. Viel schlimmer noch waren die Gedanken, die mich währenddessen begleitet haben.

»Nein«, lüge ich also. »Trotzdem ist das kein gutes Zeichen. Ich meine, irgendetwas läuft doch gerade gewaltig schief zwischen uns, merkst du das nicht? Es kann doch nicht nur an deinem Stress in der Arbeit liegen.« Als er sich den Nacken reibt und zu Boden sieht, werde ich nervös. »Wir reden kaum noch miteinander, verbringen keine Zeit mehr zusammen. Und wir hatten seit zehn verdammten Monaten keinen Sex mehr – einmal abgesehen von letzter Woche, als wir … nun ja, es nach langer Zeit mal wieder versucht haben.« Geglückt ist es ja nicht unbedingt.

Nun wirkt auch er nervös, während seine Augen ziellos durch das Zimmer huschen. Dann reibt er sich erneut den Nacken und wagt einen vorsichtigen Blick in mein Gesicht. Oh Gott. Der Ausdruck in seinen Augen gefällt mir ganz und gar nicht.

»Was?«, wispere ich. Meine Stimme ist nicht mehr als ein hauchdünner Faden, der kurz davor ist, zu reißen. »Sag es mir, James. Lass uns endlich darüber sprechen. Was ist das wahre Problem?«

»Es gibt da … diese Frau«, würgt er schließlich hervor, und es ist, als würde die Welt aufhören, sich zu drehen. Als würde die Zeit stillstehen und ich förmlich spüren können, wie all meine Organe gleichzeitig zu versagen beginnen.

Es gibt da diese Frau.

Vor diesen Worten habe ich mich schon gefürchtet, bevor ich überhaupt auch nur in Erwägung gezogen habe, dass er mich mit einer anderen betrügen könnte. Vor diesen Worten fürchtet sich jede verheiratete Frau auf Gottes Erde.

Mir wird so schlecht, dass ich mich abrupt erhebe und eine Hand auf meinen Mund presse. Fassungslos sehe ich auf ihn herab, doch bevor ich ihn dazu auffordern kann, mir alles zu beichten, erhebt er sich genauso ruckartig und hebt beschwichtigend die Hände vor seine Brust.

»Warte, das kam jetzt völlig falsch rüber«, stößt er hastig hervor und schüttelt heftig den Kopf. »Da ist absolut nichts passiert, Rachel. Das schwöre ich dir auf alles, was mir heilig ist.«

Nun bin ich verwirrt. Langsam lasse ich die Hand von meinem Mund gleiten und mustere ihn argwöhnisch. »Was soll das also bedeuten? Wer ist diese Frau?«

»Eine Kollegin.« Er wirkt so reuevoll, dass mein Herz in der Brust zerbirst. »Wir haben öfter mal zusammen an einem Fall gearbeitet und dadurch viel Zeit miteinander verbracht. Mandanten besucht, Nachforschungen angestellt … Ab und zu haben wir uns Essen ins Büro bestellt, wenn es spät wurde und wir an einer Strategie gearbeitet haben, und irgendwie … irgendwie habe ich begonnen, sie mit anderen Augen zu sehen. Als mehr als nur eine Kollegin.«

Ich stehe stocksteif da und starre ihn schweigend an. Seine Worte zerreißen mich innerlich, doch nach außen hin könnte ich nicht gefasster wirken. Es tut so unglaublich weh, was er sagt, dass der

Schmerz beinahe zu schlimm ist, um ihn verarbeiten, indem ich ihn herauslasse. Oder an ihm auslasse.

»Ich bin nicht verliebt in sie, Rachel. Ich liebe *dich*«, fährt er ruhig fort, aber ich sehe die reuigen Tränen, die in seinen Augen schimmern. Erst da bemerke ich, dass ich den Schmerz doch herauslasse. Mit all den Tränen, die nun lautlos über *meine* Wangen strömen. »Und ich werde dich immer lieben, hörst du?«

Ich höre dich, aber was du sagst, macht alles nur noch viel schlimmer.

»Wir zwei haben uns kaum noch gesehen … oder berührt«, versucht er sich zu erklären, doch ich reagiere wieder nicht auf seine Worte. Er kommt auf mich zu, ich weiche abrupt zurück.

Starr bleibt er stehen, fährt sich über das Gesicht und atmet schwer aus. »Und mit ihr habe ich andauernd Zeit verbracht. Natürlich haben wir früher oder später auch private Gespräche geführt. Sie lässt sich gerade scheiden und hat öfter mal eine Schulter zum Anlehnen gebraucht. Die habe ich ihr geboten, mehr war es auch nicht. Ihr Mann ist ein Arschloch.«

Meiner offenbar auch.

»Als ich bemerkt habe, sie … zu mögen … auf diese bestimmte Weise, und mich mehr als auf rein beruflicher Ebene für sie zu interessieren, habe ich den letzten Fall mit ihr niedergelegt und seither keinen weiteren mit ihr bearbeitet«, sagt er mit fester Stimme, als wolle er unbedingt, dass ich ihm das glaube. »Ich habe versucht, diese Gefühle zu unterbinden. Sofort. Ich bin ihr aus dem Weg gegangen und habe auch den anderen gesagt, dass ich mich an keinem Fall mehr beteiligen möchte, an dem sie mitarbeitet. Aber die Kanzlei ist nicht unbedingt riesig … Ihr für immer aus dem Weg zu gehen, ist unmöglich.«

»Dann kündige.« Es sind die einzigen beiden Worte, die meinen Mund verlassen. Meine Stimme klingt noch fester als seine, aber eiskalt. Es ist die einzige Lösung, die ich für dieses Problem sehe. Die einzige Möglichkeit, dass wir das zusammen überwinden können.

»Ich kann nicht einfach so kündigen, Schatz, das weißt du doch«, meint er hin- und hergerissen und will wieder auf mich zukommen, doch ich weiche ihm erneut aus. »Der Abstand zu ihr reicht mir. Es war nur eine dumme Schwärmerei. Craig sagte, das wäre vollkommen normal, immerhin sind wir beide seit neun Jahren zusammen. Da kommt das schon mal vor. Aber solange -«

»Moment mal«, entfährt es mir ungläubig. »Du hast deinem Boss von unseren Eheproblemen erzählt? Und davon, dass du dir vorstellst, eine deiner Kolleginnen zu vögeln, während deine Frau sehnsüchtig zu Hause auf dich wartet und jeden Abend alleine zu Bett geht?«

»So war das nicht!«, verteidigt er sich und flucht. Dann beginnt er, wild im Zimmer auf und ab zu laufen, während ich weiterhin reglos dastehe und ihn anschaue, als würde ich erwarten, dass er plötzlich lautstark »Kleiner Scherz!« ruft und mich von den Höllenqualen erlöst, die ich gerade seinetwegen durchleide.

Aber das tut er nicht. Stattdessen sagt er: »Ich musste Craig doch irgendwie erklären, warum ich keinen der Fälle, die er mir anvertrauen wollte, bearbeiten mochte. Ich wollte nicht, dass er denkt, ich würde sie mir nicht zutrauen. Also habe ich ihm bei einem Drink davon erzählt. Von uns und … ihr. Er und seine Frau haben dasselbe durchgemacht. Es ist nur eine Phase, meinte er. Kein Grund zur Beunruhigung.«

Entgeistert blinzele ich, bevor ich laut auflache. James bleibt ruckartig stehen und blinzelt mich stirnrunzelnd an.

»Eine Phase? Dasselbe durchgemacht? Alles ganz normal? Hörst du dir eigentlich selbst beim Reden zu, James? Du stehst auf eine andere Frau! Du *magst* eine andere Frau und *willst* eine andere Frau. Was zur Hölle ist daran bitte kein Grund zur Beunruhigung?« Ich schreie. So laut, dass es mir selbst in den Ohren wehtut, während weitere verzweifelte Tränen über meine Wangen strömen. »Mir wäre lieber gewesen, du hättest gesagt, dass dir ein Ausrutscher passiert ist. Dass du betrunken warst und eine andere gevögelt hast, und es dir leidtut. Denn es wäre nur Sex gewesen, nur ein Fehler. Es wäre anders. Aber du hegst Gefühle für diese Frau, James. Gefühle, die du mir gegenüber offenbar nicht mehr hegst.«

»Sag das nicht«, stößt er gequält hervor und kommt auf mich zu. Als ich ihm wieder ausweichen will, nimmt er mein Gesicht in beide Hände und sieht mit Tränen in den Augen auf mich herab. »Ich liebe dich, Rachel. Ich werde niemals für eine andere Frau so empfinden wie für dich.«

»Du liebst mich, aber du bist nicht mehr verliebt in mich«, krächze ich und mache mich schluchzend von ihm los. »Was passiert jetzt? Lassen wir uns scheiden? Verkaufen wir das Haus?« Mir dreht sich der Magen um. Übelkeit steigt mir den Rachen hoch. Ich habe mir mein Leben noch nie ohne James ausgemalt, seit er ein Teil davon ist. Niemals.

»Was? Nein!« Er verzieht das Gesicht. »Wir machen nichts dergleichen. Alles ist in Ordnung. Wir trennen uns doch nicht wegen einer dummen Schwärmerei, die ich längst hinter mir gelassen habe. Oder zumindest arbeite ich daran. Alles wird wieder gut. Jetzt haben wir darüber gesprochen und können die Dinge zwischen uns bereinigen. Ich weiß, dass wir diese Phase überstehen werden. Wir werden das zusammen durchstehen.«

Ich kann nicht fassen, dass er dieser Meinung ist. Dass er denkt, jetzt, wo er es mir gebeichtet hat, würde alles wie von selbst wieder gut werden.

Wie sollte das passieren? Überhaupt, wenn er noch mit dieser Frau zusammenarbeitet und sie täglich sieht? Es ist doch keine Lösung, künftig einfach den nächsten Fahrstuhl zu nehmen, um ihr aus dem Weg zu gehen. Oder später als alle anderen Mittagspause zu machen, um nicht in einem Raum mit ihr sein zu müssen. Wenn es schon so weit gekommen ist, dass er ihre Nähe meiden *muss*, haben wir verloren.

Warum kann er mich nicht einfach in einem Anflug von geistiger Umnachtung und im Alkoholrausch mit irgendeiner billigen Nutte betrogen haben? Das wäre so viel leichter zu verdauen als das, was er mir stattdessen gebeichtet hat, selbst wenn mich auch das zerstört hätte.

»Ich würde sie niemals anfassen«, schwört er mir und legt sich eine Hand auf die Brust. »Du musst mir das glauben, Rachel.«

Ich glaube ihm, weil er nicht diese Art von Mann ist. Die illoyale und treulose Art von Mann. Aber ich bin mir nicht sicher, ob er es nicht wollte. Sie anzufassen und zu küssen, all die Dinge mit ihr zu machen, die er früher mit mir getan hat … Und nach welchen ich mich seit Monaten verzehre, sodass es mich beinahe zerreißt. Ich lechze nach seiner Nähe, während er sich die einer anderen Frau wünscht.

Das tut verdammt noch mal weh.

»Wie heißt sie?«

»Was?«, fragt er verwirrt.

»Die Frau«, sage ich tonlos. »Wie ist ihr Name?«

»Alissa.«

Alissa. Sogar der Klang ihres Namens aus seinem Mund schmerzt.

»Ich glaube, ich habe mich einfach nicht getraut, mich wieder richtig auf dich einzulassen. Auf uns … Weil dieses Geheimnis so schwer auf mir gelastet hat. Ich habe mich geschämt. Aber jetzt, wo du es weißt, fühle ich mich besser. So viel besser. Und jetzt wird mir auch klar, wie dumm ich war. Ich hätte dir gleich davon erzählen sollen. Und ich habe mich da viel zu sehr hineingesteigert. Die ganze Arbeit macht mich noch wahnsinnig«, plappert er drauf los. »Alles wird gut, okay? Es gibt rein gar nichts, um das du dir Sorgen machen müsstest. Ab sofort werde ich dir wieder ein besserer Ehemann sein, ich verspreche es. Von mir aus machen wir auch eine Paartherapie oder legen eine räumliche Pause ein, damit wir beide Zeit zum Nachdenken haben. Alles, was du willst, Schatz.«

»Eine räumliche Pause?«, wiederhole ich dumpf.

James nickt, plötzlich richtig euphorisch aufgrund seiner neuesten Idee. »Craig und seine Frau haben es so gemacht. Er ist für ein paar Wochen in ein Hotel gezogen und sie haben sich in dieser Zeit nicht gesehen. Das hat den beiden geholfen, ihre Gefühle zu sortieren. Sie haben bemerkt, wie sehr sie den anderen vermissen. Es war der Vorschlag ihrer Therapeutin und hat ihnen wirklich geholfen.«

»Du willst ausziehen?«, frage ich hart schluckend.

James verstummt. Dann zuckt er mit den Schultern. »Wenn das unserer Ehe hilft, würde ich es machen.«

»Wann?«

»Am besten noch heute …« Er nimmt meine Hand in seine und drückt einen Kuss auf meine Fingerknöchel. »Es ist nur vorübergehend, Schatz. Und du entscheidest, wann ich wiederkomme. Okay?«

In diesem Moment möchte ich ihm alles nur Erdenkliche sagen, angefangen von jedem Schimpfwort, das ich kenne – alles, bis auf das, was tatsächlich über meine Lippen kommt.

»Okay. Ich helfe dir, deine Sachen zu packen.«

9

Pinot noir war gestern. Wodka Lemon ist heute.

Ich hocke seit geschlagenen Stunden alleine in dieser abgefuckten Bar, die ich in jeder anderen Situation für kein Geld der Welt je betreten hätte, und leere einen Drink nach dem anderen. Es fühlt sich so verdammt gut an, hier zu sitzen und nichts anderes zu tun, als all meine Gefühle und Gedanken in Wodka zu ertränken. Die Bar liegt nicht mehr in Woodshaven, was mir die Sicherheit gibt, hier niemanden aus der Stadt anzutreffen. Wobei ich nicht glaube, dass einer meiner Nachbarn je auch nur freiwillig einen Fuß in dieses Lokal setzen würde.

Nach dem zweiten Glas habe ich mich schon nicht mehr an der verrauchten Luft und den ganzen Bikern gestört, die an den hinteren Tischen laut brüllend Billard spielen, und nach dem dritten Glas war mir sogar egal, dass mir der Geruch von Urin in die Nase steigt, wenn die Toilettentür hinter mir aufschwingt. Oder sie gegen den Stuhl knallt, auf dem ich mehr oder weniger sitze. Eher liege ich halb auf dem Tisch, das Gesicht hinter einer Hand vergraben, die andere fest um meinen besten Freund, den Wodka, geschlungen.

Das ist vielleicht der schlimmste Tag meines Lebens. Er schafft es beinahe, sich den Platz mit dem Tag zu teilen, an dem meine Eltern gestorben sind. Mein Ehemann hat mir gebeichtet, dass er Gefühle für eine andere Frau hegt, nachdem er mich monatelang quasi wie Luft behandelt hatte, und ist in ein Hotel gezogen. Er nennt es eine vorübergehende Lösung – ich nenne es den Untergang unserer Beziehung.

All die Hoffnung, es würde sich zwischen uns bessern und er würde wieder der James werden, in den ich mich einmal verliebt habe, ist mit seinem Geständnis gestorben.

Und dennoch fühlt es sich so an, als wäre ich diejenige, die am Sterben ist.

»Noch einen, bitte.« Ich exe den Wodka und halte das leere Glas in die Höhe, als einer der Kellner an mir vorbeirauscht.

Als er es mir wortlos aus der Hand gerissen hat, verschränke ich die Arme auf dem klebrigen Tisch und lehne die Stirn darauf. Die rockige Musik wummert in meinen Ohren, mir wird übel davon. Oder vom Wodka, keine Ahnung. Alles beginnt, sich zu drehen.

»Soll ich Ihnen ein Taxi rufen?«, höre ich eine männliche Stimme wie aus meilenweiter Entfernung und hebe genervt den Kopf. Es ist der Kellner, der mir nun ein volles Glas vor die Nase stellt. Offenbar sind schon ein paar Minuten vergangen, seit er mir das alte abgenommen hat. »Nachdem Sie ausgetrunken haben, meine ich.« Er lächelt mich an.

Ich funkele ihn so böse an, dass er sich verzieht, bevor er überhaupt eine Antwort von mir erhalten hat.

Zuhause ist gerade der letzte Ort, an dem ich sein möchte. Die Stille im Haus bringt mich allmählich um. Es ist viel zu groß für eine einzige Person. Und immer soooo verdammt still … Meine Gedanken sind viel zu laut, um es dort drin aushalten zu können. Hier in dieser fragwürdigen Bar, in meiner sicheren Ecke, unter dem gedimmten Licht mit der Kopfschmerzmusik in den Ohren, ist es definitiv besser.

Wie spät ist es überhaupt? Draußen scheint es längst dunkel zu sein.

»Na hallo, Süße«, wird mir von der Seite zugeraunt, woraufhin ich erschrocken herumwirbele. Über mir schwebt einer der Biker, in der Hand ein Billardqueue. Er sieht gefährlich aus in seinen Lederklamotten und mit dem Drachentattoo auf dem Hals. Auch sein Lächeln wirkt alles andere als vertrauenswürdig. »Meine Kumpels und ich haben uns gefragt, ob du uns vielleicht Gesellschaft leisten möchtest. Eine so hübsche Frau wie du sollte nicht alleine in einer Bar sitzen und sich volllaufen lassen.«

Ich lege mir schon eine möglichst freundliche Abfuhr zurecht, um den Mann nicht zu verärgern, da kommt mir jemand unvermittelt zuvor.

»Sehe ich genauso, deswegen übernehme ich ab jetzt.«

Mein matschiges Hirn braucht ein paar Sekunden, um die vertraute Stimme zuordnen zu können, doch mein Kopf ist schneller und neigt sich zu dem großen Kerl, der nun neben dem Biker steht und ihn auffordernd ansieht. *Zieh Leine,* sagen seine Augen.

Oh mein Gott.

Das darf nicht wahr sein. Halluziniere ich? Und falls nicht – verfolgt er mich etwa? Obwohl ich gefühlt vier Drinks zu viel intus habe, schaffe ich es dennoch, diese Begegnung als keinen Zufall einzustufen. Wir befinden uns nicht einmal in Woodshaven, verdammt. Woher wusste er, dass ich hier bin?

»Alles klar«, brummt der Biker unzufrieden und wendet sich zu seinen Freunden ab, die enttäuscht zu uns herübersehen.

Zane Lewis lässt sich wie selbstverständlich auf dem Stuhl mir gegenüber nieder und stützt einen Arm angewinkelt auf der

Stuhllehne ab. Wie immer ist er die Lässigkeit in Person, und seine Kleidung unterstreicht diesen Eindruck.

Er trägt eine schwarze Lederjacke, darunter ein schlichtes, weißes Shirt mit der Aufschrift ›F*ck You‹, und ganz bestimmt wieder irgendeine Jeans, den abgewetzten Ledergürtel, und seine lockeren Stiefel, was ich allerdings nicht sehen kann, ohne mich zu bücken. Und das ginge nicht, ohne Gefahr zu laufen, auf den dreckigen Fliesenboden zu kotzen. Seine braunen Augen wirken in dem gedimmten Licht der Bar beinahe schwarz. Dennoch funkeln sie wie immer feurig, als würden Flammen darin lodern.

Oder als trage er den Teufel in sich, reimt sich mein betrunkenes Hirn zusammen.

»Mrs Summers, was für eine Überraschung, Sie hier zu sehen«, bricht er schließlich das Schweigen zwischen uns, bevor er seinen Blick vielsagend durch die Bar schweifen lässt. »Ich hätte Sie eher für jemanden gehalten, der Etablissements mit mehr Klasse bevorzugt.«

»Verfolgst du mich, Zane?«, frage ich ihn geradeheraus, woraufhin er kurz blinzelt, bevor er auflacht. Ich ziehe argwöhnisch die Augenbrauen zusammen und lehne mich über den Tisch zu ihm. »Ich meine es ernst. Woher zur Hölle wusstest du, dass ich hier bin?«

»Das wusste ich nicht«, erwidert er gelassen. »Ich war hier mit einem Freund verabredet.«

»Aber klaaar«, sage ich und ziehe das letzte Wort dabei so sehr in die Länge, dass seine Augen amüsiert aufblitzen. »Du hast doch gar keine Freunde.«

Zane legt sich eine Hand aufs Herz, als hätten ihn die Worte schwer getroffen. »Autsch. Sie müssen ja echt wenig von mir halten, um das zu behaupten.«

»Wo ist denn dein Freund?«, zische ich und bin mir sicher, ihn bei einer Lüge ertappt zu haben.

»Er ist gerade gegangen«, erklärt er mir und stützt sich mit den Unterarmen auf dem Tisch ab, wodurch sich unsere Gesichter so nahekommen, dass mir wie immer sein erdiger Duft in die Nase steigt. *Gott, er riecht wirklich gut. So maskulin und frisch.* »Ich habe mich nach der Toilette umgesehen und stattdessen Sie hier entdeckt.«

Misstrauisch mustere ich ihn. Er wirkt aufrichtig, aber ich könnte mich auch täuschen. Der Kerl verdreht mir den ohnehin schon wirren Kopf. Warum muss ich ausgerechnet ihm über den Weg laufen? Gerade heute? In meinem Zustand?

Über die Gedanken leise fluchend, greife ich nach meinem Glas, um es zu leeren, doch Zane ist schneller und schlingt seine Hand um meine. Wir starren uns ein paar Sekunden lang nur an, bevor er meine Finger vom Glas löst und es an sich zieht.

»Ich denke, Sie hatten genug für heute.«

Genervt reiße ich es ihm aus der Hand. »Ich bin eine erwachsene Frau, Zane. Ich kann selbst entscheiden, wann ich genug habe.« Stolz, ihn in seine Schranken verwiesen zu haben, hebe ich das Glas und setze es an meine Lippen.

Er packt mein Handgelenk und drückt es auf die Tischplatte. So herrisch, dass das Glas beim Aufprall laut klirrt.

Empört starre ich ihn an, während er vollkommen ruhig und mit unleserlicher Miene wiederholt: »Ich denke, Sie hatten genug für heute.«

Aus irgendeinem Grund versuche ich nicht wieder, das Glas an mich zu ziehen, sondern löse kapitulierend meine Finger davon. Er gibt mein Handgelenk frei, schnappt es sich, und leert den Inhalt mit einem großen Schluck. Wieder starre ich ihn erbost an, während er angewidert das Gesicht verzieht.

»Das ist verdammt noch mal ekelhaft«, stößt er mit seiner heiseren Stimme hervor und schiebt das leere Glas an den Tischrand. »Warum greifen Sie nicht wenigstens zu einem guten Wein, wenn Sie sich die Kante geben wollen?«

Fast muss ich lachen. Den Wein habe ich längst hinter mir gelassen. »Ich hätte dich nicht für einen Kerl gehalten, der so zimperlich ist«, provoziere ich ihn.

»Ich mag keinen Alkohol«, eröffnet er mir zu meiner Überraschung. »Deswegen trinke ich sonst auch nie welchen.«

»Nie?«

»Nie.«

»Oh.« Ich blinzele schwerfällig. »Das ist … vorbildlich.« Wie seine Pünktlichkeit. Oder seine Hilfe, als Timmy Marten lästig wurde. Oder der Biker mich angesprochen hat.

»Sie scheinen drauf zu stehen«, meint er mit einem forschenden Ausdruck in den Augen, während er mich wie immer so intensiv mustert, dass mir gleichzeitig heiß und kalt wird. »Was sagt Ihr Mann zu Ihren Trinkgewohnheiten?«

Mein Blick fällt in sich zusammen, als er James erwähnt und mich damit wieder an meine ruinierte Ehe erinnert. Ich stütze die Hände auf den Tisch und erhebe mich von meinem Stuhl. »Wir sehen uns Montag im Kurs.«

Als ich meine Tasche von der Stuhllehne reiße und darin nach ein paar Dollarscheinen krame, spüre ich seinen Blick wieder auf mir. Ich erwidere ihn nicht, sondern werfe das Geld auf den Tisch und wende mich in Richtung des Ausgangs ab.

Seine Hand schlingt sich ein weiteres Mal um mein Handgelenk, und mein Körper reagiert, als hätte er nur darauf gewartet. Ich bleibe mit dem Rücken zu ihm stehen und spüre, wie mein Herz einen Takt schneller schlägt, als er mich auffordert: »Bleiben Sie noch.«

»Ich will nicht über meinen Mann sprechen«, sage ich trotz tonnenschwerer Zunge mit fester Stimme und wende mich ihm zu.

Zanes Miene ist wie so oft unergründlich. »Gut. Ich auch nicht.«

Mein Magen macht einen Satz, bevor er zu rumoren beginnt. Ich werfe einen Blick zur Toilettentür und überlege, mir den Finger in den Hals zu stecken, um den Kopf klarzubekommen, entscheide mich dann jedoch dagegen und nehme wieder Zane gegenüber auf dem Stuhl Platz.

Vielleicht ist es gar nicht schlecht, dass mir der Kopf schwirrt. Oder ich kaum noch rational denken kann. Denn so muss ich nicht darüber nachdenken, warum ich mich viel besser fühle, seit Zane mir Gesellschaft leistet. Er ist nicht einmal eine angenehme Gesellschaft.

»Warum hast du mich die ganze Woche ignoriert?«, platzt es unvermittelt aus mir heraus.

Zane zuckt nicht einmal mit der Wimper, als er ruhig antwortet: »Das ist es doch, was Sie von mir wollten, oder nicht?«

Ja. Nein. Keine Ahnung.

»Ich habe Ihnen versprochen, mich zurückzuhalten«, erinnert er mich. »Und nichts anderes habe ich getan.«

»Du hast mich *ignoriert«*, korrigiere ich ihn. »Das ist etwas anderes.«

»Wenn ich Ihnen meine Aufmerksamkeit schenke, fällt es mir schwer, mich an mein Versprechen zu halten«, sagt er mit rauer Stimme, seine Augen fest auf meine gerichtet. Der Kerl wirkt echt nie verlegen. »Deswegen widme ich meine Aufmerksamkeit nun einer anderen.«

»Betty.« Ich verziehe das Gesicht. »Ich dachte, du magst sie nicht.«

»Das habe ich nie behauptet.«

»Das war auch nicht nötig«, murmele ich. »Ich habe deine Blicke gesehen. Sie waren unmissverständlich.«

»So wie die, die ich Ihnen zuwerfe?«

Meine Wangen werden wärmer und ich knete nervös die Hände unter dem Tisch. »Ja, so wie die, die du mir zuwirfst. Oder zugeworfen hast.«

»Klingt fast so, als würde es Sie stören, dass ich Ihnen keine Aufmerksamkeit mehr schenke«, meint er mit einem herausfordernden Blick. Er hebt eine seiner dichten Augenbrauen und starrt mich auf eine Erklärung wartend an.

Ich rutsche unruhig auf dem Stuhl hin und her. »Unsinn. Das bildest du dir ein.«

»Ach ja?«

»Ja.«

»So wie ich mir eingebildet habe, dass Sie dabei zugesehen haben, wie ich mir von Betty den Schwanz habe lutschen lassen?«

Mir stockt der Atem. Er spricht es so nüchtern aus, dass mir noch schwindeliger wird. Die Hitze, die in mir aufsteigt, droht mich zu verbrühen, und ich sehe mich rasch um, um mich zu vergewissern, dass uns niemand belauscht hat, was natürlich nicht der Fall ist.

Zane lehnt sich über den Tisch und lächelt dieses arrogante Lächeln, das nur er so perfektioniert hat, dass man gleichzeitig weiche Knie und Aggressionen davon bekommt. »Keine Sorge, Mrs Summers. Auch dieses Geheimnis behalte ich für mich. So wie alle kommenden.«

»Alle kommenden?« Ich lache spöttisch auf, doch es klingt viel eher nervös und unsicher. »Bilde dir nichts ein, Zane. Das gestern Abend war … wie bei einem Autounfall.«

Er runzelt die Stirn. »Einem Autounfall?«

Ich nicke möglichst selbstsicher. »Da kann man auch weder hin- noch wegsehen.«

Seine Mundwinkel zucken vor Belustigung, was mich verhöhnt. »Ach? Soweit ich mich erinnere, haben Sie nicht versucht, wegzusehen.«

»Du erinnerst dich falsch.«

»Ich glaube nicht.«

»Ich glaube schon.«

»Ich habe mir gewünscht, dass Sie es sind, die vor mir knien.«

Ich japse nach Luft, bevor ich mit geweiteten Augen zurückweiche. Sekundenlang fehlen mir die richtigen Worte, um darauf zu reagieren, und er nutzt meine Sprachlosigkeit über seine Unverschämtheit aus, um noch einen draufzulegen.

»So wie ich es mir jetzt gerade vorstelle. Sie tragen schon wieder diesen Lippenstift. Ich frage mich, wie schwer es wäre, ihn von meinem Schwanz zu bekommen. Oder wie viel davon noch auf ihren Lippen übrig wäre, nachdem ich mich mit ihrem Mund vergnügt hätte. Wie ist Ihre Erfahrung damit?«

Ruckartig erhebe ich mich und stütze mich vor lauter Schwindel am Tisch ab. Fassungslosigkeit verzerrt meine Gesichtszüge, während ich gleichzeitig zu verbergen versuche, wie sehr mich seine Worte erregen. *Verdammt.*

Zane lächelt selbstsicher zu mir hoch, keine Spur von Verlegenheit ist in seinem unverschämt attraktiven Gesicht zu erkennen. Wie kann ein Kerl in seinem Alter bloß so offensiv, selbstbewusst, dreist und … verführerisch sein?

Ich muss hier raus.

Entschlossen reiße ich meine Tasche wieder an mich und verlasse auf meinen hohen Schuhen die Bar. Ich stolpere mehr, als dass ich gehe, aber das ignoriere ich. Ich kann nicht länger hierbleiben. Ich hätte schon viel früher gehen sollen. Morgen werde ich dieses Gespräch bereuen, sollte ich mich überhaupt daran erinnern.

Gedankliche Notiz: Die nächste Bar, in der ich mich betrinke, muss sich in einem anderen Landkreis befinden.

Während ich die quietschende Tür aufdrücke, wühle ich nach meinem Autoschlüssel in der Tasche, stelle dann aber fest, dass ich unmöglich in meinem Zustand noch fahren kann. Ich werde meinen Ford wohl oder übel hier stehen lassen und mir ein Taxi nach Hause rufen müssen. Verdammt!

Als die Tür hinter mir quietscht, setze ich meinen Weg rasch fort und wühle nun nach dem Handy in meiner Tasche. Während ich zur Straße laufe, versuche ich mehrmals, es einzuschalten, doch das Display bleibt schwarz.

Shit. Mein Akku ist leer. Nicht auch das noch.

»Sie können nicht mehr Autofahren«, ertönt Zanes heisere Stimme hinter mir. Seufzend bleibe ich stehen. »Das kann ich leider nicht zulassen, Mrs Summers.« Wenigstens hat er ein klitzekleines Gefühl für Verantwortung.

»Ich hatte nicht vor, mit dem Auto zu fahren«, nuschele ich und reibe mir angestrengt über das Gesicht. Dabei fällt mir das Handy aus der Hand, und ich bücke mich so ruckartig danach, dass ich das Gleichgewicht verliere. »Verflucht«, entfährt es mir ächzend, als ich mit dem Fuß umknicke, während ich das blöde Ding in meine Tasche stopfe.

Zane ist wie gestern schnell genug, um mich davor zu bewahren, zu Boden zu plumpsen, und ich bin dankbar für den Arm, den er um meinen Bauch schlingt, auch wenn mir übel von dem Druck auf meinen Magen wird.

»Langsam«, flüstert er mit seinen Lippen an meiner Wange. Sein heißer, frischer Atem streift meine Haut und ich bekomme mit einem Mal am ganzen Körper eine Gänsehaut.

Dann erst wird mir bewusst, wie nahe wir uns sind. Sein Körper ist der Länge nach an meinen gepresst, ich kann seine Muskeln auf meinem Rücken spüren. Und eine eindeutige Ausbuchtung in seiner Hose.

Oh Gott.

»Ich kann nichts dafür«, flüstert er, als könne er meine Gedanken lesen. »Es ist nun einmal die Wirkung, die Sie auf mich haben, Mrs Summers.«

Alles in mir zieht sich sehnsüchtig zusammen. Seine Worte treffen mich direkt zwischen den Beinen, wo es wieder beschämend feucht wird. Die Art, wie er mich Mrs Summers nennt, klingt so schmutzig und verdorben … Fast so, als wäre es ein dreckiges Wort, das er mir zuflüstert.

Meine Knie beginnen, zu zittern, als ich mich aus seiner halben Umarmung löse und zu ihm umdrehe. Sein Blick ist mit einer solchen Aufforderung auf mich gerichtet, dass es mir für einen Augenblick die Sprache verschlägt.

»Du musst dich von mir fernhalten, Zane«, entfährt es mir zu gleichen Teilen gequält wie flehentlich, Verzweiflung erfasst mich. »Ich … ich traue mir in deiner Nähe nicht.« Jetzt ist es raus. Das, was ich weder vor mir selbst noch vor meinem Ehemann zugeben wollte.

Dass ich Angst davor habe, nicht stark genug zu sein, um mich gegen die Anziehungskraft, die Zane auf mich ausübt, zu wehren. Und dass ich es in Momenten wie diesen gar nicht erst versuchen möchte. Viel einfacher wäre es, dem Bedürfnis, ihn an mich zu ziehen und zu küssen, nachzugeben. Allein der Gedanke löst eine Flut an Emotionen in mir aus, die ich schon lange nicht mehr auf diese Weise verspürt habe.

Und heute bin ich besonders verletzlich, besonders angreifbar, besonders schwach. Er muss es in meinem gequälten Blick erkennen, denn anstatt mir den Gefallen zu tun, meine Hilflosigkeit meinen eigenen Gefühlen gegenüber nicht auszunutzen, ergreift er die einmalige Chance, die sich ihm gerade bietet, ohne mit der Wimper zu zucken.

»Tut mir leid«, sagt er reuelos, bevor er auf mich zutritt und mich im selben Atemzug am Nacken packt. »Ich kann und will nicht.«

Dann presst er seine Lippen auf meine und erstickt jeden Protest meinerseits mit seiner Zunge.

10

Ich sollte mich von ihm losreißen.

Ich sollte ihm eine Ohrfeige verpassen.

Ich sollte auf dem Absatz kehrtmachen und schleunigst von hier verschwinden.

Aber ich tue nichts dergleichen. Sobald seine butterweichen Lippen auf meine treffen, bin ich verloren.

Ich mag es, wie er mich küsst. So als müsste er es tun, als würde er es nicht aushalten, noch eine Sekunde länger damit zu warten, als würde er verrückt werden, wenn er nicht endlich eine Kostprobe von mir bekommt. Aber eine Kostprobe reicht ihm nicht. Er nimmt alles von mir.

Meine Hände krallen sich Halt suchend in seine Lederjacke an den Schultern, während sich ein verzweifeltes Wimmern aus meinem Mund stiehlt. Es vibriert an seinen Lippen. Seine Zunge taucht so forsch in meinen Mund ein, dass ich überfordert den Rücken durchbiege und ein Hohlkreuz mache, doch er lässt mich nicht entkommen, sondern bewegt sich mit mir und schlingt die Finger fester um meinen Nacken. Seine andere Hand ruht dabei auf meinem unteren Rücken und drückt mich gegen seine beachtliche Erektion.

Mein Magen schlägt mehrere Saltos hintereinander und mein Herz pocht nicht bloß gegen meine, sondern auch gegen seine Rippen. Eine dunkle Sehnsucht regt sich tief in mir.

Ich bemerke erst, den Kuss genauso heftig zu erwidern, als ein primitives Knurren seine Kehle emporsteigt. Er packt mich an den Oberschenkeln, hebt mich hoch und drückt mich gegen seine Härte in den Jeans. Seine Zunge umspielt hungrig die meine, ohne zu stürmisch zu werden, während er mich mit einer Leichtigkeit, die darauf schließen lässt, dass er es schon oft getan hat, irgendwohin trägt. Sein Kuss wird immer ungehemmter, je verzweifelter ich ihn erwidere, und mein Kopf immer benebelter davon.

Die Arme und Beine um ihn geschlungen, vergesse ich, wo wir uns gerade befinden und wie absolut falsch es ist, das zu tun. Seine Lippen sind so magisch wie seine Blicke und fegen all meine Gedanken fort. Sein erdiger Duft umhüllt mich und wiegt mich in falscher Geborgenheit. Meine Lippen kribbeln aufgrund der Grobheit, mit der er mich küsst. Er ist nicht sanft, nicht zärtlich oder zögerlich – auch dann nicht, als er mich mit dem Rücken auf kühlem Metall ablegt und seine Hände besitzergreifend über meinen Körper gleiten lässt, als hätte er jedes Recht dazu.

Ich wimmere, als er sich durch den Stoff meines Kleides in meine rechte Brust krallt, und keuche auf, als er so fest daran zerrt, dass sie gleich darauf frei liegt. Meine Brustwarze zieht sich kribbelnd vor Kälte zusammen, als die frische Nachtluft darauf trifft.

Zane lässt von meinem Mund ab und presst seine Lippen auf meine nackte Brust. Er saugt meinen Nippel in den Mund, was mir ein Stöhnen entlockt, und packt währenddessen meine Beine, um sie anzuheben und zu spreizen. Als er sich dazwischendrängt, werde ich ein Stück weit nach oben geschoben, doch er zieht mich mit einem Ruck zu sich zurück und lässt mich seine Härte zwischen den Schenkeln fühlen.

Als sein Becken rhythmisch gegen mich wogt und über meine pochende Mitte reibt, kralle ich stöhnend eine Hand in seinen Po und ziehe ihn drängend zwischen meine Beine.

Gott, mir ist heiß. Und schwindelig. Dieses überwältigende Gefühl von körperlicher Nähe und sexueller Anziehung berauscht mich vollkommen. Der Stachel der primitiven Begierde bohrt sich in meinen Magen und verankert sich dort. Zanes Berührungen katapultieren mich gleichzeitig in Himmel und Hölle. Ich fühle mich in meine Teenagertage zurückversetzt, als ich noch kaum Erfahrung mit dem anderen Geschlecht hatte und schon bei der kleinsten Annäherung völlig durchgedreht bin.

»Fuck«, knurrt er erregt, als wäre er genauso berauscht von mir, wie ich es von ihm bin.

Er bohrt seine Zähne in die Rundung meiner Brust und leckt gierig über meine glühende Haut. Ein weiteres Stöhnen entringt sich meiner Kehle. Er schiebt seine Hand zwischen meine gespreizten Beine und reibt mich durch den Stoff meines Höschens. Als er bemerkt, wie nass es ist, lächelt er zufrieden an meinen Lippen. Ich schiebe ihm unanständig meine Hüften entgegen, um den Druck zu verstärken. Anstatt meinem stillen Betteln nachzukommen, nimmt er die Hand jedoch weg.

»Sie sind ganz schön gierig, Mrs Summers.«

Flatternd öffne ich die Lider und blicke in den klaren Nachthimmel. Er ist schwarz, wolken- und sternelos. Die Luft ist kühl, doch in mir brennt ein Feuer, das kein Feuerlöscher unter Kontrolle bekommen könnte. Jetzt erst bemerke ich, dass ich auf der Motorhaube eines Wagens liege. Seines Wagens.

Nein, nein, nein. Was zur Hölle tue ich hier? Ich sollte es beenden, bevor es zu spät ist.

»Zane«, murmele ich hin- und hergerissen und kralle meine Hand in sein Haar, das noch viel seidiger ist, als es aussieht. Beinahe stöhne ich wieder, als meine Finger durch die dichten Strähnen gleiten und daran ziehen.

Das hier muss aufhören. Das ist falsch. Warum will ich es trotz dieses Wissens so sehr?

»Wir können das nicht machen. Wir -«

»Halt den Mund.« Er sagt es hart, gebieterisch, und in einem Tonfall, der keine Widerworte gelten lässt. Dabei sieht er mir mit wilden Augen ins Gesicht, in denen die Lust wie Flammen brennt. Seine Gesichtszüge sind vor Verlangen verschärft, was sie maskuliner wirken lässt.

Ich erwidere seinen Blick stumm, meine Knie zittern seitlich seines Körpers.

»Du willst das. Du willst *mich.* Und jetzt bekommst du mich, also sei still und genieß es einfach.«

Ich will protestieren, ihm sagen, dass er unrecht hat, dass er ein arroganter und eingebildeter Kerl mit Wahrnehmungsstörungen ist, der zu viel von sich selbst hält, doch ich tue es nicht.

Weil er recht hat. Ich will das hier. Ich will ihn. Und jetzt bekomme ich ihn. Ich bin betrunken, aber das ist keine Ausrede. Ich weiß, was ich hier tue. Oder mit mir machen lasse. Und ich halte es trotzdem nicht auf.

Ich lasse einfach zu, schwach zu sein. Ich gebe auf, wie James uns aufgegeben hat. Ich schwinge die weiße Fahne und ziehe mich aus dem Kampf gegen mich selbst zurück.

Zane schiebt mein Kleid in die Höhe, sodass ich das kalte Blech seines Wagens auf meinem nackten Hintern spüre, und zerrt das Höschen von meinen Beinen. Er streift es über meine hohen Schuhe und steckt es in seine hintere Hosentasche, bevor er meine Fußknöchel packt und mich mit einem Ruck bis an die Kante der Motorhaube zieht.

Ich keuche und breite die Arme zu meinen Seiten aus, mein Blick zuckt benommen über den Parkplatz.

Was, wenn uns jemand sieht? Es ist stockfinster hier draußen und menschenleer, aber die Bar ist voll. Es könnte jederzeit jemand herauskommen und uns auf frischer Tat ertappen. Oh Gott. Das kann ich nicht zulassen, ich …

Sein Kopf verschwindet zwischen meinen gespreizten Beinen und ich werfe stöhnend den meinen zurück. Himmel. Meine Mitte zieht sich mit einem Mal so sehnsüchtig zusammen, dass es beinahe wehtut, als er seine Lippen auf meine vernachlässigte Klitoris presst und diese fest in den Mund saugt. Wieder entfährt mir ein lautes Stöhnen, und meine Finger krallen sich erneut in sein seidiges Haar.

Zane leckt mich so ausgiebig und gekonnt, dass ich schon nach wenigen Augenblicken zu beben anfange. Als er es mir zusätzlich mit der Hand besorgt, muss ich einen heiseren Schrei unterdrücken. Seine langen Finger schieben sich bis zu den Knöcheln in mich – erst zwei, dann drei; erst langsam, dann schneller. Seine Zunge schnalzt auf mein geschwollenes Nervenbündel und seine Zähne knabbern daran.

Ich keuche, stöhne, und rekele mich auf der Motorhaube. Meine Hüften zucken und bäumen sich seinem Mund gierig entdecken, bis dichter Nebel in meinen Kopf sickert und ich einfach bloß zitternd daliege und genieße, wie er es mir befohlen hat.

Zane ist definitiv nicht nur gut im Nehmen. Er besorgt es mir mit seinem Mund wie ein verdammter Weltmeister. Ich spüre, wie mein empfindliches Fleisch zwischen seinen Lippen und Zähnen anschwillt und meine Klit unter seiner fordernden Zunge zu pochen beginnt. Sie umkreist sie mit genau dem richtigen Druck, stimuliert sie in einem perfekten Tempo, das mich mehr und mehr abheben lässt.

Als er die Finger in mir krümmt, bevor er sie in einem magischen Winkel kreisen lässt, kann ich den Lustschrei nicht länger zurückhalten. Die Euphorie trifft mich hart und lässt mich erschauern.

Zuckend bäume ich mich auf der Motorhaube auf und lasse los. Mitten auf einem öffentlichen Parkplatz, unmittelbar vor einer vollen Bar, mit einem meiner Studenten zwischen den Schenkeln. Meine inneren Muskeln melken seine Finger, während flüssiges Adrenalin durch meine Adern rauscht, und für einen kurzen Moment sehe ich doch Sterne am Himmel.

»Fuck.« Ich keuche das Wort atemlos und klinge überrascht dabei. Der Orgasmus war heftig. Er erschüttert mich bis ins Knochenmark und hat mir für einen kurzen Augenblick buchstäblich alle Lichter ausgeblasen.

Schweiß perlt auf meiner Stirn und meine Lider flattern wild, als ich in Zanes Gesicht blicke, während er sichtlich zufrieden von mir ablässt. Seine Lippen glänzen feucht von meiner Lust. Es passt zu dem arroganten Lächeln, das er mir schenkt.

Ich öffne den Mund, um etwas zu sagen, doch er kommt mir zuvor.

»Sie sehen überrascht aus, Mrs Summers. Soll ich mich geschmeichelt oder beleidigt fühlen?«

Ich habe absolut keine Ahnung. Ich bin überwältigt, irgendwie überrumpelt. Von mir selbst und ihm. Das hier hätte ich mir in meinen kühnsten Träumen nicht ausmalen können.

Als ich den Mund öffne, um etwas zu erwidern, kommt er mir erneut zuvor.

»Nicht reden«, ermahnt er mich und presst seine Lippen hungrig auf meine. Dafür beugt er sich komplett über mich, umhüllt mich mit seiner Hitze und seinem Duft, und stützt meine Beine, deren Muskeln weich wie Wackelpudding sind.

Er lässt die Hände forschend über meine nackte Haut gleiten, knetet sie mal sanft, mal gröber, während es immer noch zwischen meinen Schenkeln zuckt, und greift dann zwischen uns nach seiner Gürtelschnalle. Er verschwendet keine Zeit.

»Schmeck dich«, fordert er mich auf, während er seine Hose öffnet, und schiebt dann seine kühle Zunge in meinen Mund. Ich wimmere an seinen feuchten Lippen, mein Geschmack breitet sich in meinem Mund aus. Wieder zieht sich alles in mir verlangend zusammen. »Du schmeckst vernachlässigt.« Als er das sagt, sticht es in meiner Brust. Emotionen überfluten mich und hämmern wie Fäuste auf mich ein.

Warum sagt er so etwas? Warum erinnert er mich daran, dass ich verheiratet bin? Und mich mein Mann nicht mehr anfassen möchte? Dass er mir das in solch einer Situation unter die Nase reibt, ist das Letzte, was ich gebrauchen kann. Aber ich weiß, dass er es absichtlich tut. Er ist ein Arschloch.

»Runter von mir.« Ich drehe den Kopf zur Seite und stemme meine Hände gegen seine Brust. Er zieht gerade seine Hose hinunter, sodass seine Boxershorts frei liegen, und hält in den Bewegungen inne, als ich zittrig zische: »Geh verdammt noch mal runter von mir!« Tränen brennen in meinen Augen, der Druck dahinter wird plötzlich unerträglich.

Ich habe meinen Mann betrogen. Mit einem meiner Studenten.

Gott, ich bin eine Hure.

Zane weicht mit heruntergelassener Hose zurück und starrt mich an. In seinen Augen brennt immer noch ein Feuer, doch meines ist erloschen. Vollkommen. Und das nicht durch den Orgasmus.

Ich reiße mein Kleid an der Brust hinauf und ziehe es an meinen Schenkeln herunter. Das ändert auch nichts daran, wie entblößt ich mich fühle. Seelisch wie körperlich. Flüchtig sehe ich mich nach meinem Höschen um, kann es jedoch nirgendwo entdecken.

Als mir einfällt, dass er es eingesteckt hat, strecke ich meine Hand aus und verlange mit bebender Stimme: »Gib mir mein Höschen.«

»Warum?«, fragt er mit einem herausfordernden Blick, seine Kiefer deutlich angespannt. »Sind Sie jetzt etwa fertig mit mir, nachdem Sie es sich schön von mir mit dem Mund besorgen haben lassen? Ich hielt Sie für keinen solchen Egoisten, Mrs Summers.«

Meine Brust verkrampft sich. »Gib mir mein Höschen, Zane. Sofort. Das hier ist falsch.«

»Daran hätten Sie früher denken sollen.«

Aufgrund der Kälte in seinen Worten stoße ich ihn von mir und reiße meine Tasche an mich. »Dann behalte das verdammte Höschen eben.«

Seine dunklen Augen bohren Löcher in meine verwundete Seele, bevor er sie mit ein paar simplen Worten entzweireißt. Brutal und ohne jede Gnade. »Jetzt dämmert es mir, warum Ihr Mann Sie nicht mehr anfassen will. Dabei dachte ich wirklich, es läge an ihm und nicht an Ihnen.«

Ich reagiere impulsiv. Ich kann vor Gekränktheit kaum blinzeln, da habe ich mit dem rechten Arm schon ausgeholt und meine flache Hand auf seine Wange geklatscht.

Die Ohrfeige ist so hart, dass sein Kopf zur Seite fliegt und meine Finger augenblicklich zu kribbeln beginnen. Mein Puls schießt in die Höhe, und die Tränen, die in meinen Augen brannten, kullern ohne mein Zutun über meine Wangen.

Ich ersticke jedes Schluchzen im Keim, während ich mit meinem mühevoll zusammengekratzten Stolz von der Motorhaube rutsche. Als ich mich abwende, wage ich einen letzten Blick in sein Gesicht. Nun mahlen seine Kiefer aneinander, in seinen Augen ist das Feuer nun kalt und berechnend.

»Wir sehen uns am Montag im Kurs, Mrs Summers«, höre ich ihn rufen, kann seinen Tonfall jedoch nicht deuten und traue mich auch nicht, mich nach ihm umzudrehen, während ich die Bar anvisiere, um mir ein Taxi rufen zu lassen. Kurz darauf wird eine Wagentür zugeschlagen und sein schwarzer Mustang rast an mir vorbei auf die Hauptstraße.

—

Ich stand ungefähr zehn Mal kurz davor, mich an der Uni krankzumelden. Ich habe mir Ausreden für mein Fernbleiben zurechtgelegt und tatsächlich in Erwägung gezogen, stattdessen zu James ins Büro zu fahren und ihm alles zu beichten, doch dann habe ich kalte Füße bekommen und es gelassen. Beides.

Heute Morgen war ich Gabriella über den Weg gelaufen, als ich die Zeitung ins Haus geholt habe, und sah weder krank noch angeschlagen aus. Zwar habe ich mich schnell verdrückt, aber dennoch. Was, wenn sie ihrem Ex-Mann sagt, dass ich gar keine Magen-Darm-Grippe habe?

Außerdem ist mir kläglich bewusst, dass ich mich nicht für immer vor einer Begegnung mit Zane drücken kann. Und selbst wenn ich sie um eine Woche hinauszögere, wäre sie dann immer noch genauso unangenehm wie jetzt.

Ich betrete den Hörsaal 111 und zwinge mir ein Lächeln ins Gesicht, als mir ein paar der Studenten fröhlich einen guten Morgen wünschen. Meine Finger schwitzen und zittern, während sie sich am Riemen meiner Umhängetasche festkrallen. Ich halte meinen Blick stur geradeaus auf das Pult gerichtet, bevor ich sie darauf ablege und meine Unterlagen herausziehe, bis niemand Geringeres als Betty Barson mich anspricht.

»Sie haben uns gestern gar keine Benotung unserer letzten Arbeit zukommen lassen.«

Mist. Das stimmt. Für gewöhnlich schreibe ich sonntags meine E-Mails an die Studenten, in der ich mich zu ihrer Hausarbeit äußere. Das war jedoch das Letzte, wofür ich gestern einen Kopf hatte. Ich musste zum Tatort zurückkehren und meinen Wagen abholen. Seit Samstagnacht kann ich außerdem an nichts anderes denken als an das Bild, das Zane und ich abgegeben haben müssen. Ich, eine vierunddreißigjährige verheiratete Frau, halbnackt und mit gespreizten Beinen auf der Motorhaube eines Mustangs, und er, ein deutlich jüngerer Kerl, mit seinem Kopf zwischen ihren Schenkeln.

Seine Worte poltern in meinem Kopf. *Jetzt dämmert es mir, warum Ihr Mann Sie nicht mehr anfassen will. Dabei dachte ich wirklich, es läge an ihm und nicht an Ihnen.*

Wie er darauf kommt, dass bei uns im Bett nichts mehr läuft, ist nicht schwer zu erraten. Schließlich habe ich durch die halbe

Nachbarbarschaft geschrien, dass ich mich selbst ficken und das sowieso viel mehr Spaß machen würde.

Ich lege mir irgendeine Ausrede zurecht, da ich nicht möchte, dass meine Studenten denken, ich wäre unzuverlässig. Schließlich predige ich ihnen seit Semesterbeginn, wie wichtig mir pünktliche Terminabgabe ist.

Mit einem entschuldigenden Lächeln, das hoffentlich nur verkrampft wirkt, nicht ist, sehe ich zu Betty auf und erwidere: »Das stimmt. Tut mir leid an alle. Ich habe mich gestern nicht so gut gefühlt. Ihr bekommt heute Abend eure Benotung.«

»Fühlen Sie sich wieder besser?«, fragt Ryan aus der vorletzten Reihe, woraufhin ich nicke. »Gott sei Dank. Bitte bleiben Sie nicht vom Unterricht fern. Der Kerl, der Sie vertritt, ist eine verdammte Spaßbremse und schlürft seinen Kakao wie eine Suppe.«

Kichern ertönt, und ich lächele, doch es stirbt augenblicklich, als mein Blick ohne mein Zutun zur rechten Hälfte des Saals wandert und auf ein braunes Augenpaar trifft, das mich an Ort und Stelle fixiert. Zane starrt mich so unverhohlen und aufdringlich an, dass meine Kehle ganz eng wird. In seiner Miene spiegeln sich keinerlei Gedanken oder Emotionen, was mich noch mehr beunruhigt.

Ist er immer noch wütend? Hat er überlegt, jemandem zu sagen, was zwischen uns vorgefallen ist? Will er mich vielleicht vor dem ganzen Kurs bloßstellen und wartet nur auf den richtigen Moment?

Ich habe keine verdammte Ahnung, und das bereitet mir zurzeit die allergrößten Sorgen. Viel weniger beschäftige ich mich mit der Frage, warum James seit seinem Auszug nicht einmal angerufen hat.

Umzug, korrigiere ich mich gedanklich. *Er wollte nur eine räumliche Pause einlegen. Es ist nicht für immer. Ich habe total überreagiert.*

»Ich lasse euch nicht hängen«, verspreche ich meinen Studenten und nehme auf dem Stuhl hinter dem Tisch Platz, ohne Zanes aufdringlichen Blick zu erwidern. Ich kann ihm kaum in die Augen schauen und werde es wohl auch nie wieder können.

»Heute würde ich gerne etwas Neues versuchen«, erkläre ich dann und bedeute allen, ihre Schreibsachen vorzubereiten, was sie anstandslos tun. »Es nennt sich Reizwortgeschichte. Wer von euch hat schon einmal davon gehört oder eine verfasst?« Ein paar heben ihre Arme, woraufhin ich nicke. »Für alle, die nicht wissen, was eine Reizwortgeschichte ist, bitte ich einen von euch, es zu erklären.« Mein Blick schweift über die Gesichter im Saal. »Betty.« Warum ich genau sie herauspicke, weiß ich nicht. Aber sie freut sich wie immer über die Aufmerksamkeit ihrer Kommilitonen und plappert mit einem arroganten Lächeln drauf los, das locker mit Zanes konkurrieren könnte. Wie immer fühlt sie sich den anderen überlegen.

»Eine Reizwortgeschichte ist eine Aufsatzart, in der bestimmte Wörter vorkommen, die man sich zuvor ausgesucht hat. Meistens sind es drei bis vier Wörter. Die Geschichte muss nicht sehr umfangreich sein, aber alle diese Wörter müssen darin vorkommen. Stimmt's, Mrs Summers?« Sie blickt mich selbstzufrieden an.

Ich nicke. »Richtig. Am besten eignen sich dafür Verben, Adjektive und Substantive. Wir probieren es erst einmal mit drei Wörtern, die euer Partner für euch auswählen wird. Bildet dafür bitte Zweierteams. Ihr habt dreißig Minuten für eure Geschichte Zeit.«

»Ähm, könnten Sie uns Beispiele für die Wörter nennen?«, fragt einer der eher langsameren Studenten aus der vordersten Reihe mit einem beschämten Lächeln. Seine Wangen werden rot. »Ich meine, ich weiß, was Adjektive und so weiter sind, aber nur so als Beispiel.«

»Gott, wie dumm der ist«, höre ich Betty seufzen, gefolgt von einem spöttischen Lachen, während sie ihren Stuhl umdreht, sodass sie sich Zane gegenübersetzen kann. Seit wann die beiden ein fixes Zweierteam sind, weiß ich nicht. Seit sie ihm einen geblasen hat?

Die anderen lachen und Malcolm rutscht unangenehm berührt auf seinem Stuhl herab, das knallrote Gesicht in einer Hand vergraben.

»Was hast du gesagt, Betty?«, frage ich sie scharf und merke, dass ich tatsächlich wütend über ihre Äußerung bin. Sie blinzelt mich über die Schulter an und schweigt. »Sag es bitte noch einmal, damit wir es auch alle hören können.«

Nun wenden sich mir ein paar andere Köpfe zu und auch Malcolm sieht mit einem irritierten Blick zu mir auf. Er versteht wohl nicht, warum ich möchte, dass tatsächlich auch jeder mitbekommt, was Betty über ihn gesagt hat.

»Ich sagte, er sei dumm«, wiederholt sie schamlos und zuckt mit den Schultern, bevor sie ein unschuldiges Lächeln aufsetzt. Ihr blondes Haar wirft sie sich dabei wie eine Königin über die Schulter. »Zumindest war die Frage dumm, oder finden Sie nicht? Wer weiß denn nicht, was Verben sind?«

Wieder lachen ein paar der Studenten, und unbewusst zuckt mein Blick zu Zane, dessen Mundwinkel starr bleiben. Insgeheim bin ich froh, dass er nicht zu der Sorte Mensch gehört, die sich über andere lustig macht.

»Ich erinnere mich noch gut daran, als du mich zu Beginn des ersten Semesters gefragt hast, ob wir im Kurs *Kreatives Schreiben* denn auch mal schreiben würden.« Ich lächele zuckersüß, fast schon so provokant wie sie. »Die Frage steht wohl auf einer Stufe mit

Malcolms, wobei ich seine als aufmerksam und nicht dumm einstufen würde.«

Betty klappt die Kinnlade herunter, bevor sie vor Scham scharlachrot anläuft, während die anderen im Saal laut losprusten und ihr belustigte Blicke zuwerfen. Nun zucken auch Zanes Mundwinkel, doch er senkt den Kopf auf sein Blatt und bleibt still.

»So, wenn wir das also geklärt hätten«, sage ich freundlich, meinen Triumph voll auskostend, und wende mich wieder Malcolm zu, der mich dankbar anlächelt. »Beispiele für Reizwörter wären *heiraten*, *kalt*, und *Schaulustige*. Ihr könnt jedes beliebige Wort wählen. Soweit alles klar?«

Im Saal wird es still, während die Studenten nicken und sich daran machen, Wörter für ihren Partner zu notieren. Mein Blick schweift wieder zu Zane, und ich erwische Betty dabei, wie sie sich leise über mich aufregt. Hören kann ich zwar nicht, was sie Zane zuflüstert, allerdings lässt es sich auch nicht schwer erraten, nachdem ich sie vor versammelter Mannschaft bloßgestellt habe, wie sie es gerne bei anderen tut. Zane richtet seinen Blick auf ihr Gesicht, während sie wild gestikuliert, und sagt etwas, das ich nur zu gerne verstehen würde. Dann zucken seine Augen flüchtig zu mir, bevor er den Blick ausdruckslos senkt.

Ich verbringe die nächste halbe Stunde damit, mir auf dem Laptop die Hausarbeiten anzusehen, die ich noch aus drei Kursen abarbeiten muss, und beginne mit denen dieses Kurses. Die meisten sind wie erwartet zufriedenstellend, und so benote ich sie mit einem *Sehr gut*. Bettys Arbeit ist für ihre Verhältnisse unterdurchschnittlich. Ich nehme mir vor, sie nach Unterrichtsschluss darauf anzusprechen. Einmal Bloßstellen muss für heute reichen, ich möchte nicht fies sein. Als ich nach Zanes Hausarbeit suche, werde ich in meinem Mailordner nicht fündig. Er hat mir keine zukommen lassen.

Verdammt. Jetzt muss ich auch ihn nach der Stunde sprechen. Ob er das mit Absicht getan hat? Als ich Samstag das Haus verlassen habe, hatte ich noch keine E-Mail von ihm erhalten. Das weiß ich, weil ich die Arbeiten korrigieren wollte, um mich zu beschäftigen, was jedoch nicht funktioniert hat. Er war abends in der Bar verabredet, wenn man seinen Worten Glauben schenken möchte und die Theorie, dass er ein Stalker ist, mal außer Acht lässt, also hatte er wohl vor, mir Sonntag kurz vor Fristende seine Arbeit zu schicken. Das hat er jedoch nicht getan.

Ich werfe einen Blick auf die Uhr und stelle fest, dass sich das Unterrichtsende nähert. Ich werde wieder nervös und spüre, wie meine Handflächen zu schwitzen anfangen. Ich möchte nicht mit ihm allein sein. Ich kann ihm ja kaum in die Augen schauen.

Allerdings wäre es wohl angebracht, mit ihm über das Geschehene zu sprechen. Oder ihm zumindest zu sagen, wie wichtig es ist, dass er für sich behält, was zwischen uns passiert ist. Wenn jemand von der Uni davon erfährt, bin ich meinen Job los. Und wenn James davon erfährt, meinen Ehemann.

Aber heute bin ich noch nicht bereit dafür. Ich bin zu feige, um ihn auf diese Schandtat anzusprechen.

»Wenn ihr fertig seid, könnt ihr mir die Arbeiten auf den Tisch legen und den Saal verlassen«, sage ich in die Runde, woraufhin sich sofort ein paar der Studenten erheben. Ich verabschiede sie mit einem Lächeln, wünsche ihnen einen schönen Tag und warte darauf, dass sich der Saal allmählich leert, bis ich mich räuspere und widerwillig nach oben rechts schiele, wo Zane und Betty gerade ihre

Sachen zusammenpacken. »Zane, Betty, würdet ihr bitte noch bleiben? Ich möchte euch kurz sprechen.«

Für den Bruchteil einer Sekunde runzelt Zane die Stirn, er gibt jedoch keinen Ton von sich. Betty strafft die Schultern und bedenkt mich mit einem furchtlosen, beinahe herausfordernden Blick. Sie hat es wohl nicht gern, wenn sie sich mit Autoritätspersonen auseinandersetzen muss. Dafür hatte sie mit Zanes Autorität und Dominanz keinerlei Probleme, als er sie auf die Knie und seinen Schwanz in ihren Mund gezwungen hat.

Der Gedanke kommt aus dem Nichts, und ich schüttele ihn verstört wieder ab.

Timmy Marten ist nach wenigen Minuten der Einzige, der neben den beiden noch anwesend ist, und ich sehe in seinem unsicheren Blick, dass er nicht vergessen hat, was Freitagabend bei der Veranstaltung geschehen ist. Er hat ein paar unangebrachte Dinge gesagt, aber im Gegensatz zu Zane scheint er sich dafür zu schämen. Er schlendert mit herunterhängenden Schultern die Treppe nach unten und kommt mit einem nervösen Lächeln auf mich zu.

Als er mir den Zettel reicht, stößt er leise hervor: »Ich hoffe, Sie sind nicht sauer auf mich, Mrs Summers. Ich habe Freitag wohl ein bisschen zu viel getrunken.«

Ich winke ab. »Alles okay, mach dir keinen Kopf.«

»Wirklich?« Erleichterung huscht über seine symmetrischen Gesichtszüge. Auch er ist ein attraktiver junger Kerl, der sich später einmal zu einem prächtigen Mann entwickeln wird. »Was ich zu Ihnen gesagt habe, ist mir sehr peinlich … Und ich entschuldige mich dafür. Aufrichtig.«

Ich lächele. Wie unterschiedlich Menschen sein können.

Ich lege ihm eine Hand auf die Schulter und nicke. »Entschuldigung angenommen. Hab noch einen schönen Tag, Timmy.«

»Sie auch.« Er lächelt mich breit an und wendet sich anschließend zum Gehen ab. Als ich meine Hand zurückziehe, bemerke ich Zanes eisigen Blick auf mir. Seine Augen haben sich gefährlich verdunkelt und funkeln gereizt.

Stört es ihn etwa, dass ich so freundlich zu einem anderen Studenten bin, oder liegt es an Timmy persönlich, den er nicht leiden kann?

Betty stolziert vor ihm die Stufen hinunter. Ihr Rock ist wie immer so kurz, dass ich beinahe ihr Höschen sehen kann. Sie hat wahnsinnig schlanke und lange Beine, dafür einen winzigen Busen. Auf dem Campus ist sie bei allen Jungs heiß begehrt, und ich verstehe, warum. Sie sieht wie eine typische Cheerleaderin aus.

Bei mir angekommen, knallt sie mir ihren Zettel vor die Nase und verschränkt die Arme vor der Brust. »Ja, bitte?«

Ich bemühe mich um eine professionelle Fassade, als ich die Hände auf dem Tisch verschränke und den Blick auf ihr Puppengesicht richte. Es fällt mir schwer, meine Aufmerksamkeit auf sie zu richten, da Zane nun neben sie tritt und sich lässig mit der Hüfte an den Tisch lehnt. Seinen Zettel behält er in der Hand. Wie sie hier beide vor mir stehen, erweckt den Eindruck, als wären sie ein Team. Ein Team, das gegen mich spielt.

Der Gedanke gefällt mir ganz und gar nicht.

»Ich habe mir während des Unterrichts die Hausarbeiten angesehen«, beginne ich ruhig. »Betty, deine Arbeit war nicht sehr gut. Das kannst du besser. Wenn du möchtest, kannst du sie wiederholen und mir bis heute Abend zukommen lassen, dann gebe ich dir eine neue Note. Und Zane …«

Ich räuspere und zwinge mich, mir nicht anmerken zu lassen, wie angespannt ich in seiner Nähe bin, während er mich auf eine Weise ansieht, die mir sämtliches Blut in die Wangen schießen lässt. Es ist, als stünde ihm auf die Stirn geschrieben, dass er weiß, wie ich schmecke. »Von dir habe ich gar keine Hausarbeit erhalten. Hast du womöglich vergessen, sie abzusenden?«

»Nein«, erwidert er schlicht.

Ich runzele die Stirn. »Hast du sie mir doch geschickt? Ich habe keine E-Mail von dir erhalten.«

»Nein«, stößt er wieder gelassen hervor, dann wandert sein rechter Mundwinkel in die Höhe und er schenkt mir ein süffisantes Lächeln. »Aber ich denke, es ist nicht nötig, Ihnen irgendetwas zu schicken. Ich bekomme sowieso keine schlechte Note, oder?«

Betty dreht perplex den Kopf zu ihm um, bevor sie fragend auf mich herabsieht. Ich bin so überrumpelt von seiner Unverschämtheit, dass es mir für einen Augenblick die Sprache verschlägt. Erpresst er mich jetzt etwa? Erwartet er von mir, dass ich ihn künftig sehr gut benote, obwohl er nichts zu dieser Note beiträgt?

»Ich brauche deine Hausarbeit«, bringe ich belegt über die Lippen, etwas an Autorität geht in meinen Worten verloren. Verdammt. Ich habe nicht daran gedacht, dass er diese Sache zwischen uns auf diese Weise ausnützen könnte. Für seine Zwecke. »Schick sie mir bitte bis heute um Mitternacht. Dasselbe gilt für dich, Betty.«

»Wenn das dann alles war«, murmelt diese und greift nach Zanes Hand.

Es sticht seltsam in meiner Brust, als sie ihre Finger mit seinen verschränkt, während er immer noch so provokant auf mich herab lächelt. Ich verdränge den primitiven Anflug von Eifersucht, der in mir aufflackert, weil er mich regelrecht verstört.

»Bis morgen, Mrs Summers.«

Ich nicke nur. Betty zögert nicht und zieht Zane in Richtung der Tür. Im Vorbeigehen wirft er mir achtlos seine Arbeit vor die Nase. Ich schaue ihnen hinterher, wende den Blick jedoch ruckartig ab, als Zane den Kopf noch einmal zu mir umdreht.

»Ich habe jetzt eine Freistunde. Kommst du mit zu mir aufs Zimmer?«, höre ich sie ihn noch fragen, dann fällt die Tür hinter ihnen ins Schloss.

Ich atme schwer aus und reibe mir über das Gesicht. *Scheiße.* Ich stecke ernsthaft in Schwierigkeiten.

11

Später an diesem Tag parke ich gerade nach meinem Montagseinkauf in unserer Einfahrt, als ich Gabriella im Rückspiegel über die Straße laufen sehe. Ich versteife mich auf dem Sitz und bete zu Gott, dass sie nicht mein Haus anvisiert, doch das tut sie. Sie bleibt mit einem Lächeln direkt neben der Beifahrertür meines Fords stehen und sieht durch das Fenster zu mir herein.

»Hey, Rachel! Erwische ich dich endlich!«

Ich verziehe das Gesicht und öffne meine Wagentür. Eine Begegnung mit Zanes Sugarmommy hat mir gerade noch gefehlt. Wie viele Mädels und Frauen hat er eigentlich so im Durchschnitt am Start?

Ich steige aus und umrunde meinen Wagen zum Kofferraum, vor dem sie schon auf mich wartet. Gezwungen lächelnd sage ich: »Hey, Gabriella. Was gibt's?«

»Sag mal, versteckst du dich vor mir?«, platzt es nervös lachend aus ihr hervor, woraufhin ich innehalte. »Immer, wenn ich dich auf der Straße sehe, flüchtest du in deinen Wagen. Oder du duckst dich.«

Verdammt. Sie hat also gestern mitbekommen, dass ich mich vor dem Fenster geduckt habe, als sie an meinem Haus vorbei gejoggt ist. Insgeheim war ich auf der Suche nach einem schwarzen Mustang, der vor ihrem Haus parkt, doch ich konnte zu meinem Glück keinen entdecken. Nicht, dass es mich stören würde, wenn Zane meine

Nachbarin besucht, allerdings wollte ich ihn nicht in der Nähe meines Hauses wissen. Oder mir.

»Unsinn«, tue ich ihre Frage mit einem Lachen ab und hole die Tüten aus dem Kofferraum. »Ich bin in letzter Zeit nur etwas gestresst.«

Mitleidig verzieht sie den Mund. »Ich habe von deinen Eheproblemen gehört. Wie schrecklich. Tut mir wirklich leid. Ist James ausgezogen?« Sie blickt sich neugierig nach seinem Wagen um.

Ich blinzele sie perplex an. Wow, sie hat wirklich keinen Sinn für Feingefühl. Vielleicht hat sie schon zu viel Zeit mit Zane verbracht. »Nein, ist er nicht.« Ich knalle mit dem Ellbogen die Heckklappe zu und umrunde sie.

Rasch tritt sie an meine Seite und nimmt mir eine der Tüten aus der Hand. »Ich habe ihn Samstagmittag in seinen Wagen steigen gesehen. Er hatte einen riesigen Koffer dabei.« Ihr Blick durchbohrt mich förmlich von der Seite, während ich mit einer Hand meine Haustür aufschließe. »Das muss dir nicht peinlich sein, Rachel. Schließlich bin ich auch geschieden.«

»James und ich lassen uns nicht scheiden!«, gebe ich empört von mir, obwohl ich am Samstag selbst über Scheidung nachgedacht habe. Ich betrete den kühlen Flur meines Hauses und will ihr die Tüte abnehmen, sie wandert damit jedoch schon zielsicher in meine Küche.

»Wir haben nur gerade ein paar Differenzen«, sage ich, um ihr irgendetwas zu geben, woran sie sich festbeißen kann, damit sie aufhört, eigene Theorien über mein Eheleben zu spinnen, die sie dann lauthals in die Welt hinausposaunen kann. »Wie du bestimmt gehört hast, haben wir uns vor kurzem übel gestritten. Seither ist die Stimmung zwischen uns angespannt. Aber das geht vorbei.«

Wieder wirft sie mir diesen mitleidigen Blick zu. Ich kann nicht sagen, ob ihr Mitgefühl echt ist oder sie bloß so tut, als würde sie meine Eheprobleme bedauern. »Das tut mir leid. Aber warum hat er Samstag mit einem Reisekoffer das Haus verlassen?« Sie stellt die Tüte auf der Kücheninsel ab und beginnt wie nebenbei, die Lebensmittel auszuräumen. »Dir muss das vor mir nicht peinlich sein, Rachel. Ich verstehe das.«

Nein, vor dir muss mir gewiss nichts peinlich sein, weil ich weiß, dass du mit einem Neunzehnjährigen vögelst, denke ich mir. Stattdessen stelle ich die Tüte ab und erwidere knapp: »Ist es nicht. Es gibt nur nichts zu erzählen.«

Gabriella betrachtet mich skeptisch. Ihr Haar ist heute zu einem Dutt zusammengebunden, und ihr etwas molliger Körper steckt in einem blauen Jogginganzug. Ich versuche, zu verstehen, was ein Kerl wie Zane an einer Frau wie ihr findet, zumal ihr Altersunterschied viel gravierender ist als unserer, komme allerdings nur zu einem einzigen Entschluss, der auch erklären würde, was er von mir wollte: Er steht entgegen seiner Behauptung auf ältere Frauen.

Und offensichtlich hat er dabei keinen bestimmten Typ, denn Gabriella und ich könnten unterschiedlicher nicht sein. Während sie für eine Frau sehr groß und sehr breit ist – sie erinnert mich irgendwie an ein Pferd –, bin ich klein und schmal. Zumindest schlanker als sie. Sie hat einen dunklen Teint und große, dunkle Augen, und ich habe einen sehr hellen Teint und grüne Augen. Mein Haar ist aschblond, ihres dunkelbraun. Ich erkenne keine einzige Gemeinsamkeit oder Ähnlichkeit zwischen uns.

»Na gut, wie du meinst«, murmelt sie schließlich mit einem leisen Seufzen und marschiert mit einer Milch in der Hand zum Kühlschrank, als wäre es ihrer. »Ich meine, ich verstehe schon, dass du nicht darüber sprechen willst. Ich wollte das damals auch nicht. Aber manchmal tut es gut, sich mit einer Freundin zu unterhalten, weißt du?«

»Wir sind keine Freundinnen«, erwidere ich, ohne nachzudenken, und beiße mir auf die Zunge, als sie sich mit einem verletzten Blick zu mir umdreht. Ob sie das tatsächlich kränkt? »Ich meine damit, dass wir uns noch nie auf einen Kaffee getroffen haben oder so was.«

»Aber jetzt bin ich doch hier und biete dir an, mit mir zu reden«, entgegnet sie eingeschnappt. »Außerdem kannst du jederzeit auf einen Kaffee zu mir kommen. Ich wohne nur ein paar Meter weiter auf der anderen Straßenseite.«

»Danke, aber ich habe zurzeit wie gesagt sehr viel Stress«, weise ich sie kälter als beabsichtigt ab und schaue demonstrativ zur Haustür. Sie versteht den Wink mit dem Zaunpfahl und legt die Lebensmittel ab, bevor sie beleidigt meine Küche verlässt. »Wir sehen uns.«

»Außer du versteckst dich wieder«, murmelt sie spöttisch, dann landet die Tür hinter ihr im Schloss.

Seufzend mache ich mich daran, die Tüten auszuräumen, und frage mich innerlich, ob ich zu harsch zu ihr war. Vielleicht hat sie es wirklich nur gut gemeint. Ich kann sie schwer einschätzen, weil ich mich bislang nicht um eine Beziehung zu ihr bemüht habe. Grundsätzlich habe ich mir gar keine richtigen Freundinnen gesucht, seit ich hier wohne. Ich habe mich einzig und allein auf meine Beziehung mit James konzentriert und ihr meine volle Aufmerksamkeit gewidmet, während er ihr gar keine geschenkt hat.

Vielleicht ist es an der Zeit, das zu ändern. Denn nun, wo es scheint, als hätte ich James verloren, bemerke ich erst, wie einsam ich eigentlich bin.

Es ist Mitternacht und ich sitze vor meinem Laptop und starre wütend auf das Display. Zane hat mir keine Hausarbeit zukommen lassen. Er hat meine Anweisung einfach ignoriert. Mistkerl.

Wem will er damit etwas beweisen? Mir oder sich selbst? Wenn er denkt, dass er mich nun irgendwie in der Hand hätte, täuscht er sich gewaltig. Ich lasse mich doch nicht von einem Neunzehnjährigen erpressen. So tief gerutscht bin ich auch noch nicht. Dass Betty ihre Hausarbeit um einiges besser gemacht und pünktlich übermittelt hat, besänftigt mich kein bisschen.

Ich klicke eine neue Nachricht an und tippe Zanes E-Mail-Adresse im Empfängerfeld ein. Als Betreff schreibe ich ›Ungenügend‹ mit Ausrufezeichen. Ein klares Zeichen, das ihm einen Dämpfer verpassen soll.

prof.rachelsummers@rosegardenuni.com: Da du mir nicht wie besprochen deine Hausarbeit zukommen hast lassen, muss ich diese mit einem Ungenügend benoten. Schade.
Rachel

Seine Antwort trifft postwendend ein und versetzt mir mehr als bloß einen Dämpfer. Eher einen harten Schlag tief in die Magengrube.

stud.zanelewis@rosegardenuni.com: Da Sie meiner heutigen Warnung keine Beachtung geschenkt haben, muss ich Ihrem

Mann wohl von unserem kleinen Abenteuer Samstagnacht erzählen. Schade.
Zane

Mein Herz hört auf, zu schlagen. Mehrmals lese ich seine Nachricht, bis mir so übel davon wird, dass ich ruckartig von der Couch aufstehe und wild im Zimmer auf und ab tigere.

Will er mich bloß einschüchtern? Blufft er? Würde er tatsächlich meinem Mann erzählen, was Samstagnacht zwischen uns geschehen ist? Dass er mich betrunken in einer Bar aufgegabelt und auf der Motorhaube seines Wagens geleckt hat?

Oh Gott. Wie furchtbar das schon klingt. James würde sofort die Scheidungspapiere einreichen. Und dann würde er mich eine Pädophile nennen und … Okay, Letzteres würde er nicht tun, denn Zane ist absolut kein Kind mehr. Uns mögen fünfzehn Jahre voneinander trennen, aber er ist ein erwachsener Mann und weiß, was er tut. Ich habe ihn zu nichts gezwungen. Und verführt habe ich ihn auch nicht – wenn dann ja wohl eher er mich.

Dass er meine Situation dermaßen ausgenutzt hat, widert mich an, aber die alleinige Schuld kann ich ihm trotzdem nicht dafür geben. Ich wollte es, sonst hätte ich es erst gar nicht so weit kommen lassen. Vermutlich sollte ich ihm dankbar dafür sein, dass er so unsensibel und arrogant ist, denn andernfalls wäre es vielleicht nicht nur beim Oralsex geblieben.

Nein, andernfalls wäre es niemals nur beim Oralsex geblieben.

Bei der Erinnerung an sein Gesicht zwischen meinen Schenkeln wird es sengend heiß in meinem Magen. Verdammt. Das muss aufhören.

Ich bin geneigt, ihm auf seine E-Mail zu antworten, ob er sie noch alle hat und dass er es ja nicht wagen soll, doch dann wähle ich eine andere Strategie. Ihn zu provozieren und in seine Schranken zu verweisen, wird nichts bringen. Er ist kein Kerl, der sich sagen lässt, was er zu tun und nicht zu tun hat. Er hat es in seiner Hausarbeit damals deutlich gesagt: Der Reiz des Verbotenen gibt ihm einen Kick. Er wollte immer schon tun, was ihm untersagt war.

Also muss ich die Sache anders angehen.

prof.rachelsummers@rosegardenuni.com: Ich werde die Note nicht in meine Unterlagen eintragen. Dieses Mal. Dafür möchte ich dich bitte morgen vor Unterrichtsbeginn sprechen. 07:30 Uhr im Hörsaal?
stud.zanelewis@rosegardenuni.com: Mit oder ohne Unterwäsche, Mrs Summers?
prof.rachelsummers@rosegardenuni.com: Wirst du da sein, oder nicht?
stud.zanelewis@rosegardenuni.com: Ich werde da sein. Träumen Sie schön.

»Arschloch«, zische ich und klappe den Laptop zu. Dann gehe ich in die Küche, schnappe mir eine Flasche Rotwein und verziehe mich damit ins Schlafzimmer, obwohl ich mir nach Samstagabend geschworen habe, nie wieder etwas zu trinken.

Er ist schon da, als ich den Hörsaal um 07:35 Uhr betrete. Warme Sonnenstrahlen dringen durch die hohen Fenster in den Raum, und nichts außer meiner Absätze, die auf dem hölzernen Boden klappern, ist zu hören, als ich die Tür hinter mir schließe und zu meinem Pult gehe.

Ich bemühe mich um eine selbstbewusste Haltung, straffe die Schultern und recke das Kinn, bevor ich Zane, der lässig auf einem Tisch in der ersten Reihe sitzt, einen ernsten Blick zuwerfe. Doch sobald meine Augen auf seine treffen, droht meine professionelle Fassade zu bröckeln. Der Ausdruck darin lässt mein Herz sieben Takte schneller schlagen. Ich kann ihn wie so oft nicht deuten, er verheißt jedoch nichts Gutes.

»Guten Morgen«, breche ich die Stille zwischen uns und lege meine Tasche auf dem Tisch ab. »Danke, dass du gekommen bist.«

»Stets zu Diensten«, antwortet er und schenkt mir sein arrogantes Lächeln, das ich ihm am liebsten aus dem Gesicht wischen möchte. Als könne er meine Gedanken lesen, hüpft er zu Boden und schlendert entspannt auf mich zu, bevor er mit hochgezogenen Augenbrauen fragt: »Ich hoffe doch, Sie wollen mich heute nicht wieder schlagen, Mrs Summers? Ich verspreche auch, ein artiger Junge zu sein.«

»Hör auf damit«, zische ich ihm zu, und schon ist es vorbei mit meiner Professionalität. Ich laufe gleichermaßen vor Wut wie Scham rot an und verschränke meine Arme vor der Brust. »Das muss aufhören, Zane. Sofort.«

Er legt den Kopf schief und stützt sich vollkommen unbeeindruckt mit den Händen auf der Tischplatte ab. Seine Augen blitzen amüsiert, als er mich verhöhnt: »Das mit uns? Wie schade, wo es doch gerade erst begonnen hat, Spaß zu machen.«

Ich atme mehrmals tief durch, bevor ich sage, was ich auf der Fahrt zum Campus einstudiert habe: »Das, was Samstagnacht passiert ist, war ein Fehler. Ich war betrunken und aufgelöst. Ich gebe dir nicht die Schuld für den Zwischenfall, bitte dich aber darum, ihn für dich zu behalten. Und keinesfalls meinem Mann davon zu erzählen. Das würde meiner Ehe wirklich schaden, Zane, und ich hoffe, dass du -«

»So nennen Sie es also?«, unterbricht er mich spöttisch. Ich könnte mich irren, doch ich glaube, so etwas wie Gekränktheit in seinen Augen zu erkennen. Bestimmt verwechsle ich den beleidigten Ausdruck darin mit Wut, weil ich seinem Ego einen Kratzer verpasst habe. Und ihm eine Ohrfeige. »Mein Kopf zwischen Ihren Beinen war also ein Zwischenfall? So wie es ein Unfall war, mir dabei zuzusehen, wie ich mir den Schwanz von Betty lutschen lasse?«

Ich schließe die Augen und atme ein weiteres Mal tief durch. Ich habe Migräne, weil ich verkatert bin, und seine Worte machen das Pochen hinter meinen Schläfen nur noch viel schlimmer. Warum dachte ich überhaupt, vernünftig mit ihm reden zu können? Er mag vielleicht kein Kind mehr sein, was Sex und die Verführung von Frauen anbelangt, allerdings ist er ein unreifes Kind, was sein Denken anbelangt.

»Ich sagte, es war *wie* bei einem Unfall«, korrigiere ich ihn. »Nicht, dass -«

»Ich weiß, was Sie sagten.«

Ich öffne die Augen und erwidere seinen starren Blick. Seine markanten Gesichtszüge sind angespannt, wirken verärgert. Der Zug um seinen schönen Mund ist streng und verbittert, als er mich mustert und schließlich in harschem Tonfall fragt: »Was also wollen Sie jetzt von mir, Mrs Summers? Dass ich meine Fresse halte und so tue, als wäre nichts zwischen uns passiert?«

Ich verziehe aufgrund seiner vulgären Wortwahl das Gesicht, nicke aber schwach. »Kannst du mir diesen Gefallen tun, Zane?«

»Ich weiß nicht«, erwidert er zu meiner Verzweiflung. »Warum sollte ich?«

»Was willst du denn von mir?«, fauche ich ihn an, als ich die Geduld mit ihm verliere. Wieder massiere ich meine Schläfen. Gott, ich brauche dringend ein Aspirin. »Willst du mich etwa bis Ende des Semesters damit erpressen, um eine gute Note zu erhalten, obwohl du keinerlei Leistung erbringst? Das hast du doch gar nicht nötig. Du bist talentiert. Du würdest die gute Note auch so bekommen.«

Etwas verändert sich in seinem Blick, doch dann erkenne ich, dass er bloß seine unerschütterliche Fassade fallen lässt und mir sein wahres Gesicht zeigt. Es wird viel weicher und der Ausdruck in seinen Augen sanfter.

Seufzend fährt er sich durchs braune Haar, sodass es verführerisch zur Seite fällt, und stößt sich vom Tisch ab. Dann starrt er aus dem Fenster und scheint nachzudenken. Ich betrachte sein perfektes Profil, seinen akkurat gestutzten Dreitagebart und seine reine Haut, auf der Sonnenstrahlen tanzen, bis er unvermittelt den Kopf zu mir umdreht, und ich verlegen wegsehe.

»Warum starren Sie mich so an?«

Ich räuspere mich ertappt. »Wie?«

»So, wie ich Sie immer anstarre.«

»Das bildest du dir ein«, weiche ich aus und beginne, die Unterlagen aus meiner Tasche zu ziehen. Als er mich in der Bewegung stoppt, indem er seine Hände um meine Handgelenke schlingt, überschlägt sich mein Herz und ich spüre, wie es in meinem Magen zu flattern beginnt. Allein diese unschuldige Berührung sendet Hitzewellen durch meinen ganzen Körper.

»Andauernd sagen Sie, ich würde mir irgendetwas einbilden«, meint er mit leiser Stimme, die wie immer heiser klingt. »Aber am Samstag haben Sie noch etwas anderes zu mir gesagt. Erinnern Sie sich daran?«

Ich traue mir in deiner Nähe nicht.

»Nein«, lüge ich. »Ich erinnere mich an fast nichts, ich war betrunken.«

Nun zieht er schnaubend die Augenbrauen zusammen, bevor er ein spöttisches Lachen von sich gibt. Er lässt meine Hände los und taxiert mich in meinem grauen Bleistiftrock und der hellblauen Bluse. Sein Blick brennt heiß auf meiner Haut, als er unvermittelt fragt: »Soll ich Ihr Gedächtnis auffrischen? Ich meine, mich zu erinnern, dass Ihnen gefallen hat, was ich mit Ihnen gemacht habe.«

Oh Gott. Nein. In diese Richtung sollte unser Gespräch nicht verlaufen. Ich wollte ihm einfach nur sagen, dass er mich nicht erpressen und den Mund halten soll, und nicht die Geschehnisse von Samstagnacht wiederaufleben lassen.

Als er plötzlich den Tisch umrundet, weiche ich abrupt zurück und stolpere gegen den Stuhl.

»Langsam«, flüstert er wie an jenem Abend, als er mich aufgefangen hat, was mich nur noch mehr an die Situation danach erinnert.

Ich spüre, wie mein Atem schneller geht, als er den Abstand zwischen uns überbrückt, und halte eine Hand vor mich, um ihm ganz klar und deutlich zu signalisieren, dass er mir nicht näherkommen soll. Er ignoriert es natürlich.

»Was genau war eigentlich unser Problem, Mrs Summers? War ich Ihnen nicht charmant genug? Das lässt sich leicht ändern.« Er nimmt meine Hand, die als Barriere zwischen uns dienen sollte, und nutzt sie stattdessen, um auch den letzten Abstand zwischen uns zu überbrücken, indem er mich mit einem Ruck an sich zieht.

Impulsiv stemme ich sie auf seine Brust, doch er beugt sich unbeeindruckt davon zu mir hinunter und flüstert an meinem Ohr: »Wenn Sie die Art von Frau sind, die Komplimente braucht, um sich besser zu fühlen, kann ich Ihnen jederzeit welche machen. Es ist nicht sonderlich schwer, weil ich alles an Ihnen sexy finde. Von der Art, wie Sie Ihr Haar über die Schulter streichen, wie Sie sich in Ihren hohen Schuhen bewegen, wie Sie über Ihre Lippen lecken, wenn Sie nachdenken …« Seine Stimme wird immer rauer und sein heißer Atem kitzelt mich am Ohr.

Ich spüre seine große Hand schwer auf meiner Taille, als er die Finger darin vergräbt und mich gegen sein Becken drückt. Als sich etwas Hartes in meinen Bauch bohrt, keuche ich leise und kralle mich in seine Schulter, um den Halt nicht zu verlieren. Meine Knie sind weich wie Butter und ich frage mich, womit er das jedes Mal schafft.

»Mir ist Ihr Mann scheißegal, deswegen werde ich ihm auch nichts erzählen. Ich habe doch versprochen, dass Ihre Geheimnisse bei mir sicher sind. Warum vertrauen Sie nicht einfach darauf, dass ich mein Wort halte?«

Überrascht ziehe ich den Kopf zurück und betrachte ihn. Ich suche nach Anzeichen einer Lüge in seinen feurigen Augen, kann jedoch keine entdecken. Er wirkt aufrichtig. »Warum hast du dann behauptet, du würdest meinem Mann davon erzählen?«

Zane zuckt mit den Schultern und starrt auf meinen Mund. »Weil ich gehofft habe, das würde Sie dazu veranlassen, mir mehr Aufmerksamkeit zu schenken. Alleine.«

Da dämmert es mir, dass er mich bloß aus der Reserve locken und zu einem Treffen überreden wollte. Dieser Mistkerl hat es faustdick hinter den Ohren.

»Hat doch funktioniert, wie man sieht«, murmelt er mit einem kleinen Lächeln, das süß wirken würde, wäre sein Blick nicht so verdammt siegesreich und überheblich. »Schreien Sie, wenn ich Sie jetzt küsse?«

»Ja.«

Er küsst mich.

Und ich bleibe still.

12

Seine Hände sind plötzlich überall auf mir. Besitzergreifend auf meinem Hintern, gierig auf meinem Busen, rau in meinem Haar. Er krallt eine Faust hinein und zieht meinen Kopf so grob in den Nacken, dass es wehtut, während er meinen Mund mit seinem verschließt und seine Zunge forsch in mich taucht, als wolle er jeden Protest meinerseits im Keim ersticken.

Ich wimmere und kralle die Hände in seine Schultern, dann lasse ich eine Hand seinen Hals hinauf und ebenfalls in sein Haar gleiten. Ich vergrabe die Finger in den seidigen Strähnen an seinem Nacken und ziehe daran. Fest.

Zane knurrt an meinem Mund, dann wirbelt er mich plötzlich herum und drückt mich mit dem Oberkörper auf den Tisch hinunter. Ich keuche, als er mit einem Ruck meinen Rock nach oben zerrt und meinen Kopf mit einer Hand auf die Unterlagen und Stifte presst, die auf dem Tisch liegen. Ich spüre, wie sich einer davon in meine Wange bohrt.

Dann höre ich das Klirren einer Gürtelschnalle und reiße die Augen auf.

Himmel. Das passiert gerade nicht wirklich, oder?

»Zane«, entfährt es mir panisch, als ich zu den hohen Fenstern sehe, von denen aus man einen uneingeschränkten Blick in den Innenhof hat, was bedeutet, dass man auch von draußen einen uneingeschränkten Blick nach drinnen hat. »Stopp. Das dürfen wir nicht machen. Uns könnte jemand -«

Die Hand, die auf meinem Hinterkopf ruht, wandert zu meinem Mund und drückt ihn zu. Dabei starrt Zane mit diesen wilden, feurigen Augen auf mich herab, den Blick vor Lust verschärft. »Ich bitte Sie freundlich darum, den Mund zu halten, Mrs Summers. Ansonsten muss ich ihn Ihnen stopfen.« Zur Demonstration zerrt er mir das Höschen von den Beinen und hält es an seinem Finger baumelnd in die Luft. Das amüsierte Blitzen in seinen Augen entgeht mir nicht, während mich seine absichtlich charmant gewählten Worte verhöhnen. »Ich schätze, uns bleiben noch acht Minuten, bis die ersten Studenten hier aufkreuzen. Entweder ich ficke Sie jetzt auf Ihrem Schreibtisch, sodass wir beide entspannt in den Tag starten können, oder wir verbringen die Zeit damit, uns verbal zu duellieren. Beides soll mir recht sein. In beidem bin ich wirklich gut.« Er lächelt auf mich herab. »Also, was ist Ihnen lieber? Früher oder später vögele ich Sie doch sowieso, warum dann nicht jetzt gleich?«

Ich möchte ihm schon wieder ins Gesicht schlagen, stattdessen blinzele ich unsicher zu dem Fenster. Dann denke ich an die unverschlossene Tür. Das ist riskant. Verdammt, viel zu riskant. Aber bestreiten kann ich nicht, dass es mir einen unglaublichen Kick gäbe, es hier mit ihm zu treiben, während uns jederzeit jemand erwischen könnte.

Wann wollte mich zuletzt ein Mann so sehr, dass er ständig hart für mich war? Wann hat mich zuletzt ein Mann über einen Tisch gebeugt, um mich noch vor acht Uhr morgens zu vögeln? Wann hat mich mein Ehemann das letzte Mal so angesehen, als würde er allein beim Anblick meines nackten Hinterns abspritzen können?

Zane sieht mich auf exakt diese Weise an, als er meinen Rock noch ein Stück weit höher zieht und meine Beine mit seinen spreizt. Er leckt sich über die Unterlippe, dann vergräbt er die Zähne darin. In seinen Augen breitet sich das wilde Feuer aus.

»Ich könnte mich keine Sekunde lang in deiner Nähe beherrschen«, murmelt er leise, bevor seine Augen auf meine treffen. »Dein Mann ist ein Idiot. Oder blind. Beides ist schlecht.«

Es sollte nicht passieren, doch ich lächele in seine Handfläche. Seine Worte schmeicheln mir unglaublich und verwöhnen mein angekratztes Ego mit Wundheilsalbe. Dass er das zu mir sagt – ob aus Reue wegen seiner beleidigenden Worte von Samstag oder weil es das ist, was er tatsächlich fühlt –, bedeutet mir mehr, als ich je zugeben würde. Mehr, als gut für mich ist. Nicht nur, weil mein Ego nach Komplimenten lechzt, sondern auch, weil sie von ihm kommen. Er ist kein Kerl, der einer Frau schmeichelt. Er ist nicht einmal ein netter Kerl.

Für einen kurzen Moment verheddern sich unsere Blicke ineinander, als würden wir eine Zwiesprache führen, die über normale Kommunikation hinausgeht, bevor er seinen von mir losreißt und meinen Mund freigibt. Er packt seine Erektion aus der Hose, beißt in eine Kondomverpackung, die er aus seiner Hosentasche fischt, und stülpt das Gummi wie ein Profi in rekordverdächtigem Tempo über. Sehen kann ich sein bestes Stück dabei nicht.

Doch dann spüre ich es in seiner gesamten Länge und Breite, als Zane mit einer fließenden Bewegung bis zum Anschlag in mich stößt. Ohne Vorspiel. Ohne Blickkontakt. Ohne ein einziges Wort.

Ich gebe ein überraschtes Stöhnen von mir, das so laut ist, dass er mir sofort wieder eine Hand auf den Mund schlägt. Verdammt. Es fühlt sich an, als würde er mich entzweien.

»Sei still«, ermahnt er mich mit einem Keuchen, bevor er seine andere Hand in meine Hüfte krallt und sein Becken zurückzieht. »Dieses Mal will ich auch zum Zug kommen. Wenn uns also jemand erwischt, weil du herumschreist, werde ich nicht aufhören, sondern dich solange weiter ficken, bis ich fertig bin.« Als er wieder in mich stößt, stöhnt auch er leise auf. »Fuck, du fühlst dich noch viel besser an, als ich es mir vorgestellt habe. Ich brauche also nicht lange, keine Sorge.«

Und dann fickt er mich. Er fickt mich richtig – genauso, wie ich es mir von meinem Mann gewünscht habe, um diesen unbändigen Hunger in mir zu stillen. Seine imposante Männlichkeit füllt mich vollständig aus, drängt sich fiebrig heiß und hart wie Stahl in mich. Ich brauche ein paar Sekunden, um mich an seine enorme Größe zu gewöhnen.

Seine Stöße sind beinahe strafend hart und schieben mich jedes Mal ein Stück weit über den Tisch. Ein paar der Stifte rollen dabei zu Boden, und die Unterlagen zerknittern unter meinem Oberkörper. Jedes Mal, wenn seine Hüften rhythmisch gegen mich wogen, knallen meine Beckenknochen gegen das harte Holz, was mir ein schmerzerfülltes Wimmern entlockt. Trotzdem bin ich pitschnass, während die Erregung heiß durch meinen Körper pulsiert.

Jetzt verstehe ich seine Arroganz besser. Er hat jeden Grund dazu, arrogant zu sein. So habe ich mir den Schwanz eines Neunzehnjährigen nicht vorgestellt. Oder den Sex mit ihm. Er ist alles andere als keusch, unsicher oder unbedarft.

Zanes Ausdauer lässt nichts zu wünschen übrig. Er pumpt in mich, als wäre er nur dafür geschaffen worden, es einer Frau zu besorgen, und lässt immer wieder sein Becken kreisen, um die Tiefen meines Körpers zu erforschen. Es fühlt sich an, als würde er mich damit markieren. Als würde er sich in jedem Winkel meines Inneren verewigen wollen. Ich fühle mich aufgrund der ungestümen Art, wie er mich nimmt, benutzt, und irgendwie ist es genau das, was ich brauche. Ich will keine Zurückhaltung, Zärtlichkeit, Vorsicht oder Liebe. Ich will genau diesen schmutzigen und egoistischen Sex.

Ich stöhne auf, als er sich mit einer Hand in meine nackte Pobacke krallt, die Finger so hart in mein Fleisch gebohrt, dass ich bestimmt blaue Flecken davontragen werde. Noch eine Markierung. Eine weitere Erinnerung an meinen Fehltritt. Noch nie hat sich ein Fehler jedoch so verdammt gut angefühlt.

Mein Körper saugt gierig alles auf, was er nach monatelanger Durststrecke bekommt, lechzt nach weiteren Berührungen und noch härteren Stößen. In meinem Kopf ist alles auf Passivmodus gestellt, er ist einzig und allein von unseren Lauten erfüllt. Dem unanständigen Klatschen und unserem Keuchen und Stöhnen.

»Nicht … nicht aufhören«, presse ich stockend hervor und schnappe nach Luft, als er mich an der Kehle packt und in die Senkrechte zieht.

Sein Griff um meinen Hals schnürt mir die Luft ab, während er seinen heißen Körper von hinten an meinen drängt und sein Becken nun nach oben bewegt, um in mich zu stoßen. Jetzt trifft er einen anderen Winkel und eine süße, empfindsame Stelle tief in mir, die mich entzückt zucken lässt. Ich beginne, zu zittern.

»Oh Gott …« Ich kralle mich in seinen Arm, während er mich weiterhin am Hals festhält, und gehe auf die Zehenspitzen, um ihm das Eindringen leichter zu machen.

Er selbst hat die Knie angewinkelt, um tiefer in mich pumpen zu können, und ich bewege wie automatisch mein Becken sehnsüchtig gegen ihn. Er knurrt und schraubt sich förmlich in mich hinein, wobei er weitere sensible Stellen tief in mir erkundet.

Fast ist es zu tief, zu viel. Ich bin verzweifelt von ihm berauscht und werde übermannt von dem Bedürfnis, zu kommen. Mein Körper ist vollgepumpt mit Adrenalin. Alles in mir zieht sich ruckartig zusammen. Meine Lust schmatzt unanständig und vermischt sich mit seinem Keuchen an meinem Ohr. Seine Bartstoppeln kratzen über meine Wange und lassen auch hier eine Erinnerung an ihn zurück.

In meinem Magen wird es sengend heiß, als er atemlos an meinem Ohr flüstert: »Uns läuft die Zeit davon, also beeil dich.«

Mit diesen Worten verstärkt er den Griff um meinen Hals und beschleunigt sein Tempo. Er stöhnt an meinem Ohr, woraufhin ich ebenfalls heiser aufstöhne, und schiebt seine Hand von vorne zwischen meine Beine, direkt unter den nach oben gerutschten Rock.

Seine Finger finden meine Schamlippen, tauchen in meine Nässe dazwischen, und reiben dann schnell und grob über mein geschwollenes Lustzentrum. Der Rhythmus seiner Stimulation ist perfekt auf das erbarmungslose Wogen seiner Hüften abgestimmt. Geschickt bearbeitet er mein geschwollenes Nervenbündel weiter mit seinen Fingern, bis ich vor Wonne erzittere.

Welle um Welle pulsierender Hitze überrollt mich, als sich mein Körper an seinem verkrampft. Ich beiße mir auf die Zunge, um nicht zu schreien, und sacke atemlos auf der Tischplatte zusammen, als mich Zane mit einem knurrenden Laut loslässt und sich seiner eigenen Erlösung hingibt.

Sein Sperma füllt das Kondom, während sein Becken unkontrolliert gegen meinen Hintern zuckt. Er stützt sich keuchend auf meinem unteren Rücken ab, als er spürbar hinter mir erschauert, während ich Mühe habe, mich auf den zittrigen Beinen zu halten. Fast knicken meine Füße in den hohen Schuhen um.

Für ein paar Sekunden lang ist nur unser schweres und abgehacktes Atmen zu hören. Niemand von uns beiden sagt ein Wort. Ich bin mir seiner Nähe hinter mir überdeutlich bewusst, fühle seinen Schwanz in mir weich werden, und rieche Zanes Duft. Dieser ist alles, was ich einatme. Mein Hirn ist vom Orgasmus noch ganz benebelt, als er sich schließlich aus mir zurückzieht und von mir weicht.

Mit einem Mal brechen all die Schuldgefühle über mir zusammen. Das Adrenalin verlässt meinen Körper, die Euphorie des Orgasmus ebbt ab, und zurück bleibt nur die Leere in mir, die mich an meinen Ehemann erinnert, weil ich sie ständig in seiner Nähe fühle.

»Sie sollten sich besser anziehen, wenn Sie nicht wollen, dass noch einer Ihrer Studenten weiß, wie Ihr hübscher Hintern nackt aussieht«, ertönt Zanes heisere Stimme hinter mir.

Hart schluckend richte ich mich auf und zerre meinen Rock nach unten, bevor ich hastig meine Bluse zurechtschiebe. Einer der Knöpfe ist abgesprungen. Überfordert schiebe ich all die Unterlagen auf meinem Tisch zusammen, und würdige ihn dabei keines Blickes. Ich bringe es einfach nicht über mich, ihn anzusehen. Meine Wangen glühen vor Verlegenheit, mein Herz kündigt beinahe seinen Dienst.

Was habe ich nur getan?

Es scheint ihn zu stören, dass ich ihn quasi ignoriere, denn er lässt sich wie immer keine Gelegenheit entgehen, um mir ein verbales K.O. zu verpassen. Er hatte recht – er ist gut darin, sich zu duellieren. Meist gewinnt er den Kampf schon in der ersten Runde, weil er jeden Schwachpunkt seines Gegners zu seinen Gunsten nutzt.

»Oder wissen das ohnehin schon mehrere Ihrer Studenten? Ich könnte mir vorstellen, dass Sie Ihren Hintern auch jemand anderem hingehalten haben, wenn Sie es schon mir so leicht gemacht haben. Ich bin ja nicht einmal nett.«

Seine provokanten Worte hallen in meinem Kopf wider, doch ich schenke ihnen keine Beachtung. Sie schmerzen, aber die Genugtuung, das zu zeigen, will ich ihm nicht geben.

Warum er sich jetzt wieder wie ein Arschloch verhält, weiß ich nicht, aber es sollte mir egal sein. Das hier war ein Fehler. Unser zweiter Fehler. Es wird sich niemals wiederholen. Wir wollten beide Sex, und jetzt hatten wir Sex. Der Zauber ist verflogen, die Realität holt uns wieder ein. Zumindest mich.

»Machen Sie sich keine Gedanken, Mrs Summers«, stößt er mit einem Lächeln in der Stimme hervor, als Schritte und Stimmengewirr vor der geschlossenen Hörsaaltür ertönen und ich mich noch eiliger daran mache, hier alles in Ordnung zu bringen. Er schließt seine Hose hinter mir und fährt sich durch das unordentliche Haar. »Wir hatten es beide nötig, und jetzt ist es passiert. Es bedeutet rein gar nichts.«

Als er das sagt, kann ich nicht anders, als ihn anzusehen. Seine Miene ist unergründlich, seine Augen dunkel und stürmisch. Warum versetzt es mir einen Stich, dass er sagt, es würde rein gar nichts bedeuten?

Die Hörsaaltür schwingt auf, und die ersten Studenten betreten den Saal. Ich fahre mir hastig durch das offene Haar, streiche meinen Pony glatt und setze ein verkrampftes Lächeln auf. Als ich aus dem Augenwinkel den Knopf meiner Bluse auf dem Tisch entdecke, greife ich danach und werfe ihn in eine Schublade.

»Guten Morgen«, sage ich mit bebender Stimme.

»Morgen, Mrs Summers«, ertönt es wie im Chor, während die Mädchen ein schüchternes Lächeln in Zanes Richtung werfen. Sie gehen zu ihren Reihen und nehmen auf ihren Stühlen Platz. Zane wendet sich ebenfalls ab, hält kurz vor den Stufen aber noch einmal inne.

»Ach, fast vergessen«, stößt er wie beiläufig hervor, während er wieder ein paar Schritte auf das Pult zu macht. Als er plötzlich das gefüllte Kondom auf die Tischplatte fallen lässt, falle ich beinahe in Ohnmacht. »Könnten Sie das für mich entsorgen? Das wäre wirklich nett«, flüstert er mir zu.

Ungläubig starre ich ihm hinterher, als er danach geschmeidig zu seiner Reihe marschiert, bevor ich ruckartig meine flache Hand auf das Kondom auf dem Tisch schlage. Schnell vergewissere ich mich, dass niemand erkannt hat, was er losgeworden ist, doch sein Körper hat den Studenten den Blick darauf verwehrt. Mein Herzschlag hämmert in meinen Ohren.

Dann bemerke ich zu allem Übel auch noch, dass er mir schon wieder mein Höschen gestohlen hat. Zwischen meinen Beinen klebt es feucht. Ich entdecke den weißen Spitzenstoff in seiner hinteren Hosentasche.

Ein Beweisstück oder eine Trophäe?

Wie paralysiert fahre ich nach Hause. Ich habe keine Ahnung, wie ich den Tag an der Uni hinter mich gebracht habe, ohne komplett durchzudrehen. Oder zusammenzubrechen. Die Schuld über meinen Betrug an James und dem Brechen des Moralkodexes meines Jobs wiegt so schwer, dass sie mich erdrückt. Die brutalen Klauen der Verzweiflung haben mich fest im Griff, und die Panik vor dem Ungewissen würgt mich wie Zane, während er seinen Schwanz in mich gestoßen hat.

Um Himmelswillen. Ich brauche einen Therapeuten oder Psychiater, der mir irgendwelche Pillen gegen mentale Kurzschlüsse verschreibt. Denn als nichts anderes kann ich meinen Ausrutscher mit Zane betrachten. Meine beiden Ausrutscher …

Es muss Anzeichen gegeben haben. Anzeichen dafür, dass ich eine verrückte und untreue Schlampe bin, die auf jüngere Kerle steht. Wie konnte ich nicht schon eher bemerken, dass irgendetwas nicht mit mir stimmt? Ich habe tatsächlich mit einem meiner Studenten geschlafen und bin obendrein verheiratet. Einen größeren Fehler habe ich mir noch nie geleistet. Eine schwerere Sünde nie begangen.

Immer wieder spule ich in meinem Kopf zurück, um den genauen Zeitpunkt zu erkennen, an dem das Gespräch mit Zane aus dem Ruder gelaufen ist. Den Zeitpunkt, an dem ich beschlossen habe, ihn zu vögeln, anstatt ihn zurechtzuweisen. Wann ist das passiert? Und warum zur Hölle bekomme ich jedes Mal, wenn ich an ihn denke, Bauchkribbeln und weiche Knie? Warum kann ich mich in seiner Nähe nicht konzentrieren? Warum machen mich seine bloßen Blicke so nervös, dass ich zu zittern beginne?

Auf halbem Weg mache ich kehrt und fahre in die entgegengesetzte Richtung. Wenn es etwas gibt, dass man tun kann, wenn man gesündigt hat, dann ist es eins: Beichten.

Und genau das habe ich vor, als ich die Adresse von James' Büro ins Navigationsgerät tippe. Ich folge den Pfeilen auf dem Gerät und lege mir im Kopf Worte zurecht, die mein Verhalten erklären könnten.

Ich war verletzt, weil du ausgezogen bist. Ich habe dir doch gesagt, dass ich sexuell unbefriedigt bin. Ich war immer noch betrunken vom Vorabend. Ich vermisse dich eben.

Alles davon würde meine Beichte nur noch schlimmer machen.

Mir ist schwindelig, als ich den Bürokomplex aus Glas aus der Ferne betrachte, in der James' Kanzlei und weitere Firmenzentralen ansässig sind. Kaum habe ich den Wagen am Straßenrand davor geparkt, wird mir übel. So sehr, dass ich befürchte, mich übergeben zu müssen. Meine Hände würgen das Lenkrad, während ich starr aus der Windschutzscheibe starre und immer noch überlege, wie ich meinem Mann am besten gestehen soll, dass ich ihn mit einem meiner Studenten betrogen habe.

Ein Klopfen an der Fensterscheibe reißt mich aus den Gedanken und lässt mich auf dem Sitz herumfahren. Eine schwarzhaarige Frau mit rotem Lippenstift beugt sich nach unten und lächelt mich an. Als ich nicht reagiere, bedeutet sie mir, das Fenster herunterzufahren.

»Hi«, sagt sie freundlich und zeigt auf das Halteverbotsschild unmittelbar vor mir. »Falls Sie vorhaben, hier zu parken, wäre ich lieber vorsichtig. Hier drehen andauernd Kontrolleure ihre Runden.« Sie seufzt. »Sie wollen gar nicht wissen, wie viele Strafzettel ich allein in diesem Jahr schon erhalten habe.«

Ich lächele schwach. Ihr Gesicht wirkt so freundlich und ihre Augen so warm, dass ich mich für einen kurzen Augenblick nicht mehr ganz so schrecklich fühle. »Das Schild muss ich wohl übersehen haben. Vielen Dank für den Hinweis.«

»Ach, nichts zu danken«, erwidert sie und winkt ab. Als sie sich aufrichtet, bewundere ich ihren tollen Körper. Sie trägt ein maßgeschneidertes, schwarzes Kostüm, darunter ein rotes Seidentop, das zu ihrem Lippenstift und Nagellack passt. Ihre Beine ragen geschätzt zwei Meter weit in die Höhe und sind so stramm wie Betty Barsons. Obwohl die Frau bestimmt älter ist als ich, hat sie den Körper einer Zwanzigjährigen. »Wo wollen Sie denn hin?«

Ich deute auf das Gebäude, vor dem wir stehen. »Ich möchte nur kurz jemanden besuchen. Er arbeitet in dem Komplex.«

»Oh.« Sie lächelt. »Na, dann kommen Sie am besten gleich mit mir. Ich habe den Schlüssel für den Fahrstuhl.« Sie fischt eine Schlüsselkarte aus ihrer Jacketttasche und zeigt auf einen freien Parkplatz auf der gegenüberliegenden Straßenseite. »Ich warte hier auf Sie.«

»Das ist nett.« Ich lächele kurz zu ihr hoch, bevor ich wende und mich in die andere freie Parklücke einreihe. Als ich aussteige, komme ich mir dumm vor, das Halteverbotsschild nicht bemerkt zu haben, da es wie die Beine der Frau zwei Meter weit in die Höhe ragt. Ich laufe auf sie zu und bedanke mich noch einmal, bevor ich ihr zum Eingang des Gebäudes folge. »Arbeiten Sie auch hier?«

Sie sieht mich von der Seite an und nickt, dabei fallen mir ihre unglaublich langen Wimpern auf. »Eigentlich habe ich die Woche Urlaub, aber so ganz allein zu Hause war mir dann doch zu langweilig.«

Ich nicke verständnisvoll. »Das verstehe ich gut.«

»Leben Sie auch allein?«

»Mehr oder weniger«, murmele ich mit einem Stich des Schmerzes in der Brust. Wenn ich dieses Gebäude wieder verlasse, wohne ich bestimmt offiziell allein.

»Kinder?«

»Keine, und Sie?«

»Einen Kater«, erwidert sie und wir lachen beide, bevor wir vor den Fahrstühlen haltmachen. »Mir wäre ein verlässlicher Mann lieber als ein Kind«, sagt sie dann nachdenklich, überlächelt ihre von Traurigkeit durchzogenen Worte aber. »Ich meine, nicht, dass ich etwas gegen Kinder hätte, aber Sie wissen schon … Zunächst einmal bräuchte ich den richtigen Mann dafür.«

Dafür, dass wir uns nicht kennen, entwickelt sich unser Gespräch ziemlich schnell in eine sehr persönliche Richtung, und das ganz natürlich. Es liegt wohl an ihrem freundlichen Blick und der offenen Art, dass ich sie auf Anhieb sympathisch finde. Jetzt, wo wir in den Fahrstuhl steigen, steigt mit auch ihr angenehmer Duft in die Nase. *Chanel No. 5*, wenn ich mich nicht ganz täusche.

»Wie alt sind Sie denn, wenn ich fragen darf?«, möchte ich von ihr wissen.

Wir wollen beide die Acht drücken und lächeln uns an. Ich ziehe die Hand zurück und lasse sie den Stock wählen, während sie erzählt: »Ich bin neununddreißig. Ich weiß, schon viel zu alt für Kinder. Aber ich wollte immer gerne welche haben, nur hat es mit meinem Mann nicht geklappt, und jetzt … Nun ja, ist die Chance wohl schon vorbei.« Sie zuckt mit den Schultern und mustert mich flüchtig. »Sie sehen jünger aus. Sie haben noch Zeit.«

Ich schüttele den Kopf. »Mein Mann und ich planen keine Kinder, weil wir …« Ich verstumme und verspüre das erste Mal das

Bedürfnis, ehrlich zu sein, wenn es um die Kinderfrage geht, die mir immer mal wieder jemand stellt. Eigentlich habe ich mir darauf eine perfekte Antwort zurechtgelegt, die weder James noch mich als den Grund dafür darstellen, weshalb wir kinderlos sind, doch heute verzichte ich darauf.

Stattdessen gestehe ich: »Ich wollte immer gerne ein Kind haben – eine Tochter am liebsten –, aber mein Mann wollte nie eins. Für ihn ist seine Karriere sehr wichtig, und ich wollte das Kind nicht alleine großziehen. Er würde alles Wichtige verpassen.«

»Ach, Männer«, seufzt die Frau und schüttelt den Kopf. »Entweder sind sie egoistische Ärsche oder vergeben, richtig?«

Ich nicke mit einem gepressten Lächeln.

»Ich dachte, einen guten erwischt zu haben, und jetzt durchlaufe ich seit acht Monaten eine Scheidung«, eröffnet sie mir und verdreht ihre Augen. »Und dann lerne ich endlich einen anständigen Mann kennen, und er ist natürlich verheiratet. Wie auch nicht, oder?« Sie lächelt mich an, und da macht es plötzlich Klick bei mir.

Mein Blick zuckt zu dem gewählten Stockwerk. Wir müssen beide in das achte. Dann mustere ich die Frau ein weiteres Mal und weiß es instinktiv. Das ist sie.

Das ist die Frau, in die mein Mann verliebt ist.

Ich erstarre.

»Alles in Ordnung?«, fragt sie mich besorgt.

Mein Blick fällt auf den Spiegel hinter ihr und die Frau darin wirkt nicht wie ich. Sie ist blass, hat große, glasige Augen und wirkt, als würde sie von ihren Gefühlen erdrückt werden. Die Verzweiflung steht ihr ins Gesicht geschrieben. So habe ich mich noch nie gesehen. So … verloren.

»Wie war Ihr Name noch gleich?« Meine Stimme klingt fremd. Zu gefasst. Fast resigniert.

Die schwarzhaarige Schönheit wendet sich mir zu und lächelt. »Ich hatte mich noch gar nicht vorgestellt. Ich bin Alissa Hastings. Und Sie?«

Im selben Moment gehen die Fahrstuhltüren auf, doch ich bewege mich nicht vom Fleck. Als die Frau auf ihren hohen Lackschuhen aussteigt und bemerkt, dass ich ihr nicht folge, dreht sie sich mit einem Stirnrunzeln zu mir um.

»Kommen Sie nicht mit?«

Ich schlucke. Dann schüttele ich den Kopf. Die Fahrstuhltüren schließen sich wie in Zeitlupe. Ich warte, bis ich alleine bin, und gebe dann dem Bedürfnis, das seit Wochen an mir nagt, endlich nach. Ich taumele mit dem Rücken gegen den Spiegel und breche lautstark in Tränen aus.

13

Warst du heute in der Kanzlei? Craig meinte, dich im Fahrstuhl gesehen zu haben.

Ich lese James' Nachricht auf meinem Handy, klicke sie jedoch unbeantwortet weg. Das erste Mal verspüre ich nicht das Bedürfnis, mit ihm zu sprechen. Ich habe genug von unseren Problemen. Wir *haben* Probleme, völlig gleich, was er behauptet. Er lebt in einem Hotel – in welchem weiß ich nicht einmal – und arbeitet mit einer Frau zusammen, die das Titelbild der Vogue-Zeitschrift zieren könnte.

Als sie heute hautnah vor mir stand, ist irgendetwas in mir gestorben, obwohl ich gedacht hatte, schon nach seinem Geständnis am Samstagmorgen innerlich gestorben zu sein. Diese Frau anzusehen, die meinem Mann so sehr den Kopf verdreht hat, dass er mich seit Monaten weder berührt noch richtig angesehen hat, tat weh. Aber es war wie ein Weckruf. Es hat unsere Probleme, die sich bislang nur in meinem Kopf abgespielt hatten, real gemacht.

Es ist naiv, zu glauben, alles würde wieder gut werden. Und eine räumliche Trennung, die eine Pause unserer Beziehung bedeutet, verschlimmert alles nur noch mehr, anstatt es wieder besser zu machen. Ich bin in den vergangenen Monaten oft allein zu Bett gegangen, doch jetzt ist es anders. Es ist, als würde ich mich damit abfinden, niemanden mehr neben mir zu haben, an den ich mich ankuscheln kann. Ich beginne, zu akzeptieren. Ich fange an, loszulassen.

Ich lebe plötzlich ein eigenes Leben, in dem ich wieder auf meine Bedürfnisse achte, nicht nur auf seine.

Wie sollte es auch nicht so sein, wenn James und ich kein einziges Mal miteinander gesprochen haben, seit er offiziell weg ist? Ich weiß nicht, warum er denkt, noch mehr Distanz und Schweigen zwischen uns würden unsere Ehe retten. Die Wahrheit ist, dass nur er sie retten könnte, weil ich niemals aufgehört habe, darum zu kämpfen. Ich habe alles versucht, um das Feuer zwischen uns wieder zu entfachen. Habe alles getan, um Nähe zwischen uns herzustellen und mehr an seinem Leben teilzuhaben. Aber er hat mich nicht gelassen und die Nähe verweigert.

Und Fakt ist, dass er sich verdammt noch mal in eine andere Frau verliebt hat. Er sagte zwar, er hätte keine Gefühle für sie, aber er sagte auch, er würde sie mögen und nicht nur als Kollegin ansehen. Was zur Hölle soll das überhaupt bedeuten?

Jedenfalls mehr, als hätte er gesagt, er würde sich körperlich von ihr angezogen fühlen, was ich ihm kaum verdenken könnte. Die Frau ist eine Granate und obendrein richtig nett. Die Erkenntnis schnürt mir die Kehle zu.

Und zu allem Übel habe ich das Allerschlimmste getan: Fremdgevögelt.

Allmählich frage ich mich, ob mich das Schicksal irgendwie auf der Abschussliste hat. Zuerst lässt mich mein Mann links liegen, bis ich sexuell so frustriert bin, dass ich mich jeden Abend betrinke und es mir selbst besorge, und dann setzt es mir einen neunzehnjährigen Kerl vor die Nase, dessen alleiniger Anblick beim weiblichen Geschlecht ein Zucken zwischen den Beinen auslöst. Und dieser setzt alles daran, mich zu verführen, während mein Mann alles daransetzt, sich davon abzuhalten, eine andere Frau als mich zu verführen.

Wie beschissen abgefuckt ist das denn?

Irgendwie wünsche ich mir, James hätte diese Frau gevögelt. Dann wären wir jetzt quitt.

Mein Blick fällt auf das Küchenfenster, während ich lustlos in meinen Nudeln herumstochere. Ich denke an Gabriellas Besuch zurück und werfe einen Blick auf ihr Haus. Es brennt Licht hinter den Fenstern im untersten Stock.

Vielleicht sollte ich doch mit jemandem darüber sprechen. Vielleicht täte es mir gut, mich jemandem anzuvertrauen. Ich trage all diesen Ballast wie einen kiloschweren Sack mit mir herum, der mich allmählich zu Boden zu bringen droht. Natürlich ist es ironisch, dass ich exakt der Frau, die mit dem Kerl vögelt, mit dem ich meinen Mann betrogen habe, von meinen Eheproblemen erzählen will, aber genau deswegen hoffe ich darauf, dass sie mich nicht verurteilt. Oder überhaupt urteilt.

Und ich muss ja keine Namen erwähnen.

Bevor ich es mir wieder anders überlege, gebe ich mir einen Ruck und hüpfe vom Barhocker. Ich stelle den Teller achtlos neben die Spüle, gehe ins obere Stockwerk und reiße im Schlafzimmer meinen Kleiderschrank auf. Ich tausche die Jogginghose gegen eine Jeans, lasse das einfache weiße Top und den grauen Sweater jedoch an. Kurz werfe ich einen Blick in den Spiegel und bin überrascht, zu sehen, dass mein Gesicht trotz meines Heulkrampfes heute Nachmittag nicht an eine Halloweenmaske erinnert. Mein Pony sitzt, mein lockerer Pferdeschwanz wirkt lässig, nicht unordentlich, und die Rückstände der Mascara unter meinen Augen lassen sich mit einem Wisch entfernen.

Ich lasse mein Handy zurück, als ich mit meinem Schlüssel und einer ungeöffneten Flasche Rotwein das Haus verlasse, und spaziere in der angenehmen Abendluft über die ruhige Straße. Die Temperatur ist für diese Uhrzeit noch relativ hoch, doch für die kommenden Tage haben sie Gewitter und einen heftigen Sturm angesagt.

Als ich vor Gabriellas Haustür ankomme, zögere ich kurz, klopfe dann jedoch unsicher an. Ich hoffe, ihre Wut über mein kühles Verhalten von gestern hat sich bis heute gelegt.

Zumindest ist es kein Zorn, den ich in ihrem Gesicht entdecke, als sie mir in einem hübschen Sommerkleid die Tür öffnet. Die Überraschung über meinen Besuch steht ihr allerdings wie auf die Stirn geschrieben. Sie blickt sich kurz auf der Straße um, bevor sie mich verwirrt fragt: »Was ist los?«

Ich räuspere mich und halte entschuldigend lächelnd die Flasche Wein in die Höhe. »Du hast nicht zufällig Zeit für ein Glas Wein und ein offenes Ohr für meine Probleme?«

Als sie zu grinsen anfängt, fällt mir ein Stein vom Herzen. Sie tritt von der Tür beiseite und lässt mich mit einer auffordernden Handbewegung in ihr Haus. »Aber klar doch. Komm rein.«

Ich lächele dankbar und betrete den edlen Flur, bevor ich meine Sneakers ausziehe und mich umsehe. Das Wohnzimmer grenzt an, und ich erkenne elegante Möbel und eine teure Anlage. Die Treppe nach oben besteht aus einem Glasgerüst, sehr modern.

Sie hat es wirklich nett hier, außerdem scheint es sehr sauber zu sein. Ob sie eine Putzfanatikerin ist? Oder sie hat einfach genügend Zeit, um sich um ihr Haus zu kümmern, da sie im Gegensatz zu mir keinem Job nachgeht. Nach der Scheidung hat sie eine Menge Geld erhalten, und angeblich hat sie auch von ihren Eltern ein paar Immobilien geerbt, die sie verkauft und zu Geld gemacht hat. Ihr scheint es gut zu gehen.

Hat sie sich deswegen einen Toyboy geangelt? Weil sie es sich leisten kann?

Rasch verdränge ich den Gedanken und lächele sie an. »Schön hast du es hier. Das Haus ist größer als erwartet.«

Gabriella lächelt geschmeichelt und führt mich durch eine geräumige Küche zu offenen Verandatüren, die in einen gepflegten Garten mit Pool führen. »Danke. Der Garten ist das Beste am Haus.« Sie macht eine auffordernde Handbewegung zu dem Tisch aus Glas und bedeutet mir, mich auf einen der Stühle zu setzen.

Die Veranda wird bloß von LED-Spots beleuchtet und ist von den anderen Gärten abgeschirmt. Hohe Hecken verhindern, dass die Nachbarn einen Blick auf das Grundstück haben, und für einen kurzen Moment beneide ich sie, da ich mir bei unserem Umzug ebenfalls ein Haus mit Garten und Pool gewünscht habe, wir allerdings kein passendes gefunden haben. James meinte außerdem, es wäre nur unnötige Arbeit, sich um einen Garten und einen Pool zu kümmern, für die er ohnehin keine Zeit hätte.

Als ich mich auf den Stuhl setze und den großen, beleuchteten Pool beäuge, klingelt ihr Handy im Haus, und sie entschuldigt sich mit einem Handzeichen bei mir, bevor sie nach drinnen verschwindet.

Ich ächze leise, als mein Hintern die harte Sitzfläche berührt, da ich wie erwartet blaue Flecken von meinem Ausrutscher 2.0 mit Zane davongetragen habe. Nachdem ich bei meiner Rückkehr zu

Hause duschen war, haben sie sich schon lila auf meiner blassen Haut am Hintern abgezeichnet. Prompt wurde mir heiß, dann eiskalt.

»Also, was treibt dich hierher?«, kommt Gabriella direkt zur Sache, als sie zurückkehrt. In den Händen hält sie zwei auf Hochglanz polierte Weingläser, die sie auf dem Tisch abstellt. Sie schnappt sich die Flasche Wein, die ich mitgebracht habe, und studiert das Etikett, bevor sie sie öffnet. »Nicht schlecht. Trinkst du gerne Wein?«

»Primär trinke ich zu viel Wein«, gebe ich ihr eine ehrliche Antwort, die sie überrascht. Allerdings erkenne ich keine Vorwürfe in ihrem Blick, als sie nickt. Stattdessen wirkt er verständnisvoll. »In letzter Zeit lief es nicht so besonders und da habe ich das eine oder andere Mal zu oft zur Flasche gegriffen.« Als mir einfällt, dass sie die Ex-Frau meines Bosses ist, füge ich rasch hinzu: »Ich bin keine Alkoholikerin oder so. Nicht, dass du das jetzt falsch verstehst.«

Lächelnd schiebt sie mir ein volles Glas zu und lässt sich mir gegenüber auf dem Stuhl nieder. »Keine Sorge, Rachel. Selbst wenn du eine wärst, würde ich meinem Ex nichts davon erzählen. Geht ihn ja auch nichts an, solange du deinen Job anständig machst.«

Ich erwidere ihr Lächeln und halte das Glas in die Höhe, um mit ihr anzustoßen. Nachdem wir einen Schluck getrunken haben, seufze ich leise und sage: »Tut mir leid, dass ich gestern so … abweisend war. Ich wusste einfach nicht, wie ich deinen Besuch deuten sollte.«

»Ich wollte nur nett sein«, erklärt sie mir und bindet ihr dunkles Haar zu einem unordentlichen Zopf zusammen. »Klar, ich war auch neugierig, weil James und du bisher wie das perfekte Paar gewirkt habt, was mich oft vor Neid ziemlich erblassen lassen hat, aber primär wollte ich mich erkundigen, wie es dir geht. Immerhin weiß ich, wie es ist, wenn man Eheprobleme hat.« Sie sieht mich vielsagend an. »Als Harvey und ich uns geschieden haben, hätte ich mir gewünscht, jemanden zum Reden zu haben.«

Ich nicke schwach und werfe gedankenvertieft einen Blick zum Pool. »Ich weiß nicht, ob James und ich uns scheiden lassen. Ausgeschlossen ist es nicht.« Als ich sie wieder ansehe, sind ihre dunklen Augen von Mitgefühl erfüllt. »Wie lange liegt deine Scheidung zurück?«

»Drei Jahre. Vor vier Jahren habe ich herausgefunden, dass er mich mit einer Schlampe betrügt.«

Ich schlucke. Vielleicht ist sie doch nicht die richtige Ansprechpartnerin für meine Probleme.

»Aber um ganz ehrlich zu sein«, fügt sie zögerlich hinzu und trinkt einen großen Schluck Wein. »War ich auch nicht ganz unschuldig.«

Überrumpelt blicke ich sie an. »Du warst untreu?«

Sie zögert wieder, dann nickt sie. »Ich war unglücklich und habe mich ungewollt gefühlt. Ich weiß, für Außenstehende mag das keine Rechtfertigung sein, eher eine Ausrede, aber ich habe es nicht darauf angelegt, meinen Mann zu betrügen. Ich war nur einfach so dankbar, dass mir jemand das Gefühl gegeben hat, begehrenswert zu sein … Und mich wieder daran erinnert hat, dass ich eine Frau bin. Nicht nur die Ehefrau irgendeines Kerls.«

Wenn sie wüsste, wie sehr ich sie tatsächlich verstehe … Ich empfinde genau dasselbe. Ich hatte mich ungewollt gefühlt, und dann kam Zane und sagte mir, welch begehrenswerte Frau ich bin. Das kann einen schnell verwirren und zu falschen Dingen verleiten. Es macht einen noch schwächer, als man in solch einer Situation ohnehin schon ist. Es mag tatsächlich wie eine Ausrede klingen, vielleicht ist es auch eine – aber für mich ist es ebenso eine

Rechtfertigung für Geschehenes. Eine logische Erklärung für mein plötzlich verrücktes, flatterhaftes und leichtsinniges Verhalten.

Früher habe ich nie auch nur daran gedacht, einen anderen Mann als James anzusehen. Und jetzt hatte ich einen anderen zwischen meinen Beinen und habe es genossen. Jede einzelne Sekunde.

Zumindest, bis es vorbei, der Rausch verflogen und er wieder ein Arschloch war.

Gabriella fährt damit fort, mir von ihrer gescheiterten Ehe zu erzählen, und ich kann sie in jedem Punkt verstehen. Auch, weil ich ihren Ex-Mann kenne und weiß, wie schmierig er ist. Wir leeren das Glas Wein und schenken uns nach, bevor sie mich vorsichtig fragt, ob James eine andere Frau hat. Ich öffne den Mund, um ihr von der aktuellen Situation zu erzählen, verstumme jedoch aufgrund eines Geräusches im Haus. Es klang wie eine Tür, die ins Schloss gefallen ist.

Stirnrunzelnd sehe ich Gabriella an, die den Kopf zu den Verandatüren umgedreht hat. »Erwartest du noch jemanden?«

»Nein«, erwidert sie und lauscht angestrengt. Ich tue es ihr gleich, doch es ertönt kein weiteres Geräusch. »War bestimmt nur der Wind, der ein Fenster zugeschlagen hat. Hast du von dem kommenden Sturm gehört?«

Ich nicke. »Es soll heftig gewittern in den nächsten Tagen.«

»Du solltest dein Haus sobald wie möglich sturmsicher machen«, rät sie mir mit einem ernsten Blick. »Und am Samstag nicht rausgehen. Da soll der Sturm seinen Höhepunkt erreichen.«

»Ich habe keine Ahnung, wie man ein Haus sturmsicher macht«, sage ich und wir lachen beide auf. »Um so etwas hat sich James immer gekümmert. Aber ich werde es schon irgendwie hinkriegen.«

Gabriella lächelt mich mit warmen Augen an. »Du bekommst alles hin. Eine Trennung ist kein Untergang, Rachel. Sieh sie eher als Neuanfang an.«

Ich schlucke, trinke einen Schluck Wein, und schlinge die Finger dann fest um das bauchige Glas. »Ich weiß nicht, ob wir uns trennen. Ich weiß nicht einmal, ob ich mir wünsche, dass wir uns wieder zusammenraufen oder offiziell getrennte Wege gehen. Die aktuelle Situation ist einfach nur mies. Er lebt im Hotel und ich habe keine Ahnung, ob und wann er wieder nach Hause kommt.«

»Er ist also doch ausgezogen«, schlussfolgert sie mitfühlend.

Ich zögere, dann nicke ich. »Vorübergehend. Er meinte, dass uns eine räumliche Pause guttun würde.«

»Was für ein Unsinn«, seufzt sie und verzieht das Gesicht. »Männer sind manchmal wirklich dumm. Wenn man sich auseinanderlebt, hilft es doch nicht, noch mehr Abstand zwischen sich zu bringen. Wo hat er den Quatsch denn her?«

Ich muss schwach lächeln. »Von seinem Boss. Der hat wohl eine Paartherapie mit seiner Frau gemacht.«

»Na, also der Therapeutin würde ich keinen Cent bezahlen«, meint sie amüsiert und ich lache. »Also, wann hat das angefangen?«

»Eigentlich schon nach unserem Umzug nach Woodshaven«, erzähle ich ihr offen. »Er hat rund um die Uhr gearbeitet – tut er immer noch – und kaum Zeit zu Hause verbracht. Wir haben uns immer weniger gesehen, seltener etwas unternommen und …« Ich verstumme und spüre, wie meine Wangen erröten. Es ist peinlich, das vor jemand anderem zuzugeben, aber Gabriella wirkt ohnehin, als wüsste sie, worauf ich hinauswill. »Er hat mich seit Monaten nicht mehr angefasst.«

Sie blinzelt. »Seit Monaten?«

Ich nehme einen großen Schluck vom Wein, sodass das Glas fast leer ist, als ich es zurück auf den Tisch stelle. Dann stütze ich die Füße auf den Stuhl und erwidere ihren zu gleichen Teilen neugierigen wie schockierten Blick. »Wir hatten ungefähr zehn Monate lang keinen Sex, bis ich ihn vor kurzem quasi dazu gezwungen habe. Ich habe ihn wie eine tollwütige Katze besprungen und wie einen Hengst geritten.« Wir lachen beide auf. »Und das Schlimme daran ist, dass es ihn abgeschreckt hat. Er empfand meinen Übereifer wohl als störend und fragte mich, ob ich seit Neuestem eine Pornodarstellerin sei.«

Gabriella spuckt den Wein zurück in ihr Glas und hustet. Ich lache auf und verberge mein Gesicht verlegen hinter einer Hand, als sie so heftig kichert, dass sie grunzt. »Oh Himmel«, seufzt sie dann und schüttelt den Kopf. »Welcher Mann würde sich denn nicht darüber freuen, wenn seine Frau zur wilden Raubkatze mutiert? Das ist wirklich merkwürdig, Rachel.«

»Er hat sich in eine andere Frau verguckt«, lasse ich die Bombe platzen, woraufhin Gabriella innehält und die Augen weitet. »Sie ist eine Kollegin von ihm. Und was für eine auch noch. Ich habe sie heute getroffen.«

»Du hast dich mit ihr getroffen?«, fragt sie überrumpelt.

»Gott, nein«, stoße ich lachend hervor und leere mein Glas. »Ich bin ihr zufällig begegnet und habe dann herausgefunden, dass sie es ist, die meinem Mann den Kopf verdreht hat. Du willst nicht wissen, wie sie aussieht.« Ich seufze theatralisch. »Wie aus einer verdammten Zeitschrift entsprungen.«

»Rachel, das tut mir so leid«, meint Gabriella sanft und greift über den Tisch nach meiner Hand. »Wirklich. Ich weiß, wie verletzend das ist. Immerhin war Harvey nach unserer Trennung noch mit der Schlampe zusammen, mit der er mich betrogen hat.«

»Er sagte, da wäre nichts gelaufen, und dass es nur eine dumme Schwärmerei war«, erzähle ich ihr gepresst. »Ich weiß nicht, was ich glauben soll. Sein Verhalten mir gegenüber lässt mich andere Schlüsse ziehen. Ich meine, er will mich nicht mehr vögeln und behandelt mich förmlich wie Luft. Und mit dieser anderen Frau hat er Nächte in seinem Büro verbracht, sich innig unterhalten, gelacht, gegessen … Das tut weh. Und noch mehr, zu wissen, dass er sie weiterhin täglich sehen wird, auch wenn er geschworen hat, ihr seither aus dem Weg zu gehen.«

»Seither?«

»Seit er bemerkt hat, dass er sie … mag«, würge ich hervor. Die Worte hinterlassen einen bitteren Geschmack in meiner Kehle. »Aber es gibt da noch etwas anderes, das mir den Schlaf raubt«, gestehe ich zögerlich, woraufhin sie mich abwartend und offen ansieht. »Du musst schwören, es niemandem zu sagen, Gabriella.«

»Ich schweige wie ein Grab«, verspricht sie mir augenblicklich und wirkt aufrichtig dabei.

Ich hole tief Luft, öffne den Mund und …

»Sorry, ich wollte nicht stören.«

… schließe ihn voller Unglauben wieder.

Gabriella wendet sich den offenen Verandatüren zu, an denen der unangekündigte Besucher lässig mit einer Schulter lehnt, und lächelt wie ein Honigkuchenpferd. »Zane, hallo! Ich dachte, wir hätten unser Treffen auf morgen verschoben?«

Zane starrt mich an.

Ich starre mit angehaltenem Atem zurück.

Ich bin wie auf dem Sitz festgewachsen, als er sich von Gabriella in eine Umarmung ziehen lässt und ihr einen Kuss auf die Wange drückt. Dabei sieht er mir fest in meine Augen, seine tragen wieder einen unleserlichen Ausdruck.

Mir wird vom Anblick der beiden übel. Was zur Hölle tut er hier? Hat er etwa einen Schlüssel zu ihrem Haus? Und warum wusste sie nicht, dass er vorbeikommt? Sie meinte doch, sie würde keinen Besuch erwarten.

»Ich war in der Nähe und dachte, ich schaue trotzdem kurz vorbei«, erwidert er schließlich mit seiner heiseren Stimme und mustert mich ganz unverhohlen. Prompt steigt mir der Wein zu Kopf und mein Gesicht läuft spürbar rot an.

Gabriella wendet sich mir mit einem breiten Lächeln zu, und für einen kurzen Moment frage ich mich, wie es ihr nicht peinlich sein kann, dass ihr Loverboy unangekündigt vorbeigekommen ist und ich somit ihr Geheimnis kenne.

Sie wirkt nicht im Geringsten verlegen oder unangenehm berührt, als sie sagt: »Tut mir leid, ich wusste nicht, dass ich noch Besuch bekomme.« Sie blickt Zane verträumt von der Seite an und greift nach seinem Arm, bevor sie darüber streichelt. Mir dreht sich der Magen um. »Bleibst du länger, Schatz? Dann hole ich noch ein Glas.« *Schatz. Würg.*

»Du weißt doch, dass ich keinen Alkohol trinke«, erwidert er trocken und wirft einen Blick auf die fast leere Flasche Wein. »Außerdem habt ihr nicht viel übrig gelassen.« Seine Augen treffen auf meine, wirken fast vorwurfsvoll.

Ich mache mich im Sitz kleiner und sehe mich nach Fluchtmöglichkeiten um. Ich muss hier weg. Das ist zu bizarr.

»Weiß ich doch, Schatz. Ich meinte auch nicht den Wein«, entgegnet Gabriella amüsiert. »Tut mir leid, ich bin unhöflich. Rachel, das ist -«

»Wir kennen uns bereits«, unterbricht Zane sie, und ich reiße vor Schock die Augen auf. *Bitte, halt den Mund*, flehe ich ihn still an, doch er macht sich von Gabriella los und tritt mit diesem arroganten Lächeln auf mich zu. Ich spüre, wie meine Knochen gefrieren, als er flüstert: »Hallo, Mrs Summers. Welch nette Überraschung, Sie hier zu sehen. So … privat.« Dabei lässt er seinen Blick über mein Outfit schweifen.

Warum jedoch wirkt er absolut nicht überrascht, sondern so, als wusste er, dass er mich hier antreffen würde?

»Ihr kennt euch schon?«, fragt Gabriella verwundert und sieht mich an. Dann scheint ihr ein Licht aufzugehen und sie klatscht sich auf die Stirn. »Oh, natürlich! Von der Uni, nicht wahr? Ich hatte ganz vergessen, was du unterrichtest, Rachel. Belegst du einen Kurs bei ihr, Zane?«

Dieser lächelt immer noch auf mich herab. »Das tue ich.«

»Wie schön«, trällert Gabriella. Sie strahlt mich an. »Na, dann kann ich dir ja jetzt endlich mal den Mann in meinem Leben vorstellen.«

Oh Gott. So nennt sie ihren Toyboy? Oder ist das doch etwas Ernstes zwischen den beiden?

»Es wäre schön, wenn du das für dich behalten könntest, Rachel. Wir legen es nicht darauf an, dass jeder davon erfährt«, schiebt sie rasch hinten nach und sieht mich ernst dabei an. *Würde ich an ihrer Stelle auch nicht.*

Ich unterdrücke den Impuls, das Gesicht zu verziehen, und nicke wie versteinert.

»Harvey und ich sind der Meinung, dass die Leute blöd reden würden, wenn Sie wüssten, dass sein Sohn die Uni besucht, die er leitet. Sie würden denken, er würde ihn privilegiert behandeln oder dass die Lehrkräfte ihn anders benoten würden. Schon allein sein Wechsel mitten im Semester würde für Gesprächsstoff sorgen, wüssten Sie davon.«

Was?

Sohn?

Plötzlich fällt mir das Denken enorm schwer, doch im nächsten Moment schlagen beunruhigende Gedanken wie Fäuste auf mich ein.

Oh Himmel. Ich habe nicht nur mit meinem Studenten geschlafen, sondern auch mit dem Sohn meines Vorgesetzten. Dem Sohn des Dekans der Uni, an der ich angestellt bin. Er hat gar keine Affäre mit meiner Nachbarin. Sie ist seine Mutter. Und sie würde mich umbringen, wüsste sie, was ich mit ihrem Sohn getrieben habe.

Grundgütiger! Ich war gerade dabei, es ihr zu beichten! Zumindest, dass ich eine Affäre habe. Wobei man das mit uns gewiss nicht so bezeichnen kann. Himmelherrgott, wenn sie davon erfährt, wird sie ihrem Ex-Mann davon erzählen, und dann werde ich nicht bloß meinen Job und Ehemann verlieren, sondern auch aus der Stadt verjagt. Woodshaven ist klein – niemand würde je wieder ein Wort mit mir wechseln. Ich würde nicht nur das Ansehen der privaten Uni in Verruf bringen, sondern auch mein eigenes.

Verdammt noch mal. Warum musste es genau er sein? Warum musste es überhaupt passieren?

Und warum zum Teufel hat er mir nicht gleich gesagt, dass Gabriella seine Mutter ist?! Wir haben uns damals im Restaurant getroffen, und er ließ mich danach bewusst in dem Glauben, die beiden hätten eine Affäre miteinander. Und er hat ebenso mit keinem Wort erwähnt, dass er der verdammte Sohn meines Chefs ist!

Aus einem Impuls heraus springe ich vom Sessel auf und werfe dabei beinahe alle Gläser auf dem Tisch um. »Ich sollte dann mal gehen. Wir holen das -«

»Was? Nein!«, protestiert Gabriella enttäuscht und kommt auf mich zu. »Es war doch gerade so nett.«

»Aber es ist schon spät, und ich muss morgen früh raus«, rechtfertige ich meinen plötzlichen Fluchtversuch und lächele sie steif an. Als mein Blick wie magnetisch von Zanes angezogen wird, verkrampft sich meine Brust. Ich erkenne Belustigung in seinen Augen, aber da ist noch etwas anderes. Er wirkt mir überlegen. Triumphierend.

So, als hätte er mich jetzt in der Hand.

Oder eher so, als wüsste er, dass *ich* nun weiß, dass er mich sehr wohl in der Hand hat. Jetzt mehr denn je. Niemals darf jemand erfahren, was zwischen uns passiert ist. Ob er mich nun erst recht erpressen wird? Ob er damit drohen wird, es seiner Mutter, seinem Vater, und James zu sagen?

Ich glaube, mich übergeben zu müssen.

»Sie haben doch mittwochs gar keinen Unterricht«, erinnert mich Zane mit einem provokanten Lächeln. Oh nein. Er lässt mich auflaufen. Dieser Mistkerl. »Bleiben Sie doch ruhig noch. Ich hatte ohnehin vor, gleich wieder zu gehen.«

Ja, du wolltest mir nur kurz unter die Nase reiben, wie sehr ich deinetwegen am Arsch bin und du mich in der Hand hast. Message angekommen.

»Ich verstehe schon«, mischt sich Gabriella verständnisvoll ein und nickt mir lächelnd zu. »Du willst nicht, dass es die Leute auf falsche Gedanken bringt, sollte jemand von dem privaten Treffen mit einem deiner Studenten erfahren. Aber sei unbesorgt, es erfährt niemand davon. Außerdem ist es ja nicht so, als hättest du dich allein mit meinem Jungen getroffen.« Sie mustert Zane flüchtig und kichert. »Oder als könnte man ernsthaft glauben, du hättest etwas mit einem deiner neunzehnjährigen Studenten. Wie lächerlich.«

Meine Kehle schnürt sich zu und mein Herz rast. »Trotzdem … Ich sollte jetzt besser gehen.«

»In Ordnung«, gibt Gabriella schließlich nach. »Wir begleiten dich zur Tür.«

Ich bleibe still, schnappe mir meinen Schlüssel, und umrunde die beiden eilig ins Haus.

»Wie macht sich mein Junge denn in deinem Kurs?«, fragt Gabriella neugierig, doch ich drehe mich nicht zu ihr um. Zanes Duft hängt hier überall in der Luft. Ich würde behaupten, mir würde schlecht davon, aber leider ist das Gegenteil der Fall. »Ist er gut?«

»Ja, Mrs Summers … Bin ich gut?«, höre ich Zane fragen, seine Worte triefen vor Anzüglichkeit.

Schwer schluckend bleibe ich vor der Haustür stehen und zwinge mir ein Lächeln ins Gesicht. Dann drehe ich mich um und sage kurz angebunden: »Ich kann mich nicht beschweren. Also dann, schönen Abend noch. Danke für das Gespräch, Gabriella.«

Ich blinzele Zane an und reiße die Haustür auf. Beinahe laufe ich durch den Vorgarten auf die Straße, auf der Zanes schwarzer Mustang parkt. Als ich an der Motorhaube vorbeilaufe, runzele ich die Stirn. Links und rechts an der Spitze befinden sich rundliche Kratzer im Lack.

Ach du meine Güte. Als mir klar wird, wovon diese Kratzer stammen, schießt mein Puls so rasant in die Höhe, dass ich glaube, gleich das Bewusstsein zu verlieren.

Von mir. An jenem Abend, als Zane mich auf seinem Wagen geleckt hat, trug ich hohe Schuhe, mit deren Absätzen ich mich auf der Motorhaube abgestützt habe. Beim Bewegen meiner Füße muss ich Kratzer im Lack hinterlassen haben.

»Sieht nicht so toll aus, nicht wahr?«, höre ich seine Stimme hinter mir und fahre herum. Er schlendert geschmeidig auf seinen Wagen zu, der Schlüssel baumelt an seinem rechten Zeigefinger. Gabriella ist nirgendwo zu entdecken, die Haustür ist geschlossen. »Ich wollte den Lack erst richten lassen, habe mich dann aber dagegen entschieden. Immerhin erinnern mich die Kratzer an den süßen Geschmack einer Frau.«

Ich mache auf dem Absatz kehrt, bevor er mich erreicht, und laufe über die Straße zu meinem Haus. Meine Finger zittern, als ich den Schlüssel ins Schloss stecke und umdrehe. Kaum bin ich in meinem Flur angekommen, presse ich mich mit dem Rücken an die Wand und lege den Kopf mit geschlossenen Augen in den Nacken.

Ich atme schwer aus. Mein Rücken ist nass vor Schweiß.

Verdammt, verdammt, verdammt.

Ich bin geliefert.

14

Am nächsten Morgen sitze ich gerade mit meiner ersten Tasse Kaffee vor der Kücheninsel, als es an der Tür klopft. Mein Herz schlägt augenblicklich schneller. Jeder potenzielle Besucher bereitet mir Magenschmerzen.

Es könnte James sein, der nach dem Rechten sehen will, weil ich auf seine gestrige Nachricht nicht geantwortet habe. Es könnte Gabriella sein, die unser gestriges Gespräch fortsetzen will, was nun unmöglich ist. Es könnte aber auch Zane sein, der mir noch einmal unter die Nase reiben will, wie verdammt gefickt ich bin. Buchstäblich wie im übertragenen Sinne.

Nervös husche ich in den Flur und lausche an der Haustür. Als es just in dem Moment, in dem ich mein Ohr daran lege, erneut klopft, zucke ich zusammen.

»Wer ist da?«, rufe ich und bemerke, panisch zu klingen.

»Post für Sie«, erwidert eine mir fremde Stimme, und ich atme erleichtert auf.

Mit einem Seufzen öffne ich die Haustür und nehme dem Mann in der Uniform einen Stapel Briefe aus der Hand.

»Ihr Briefkasten sollte mal wieder geleert werden. Da passt nichts mehr rein.« Mürrisch wirft er einen Blick darauf, und ich lächele entschuldigend. »Aber das hätte sowieso nicht reingepasst«, meint er dann und drückt mir zu den Briefen noch einen großen, gelben

Umschlag in die Hand. Er fühlt sich innen gepolstert und leer an. »Schönen Tag noch.«

»Ebenfalls«, murmele ich abwesend und drehe den großen Umschlag in meinen Händen. Ich runzele die Stirn, als ich keinen Absender darauf entdecken kann.

Mit dem Ellbogen schließe ich die Haustür und gehe in die Küche. Ich lege alle ungeöffneten Rechnungen auf die Theke und hole ein Messer aus der Schublade, um damit den Umschlag zu öffnen. Als ich einen Blick hineinwerfe, erstarre ich. Dieser …

»Mistkerl«, fluche ich vor mich hin und leere den Inhalt mit einem Rütteln aus. Mein getragenes schwarzes Spitzenhöschen von jenem Abend in der Bar landet mit einem gefalteten Zettel auf der Arbeitsplatte, und die Vorboten einer Migräne machen sich sofort bemerkbar.

Zane hat mir eines der Beweisstücke für meine Fehltritte nach Hause geschickt. Ich frage mich, ob er ein Sadist ist, oder warum er so sehr darauf steht, mich zu quälen. Was, wenn James hier gewesen wäre und den Umschlag entgegengenommen hätte? Dieser Kerl kennt absolut keine Grenzen.

Fuchsteufelswild falte ich den beschissenen Zettel auseinander und lese mir die wenigen Zeilen darauf durch. Wut wallt in mir auf, bis sie mich beinahe von innen heraus zerreißt, doch noch ein anderes Gefühl bahnt sich den Weg an die Oberfläche. Eines, das sich nicht mit der Schuld in mir anfreunden kann, die ich seit meinem ersten Ausrutscher ständig in mir trage.

Wenn Sie nicht möchten, dass ein weiterer Umschlag mit Ihrem anderen Höschen im Büro Ihres Mannes landet, seien Sie heute Abend um 19 Uhr an der unten notierten Adresse.

P.S.: Wenn Sie außerdem nicht möchten, dass ich Ihnen noch weitere Höschen klaue, sollten Sie direkt darauf verzichten, eines zu tragen. *Zane*

Das darf doch verdammt noch mal nicht wahr sein. Er erpresst mich zu einem Treffen. Und er geht ernsthaft davon aus, dass dieses wieder mit Sex endet. Argh! Auch wenn mein Magen beim Gedanken an seine Berührungen zu flattern beginnt, kann er sich das sowas von abschminken. Und auch wenn ich nicht aufhören kann, an unseren Sex im Hörsaal zu denken, oder an das Gefühl, als er in mir war und seine Bartstoppeln über meine Wange gekratzt haben …

Stopp. Es reicht. Es wird an der Zeit, dass ich dem Kerl klarmache, dass unser Was-auch-immer-es-ist endgültig vorbei ist. Dass es vorbei sein *muss.* Und dass ich ihn fertigmache, wenn er noch einmal versucht, mich damit zu erpressen.

Ich weiß nicht, womit ich gerechnet habe, als ich mich um halb sieben in meinen Wagen gesetzt und die Adresse ins Navi getippt habe, die Zane auf dem Zettel notiert hat, aber irgendwie nicht damit, jetzt vor einem normalen Wohnhaus zu stehen.

Das schlichte, mehrstöckige Gebäude befindet sich in einer ruhigen und eigentlich sehr schönen Gegend in der Nähe des Campusgeländes. Hohe Bäume säumen die Straße, und Rosensträucher zieren die kleinen Gärten, die ich auf dem Weg hierher passiert habe. Jedes Stockwerk des Hauses besitzt einen Balkon mit verdunkeltem Glasgeländer. Der Bau wirkt neu, die Fassade selbst ist noch strahlend weiß und unbeschmutzt.

Ich fische den Zettel aus meiner Jeans – ich trage absichtlich keine Kleidungsstücke, die einem freien Zugang zu meinem Körper verschaffen – und lese mir noch einmal die Adresse durch. Es ist nur die Hausnummer angegeben, kein Stockwerk und keine Türnummer.

Beim Gedanken, mit Zane allein in einer Wohnung zu sein, werde ich nervös. Es war nicht nur so daher gesagt, dass ich mir in seiner Nähe nicht traue. Ich tue es tatsächlich nicht.

Meine Vorsätze könnten ehrenwerter nicht sein, als ich mich auf den Weg zur Haustür mache, aber irgendwie schafft es der Typ immer, sie mich sofort vergessen zu lassen, sobald er mich … Nun ja, ansieht. Seine intensiven Blicke reichen meist aus, um mein Hirn in das eines pubertierenden Teenies zu verwandeln, der vor lauter Hormonausschüttungen seine Beine nicht beisammenhalten kann.

Ich werfe einen Blick auf die Gegensprechanlage und seufze. Neben der Zahl 7 steht der Name *Lewis* in gedruckter Form geschrieben. Großartig. Jetzt besuche ich schon abends meine Studenten in ihren verdammten Wohnungen –, als wäre es nicht schon schlimm genug, es mit ihnen in einem Hörsaal zu treiben.

Kaum läute ich an, gibt die Tür mit einem Summen nach und ich betrete das kühle Treppenhaus. Alles hier wirkt modern, sogar die blöden Briefkästen, die sich mit einem Zahlencode öffnen lassen. Auch an der Haustür habe ich eine elektronische Sicherheitsvorrichtung gesehen.

Ich steige die Stufen in den ersten Stock hinauf und sehe mich um. Ich entdecke Türnummer 1, 2, 3 und 4, und steige mit weichen

Knien die nächste Treppe in den zweiten Stock hinauf. Ganz rechts am Ende des langen Flurs aus dunklem Marmor entdecke ich Türnummer 7 und halte mit Herzrasen inne. Mein Magen wird schwer und aufgewühlt, während ich überlege, doch einen Rückzieher zu machen.

Noch ist es nicht zu spät, flüstert mir die Stimme meiner Vernunft zu, doch ich ignoriere sie wie so oft, wenn es um Zane Lewis geht.

Warum wohnt er überhaupt alleine? Wenn er keinen Bock mehr auf seine Eltern hatte, warum ist er nicht wie alle anderen Studenten auf den Campus gezogen? Die Wohnheime sind nicht zu verachten, die Zimmer alle geräumig und modern eingerichtet.

Ebenso habe ich mich heute mehrmals gefragt, wie ich nicht eher darauf kommen konnte, dass Zane Gabriellas Sohn ist. Er trägt ihren Nachnamen. Allerdings habe ich den bloß einmal auf einem Brief gelesen, der fälschlicherweise bei mir gelandet ist. Ich habe einfach nicht daran gedacht, dass sie seine Mutter sein könnte. Zumal ich sie immer in Verbindung mit meinem Boss, Dekan Fields, bringe. Dieser heißt nun einmal nicht Lewis.

Warum er wohl den Namen seiner Mutter trägt? Ich weiß, dass sie ihren Nachnamen nach der Scheidung wieder in ihren Mädchennamen ändern ließ. Zane auch? Ob er seinen Vater hasst? Die beiden scheinen keine gute Beziehung zueinander zu haben. Ich habe nicht vergessen, wie angespannt Dekan Fields war, als er mich nach meinem neuen Studenten befragt hat. Jetzt weiß ich auch, woher sein Interesse rührte.

»Ich treibe es zwar gern an öffentlichen Orten, aber das Treppenhaus zählt nicht unbedingt zu meinen Favoriten, zumal mein Nachbar ein unerträglicher Spießer ist, der uns die Cops auf den Hals hetzen würde.«

Ich zucke beim Klang seiner Stimme zusammen und entdecke ihn lässig an seiner offenen Wohnungstür lehnen. Offenbar war ich zu tief in meinen Gedanken versunken, um zu bemerken, dass er die Tür aufgeschlossen hat.

Sein Anblick lässt mein Gesicht erst bleich werden, dann glühend rot. Er trägt bloß tiefsitzende schwarze Jogginghosen, die das ausgeprägte V zwischen seinen Beckenknochen betonen, obenherum ist er nackt. Oh Mann. Sein Körper ist nicht zu verachten, eher anbetungswürdig. Schiefe Bauchmuskeln zeichnen sich auf seiner gebräunten Haut ab, seine Arme sind schlank, aber muskulös, ohne klobig zu wirken, und durch geschwollene, dunkle Adern, die sich der Länge nach bis zu seinen Schultern ziehen, ein Hingucker. Ich liebe kräftige Arme bei Männern. Und kleine, präzise Nippel, wie er sie hat.

»Kommen Sie jetzt rein oder wollen Sie es tatsächlich gleich hier treiben? Ich will mich ja nicht anstellen …« Als er Anstalten macht, die Wohnung zu verlassen, setze ich mich eilig in Bewegung und stampfe mit einem wütenden Blick auf ihn zu. Er tritt mit einem zufriedenen Lächeln beiseite, doch ich habe nicht vor, über die Türschwelle zu treten. »Na, kommen Sie, den letzten Schritt schaffen Sie auch noch.«

Ich hole aus und schlage ihm ins Gesicht. Verdammt, tut das gut. Am liebsten würde ich ihn verprügeln, aber leider Gottes stehen meine Chancen dazu recht schlecht, wenn man allein unseren lächerlichen Größenunterschied bedenkt. Also habe ich das Überraschungsmoment genutzt, um ihm wenigstens eine zu knallen. Dieses Mal ist die Ohrfeige noch fester als beim letzten Mal, und er zuckt zurück, während sein Kopf zur Seite fliegt.

Stolz und Genugtuung kribbeln in meiner Brust – und Handfläche –, als ich ihn todernst warne: »Wenn du noch einmal versuchst, mich zu erpressen, wirst du es bereuen. Und wenn du jemandem von uns erzählst, werde ich dir das Leben zur Hölle machen, klar? Sobald die Stadt erfährt, dass ich mich auf einen meiner Studenten eingelassen habe, der noch dazu der Sohn des Dekans und meiner Nachbarin ist, bin ich hier ohnehin das schwarze Schaf und mein Ruf ist für immer beschädigt. Also habe ich dann nichts mehr zu verlieren. War das jetzt verständlich genug für dich?«

Ich rechne mit jeder Reaktion, aber nicht mit dieser.

Seine Hand schnellt nach vorne, als ich mich zum Gehen abwenden möchte, ergreift mein Gesicht und packt meine Wangen. Seine Finger bohren sich so grob hinein, dass ich ächze, als er mich mit einem Ruck in die Wohnung zerrt und mit dem Rücken gegen die Wand drückt. Ich keuche auf, und er kickt die Tür mit dem Fuß zu.

Empört will ich mich von ihm losreißen, doch sein Griff um meinen Kiefer hält mich an Ort und Stelle gefangen. Als er sich mit dem Gesicht so nah zu meinem hinunterbeugt, dass ich seinen Atem auf meinen Lippen spüren kann, halte ich die Luft an. Meine Knie beginnen, zu zittern. Ich wünschte, es wäre aus Angst.

»Das war mehr als verständlich, Mrs Summers«, raunt er vor meinem Mund, seine dunklen Augen fest auf meine gerichtet. Ein Feuer lodert darin, das auch in meinem Bauch die schwelende Flamme der Begierde entfacht, die sich sofort ausbreitet, als er die Hand von meinem Kiefer zu meinem Hals hinabgleiten lässt. »Schlagen Sie mich eigentlich gerne? Ist das irgendein perverser Fetisch von Ihnen? Jungen Kerlen ins Gesicht zu schlagen, über die sie sonst keinerlei Kontrolle haben? Weil Sie wissen, dass diese nicht zurückschlagen können? Verleiht Ihnen das ein Gefühl von Macht?«

Sein Körper presst sich gegen meinen und ich spüre seine Erektion an meinem Unterleib. *Oh Gott, er ist schon wieder hart für mich.* Leise keuche ich ihm ins Gesicht, während mein Herz wie auf Speed schlägt und meine Schenkel sich ganz automatisch vor Lust zusammenpressen.

Selbst die kleinste Berührung von ihm reicht aus, um mich in Brand zu stecken, so wie der kleinste Funke ein loderndes Inferno auslösen kann. Ich fühle mich tatsächlich, als würde ich in Flammen stehen, so heiß wird mir in seiner Nähe. Die Intensität seines Blickes, das Verlangen und die Gier darin, reichen dafür aus.

»Bei dir kann man nie wissen«, flüstere ich belegt. »Ob du zurückschlagen würdest, meine ich.«

Ein Lächeln zupft an seinen Mundwinkeln. »Sie halten mich für einen Frauenschläger?«

»Du hast mich schon oft geschlagen«, entgegne ich leise. »Verbal.«

Das angedeutete Lächeln verschwindet, und auch seine Augen nehmen einen fremden Ausdruck an. »Eines der wenigen Dinge, die ich gut kann.« Er nimmt die Hand von meinem Hals und zögert, doch dann streicht er mir den Pony aus der Stirn. Ich bekomme eine Gänsehaut auf dem Nacken, weil die Berührung überraschend zärtlich ist. »Neben ficken. Das kann ich auch ziemlich gut, oder was würden Sie sagen?«

Ein Lachen will sich aus meinem Mund stehlen, doch dann erinnere ich mich wieder daran, warum ich hier bin und drücke ihn grob von mir. »Was sollte das? Warum hast du mir den Umschlag geschickt?« Ich balle eine Hand zur Faust. »Ich dachte, wir wären uns einig, Zane.«

Er verschränkt die Arme vor der nackten Brust und lehnt sich lässig an die Wand mir gegenüber. Die große Ausbeulung in seiner Jogginghose lenkt mich zugegebenermaßen etwas ab. »Einig worüber?«

»Dass du unser Geheimnis für dich behältst.«

»Habe ich doch«, erwidert er gelassen.

»Du hast mich schon wieder erpresst«, werfe ich ihm wütend vor. »Du hast schon wieder damit gedroht, es meinem Mann zu sagen. Du wolltest ihm mein verdammtes Höschen schicken!«

Zane seufzt. »Hätte ich Ihrem Mann was stecken wollen, hätte ich es längst getan. Also kommen Sie mal runter.«

»Was sollte das dann?«, zische ich. »Warum hast du mir diesen Umschlag geschickt?«

»Ich wollte dich eben sehen«, sagt er plötzlich ganz zahm und zuckt mit den Schultern. »Du wärst nicht gekommen, hätte ich dich nicht daran erinnert, dass ich ein Druckmittel gegen dich in der Hand habe.«

Ich schnaube frustriert. »Bald gehen dir aber die Druckmittel aus, um mich zu einem Treffen zu erpressen. Was willst du dann machen, hm?«

Ein schiefes Lächeln bildet sich auf seinen vollen Lippen, die wie immer von dunklen Bartstoppeln umgeben sind. »Na, neue sammeln.«

Ich mahle die Kiefer aneinander und versuche, nicht an die Decke zu gehen. In seiner Gegenwart erweist sich das als ziemlich schwierig. »Was, wenn mein Mann den Umschlag entgegengenommen hätte?«

»Hat er aber nicht.«

»Hätte er aber können!«

»Hätte er nicht«, meint er überzeugt und stößt sich von der Wand ab. Seine dunklen Augen forschen in meinen, als er vor mir stehenbleibt und den Kopf zu mir nach unten neigt. »Er ist schließlich nicht mehr da.«

Perplex blinzele ich. »Was? Wie kommst du darauf?«

Seine Hände legen sich um meine Taille, drücken sanft zu und ziehen mich an seinen Körper. Ich lege die Hände auf seine nackte Brust, um ihn von mir zu schieben, halte aber inne, als er den Kopf zu mir hinunterbeugt und anfängt, mich auf dem Hals zu küssen. Ganz sanft.

Das ist neu. Wo ist das grobe Arschloch geblieben, das er sonst immerzu ist?

Ich spüre den Sog seiner weichen Lippen überall auf meiner Haut, als er sich einen Weg bis zu meinem Ohr bahnt und heiser flüstert: »Ich wollte mich in deine Erinnerung ficken, aber irgendwie hast du dich auch in meine gefickt.« Mir stockt der Atem, und ich schließe die Augen, als er mit seiner Zunge einen feuchten Pfad auf meiner Ohrmuschel hinterlässt, bevor er mir ins Ohr haucht: »Es sollte nur ein einmaliger Spaß sein, aber jetzt habe ich Lust auf mehr.« Seine Zähne bohren sich in mein Ohrläppchen, als er mich wieder mit dem Rücken gegen die Wand drückt. Sein Bein drängt sich zwischen meine, spreizt sie, dann hebt er sein Knie an und drängt es gegen meine pochende Mitte. »Du auch?«

Ich wimmere, als er mich mit seinem Knie durch meine Jeans zu reiben beginnt. Schon nach wenigen Sekunden ist mein Höschen nass und meine Lust durchtränkt auch den Jeansstoff. Meine Hände krallen sich in seine nackten Schultern, meine Nägel bohren sich in seine stramme Haut. Als sich unsere Blicke treffen, kann ich nicht anders, als mir über die Lippen zu lecken. Er versteht die

Aufforderung und überbrückt den Abstand zwischen uns, um mich zu küssen.

Als sein Mund den meinen berührt, stöhne ich wohlig auf. Immer noch bearbeitet mich sein Knie, drückt und reibt meine pochende Stelle, während sich seine Zunge einen Weg in meinen Mund bahnt, wo sie ihr Talent unter Beweis stellt.

Wenn jemand mit seinen Lippen und seiner Zunge umzugehen weiß, dann Zane. Seine Küsse – egal an welcher Körperstelle – sind betörend und fegen jeden meiner Gedanken fort, lassen keinen Raum für Zweifel, Schuldgefühle oder Reue.

Ich erwidere den Kuss mit derselben Leidenschaft und lasse meine Hand zu seinem Nacken gleiten, um ihn fester an meinen Mund zu ziehen. Der Kuss wird schnell ungehemmter und gieriger, bis wir uns gegenseitig atemlos in den Mund keuchen.

»Ich will dich in meinem Bett«, raunt er heiser an meinen Lippen, die von seiner Grobheit prickeln. »Nur für eine Nacht. Dann lasse ich dich in Ruhe.« Er zieht den Kopf zurück und starrt mich durch gesenkte Lider an. »Du bekommst dieses Mal auch dein Höschen zurück … Vielleicht.«

Ich beiße mir auf die Lippe und schmunzele. Hin- und hergerissen überlege ich, sein Angebot anzunehmen oder auszuschlagen, weil mich ein weiteres Mal Sex mit ihm zweifellos in die Hölle bringen würde. Allerdings wäre es unser letztes Mal. Ein Abschied, statt Fehltritt.

Ich kann nicht leugnen, dass es sich anders anfühlt, jetzt wo wir hier in seiner Wohnung sind. Es fühlt sich normaler an, privater. Nicht so, als wäre er mein Student und wir würden die Sünde aller Sünden begehen. Hier erinnert mich auch nichts an meinen Ehemann. Und auch Zane wirkt anders, nun wo wir ungestört und unter uns sind, abgeschieden von allen anderen Menschen, in sicherer und für ihn vertrauter Umgebung. Diesen Zane hier mag ich definitiv lieber als den, den er in der Öffentlichkeit zur Schau stellt.

»Okay«, kommt es mir leise über die Lippen. »Eine Nacht. Danach vergessen wir, was zwischen uns passiert ist. Für immer.«

Er nickt. »Geht klar.«

»Und du verbrennst alle Beweismittel.«

Sein Lachen vibriert an meiner Brust. Es ist schön und fremd. Seine Augen leuchten, wenn er lacht, was ihn noch viel attraktiver macht. »Einverstanden. Auch wenn ich mir nur ungern eine neue Wichsvorlage suche.« Prompt erröten meine Wangen, und er schmunzelt. »Was? Macht es dich nervös, zu wissen, dass du es bist, auf die ich mir abends im Bett einen runterhole?«

Ich nicke, und das Schmunzeln verschwindet aus seinem Gesicht. Eine steile Falte bildet sich zwischen seinen Augenbrauen, als er sie nachdenklich zusammenzieht. »Du hast was Besseres verdient als deinen Mann. Oder einen Kerl wie mich, der nur mit seinem Schwanz denkt.«

Es klingt, als wären das die allerersten ehrlichen Worte aus seinem Mund. Worte, die mir unter die Haut gehen und mein Herz höherschlagen lassen.

»Danke.« Meine Augen sehen tief in seine, und für einen Moment fühlt es sich an, als wären wir auf mehr als nur rein körperlicher Ebene miteinander verbunden. Als wäre es mehr als reine sexuelle Anziehung, die uns aneinanderfesselt.

Weil mir das Angst einjagt, kommen die nächsten Worte plump und beinahe grob über meine Lippen: »Vögelst du mich jetzt, oder stehst du plötzlich doch auf Plaudereien?«

Zane starrt mich perplex an, dann packt er mit beiden Händen meine Bluse und zerreißt sie in der Mitte. Ich keuche auf und starre erschrocken auf all die abgesprungenen Knöpfe, die über den hellen Fliesenboden rollen. So viel zum Thema Kleidung, die meinen Körper nicht so leicht zugänglich für ihn macht.

Er zerrt die Bluse von meinem Oberkörper, greift an meinen Rücken und schnippt mit dem Finger den Verschluss meines roten Spitzen-BHs auf. Als er ihn von meinen Schultern zieht, verhärten sich meine Brustwarzen zu kleinen Diamanten. Meine Brüste ragen ihm entgegen, als er leicht in die Hocke geht und über das Tal dazwischen leckt, während er meinen Blick festhält.

Ihm in die Augen zu schauen, während er meine Nippel in den Mund saugt und dann meinen Bauch bis zum Bund meiner Hose küsst, erregt mich fast so sehr wie das, was er tut, nachdem er mich aus der Hose befreit. Sein Mund verwöhnt mich fast noch ein Stück weit besser als beim allerersten Mal, und seine Zunge taucht dieses Mal auch in mich, als wäre es nicht genug, mich bloß zu schmecken.

Als ich über ihm erzittere, ein Bein auf seiner Schulter und die Hände grob in seinem seidigen Haar vergraben, erlaube ich mir dieses Mal, zu schreien, wie ich es auch bei den letzten Malen tun wollte. Ich sacke mit dem Rücken gegen die Wand und suche keuchend an ihm Halt, als meine Beine nachzugeben drohen.

Zane erhebt sich aus seiner Hocke und schlingt die Arme ohne Vorwarnung um mich. Dann trägt er mich durch seine Wohnung in sein Schlafzimmer, das durch dunkle Farben, wenig Deko und keinerlei Pflanzen perfekt zu ihm passt. Er legt mich mit dem Rücken auf das hohe Bett aus Kirschbaumholz und steigt mit gespreizten Beinen über mich.

»Deinen Geschmack werde ich nie vergessen«, murmelt er an meinen Lippen, bevor er seine Zunge dazwischenschiebt. Er greift mit einer Hand zwischen meine zittrigen Beine, verteilt meine Lust auf meiner pochenden Scham und hält die glänzenden Finger dann vor mein Gesicht, bevor er sie genüsslich ableckt. Es zuckt in meinem Magen, bevor er sich heiß zusammenzieht. »Ich will, dass du auch meinen nie vergisst. Das ist nur fair, Babe.«

Babe. Wieder fühle ich mich in meine unbeschwerten Teenagertage zurückversetzt. Und es gefällt mir. Verdammt, dieses Gefühl, das er in mir auslöst, gefällt mir fast schon zu gut. Jetzt, wo ich mich richtig darauf einlasse und es auch kann, weil er einmal nicht das Arschloch heraushängen lässt, bemerke ich, wie sehr ich mich danach gesehnt habe, jemand anderes zu sein. Die frühere Version meines Ichs zu sein. Die Rachel, die ich zu Beginn meiner Beziehung mit James war.

Ich habe mich lange nicht mehr so begehrt, gewollt, unbeschwert und ein wenig verrückt gefühlt. So, wie man sich nur fühlt, wenn man jung ist. Wenn man dumme Entscheidungen treffen darf, ohne wirklich mit den Konsequenzen rechnen zu müssen.

Mit Zane fühle ich mich frei.

Ohne ihm eine Antwort zu geben, richte ich mich auf und packe ihn am Nacken. Ich ziehe seine Lippen an meine, küsse ihn mit all der Leidenschaft, die er erst wieder in mir zum Leben erweckt hat, und drücke ihn dann auf die Matratze hinunter. Der ganze Raum duftet nach ihm. Erdig und frisch.

Als ich mich zwischen seine Beine knie und seine Jogginghose seine Hüften hinunterziehe, bemerke ich tatsächlich, nervös zu sein. So wie ich es als Teenager immer war, wenn ich das erste Mal einem

Jungen nahekam und Angst hatte, ihn nicht mit meinen Talenten überzeugen zu können.

Aber die Art, wie Zane mich ansieht, als ich seinen entblößten Schwanz erst in die Hand und dann in den Mund nehme, spielt mir Mut zu und lässt all meine Unsicherheiten sich in Luft auflösen, als wären sie nie da gewesen. Ich halte seinen Blick fest und genieße das Verdunkeln seiner Augen, während ich ihn tief in den Mund sauge und schmecke.

Gerne würde ich ihm sagen, dass auch ich seinen Geschmack nie vergessen werde, aber ich tue es nicht, weil ich an der Hoffnung festhalten will, dass ich es doch irgendwann werde. Nach der heutigen Nacht muss ich vergessen, dass Zane Lewis jemals mehr als bloß einer meiner Studenten für mich war.

»Scheiße«, entfährt es ihm keuchend, während ich sauge und lecke. Speichel tropft über mein Kinn und benetzt seine Scham.

Er ist zu groß, um ihn ganz in den Mund zu nehmen, aber ich gebe mir Mühe und lasse ihn so tief in meinen Rachen gleiten wie nur möglich. Die Muskeln an Zanes Oberschenkeln zucken, während er sich merkbar anspannt. Ich necke mit der Zunge sein Frenulum und genieße, wie dabei ein Ruck durch seinen Körper geht. Als seine Hand in mein Haar gleitet und eine Faust darum bildet, nehme ich die Hand, die seine Härte an der Wurzel hält, weg, sodass er nun übernehmen kann.

Er drückt meinen Kopf hinunter und gleichzeitig sein Becken nach oben, sodass sein Schwanz noch tiefer in meine Kehle gleitet. Ich würge und kralle mich in seine Oberschenkel. Wieder und wieder dirigiert er meinen Kopf nach unten, beobachtet mich dabei mit einem lustverzerrten Blick, bis er ihn einfach nur festhält und anfängt, sein Becken nach oben zu stoßen.

Dann fickt er meinen Mund, wie er Bettys Mund gefickt hat.

Und ich verstehe, warum sie es mochte. Warum sie sich hat benutzen und so grob behandeln lassen.

Zwischen meinen Beinen pocht und prickelt es, während er sich wieder und wieder in meinem Mund versenkt, bis ich kaum noch atmen kann, und die Feuchtigkeit kitzelt mich an meinen Oberschenkelinnenseiten, da sie zu tropfen anfängt. Ich stöhne, würge, röchele, schnappe nach Luft – Zane atmet bloß schwer und beobachtet, wie sein mächtiges Glied bis zum Anschlag in meinem Mund verschwindet. Es verstopft meinen Hals und Tränen kullern ohne mein Zutun über meine Wangen.

»Verdammt.« Er stöhnt das Wort fast unverständlich leise, bevor sein Becken zu zucken anfängt und er meinen Kopf noch gröber auf sich herunterdrückt. Seine Finger verkrampfen sich um mein Haar und seine Augen werden ganz verhangen, als ihn die Euphorie mit sich reißt.

Ich kämpfe gegen den Würgereiz an, als er die ersten Tropfen seines Spermas in mich spritzt, und ziehe hustend den Kopf zurück, als er sich vollkommen in meinem Rachen entleert hat und mich loslässt.

»Das war der beste Blowjob, den ich je bekommen habe«, entfährt es ihm, und ich erkenne Überraschung in seiner Stimme. Das erinnert mich an meine eigene Überraschung, nachdem er mich an jenem Abend vor der Bar ebenfalls mit seinem Mund zum Kommen gebracht hat.

»Du klingst überrascht«, zitiere ich ihn neckisch. »Soll ich mich geschmeichelt oder beleidigt fühlen?«

Zane knurrt, packt mich am Nacken und zerrt mich auf sich. Seine Lippen prallen hart auf meine, seine Zunge erobert ungestüm meinen Mund.

Ich stöhne erstickt und setze mich rittlings auf ihn. Dann reibe ich mich an seinem halb erigierten Schwanz, bis er wieder zu seiner vollen Größe angeschwollen ist. Es dauert kaum zwei Minuten. Beeindruckt ziehe ich den Kopf zurück und lecke mir über die Lippen.

»Jetzt darfst du dich geschmeichelt fühlen«, sagt er und ein Lächeln zupft an seinen Mundwinkeln, als ich schmunzele. »Darf ich dich ohne Kondom nehmen?«

Seine Frage überrumpelt mich, und ich weiche zurück. Offenbar mit einem angewiderten Gesichtsausdruck, der ihn zum Lachen bringt.

»Deinem Gesichtsausdruck nach zu urteilen gehst du wohl davon aus, ich hätte von A-Z alle Geschlechtskrankheiten durch«, stößt er halb belustigt, halb beleidigt hervor. Ich muss prusten. Da liegt er nicht so falsch. »Hab ich aber nicht. Seit letzter Woche bin ich auch Syphilis-frei.«

»Was?«, quietsche ich und will von ihm rutschen, doch er ist schneller und rollt mich auf den Rücken, bevor er sich über mir aufbaut und mich zwischen seinen Armen einsperrt. Seine Männlichkeit liegt fiebrig heiß und schwer auf meinem Bauch, als er mir dreckig ins Gesicht grinst und flüstert: »Kleiner Scherz. Machen Sie sich nicht gleich in die Hose, Mrs Summers.« Zanes Blick fällt auf meinen nackten Körper unter sich. Er hebt eine Augenbraue. »Ups, Sie tragen ja gar keine Hose mehr.«

»Mir wäre es lieber, wir würden ein Kondom verwenden«, erkläre ich schließlich angespannt. »Hast du keine hier?« Kaum zu glauben.

Zane öffnet blind die Schublade des Nachttisches und präsentiert mir einen Kondomvorrat, mit dem ein Nymphomane gut zehn Jahre auskommen könnte. Ich verdrehe die Augen.

»Das war klar.«

»Ich bin eben gerne vorbereitet und ficke grundsätzlich nie ohne Gummi«, meint er und funkelt mich mit einem seltsamen Ausdruck in den Augen an. »Dich will ich aber lieber ohne nehmen. Warum macht dir das was aus?«

»Warum dir nicht?«

»Bist du gesund?«

»Natürlich«, sage ich beinahe beleidigt. »Ich habe nur mit dir …« Den Rest des Satzes verschlucke ich, doch er weiß auch so, was ich sagen wollte. Eigentlich würde nichts dagegensprechen, denn ich habe erst vor kurzem meine jährliche Verhütungsspritze auffrischen lassen. Trotzdem wäre das irgendwie zu intim.

»Und ich habe seit meinem letzten Test nicht mehr ohne Kondom gefickt«, besänftigt er mich und schließt die Schublade mit einem endgültigen Geräusch. »Also haben wir beide nichts zu befürchten.«

Ich will protestieren, doch er hält mir den Mund mit seiner Hand zu und bewegt sich an mir hinunter, bis ich die geschwollene Spitze seines Schwanzes an meinem noch feuchten Eingang spüren kann. Er packt ihn an der Wurzel und treibt mich in den Wahnsinn, indem er quälend langsam mit seiner prallen Eichel über meine Vulva streicht. Er reibt sie über meiner empfindlichen Klit, drückt sie gegen meinen pochenden Eingang, streicht sie über meine weichen Schamlippen. Solange, bis ich unter ihm zu zappeln anfange.

»Sag, dass du mich willst«, verlangt er mit rauer Stimme, seine dunklen Augen unverwandt auf meine gerichtet. Er nimmt die Hand von meinem Mund und streicht mit seinen Lippen über meinen

Kiefer, bevor er an meinem Ohr flüstert: »Sag, dass du mich von Anfang an wolltest.«

Ich spüre die dicke Spitze seines Schwanzes in mich gleiten und stöhne. Meine Lider schließen sich flatternd, als er meinen Hals küsst und an der Stelle hinter meinem Ohr saugt, die immer schon zu meinen erogenen Zonen gehört hat, und plötzlich habe ich keinen Einfluss mehr auf das, was über meine Lippen kommt. Vielleicht ist es aber auch einfach bloß die hässliche Wahrheit.

»Ich will dich. Ich wollte dich von Anfang an.«

Zane stöhnt und schiebt sich mit einer fließenden Bewegung bis zu den Hoden in mich. Meine Muskeln saugen ihn unwillkürlich gierig ein und umklammern seinen mächtigen Schaft, während ich den Rücken durchbiege und eine Hand in seinen Nacken kralle.

Er beginnt sich erst langsam zu bewegen, saugt dabei an meinen Brüsten und leckt über das Tal dazwischen, bevor er an Geschwindigkeit zulegt und beobachtet, wie ich unter ihm liege, stöhne, und genieße, während er Schwerstarbeit leistet. Er drängt sein Becken immer wieder keuchend gegen mich, reibt sich an mir, und umspielt mit den Fingern meine Brustwarzen, bis die Nerven darin überreizt sind. Er vögelt mich wirklich lange so, ohne aus der Puste zu kommen oder meinen Anblick sattzuhaben, bevor er mich ohne Vorwarnung auf den Bauch umdreht und von hinten in mich gleitet.

Ich werfe den Kopf in den Nacken und stöhne kehlig auf. Zane packt meine Hände und verschränkt meine Finger mit seinen, bevor er sie auf die Matratze drückt. Eine intime Geste, die mir einen wohligen Schauer über den Rücken jagt.

Er bewegt sich rhythmisch auf und in mir. Ich spüre seine Muskeln und seine warme, weiche Haut an meinem Rücken, während sein

Atem stockend meinen Nacken streift. Gänsehaut überzieht meinen Körper und die ersten Beben eines Orgasmus brechen über mir ein. Meine Beine beginnen zu zittern, und mein Stöhnen kommt in kürzeren Abständen, was ihn dazu verleitet, fester in mich zu stoßen. Nun fickt er mich tief und hart in die Matratze, direkt in den Orgasmus. Ich kralle die Finger verkrampft um seine und drücke das Gesicht in die nach ihm duftenden Bettlaken.

Dann lasse ich mit einem gedämpften Schrei los und spüre ihn im selben Moment in mir pulsieren. Er erschauert über mir, gibt einen rauen, primitiven Laut von sich, und ich drifte in den siebten Himmel ab, bevor ich wie immer in der Hölle lande.

Weil ich mich schon mit ihr vertraut gemacht habe, bereitet sie mir dieses Mal keine Panik. Auch die gewohnten Schuldgefühle sind nicht so erdrückend wie sonst. Ob das ein gutes Zeichen ist, weiß ich nicht. Wohl eher nicht.

15

Es ist drei Uhr morgens, als wir uns endlich ausgevögelt haben. Zumindest bin ich sexuell so befriedigt wie schon lange nicht mehr. Innerhalb weniger Stunden hatte ich mehr Orgasmen als im gesamten letzten Jahr. Zanes Ausdauer und Stehvermögen sind beinahe unmenschlich, und sein Hunger ist mindestens genauso unstillbar wie meiner. Er ist unersättlich.

Nachdem wir es uns beide mit dem Mund besorgt und danach gevögelt haben, lagen wir eine Weile nur da und starrten an die Decke. Als ich aufstehen und mich anziehen wollte, hat er mich wortlos wieder ins Bett gezerrt und noch einmal genommen. Das Ganze hat sich wiederholt und nun scheinen wir beide zu erschöpft zu sein, um das Spielchen bis in den Morgen fortzuführen.

Ich bin wund, meine Muskeln schreien vor Anstrengung und meine Gliedmaßen kündigen ihren Dienst. Zanes Augen fallen immer wieder erschöpft zu, doch sobald ich mich neben ihm bewege, schlägt er die Lider wachsam auf, als wolle er nicht, dass ich gehe.

Obwohl unsere Kommunikation in den letzten Stunden nur aus primitiven Lauten wie Keuchen und Stöhnen bestand, fühle ich mich wohl hier bei ihm. Es ist keine unangenehme Stille zwischen uns. Ich erinnere mich an die kryptischen Worte, die er an seinem allerersten Collegetag vor ein paar Wochen zu mir gesagt hat, und lächele müde. Er hatte recht – es läuft auch ohne verbale Kommunikation blendend zwischen uns.

»Warum hast du es mir nicht gesagt?«, breche ich irgendwann unser Schweigen, halte den Blick aber weiterhin auf die dunkel gestrichene Decke gerichtet.

Das Licht im Schlafzimmer ist aus, doch die Vorhänge sind offen und so dringt sanftes Licht der Straßenlaternen in den Raum. Gerade genug, um nicht vollkommen der Dunkelheit ausgesetzt zu sein, aber nicht so viel, um die Dunkelheit zu durchbrechen. Ich mag die aktuelle Stimmung zwischen uns. Sie ist täuschend friedlich.

Ich spüre, wie er sich neben mir bewegt. »Was?« Müdigkeit kratzt an seinen Stimmbändern, doch aus irgendeinem Grund kämpft er gegen sie an.

»Dass Gabriella deine Mutter ist«, flüstere ich mit ebenfalls rauer Stimme. »Was dich zum Sohn meines Vorgesetzten macht. Dem Dekan der Uni.« Ich drehe langsam den Kopf und begegne seinem ruhigen Blick. Seine Augen sind seltsam friedlich, fast schon sanft.

Er streckt die Hand nach dem Bettlaken aus, das über meinem Körper liegt, und schiebt sie dann darunter. Seine Finger streichen über die Rundung meiner linken Brust, woraufhin sich meine Brustwarze prickelnd zusammenzieht. Als er mit dem Daumen darüberstreicht, lächelt er.

Ich lächele ebenfalls, wenn auch etwas verwirrt. Er ist so anders gerade, eine ganz andere Version seiner selbst. Umgänglich, offen, und auf eine Weise zärtlich, die ich ihm niemals zugetraut hätte.

»Weil es dann nie hierzu gekommen wäre«, gibt er mir schließlich eine ehrliche Antwort, die mich wütend machen sollte, weil sie mir verrät, dass er mich absichtlich getäuscht hat. Ich verspüre jedoch keinerlei Wut in mir.

Seine dunklen Augen ruhen auf meinen und wirken aufrichtig, als er gesteht: »Ich wollte das hier, seit ich dich zum ersten Mal gesehen habe. Und für gewöhnlich bekomme ich auch, was ich mir wünsche. Ich lege mir trotzdem nicht selbst Steine in den Weg.«

»Warum?«, wispere ich.

»Weil ich kein Idiot bin.«

Ich verdrehe lächelnd die Augen. »Warum du das hier wolltest, meine ich … Mich.«

Zane wendet den Blick von mir ab, seine Hand verlässt meinen Körper. Er starrt an die Decke, während ich sein Profil betrachte und mich davon abzuhalten versuche, über seine stoppelige Wange zu streichen. Unwillkürlich presse ich die Schenkel zusammen und spüre, wie wund auch die Innenseiten von seinem Bart sind. Ich mag das Gefühl, weil es mir fremd ist. James ist immer frisch rasiert.

Uff. Der Gedanke an ihn schmerzt tief in meiner Brust, weshalb ich ihn rasch verdränge.

»Bekomme ich eine Antwort?«, möchte ich leise wissen und rolle mich zur Seite.

»Nein, weil es keine gibt.« Er erwidert meinen enttäuschten Blick mit einem Schmunzeln. »Dafür bekommst du gnädiger Weise dein Höschen zurück.«

Ich lächele. »Kein weiteres Druckmittel?«

»Kein weiteres Druckmittel«, bestätigt er.

»Wie vereinbart«, füge ich hinzu.

Er nickt. »Wie vereinbart.«

Stille. Nun fühlt sie sich nicht so angenehm an wie zuvor, sondern erdrückend.

»Du hast das Gespräch belauscht, nicht wahr?«, breche ich sie wieder, da mir plötzlich so viele Dinge auf der Zunge liegen, die ich noch loswerden möchte, bevor ich gehe. Dann ist die Chance vorbei, weil das mit uns vorbei ist.

Es gab nie ein Uns, erinnert mich meine innere Stimme. *Hör auf, aus dem hier etwas Persönliches zu machen. Du weißt genau, was das hier war. Für ihn und für dich.*

»Welches Gespräch?«, fragt er, obwohl ich in seinem Blick erkenne, dass er weiß, welches ich meine.

»Das Gespräch zwischen deiner Mutter und mir. Du warst die ganze Zeit im Haus und hast gelauscht, stimmt's?« Das wäre die Erklärung für seine früheren Worte heute Abend. Er sagte, James wäre nicht mehr da. Und ich hörte an jenem Abend eine Tür in Gabriellas Haus zufallen, bevor er Minuten später, wie aus dem Nichts, auf der Veranda stand.

»Ja.« Er gibt es ohne jede Reue in der Stimme zu. »Ich war neugierig.«

»Woher wusstest du, dass ich dort bin?«

»Sie sagte am Telefon, dass sie unser Treffen verschieben wollte, weil sie Besuch von einer Nachbarin hat«, erklärt er. »Und diese ein Ohr zum Zuhören bräuchte. Da ahnte ich, dass du es bist.«

»Also bist du gekommen, um mir unter die Nase zu reiben, wie übel meine Lage tatsächlich ist«, murmele ich bitter und wende den Blick von ihm ab. »Du hast mich in eine verdammt beschissene Situation gebracht.«

»Du dachtest, ich hätte eine Affäre mit ihr, und bist genau zu *ihr* gegangen, um ihr dein Herz auszuschütten«, erinnert er mich irritiert. »Was hast du dir dabei gedacht? Wolltest du ihr wirklich von uns erzählen?«

Uns. Mein Herz pocht schneller.

»Ich wollte deinen Namen nicht erwähnen«, entgegne ich seufzend. »Und um genau zu sein, dachte ich, Gabriella wäre deine Sugarmommy.«

»Meine was?«

»Sugarmommy«, sage ich und lächele ihn keck an. »Du weißt schon, wie Sugardaddy. Sie kauft dir hübsche Sachen, führt dich nett aus, lässt sich dann von dir verwöhnen …«

Zane verzieht angewidert das Gesicht, als müsse er spucken. »Das ist verdammt noch mal widerlich. Warum sollte ich mich von einer mehr als doppelt so alten Frau zum Essen ausführen lassen? Und dafür bezahlen lassen, dass ich meine Zunge in ihre Pussy schiebe?«

Ich kichere. »Ganz ehrlich? Bei dir würde mich nichts wundern.«

»Warum?« Er sieht mich beinahe verärgert an. »Nur weil ich meine Professorin ficke, bin ich eine männliche Hure und käuflich, oder was?«

»So habe ich das nicht gemeint«, versuche ich, ihn zu besänftigen, doch er rollt sich aus dem Bett und reißt seine Boxershorts an sich. Stirnrunzelnd richte ich mich auf. »Bist du jetzt etwa beleidigt? Ich dachte, an dir würde ohnehin alles abprallen.«

»Wohl falsch gedacht«, presst er hart hervor und schlüpft in die engen Boxershorts. Ich betrachte das verführerische Muskelspiel an seinem Rücken, als er zu seinem Schrank marschiert und ein Shirt herausfischt. Er wirft es mir auf den Schoß, während er kälter denn je sagt: »Den Weg zur Tür findest du allein, schätze ich.« Mit diesen Worten verschwindet er im angrenzenden Badezimmer.

Ich starre auf das schwarze Shirt auf meinem Schoß und schlucke. Meine Bluse hat er schließlich ruiniert, also sollte ich dankbar sein, dass er so gnädig ist und mir ein Shirt von sich überlässt, damit ich nicht mitten in der Nacht halbnackt nach Hause fahren muss. Außerdem kann ich froh sein, dass er es wenigstens ein paar Stunden lang geschafft hat, den Schalter in sich nicht umzulegen, der ihn zu einem Arschloch sondergleichen mutieren lässt. Ich sollte mich einfach anziehen und gehen. So wäre es für uns beide am besten.

Dennoch kann ich nicht leugnen, dass mich sein plötzlicher Abgang beschäftigt. Und nervt. Ich wollte nicht, dass wir so auseinandergehen. Wieder in einer so abgefuckten Situation.

Also werfe ich das Shirt beiseite und erhebe mich aus dem Bett. Ich wickele das dünne schwarze Bettlaken um meinen nackten Körper und folge ihm ins Badezimmer. Als ich vor der geschlossenen Tür stehe, überlege ich, anzuklopfen, doch er selbst gibt nicht viel auf Höflichkeit, also tue ich es ebenfalls nicht.

Ich öffne die Tür und betrete den Raum, als wäre es meine Wohnung. Zane dreht sich mit einem Stirnrunzeln zu mir um, auf seinem Gesicht perlen Wassertropfen. Er steht vor dem Waschbecken und hat die Hände seitlich auf dem Porzellan abgestützt. Die Muskeln an seinen Armen spannen sich dadurch an und lassen sie noch kräftiger wirken. Er ist wirklich eine reizende Erscheinung.

»Was ist?«, fragt er genervt. »Brauchst du einen Kompass für den Heimweg?«

Ich kneife die Augen zusammen. »Sei nicht immer so herablassend.«

Er murmelt etwas Unverständliches vor sich hin und reißt eines der Handtücher von der Wand, um sich das Gesicht damit abzutrocknen. »Was willst du noch?«, fragt er mich dann abweisend, den Blick von mir abgewandt. »Du hast bekommen, was du wolltest. Sogar mehr. Oder lässt du jeden Kerl drei Mal in einer Nacht ran?«

Mein Blut beginnt vor Wut über seine verletzenden und unverschämten Worte zu kochen. Ich hasse es, wenn er solche Sprüche von sich gibt. Nach der heutigen Nacht dachte ich, wir hätten das hinter uns gelassen. Die Arschloch-Variante von ihm. Wohl falsch gedacht. Wie dumm von mir.

»Fick dich«, zische ich und klinge gekränkter, als ich es sollte. Er starrt mich aus matten Augen an, in denen sich keinerlei Emotionen widerspiegeln. »Bist du eigentlich immer so ein Arschloch?«

Mit verschränkten Armen wendet er sich mir zu. »Meistens, ja.«

Ich lache spöttisch auf. »Und darauf bist du stolz?«

Er zuckt mit den Schultern, wirkt gleichgültig. »Mir ist nicht wichtig, was andere Leute von mir denken. Warum sollte es auch? Wie man sieht, wird man ohnehin grundlos verurteilt.« Provokant hebt er eine Augenbraue und lächelt sein typisches Lächeln, das mich vor Aggression die Hände zu Fäusten ballen lässt. Bei niemandem wirkt es so verdammt überheblich, falsch und provokant wie bei ihm. »Du hältst mich für eine männliche Hure, obwohl du diejenige bist, die sich trotz Klunker an ihrem Ringfinger von einem ihrer Studenten flachlegen lässt. Mehrmals sogar. Wer von uns beiden ist also die Schlampe?«

Vor meinen Augen wird alles schwarz. Meine Beine drohen nachzugeben, und ich spüre, wie mir Übelkeit den Rachen zuschnürt, da sich seine Worte wieder einmal wie ein Schlag tief in die Magengrube anfühlen. Doch dieser Schlag ging zu tief. Weit unter die Gürtellinie.

Wortlos wirbele ich herum und verlasse das Zimmer. Mein Herzschlag brüllt in meinen Ohren, als ich meine Kleidung auf dem Boden im Schlafzimmer suche und mit vor Wut zittrigen Händen in mein Höschen steige. Ich reiße sein Shirt vom Bett an mich, ziehe es über meinen Kopf und will gerade aus dem Zimmer in den Flur stürmen, wo ich meine restliche Kleidung verloren habe, da versperrt er mir unvermittelt den Weg.

»Hast du darauf nichts zu sagen?« Er lächelt auf mich herab, doch seine Fassade bröckelt und wirkt nicht ganz so perfekt arschlochmäßig wie sonst. »Oder willst du mich stattdessen wieder schlagen?«

Ich hebe die Hand, um genau das zu tun, doch dieses Mal ist er schneller und packt mein Handgelenk, um es unsanft zwischen seinen Fingern zusammenzuquetschen.

»Hör auf damit«, knurrt er mich plötzlich wütend an und macht einen Schritt auf mich zu. Ich weiche zurück, entkomme ihm aber nicht, da er nicht von mir ablässt, während er mich mit wild funkelnden Augen fixiert. »Bist du zu schwach, um mir einen verbalen Retourschlag zu verpassen, oder warum ohrfeigst du mich andauernd?«

»Lass mich los«, zische ich und reiße an meinem Handgelenk. »Oder ich schwöre dir, ich -«

»Du wirst was?« Er macht noch einen Schritt auf mich zu, seine Finger wie Stahlbänder um mein Handgelenk geschlungen. Es tut weh, doch ich zeige es ihm nicht. »Was willst du machen?« Noch ein Schritt folgt, und ich stolpere wieder nach hinten. Tränen brennen in meinen Augen und meine Brust beginnt zu beben. »Heulst du jetzt etwa tatsächlich wegen irgendeines dummen, jungen Kerls, der unsensible Dinge zu dir sagt, die der Wahrheit entsprechen? Und lässt dich dann kurz darauf doch wieder von ihm ficken? Das ist so verdammt schwach. Genauso wie darauf zu warten, dass dein bescheuerter Ehemann zurück nach Hause kommt, nachdem er sich mit seiner geilen Kollegin ausgetobt hat. Wo ist eigentlich dein Rückgrat?«

In mir reißt eine Sicherung und ich boxe ihm in die Brust, bevor ich ihn nach hinten stoße und meine Hand hysterisch von ihm losreiße. Zane bleibt wie eine Mauer vor mir stehen, unerschütterlich und starr, während ich fluchend auf ihn einschlage, mit den Fäusten seinen Oberkörper bearbeite und dabei bittere Tränen vergieße, von denen ich nicht einmal weiß, woher genau sie rühren.

Er atmet immer schwerer, seine Gesichtszüge werden härter und verzerrter, jedoch bewegt er sich keinen Millimeter weit. Selbst dann nicht, als ich wieder auf sein Gesicht ziele.

Treffen lässt er mich aber auch dieses Mal nicht. Er fängt meine Hand kurz vor seinem Gesicht ab und drückt sie sich auf die Lippen, bevor er einen Kuss auf meinen beleidigten Knöchel haucht. Meine Finger zittern in seinem sanften Griff und Tränen verschleiern meinen Blick, als er seine stoppelige Wange über meine Haut reibt, bevor er mich loslässt, am Nacken packt, und an sein Gesicht zieht.

»Hör auf«, ermahnt er mich beinahe zärtlich, als ich mich in seinem Griff winde. Seine Lippen streifen wie eine unausgesprochene Entschuldigung über meine, bevor er rau flüstert: »Ich weiß, dass ich ein Arschloch bin. Deswegen ist es auch besser, wenn wir uns nicht mehr treffen.«

Ich runzele die Stirn und halte keuchend inne. Von meinem Wutanfall bin ich ganz atemlos.

»Du solltest jetzt wirklich gehen, Rachel.«

Rachel. Er hat mich noch nie bei meinem Vornamen genannt. Der Klang meines Namens aus seinem Mund katapultiert mich zurück in die Realität, lässt mich wieder klarer denken.

Das hier ist keine Sache, die ich wieder in Ordnung bringen möchte. Das hier ist eine Sache, die aus etwas Kaputtem entstanden ist. So etwas war nie in Ordnung und wird auch nie in Ordnung zu bringen sein.

Aus falsch wird nicht von jetzt auf gleich richtig. Aus falsch wird *niemals* richtig.

Als ich seine Wohnung kurz darauf verlasse, ohne ihm auch nur einen letzten Blick zuzuwerfen, beunruhigt mich eine Sache am meisten: Warum wollte ich überhaupt versuchen, etwas zu richten, das mir nichts bedeuten sollte?

—

Mit einem Brummen drücke ich mein Gesicht ins Kissen. In meinem Kopf hämmert es, als würde jemand meine Stirn mit einem Vorschlaghammer bearbeiten. Ich blinzele angestrengt gegen die grelle Sonne an, die durch das Fenster auf mein Gesicht fällt, und ziehe genervt die Decke über meinen Kopf.

Wieder hämmert es unerträglich laut in meinem Kopf. Verdammt. Dabei habe ich gestern Nacht gar nichts getrunken, nachdem ich von Zane nach Hause gekommen bin.

Zane.

Beim Gedanken an ihn wird meine Migräne gleich um ein Vielfaches schlimmer.

»Rachel?«

Ich schlage die Augenlider auf und reiße den Kopf herum. Halluziniere ich jetzt schon? Es klang, als hätte jemand meinen Namen gerufen. Gedämpft und von weit entfernt.

»Rachel, bist du da? Öffne die Tür!«

Ach du heilige Scheiße. Als ich die Stimme James zuordnen kann, der offenbar unten vor der Haustür steht, fahre ich ruckartig hoch.

Das Klopfen kam gar nicht von meiner Migräne, sondern von der Tür.

Panisch werfe ich einen Blick an mir herab. Ich liege splitterfasernackt im Bett, habe Bissabdrücke, Knutschflecken und rötliche Kratzspuren von Zanes Bart auf meinem Körper, und zwischen meinen Schenkeln fühlt es sich an, als wäre ein Feuerwerk explodiert. Nicht zu vergessen die blauen Flecken auf meinem Hintern, die er dort mit seinen Fingern hinterlassen hat.

»Wenn du nicht gleich öffnest, rufe ich die Polizei«, höre ich ihn nun schreien und springe wie ein verschrecktes Kaninchen aus dem Bett. »Der Schlüssel steckt und ich komme nicht rein!«

Mist, Mist, Mist. Was will er hier? Wie spät ist es überhaupt? Und welchen Wochentag haben wir?

Donnerstag. Noch mal Mist. Ich muss zur Uni, ich habe Unterricht.

Dort werde ich Zane wiedersehen.

Mir wird übel und meine Knie drohen, nachzugeben. Ich bin viel zu erschöpft und ausgelaugt, um klare Gedanken fassen zu können. Oder mit der Überforderung zurechtzukommen, die mich aufgrund James' unangekündigtem Besuch so früh am Morgen erfasst. Es fühlt sich an, als hätte ich nicht mehr als drei Stunden geschlafen.

Hastig reiße ich meinen Morgenmantel vom Haken an der Tür und ziehe mir das Ding noch im Laufen über, während ich die Treppe nach unten stürme. Ich stolpere auf der letzten Stufe, fluche, als ich mit dem Knöchel umknicke, und reibe wie unbewusst mein beleidigtes Handgelenk, auf dem sich zu meiner Entrüstung blassblaue Flecken abzeichnen.

Oh nein. Wie soll ich James all diese Beweisspuren meines Fehltrittes auf meinem Körper erklären? Wovon bekommt man so viele blaue, lila, rote Flecken und Kratzer?

Tierangriff, kommt es mir in den Sinn, als ich den Schlüssel im Schloss drehe und die Tür aufreiße. *Das ist die dümmste Ausrede ever*, verhöhnt mich die Stimme meines Verstandes gleich darauf.

»James?«

Er hält ruckartig inne und wirbelt herum. Sein Blick wirkt gehetzt, während er sich sein Handy ans Ohr drückt. »Herrgott, na endlich.« Kopfschüttelnd steckt er das Handy weg und marschiert die Stufen zur Eingangstür hinauf. Dann drängt er sich an mir vorbei in den Flur und sieht sich beinahe suchend um.

Ich ziehe den Morgenmantel an meiner Brust zu und lehne mich mit dem Rücken gegen die Tür, während er wild im Flur auf und ab läuft.

»Wo zur Hölle warst du gestern? Ich war abends hier und habe dich gesucht.«

Verdammt.

»Bei einer Freundin«, lüge ich mit dünner Stimme. Sie klingt heiser, als wäre ich verkühlt. *Wie Zanes.*

Er hält abrupt inne und runzelt die Stirn. »Welcher Freundin? Du hast keine Freundinnen.«

Autsch. Ich kneife die Augen zusammen und verschränke die Arme vor der Brust. »Woher willst du das wissen? Ist ja nicht so, als wärst du oft hier und würdest mitbekommen, mit wem ich was mache.«

»Was soll das bedeuten?«, fragt er argwöhnisch und mustert mich kritisch. »Bei welcher Freundin warst du?«

»Bei Gabriella«, schwindle ich. »Unserer Nachbarin.«

»Aha.« Skeptisch wirft er einen Blick aus dem Fenster zu ihrem Haus. »Ich dachte, du würdest sie nicht mehr mögen, seit du weißt, dass sie mit einem deiner Studenten anbandelt.«

Ich lächele irgendwie amüsiert, warum weiß ich nicht. »Es hat sich herausgestellt, dass ich mich getäuscht habe.«

»Sie hat nichts mit einem deiner Studenten?«

»Nein.« *Aber ich.*

»Das wäre auch zu billig gewesen.«

Ich schlucke und schweige.

Er atmet schwer aus und reibt sich den Nacken. »Ich habe mir Sorgen um dich gemacht. Du hast nicht auf meine Nachricht geantwortet, die ich dir am Montag geschrieben habe.«

»Ich weiß«, erwidere ich gefasst. »Ich hatte dir nicht viel zu sagen.«

James runzelt die Stirn. Er wirkt beunruhigt. Langsam kommt er auf mich zu und betrachtet innig mein Gesicht, in dem sich hoffentlich keiner meiner Gedanken widerspiegelt. »Tut mir leid, dass ich nicht schon früher vorbeigekommen bin. Oder mich öfter gemeldet habe. Ich dachte nur, uns täte ein bisschen Abstand gut.«

Ich schnaube und dränge mich an ihm vorbei in die Küche. Dort angekommen stelle ich fest, dass ich tatsächlich nur drei Stunden geschlafen habe. Es ist Punkt sieben Uhr, um vier Uhr bin ich erst nach Hause gekommen. Wäre James nicht vorbeigekommen, hätte ich bis zu Mittag durchgeschlafen und meine Kurse verpasst.

»Mehr Abstand geht wohl kaum noch«, murmele ich dann abweisend und betätige die Kaffeemaschine.

Irgendetwas hat sich verändert, ich spüre es deutlich. Zwischen ihm und mir und in mir. Ich fühle mich nicht mehr so verletzlich in seiner Nähe, nicht mehr so angespannt, weil ich um seine Aufmerksamkeit und Nähe kämpfen muss. Ich weiß, dass die

Veränderung mit Zane und speziell unserer letzten Nacht zu tun hat, doch ich weigere mich, ihm für irgendetwas dankbar zu sein. Er ist ein Mistkerl.

Allerdings beunruhigt es mich, zu sehen, dass ich in seiner Nähe die Kontrolle über meine Gefühle verliere, zur Furie mutiere und mich kaum noch beherrschen kann, während ich in James' Nähe kaum gefasster sein könnte, beinahe unterkühlt. Es ist diese Leidenschaft zwischen Zane und mir, die mich impulsiv und emotional werden lässt. Diese Leidenschaft fehlt zwischen meinem Mann und mir.

»Schatz«, flüstert James plötzlich dicht hinter mir und legt seine Hände um meine Taille. Ich versteife mich und halte inne. »Es tut mir leid. Alles. Ich bin ein schrecklicher Ehemann und du hast etwas Besseres verdient.«

Dieselben Worte hat Zane gestern Abend gewählt. Ich bin an einem Punkt, an dem ich ihm zustimme, auch wenn ich nun der Meinung bin, dass James ebenfalls eine bessere Ehefrau als mich verdient hat.

»Trotzdem bitte ich dich um eine Chance, mein Verhalten wiedergutzumachen«, fährt er reuevoll fort. Ich drehe mich stirnrunzelnd zu ihm um und sehe Tränen in seinen Augen schimmern. Es sticht in meiner Brust. »Ich will dich nicht verlieren, Rachel. Ich liebe dich. Und ich vermisse dich wahnsinnig, du hast ja keine Ahnung.«

Meine Unterlippe bibbert, als ich frage: »Was soll das bedeuten? Dass du wieder nach Hause kommst?«

»Wenn du das möchtest.«

Mit einem Mal weiß ich nicht mehr, ob es das ist, was ich möchte.

»Ich … ich habe überlegt, mir eine andere Stelle zu suchen«, gesteht er mir, woraufhin ich große Augen mache. »Du hattest recht. So kann das nicht weitergehen. Und mir ist meine Arbeit nicht wichtiger als du. Es tut mir leid, wenn ich diesen Eindruck vermittelt habe.«

»Du würdest wirklich kündigen?«, frage ich überrumpelt. Er nickt ernst. »Wegen der Frau?« Ich schlucke. »Alissa?«

»Wegen dir«, flüstert er und drückt einen Kuss auf meine Stirn. »Ich habe dich verletzt und kann nicht erwarten, dass du mir das einfach so verzeihst. Ich habe in den letzten Tagen viel nachgedacht. Über uns, unsere Beziehung und unsere Zukunft. Wie wir uns verändert haben. Wie *ich* mich verändert habe. Und alles hat begonnen, als ich in dieser verdammten Kanzlei angenommen wurde.«

»Das stimmt«, stimme ich ihm gepresst zu. »Aber deine Gefühle werden sich nicht ändern, nur weil du der Frau aus dem Weg gehst oder in einem anderen Gebäude als sie arbeitest.«

James lächelt dieses süße Lächeln, in das ich mich vor Jahren einmal so verliebt habe. »Schatz, du bist die einzige Frau, für die ich Gefühle habe. Die Einzige, die ich liebe. Und ich werde es dir wieder beweisen.«

Tränen brennen in meinen Augen. Ich habe ewig darauf gewartet, dass James zur Vernunft kommt, dass er sich mit unseren Problemen auseinandersetzt und versucht, Lösungen zu finden, um unsere Ehe zu retten, und nun tut er es genau jetzt, wo ich begonnen habe, die Hoffnung aufzugeben. Wo ich angefangen habe, ihn loszulassen.

Dieses Miststück genannt Schicksal hat es wirklich auf mich abgesehen.

»Also, was sagst du?«, fragt er mich und streichelt über meine Wange. »Gibst du mir die Chance, dir zu beweisen, dass ich immer noch der James bin, in den du dich verliebt hast?«

Ich schlucke. Dann nicke ich einfach, weil sich alles andere falsch anfühlen würde. Das hier ist mein wahres Leben. Das hier ist der Mann, dem ich ewige Liebe und Treue geschworen habe. In guten wie in schlechten Zeiten. Und wir hatten beide unsere schlechten Zeiten, doch nun sind sie vorbei. Sie müssen vorbei sein. Das hier ist das einzig Richtige.

Er lächelt. »Darf ich also wieder einziehen?«

»Um ehrlich zu sein, denke ich, wäre es besser, wenn wir noch ein paar Tage ohneeinander verbringen«, sage ich vorsichtig und bemerke die Enttäuschung in seinem Blick.

Ich weiß nicht, warum ich nicht freudig in die Luft springe und mit ihm zusammen seinen Koffer aus dem Wagen hole und auspacke, aber irgendetwas in mir wehrt sich gegen seinen Einzug. Als würde ein Teil von mir noch Zeit brauchen, um sich wieder an mein altes Leben zu gewöhnen, weil es begonnen hat, das neue zu genießen.

Es ist die Version von mir, die Zane hervorgekitzelt hat. Die alte Rachel, die sich frei, unbeschwert und wieder jung fühlt. Ich will sie noch nicht aufgeben. Sie gefällt mir so viel besser als die Rachel, zu der ich geworden bin.

Vielleicht durchlebe ich frühzeitig eine Midlife-Crisis?

»Okay«, stimmt James zu meiner Erleichterung verständnisvoll zu, auch wenn er nicht glücklich über meine Entscheidung wirkt. »Dann gehen wir es eben langsam an. Wie wäre es mit einem Date heute Abend?«

Ich lächele schwach. »Das klingt besser.«

16

Zane ist nicht im Unterricht anwesend. Eigentlich überrascht es mich auch nicht. Bestimmt hat er sich ausgeschlafen und hatte sowieso keine Lust auf eine Begegnung mit mir. Obwohl er mir keine Entschuldigung für sein Fernbleiben zukommen hat lassen, trage ich ihn in meiner Liste als entschuldigt ein.

Der Tag vergeht wie im Flug, und ich bin mehrmals kurz davor, einzuschlafen, während meine Studenten ihre Arbeiten erledigen. Als ich am frühen Nachmittag nach Hause fahre, habe ich meinen sechsten Kaffee intus und bin anstatt müde super überdreht.

Kaum parke ich in meiner Einfahrt, klopft es an der Fensterscheibe der Beifahrertür. Es ist Gabriella, die mit einem Lächeln neben meinem Wagen steht.

»Hey«, sage ich freundlich, als ich aussteige und auf sie zugehe. »Magst du auf einen Kaffee reinkommen?« Ich sollte vermutlich keinen mehr trinken, aber was soll's. Besser ein Kaffee als ein Glas Pinot noir.

»Ein anderes Mal«, erwidert sie lächelnd und folgt mir dennoch zur Haustür. »Ich wollte nur mal nach dir sehen, da du letztens so schnell verschwunden bist.«

»Oh.« Ich beginne, sie wirklich zu mögen, auch wenn ich mich in ihrer Nähe nervös fühle, weil ich ihren Sohn gevögelt habe. »Das ist nett von dir. Bei mir ist alles in Ordnung.«

»Habe ich richtig gesehen, war James heute Morgen vor dem Haus?«, fragt sie neugierig.

Ich nicke. »Er kam angekrochen und hat sich entschuldigt.«

»Wirklich?« Sie klingt erstaunt, freut sich aber augenscheinlich für mich. Fast schon *mehr als ich.* »Und, habt ihr euch wieder vertragen?«

»Irgendwie schon«, erzähle ich ihr und schließe die Haustür auf. Als sie zögert, mit reinzukommen, sage ich locker: »Er ist nicht da.«

»Oh«, macht sie verwirrt. »Also ist er nicht wieder eingezogen?«

»Wir lassen es langsam angehen und treffen uns heute zu einem Date«, erzähle ich ihr amüsiert, und sie grinst. Ich stelle die Tasche im Flur ab und lehne mich an die Haustür. »Du weißt schon, alte Zeiten wiederaufleben lassen und so. Beim dritten Date darf er dann auch mal unter meine Bluse gucken.«

Gabriella verdreht lachend die Augen. »Du scheinst glücklich zu sein. Das freut mich für dich, Rachel. Hoffentlich bleibt es so.«

Ich stimme ihr mit einem Nicken zu. Irgendwie bin ich glücklich, auch wenn ich glaube, dass es nur bedingt mit James' Auftauchen heute Morgen zu tun hat.

»Er hat gesagt, er würde überlegen, zu kündigen«, erzähle ich ihr, damit sie auf dem neuesten Stand ist. James' Äußerung geht mir nicht mehr aus dem Kopf. *Du hast keine Freundinnen.* Er hat recht, deswegen bemühe ich mich nun, das zu ändern. »Und er wirkte so, als wäre ihm endlich klar, dass er etwas ändern muss.«

Gabriella nickt nachdenklich. »Na, dann hoffen wir mal, dass er es auch tatsächlich tut.« Als ihr Handy in der Hosentasche klingelt, wirft sie einen Blick darauf und entschuldigt sich mit einem Lächeln bei mir. »Ich muss los. Ich bin mit meinem Jungen verabredet. Sehen wir uns noch vor dem Sturm auf einen Kaffee?«

Mit meinem Jungen verabredet. Unwillkürlich fängt es in meinem Bauch zu kribbeln an, und ich reibe mir das wunde Handgelenk, um den Schmerz zu spüren, den Zane dort hinterlassen hat. Ich mag das Gefühl, was mich erschreckt.

»Klar, gerne. Ich kann morgen vorbeikommen.« Gedanklich notiere ich mir, James zu bitten, noch morgen das Haus sturmsicher zu machen, was auch immer das bedeuten mag. Übermorgen, am Samstag, soll es zu dem heftigen Unwetter kommen, vor welchem sie seit Tagen in den Medien warnen.

»Ich bin den ganzen Abend über zu Hause. Komm, wann es dir passt.« Sie haucht mir einen Luftkuss zu und wendet sich ab.

Ich sehe ihr mit einem Lächeln hinterher, bevor ich nach oben gehe, eine heiße Dusche nehme, und mich für mein Date heute Abend vorbereite.

James hat alle Register gezogen, um mich zu beeindrucken. Er hat im Wagen meine Lieblings-CD von *Three Doors Down* aufgelegt, einen Tisch in meinem Lieblingsrestaurant reserviert, in dem sie das köstliche Risotto anbieten, trägt mein Lieblingshemd, dessen Farbe seine Augen so schön betont, und hört mir den ganzen Abend über aufmerksam zu, ohne sein Handy ein einziges Mal zu beachten, das mehrmals in seiner Jacketttasche vibriert. Immer wieder lächelt er, wenn ich etwas Witziges von der Arbeit erzähle, oder nickt ernst, wenn ich ihm einen meiner unsicheren Gedanken anvertraue.

So war es früher immer zwischen uns – James war der Mensch, der alles über mich wusste. Jedes kleinste Detail aus meinem Leben, jeden meiner Gedanken und Zweifel. Er wusste, was ich fühle, ohne dass ich es ihm mitteilen musste, und fand immer die richtigen Worte, um mich aufzumuntern.

Als hätte er Angst davor, die Stimmung damit zu ruinieren, erwähnt er heute mit keinem Wort seine Arbeit oder den Fall, den er aktuell bearbeitet. Ich frage auch nicht danach.

»Möchtest du noch eine Nachspeise haben, Schatz?«, fragt er mich, als der Kellner an unseren Tisch tritt. »Oder noch ein Glas Wein?«

Entschieden schüttele ich den Kopf. »Nein, ein Glas ist genug.«

Seit Zane mich mit meinen Trinkgewohnheiten aufgezogen und in Gabriellas Garten beinahe vorwurfsvoll auf die Flasche Wein geschaut hat, als wüsste er, dass ich in letzter Zeit regelmäßig über den Durst hinaus trinke, habe ich mir geschworen, einen Gang runterzuschalten. Ich will nicht als Alkoholikerin enden.

Außerdem komme ich mir dumm vor, als vierunddreißigjährige erwachsene Frau keine Kontrolle über mein Verlangen nach Alkohol zu haben, während ein neunzehnjähriger Student sogar so kontrolliert ist, dass er absolut gar keinen Alkohol trinkt. Das beeindruckt mich.

»Nachspeise?«, hakt James nach.

Ich lächele zu dem Kellner hoch. »Das Schokomousse, bitte.«

»Zweimal«, fügt James hinzu und lächelt mich an. Er greift über den Tisch nach meiner Hand und nimmt sie in seine. Als ich leicht zusammenzucke, kaum berühren seine Finger mein Handgelenk, blickt er stirnrunzelnd darauf herab. »Was zur Hölle ist denn hier passiert?« Entsetzt hält er meine Hand vor sein Gesicht und mustert die leichte Verfärbung an meinem Gelenk. »Hast du dir wehgetan?«

Ich räuspere mich. »Ich habe mir die Hand in der Autotür eingequetscht.«

»Autsch. Wie ist das denn passiert?«

»Keine Ahnung, ich war unachtsam«, flunkere ich und zucke mit den Schultern. Ich verschränke unsere Finger miteinander und vernehme ein warmes Pochen in meiner Brust, als ich das kühle Gold seines Eherings auf meiner Haut spüre. Es vermittelt mir ein Gefühl von Sicherheit, selbst wenn James und ich uns auf solch unsicherem Boden bewegen. »Das Date ist wirklich nett.«

James grinst spitzbübisch. »So nett, dass du mich mit nach Hause nimmst?«

Als hätte ich mich verbrannt, ziehe ich die Hand weg. »Ich denke, das ist noch zu früh.«

In ein paar Tagen sollten alle blauen Flecken und Kratzer abgeheilt sein. Erst dann kann ich riskieren, mich meinem Mann nackt zu zeigen. Oder sollte ich ihm auch noch weismachen, ich wäre von einem Auto überrollt worden?

»Schade«, flüstert er mit einem fremden Funkeln in den Augen. Er lehnt sich über den Tisch und lässt den Blick über mein rotes Kleid schweifen, das er so gerne an mir mag. Es hat eine große Schleife an der Brust und macht trotzdem ein schönes Dekolleté. »Ich hätte dich gerne ausgepackt.« Er schmunzelt. »Aber wenn du dich mir erst beim nächsten Date schenken willst, ist das auch okay. Ich bin ein geduldiger Kerl.«

Ich sollte lächeln oder kichern, weil er mit mir zu flirten versucht, doch ich kann nicht, weil mein einziger Gedanke ist, dass ich monatelang geduldig war, ohne dafür belohnt zu werden. Es fühlt sich unfair an, dass er sofort bekommt, was er will, während er mich zuvor ewig hingehalten hat.

Als die Nachspeise serviert wird, beginne ich schweigend, zu essen. James tut es mir gleich. Das Schweigen zwischen uns hält bis zum Verlangen der Rechnung an und dehnt sich auf dem Rückweg zu unserem Haus aus. Keiner von uns beiden sagt ein Wort. Wir halten Händchen und trotzdem ist die Stille zwischen uns unangenehm, irgendwie erdrückend.

Als er in unserer Einfahrt parkt, fällt mein Blick sofort auf den Seitenspiegel und somit auch auf Gabriellas Haus, in dem noch Licht brennt. Viel mehr aber interessiere ich mich für den schwarzen Ford Mustang am Straßenrand davor.

Mein Herz beginnt mit einem Mal, zu rasen. Zane ist bei ihr. Nur ein paar Meter von mir entfernt. Das macht mich so nervös, dass ich mehrmals überhöre, was James sagt, während ich wie gebannt durch den Spiegel abwechselnd auf den Mustang und die geschlossene Haustür starre.

»Schatz?«

»Hm?« Ich drehe mich abwesend zu ihm um. »Du kannst nicht mit reinkommen.«

James runzelt die Stirn. »Das wollte ich gar nicht. Warum sagst du das so?«

Ich habe keine verdammte Ahnung. Möchte ich mir insgeheim die Möglichkeit freihalten, dass Zane mir einen Besuch abstatten könnte, nachdem er das Haus seiner Mutter verlassen hat?

Nein, das ist doch Quatsch. Das möchte ich gar nicht. Außerdem hatten wir eine Vereinbarung, an die er sich zu halten scheint. Ich habe heute kein Wort von ihm gehört, weder per E-Mail noch in einem erpresserischen Briefumschlag. Und eines meiner Höschen hat er immerhin noch.

»Ich habe gefragt, ob du das Wochenende mit mir im Hotel verbringen möchtest. Es wird ein Unwetter aufziehen und mir wäre nicht wohl dabei, dich ganz allein im Haus zu wissen«, wiederholt James seine vorherigen Worte, seine Stirn immer noch leicht gerunzelt.

»Eigentlich wollte ich dich darum bitten, das Haus sturmsicher zu machen«, erkläre ich ihm. »Ich würde lieber hierbleiben. Ich habe viele Hausarbeiten zu benoten.«

»Verstehe.« Er wirkt unzufrieden, nickt aber. »Im Grunde gibt es nicht viel am Haus zu machen. Nur die Blumentöpfe und Möbel auf der Veranda sollten wir im Keller verstauen.« Ich blinzele ihn bloß an. »Na gut, dann komme ich morgen Abend vorbei und kümmere mich darum. Der Sturm sollte ohnehin nicht vor Samstag bei uns eintreffen.«

Ich nicke, beuge mich nach vorne, und gebe ihm einen Kuss auf die Wange. »Danke. Ruf mich an, bevor du kommst. Ich bin bei Gabriella zu Besuch.«

Als ich mich abwende, um auszusteigen, greift er nach meinem wunden Handgelenk, und ich zische leise. »Sorry«, murmelt er und greift stattdessen nach meinem Arm. Als sich unsere Blicke treffen, lächelt er unsicher und fragt: »Bekomme ich keinen richtigen Abschiedskuss?«

Ich nähere mich ihm lächelnd und drücke meine Lippen sanft auf seine. Er legt seine Hand genauso sanft auf meinen Nacken und erwidert den Kuss ohne Zunge.

Ich schließe die Augen, versuche, seine Nähe zu genießen und mich auf die Schmetterlinge in mir zu konzentrieren, die früher immer wild herumgeflattert sind, wenn wir uns geküsst haben, doch das Problem dabei ist, dass ich sie nicht finden kann. Mein Magen ist ganz ruhig, mein Herz schlägt im Takt, und zwischen meinen Beinen tut sich rein gar nichts.

Das stört mich plötzlich ungemein. Ich darf nicht bei einem fremden Mann vollkommen durchdrehen, wenn er mich berührt, und bei meinem eigenen innerlich tot sein.

Also schiebe ich meine Zunge in James' Mund, ziehe ihn am Kragen seines Hemdes näher zu mir, und küsse ihn leidenschaftlicher. Er erwidert den Kuss mit einem Stöhnen, doch immer noch steigen keine Schmetterlinge in mir auf.

Was soll das?

Ich werde nervös, unruhig, und irgendwie wütend, was mich nicht mehr rational denken lässt. Keine Sekunde später sitze ich rittlings auf seinem Schoß und fahre mit den Händen unter sein Hemd. Ich reibe mich an ihm und keuche, als ich seine Erektion unter mir spüre. Sie zuckt verlangend gegen den Reißverschluss seiner Anzughose.

»Rachel«, murmelt James erstickt. »Nicht hier. Lass uns reingehen.«

Genau das will ich nicht. Ich brauche es hier, jetzt, schmutzig und riskant, weil uns jederzeit jemand erwischen könnte. Ich brauche es so wie mit Zane.

Also mache ich weiter, küsse ihn heftig und lasse meine Hände gierig über seinen Körper wandern, doch er stoppt mich, bevor ich seine Hose öffnen kann, und weicht mit dem Kopf zurück.

»Schatz, das können wir nicht machen«, beharrt er, dann lacht er leise auf. »Wir sind doch keine pubertierenden Teenager mehr, die es auf der Rückbank eines Wagens treiben.«

Genau das ist es, was mir an uns fehlt. Dass wir wieder diese jungen Leute sind, deren Verlangen nacheinander stärker ist als ihre

Moralvorstellungen. Deren Anziehungskraft überwältigender ist als die Angst davor, erwischt zu werden, oder dem Gerede der Leute.

Als ich verstanden habe, dass wir diese frühere Version von uns nie mehr sein werden, rutsche ich von seinem Schoß, wünsche ihm eine gute Nacht und steige aus dem Wagen. Ich winke ihm mit einem gepressten Lächeln, als er rückwärts aus der Einfahrt rollt, und erstarre in der Bewegung, als der Wagen aus meinem Blickfeld verschwindet und den Blick auf das gegenüberliegende Haus freigibt.

Und somit auch auf Zane, der lässig an seinem schwarzen Mustang lehnt und mich anstarrt.

Und da sind sie. Die Schmetterlinge, die ich vorhin verzweifelt gesucht, aber nicht gefunden habe. Jetzt kann ich sie gar nicht ignorieren. Wild drehen sie ihre Kreise in meinem Bauch.

Wie angewurzelt bleibe ich stehen und erwidere seinen Blick starr. Meine Gedanken überschlagen sich, sie könnten widersprüchlicher nicht sein. Einerseits möchte ich ihm die kalte Schulter zeigen und den perfekten Abgang in mein Haus hinlegen, doch andererseits möchte ich hier stehen und warten, bis ich weiß, was er als Nächstes tut. In seinen Wagen steigen oder die Straße überqueren.

Die Sekunden fühlen sich wie Minuten an, in denen er einfach nur dasteht und mich durch seine dunklen Augen anstarrt. Dann stößt er sich von der Fahrertür ab, und mein Herz setzt für einen Schlag aus, als es den Anschein macht, er würde zu mir rüberkommen.

Tut er aber nicht. Er dreht sich um, öffnet die Wagentür, und fährt davon.

17

Als ich am nächsten Tag auf dem Campus parke, ist es bereits zwei Minuten vor Vorlesungsbeginn. Verdammt. Wieder bin ich spät dran. Dieses Mal habe ich weder verschlafen noch fiel es mir schwer, aus dem Bett zu steigen, weil ich verkatert war, doch irgendwie habe ich trotzdem die Zeit aus den Augen verloren.

Nach meiner morgendlichen Dusche und dem notwendigen Kaffee blieben mir bloß noch sechs Minuten, um mich anzuziehen, mein Haar zu stylen und Mascara aufzutragen. Ich kenne keine Frau, die es in dieser Zeit schaffen würde, sich straßentauglich zu machen.

Gehetzt schalte ich den Motor aus und reiße meine schwere Umhängetasche an mich. Ich öffne die Wagentür, steige auf den hohen Schuhen aus und knalle sie mit dem Knie zu, während ich umständlich meine Tasche schultere und gleichzeitig mein schwarzes Jackett glattstreiche. Aus welchem Grund auch immer ist es so zerknittert und fusselig, dass es den Anschein erweckt, ich hätte es einem Hund als Schlafdecke angeboten.

Seufzend reiße ich den Träger der Tasche wieder über meinen Kopf und klemme diese zwischen meine Knie. Zu spät kommen ist die eine Sache, aber unordentlich aussehen und zu spät kommen die andere.

Also öffne ich das Jackett, streife es von meinen Schultern, und verstaue es eilig im Wagen. Dann richte ich den Kragen meiner cremefarbenen Bluse und schiebe den taillierten Bleistiftrock zurecht. *Eindeutig besser.*

Ich hänge die Tasche wieder über meine Schulter und will mich gerade abwenden, um zum Hörsaalgebäude zu laufen, da erweckt ein gedämpftes Geräusch meine Aufmerksamkeit. Es klingt wie ein unterdrücktes Schluchzen.

Stirnrunzelnd sehe ich mich auf dem vollen Parkplatz um und werfe Blicke hinter die Fensterscheiben der Autos. Unwillkürlich scannen meine Augen die Umgebung nach einem schwarzen Ford Mustang, den ich jedoch nirgendwo entdecken kann. Ich weiß nicht, ob Zane heute auf dem Campus ist, da ich seinen Stundenplan nicht kenne. Eine Vorlesung bei mir hat er an diesem Wochentag nicht. Darüber bin ich zu gleichen Teilen erleichtert wie enttäuscht.

Ein Teil von mir möchte ihn gerne sehen, so haarsträubend diese Erkenntnis auch sein mag, doch ein anderer ist froh, ihm nicht gegenübertreten zu müssen. Bekanntlich bin ich relativ unzurechnungsfähig in seiner Nähe.

Erneut ertönt das seltsame Geräusch, und dieses Mal kann ich auch zuordnen, aus welcher Richtung es kommt. Ich drehe mich um und werfe einen verwirrten Blick zu dem dunkelblauen BMW, der drei Autos weiter parkt. Als ich Timmy Marten auf dem Fahrersitz entdecke, die Arme auf das Lenkrad abgestützt und die Stirn darauf gelehnt, stutze ich. Sein Körper bebt, als würde er … weinen?

»Fuck!«, höre ich ihn plötzlich ausrufen, bevor er den Kopf zurückreißt und mit der Faust gegen das Lenkrad schlägt. Ich zucke zusammen. Er fährt sich über das Gesicht und wischt die Tränen von seinen Wangen. »Fuck, fuck, fuck!«

Impulsiv visiere ich seinen Wagen an. Timmy entdeckt mich schon, bevor ich an die Fensterscheibe klopfe, und es scheint ihm augenscheinlich peinlich zu sein, so von mir gesehen zu werden. Rasch dreht er den Kopf weg, fährt sich erneut über das Gesicht und lässt dann mit einem verkrampften Lächeln die Fensterscheibe herunter.

Seine geröteten und glasigen Augen meiden meine, während er murmelt: »Guten Morgen, Mrs Summers. Ich gehe gleich zu meiner Vorlesung.«

»Alles in Ordnung, Timmy?«, möchte ich besorgt wissen.

»Alles gut«, flunkert er, dabei meidet er wieder direkten Blickkontakt.

Ich zögere. »Ist etwas passiert?« Er schweigt. »Du kannst mit mir darüber reden. Es bleibt unter uns – Indianerehrenwort«, füge ich sanft hinzu.

Nun sieht er mich zum ersten Mal richtig an, ein schwaches Lächeln umspielt seine Mundwinkel. »Sie sind meine Lieblingsprofessorin, wissen Sie das?«

Ich erwidere das Lächeln und umrunde kurzerhand den Wagen, um auf der Beifahrerseite einzusteigen. Als ich die Tasche auf meinen Schoß gelegt und mich ihm zugewandt habe, erkundige ich mich leise: »Also, was ist los, Timmy? Kann ich dir irgendwie helfen?«

Diese Verzweiflung in seinen Augen ist mir fremd. Sie lässt eine Flut an Mitleid in mir aufsteigen, noch bevor er mir zögerlich eröffnet: »Wissen Sie, meine Mutter … Sie ist schwerkrank. Und vorhin hat mich mein Vater angerufen, um mir die Ergebnisse der letzten ärztlichen Untersuchungen mitzuteilen. Es … es sieht wohl schlecht für sie aus.«

»Oh nein«, entfährt es mir mitfühlend und ich greife nach seinem Arm, um ihn tröstend zu drücken. »Das tut mir wahnsinnig leid, Tim.«

Erneut bilden sich Tränen in seinen Augen, über die er sich sofort, unangenehm berührt, reibt. »Sorry. Eigentlich bin ich keine solche Memme.«

»Hey.« Ich greife nach seinem Kinn, um ihn zu zwingen, mich anzusehen. Mein Blick ist ernst, aber weich, als ich sanft sage: »Du bist keine Memme. Sag das nicht. Es ist ganz normal, dass du dich miserabel fühlst und es auf diese Weise herauslässt, okay? Wahre Männer weinen auch.«

Er schluckt. Dann nickt er, während eine einzelne Träne über seine Wange auf meine Hand kullert.

»Es tut mir sehr, sehr leid«, betone ich mitfühlend und lasse die Hand auf seine Schulter gleiten, um auch diese tröstend zu drücken. Ich würde ihn gerne in den Arm nehmen, möchte ihn aber nicht bedrängen. »Du solltest dir vielleicht für heute freinehmen und nach Hause fahren. Sprich mit deinem Vater und besuch deine Mutter. Jeder wird Verständnis dafür haben. Ich kann im Sekretariat Bescheid geben und dich für heute entschuldigen, wenn du das möchtest.«

Erneut nickt er schwach. »Ja, das … das wäre vielleicht gut.«

»In Ordnung. Wenn du jemanden zum Reden brauchst – einen Außenstehenden – kannst du dich jederzeit an mich wenden. Auch außerhalb der Uni. Okay?«

»Danke, Mrs Summers«, murmelt er und fährt sich seufzend über das Gesicht. Er wirkt niedergeschmettert, auch wenn er sich sehr tapfer gibt. Schließlich lächelt er mich schwach an und wirkt für einen Augenblick unschlüssig, bevor er mich bittet: »Erzählen Sie bitte niemandem davon. Schon gar nicht, dass ich wie ein Mädchen geheult habe.«

Ich verdrehe die Augen, lächele aber. »Versprochen. Und jetzt fahr zu deinen Eltern.«

»Und Sie beeilen sich mal lieber. Die Vorlesungen haben schon begonnen«, erinnert er mich mit einem Blick auf die digitale Uhr am Bordcomputer. »Sie sind wie immer zu spät dran.« Nun funkeln seine Augen ein wenig, als er sie auf meine richtet.

»Die Leute sind es nicht anders von mir gewohnt«, erwidere ich in lockerem Tonfall und öffne die Wagentür.

Ich schenke ihm ein letztes Lächeln, bevor ich aussteige und dabei zusehe, wie er den Wagen aus der Parklücke steuert und vom Parkplatz abfährt. Er winkt mir noch, ehe der Wagen aus meinem Sichtfeld verschwindet, und ich mache mich eilig auf den Weg zum Hörsaalgebäude, während ich in Gedanken noch bei seiner schwerkranken Mutter bin.

Ich frage mich, woran sie leidet, und bewundere Timmy für seine Stärke. Er hat nie den Anschein erweckt, als würde etwas so Herzzerreißendes an ihm nagen. Ich weiß, wie schrecklich es ist, seine Eltern zu verlieren. Überhaupt in jungem Alter.

Ich gehe gerade um die Ecke zu den Treppen, da höre ich eine autoritäre Stimme hinter mir rufen: »Mrs Summers, warten Sie doch bitte einen Moment.«

Verdammt. Auf ein Gespräch mit Dekan Fields habe ich momentan wirklich keine Lust. Und dass er mich nicht bei meinem Vornamen anspricht, wie er es sonst tut, lässt mich wissen, dass es ein unangenehmes Gespräch wird.

»Ja?«, frage ich dennoch bemüht freundlich und drehe mich mit einem aufgesetzten Lächeln zu ihm um.

Meine Augen mustern ihn in seinem maßgeschneiderten Anzug mit der streng gebundenen Krawatte, als er mit gewohnt selbstbewusster Haltung auf mich zumarschiert. Die Schultern gestrafft, das Kinn gereckt, der Rücken durchgebogen. Dieser Mann wirkt allein aufgrund seiner Ausstrahlung einschüchternd. Das hat Zane wohl von ihm geerbt. Dieser wirkt ebenfalls immer anderen überlegen und unantastbar.

»Wir müssen uns kurz miteinander unterhalten«, gibt mein Vorgesetzter mir bekannt, ohne mein Lächeln zu erwidern. Mit verschränkten Armen bleibt er dicht vor mir stehen und sieht sich flüchtig im leeren Gebäude um. Alle Studenten und Professoren befinden sich schon in den Hörsälen. »Sie kommen in letzter Zeit häufig zu spät und sind oft nicht ganz bei der Sache, wie mir zu Ohren kam.«

»Wie bitte?« Ich versteife mich und bemühe mich inständig, seinem durchbohrenden Blick standzuhalten. Nun sieht er mich zum ersten Mal nicht hungrig an. Stattdessen wirkt er verärgert, und seine Augen hart und zurechtweisend.

»Muss ich mir Sorgen machen?«, will er streng wissen.

Ich schüttele perplex den Kopf. »Es stimmt, dass ich in letzter Zeit ein paar Mal zu spät zum Kurs erschienen bin, allerdings bin ich immer bei der Sache.« Wer zur Hölle behauptet etwas anderes?

»Nun, mir hat eine besorgte Studentin anvertraut, dass Sie in den letzten Wochen häufig müde und erschöpft zum Unterricht erschienen sind. Sie meinte, sie wären außerdem leicht reizbar und öfter mit Ihren Gedanken ganz woanders«, erklärt er mir mit prüfend zusammengezogenen Augenbrauen. »Ist privat alles in Ordnung bei Ihnen, Rachel?«

Ich unterdrücke den Impuls, zu fluchen und das Gesicht zu verziehen. Betty, diese fiese, hinterhältige Schlange! So zahlt sie es mir also zurück, dass ich sie vor kurzem vor versammelter

Mannschaft bloßgestellt habe? Indem sie riskiert, dass ich eine Abmahnung von meinem Chef erhalte oder gar gekündigt werde?

Wie ich Mädchen wie sie hasse.

»Es ist alles in bester Ordnung«, versichere ich ihm ruhiger, als ich es innerlich bin. »Möglicherweise hegt besagte Studentin ja einen persönlichen Groll gegen mich, um so etwas zu behaupten. Leicht reizbar bin ich für gewöhnlich nicht, außer, man tut etwas, das mich verärgert, wie seine Kommilitonen bloßzustellen.« Ich lächele ihn falsch an. »Was meine Unpünktlichkeit betrifft – es wird nicht mehr vorkommen. Sie haben mein Wort.«

Dekan Fields starrt mich unverwandt an, ehe er langsam nickt. »In Ordnung. Ich nehme Sie beim Wort.«

»Gut.« Ich verschränke die Arme vor der Brust. »Und beim nächsten Mal wäre es mir lieber, Sie würden mich in Ihr Büro zitieren, anstatt mich hier im Flur mit solchen Anschuldigungen zu überfallen.« Möglicherweise gehe ich gerade zu weit, allerdings finde ich es unangebracht, mich auf diese Weise zu überrumpeln. Das geht wohl auch anders.

Zu meiner Überraschung schenkt er mir ein Lächeln, anstatt wütend auf meine gereizten Worte zu reagieren. »Es tut mir leid. Sie haben natürlich recht.« Als er plötzlich einen Schritt auf mich zu macht, versteife ich mich. Nun steht er so dicht vor mir, dass meine Brust die seine berührt. »Ich möchte nur betonen, dass ich Verständnis dafür habe, sollte es bei Ihnen aktuell privat nicht so gut laufen, was sich natürlich auch auf Ihre Arbeit an der Uni auswirkt. Wie Sie wissen, habe ich selbst schon einige private -«

»Privat ist bei mir alles in bester Ordnung«, schießt es augenblicklich defensiv aus mir hervor.

Ich spüre seine Hand auf meiner Taille erst, als er die Finger in meine Haut drückt, während er flüstert: »Wir leben in einer kleinen Stadt, Rachel. Mir kam die eine oder andere Sache über ihr Eheleben zu Ohren … Dass Ihr Mann ausgezogen ist, zum Beispiel. Dafür müssen Sie sich nicht schämen.« Seine Hand wandert zu meinem Rücken und seine Lippen berühren mein Ohr, als er fortfährt: »Vielleicht ist es ja auch besser so. Welcher Mann Sie als Frau nicht zu schätzen weiß, hat Sie wohl auch nicht verdient.«

Erbost starre ich ihn an, als er den Kopf zurückzieht und mich mit hungrig funkelnden Augen betrachtet. Vor Überrumpelung bringe ich kein Wort über die Lippen, geschweige denn schaffe ich es, einen Schritt zurückzutreten, um seine gierige Hand loszuwerden, die nun über meinen Rücken streichelt.

»Wenn Sie mal mit jemandem darüber reden möchten – meine Tür steht für Sie immer offen.« Er lächelt dieses schmierige Lächeln, bevor er sich abwendet und mit selbstbewussten Schritten den Gang entlang zu den Ausgangstüren marschiert.

Ich sehe ihm entsetzt hinterher, bevor ich angewidert das Gesicht verziehe und auf dem Absatz kehrtmache. Was für ein Schwein!

Nach ein paar Stunden habe ich den Tag endlich hinter mich gebracht und kann ins Wochenende starten. Nachdem ich einen Kaffee mit meiner Kollegin Susan getrunken habe, packe ich meine Sachen zusammen und mache mich auf den Weg zu den Waschräumen, um der Toilette einen kurzen Besuch abzustatten.

Ich muss gleich in die große Mall am Stadtrand fahren, um für die kommenden Tage einzukaufen. Da es stürmen und gewittern soll, und ich kaum noch Lebensmittel im Kühlschrank habe, muss ich vorsorgen.

Ich lege meine Sachen auf dem Fensterbrett ab und betrete eine der Toilettenkabinen. Während ich mich entleere, schreibe ich gedanklich eine Einkaufsliste, zu der zur Abwechslung mal kein Rotwein gehört. Ich muss konsequent bleiben und werde mich auch bei meinem Besuch bei Gabriella mit einem Glas Fruchtsaft zufriedengeben müssen.

Als ich die Kabine verlasse und zum Waschbecken gehe, frage ich mich innerlich, ob es nicht besser wäre, ich würde James doch nach Hause kommen lassen. Ich mochte Gewitter noch nie und finde den Gedanken befremdlich, allein in einem großen Haus zu sein, während draußen ein Sturm der Extraklasse tobt. Was, wenn der Strom ausfällt oder ein massiver Ast eines Baumes abreißt und durch mein Fenster segelt?

»Fickst du meinen Vater?«

Mit einem Schrei wirbele ich herum und reiße die nassen Hände in die Höhe. Meine Augen weiten sich, als ich Zane entdecke, der mit einem finsteren Blick an der geschlossenen Tür lehnt und seine dunklen Augen verengt über mich gleiten lässt.

Verdammt. Ich habe ihn gar nicht bemerkt. Seit wann steht er hier?

Moment mal … Fragte er mich gerade, ob ich seinen Vater vögele?

»Antworte!«, verlangt er mit harter Stimme. »Reicht es dir nicht, mich gefickt zu haben? Machst du dich jetzt auch noch an meinen Vater ran?«

»Wie bitte?« Ich schüttele fassungslos den Kopf, bevor ich wie bei seinem Vater heute Morgen defensiv die Arme vor der Brust verschränke. Bei beiden habe ich ständig das Gefühl, mich verteidigen zu müssen. »Dir ist der Zutritt zu diesem Raum verboten, Zane. Der Waschraum ist nur für weibliche Professoren -«

»Das ist mir verdammt noch mal scheißegal«, fällt er mir harsch ins Wort, bevor er mit entschlossenen Schritten auf mich zukommt.

Ich schlucke schwer und weiche zurück, bis ich die kalte Fliesenwand an meinem Rücken spüre. Mit verschränkten Armen bleibt er vor mir stehen und sieht mit zornigen Augen auf mich herab. In seinen Pupillen lodert ein kaltes, dunkles Feuer, während er mich ein weiteres Mal fragt, dieses Mal jedes Wort einzeln betonend: »Fickst. Du. Meinen. Vater?«

»Nein!«, schießt es mit dünner Stimme aus mir hervor, meine Atmung beschleunigt sich rasant. Wie jedes Mal, wenn er mir so nah ist, kann ich mein Herz wie ein wildes Tier gegen meine Rippen hüpfen spüren. »Wie kommst du denn auf diesen Unsinn?«

»Ich habe euch heute Morgen gesehen.«

Ich blinzele perplex, bevor ich beleidigt schnaube. »Und weil er mich auf eine unangemessene Weise berührt hat, denkst du automatisch, ich hätte ein Verhältnis mit ihm?«

»Sah ganz danach aus«, gibt er herausfordernd zurück. »Warum lässt du dich sonst von diesem Bastard anfassen?«

Dass er seinen eigenen Vater einen Bastard nennt, bestätigt meine Annahme, die beiden hätten ein eher schlechtes Verhältnis zueinander.

»Beleidige mich nicht«, zische ich und drücke ihn von mir, doch er bewegt sich keinen Millimeter weit.

Meine Kehle schnürt sich zu, während ich einen Blick hinter ihn auf die geschlossene Tür werfe. Wieder könnte uns jeden Moment jemand erwischen und ich möchte nur ungern ein weiteres unangenehmes Gespräch mit Dekan Fields über mein Verhalten an der Uni führen. Und speziell nicht über mein Verhalten gegenüber seinem Sohn.

»Zane, du solltest besser gehen. Wenn dich jemand hier mit mir sieht, könnte er denken -«

»Dass ich dich gefickt habe?« Er lächelt dieses arrogante und überhebliche Lächeln. »So wie ich denke, dass dich mein Vater gefickt hat?«

»Halt den Mund«, fauche ich und recke wütend das Kinn empor. »Ich habe nicht mit deinem Vater geschlafen. Das wäre verrückt! Er ist mein Vorgesetzter.«

»Nicht viel verrückter, als mit einem deiner Studenten zu vögeln«, meint er trocken. Er stützt einen Arm seitlich meines Kopfes an der Wand ab und beugt das Gesicht zu meinem herab, bevor er vor meinen Lippen flüstert: »Oder mit mehreren?«

»Was?«, wispere ich nun verwirrt.

Zane mustert so prüfend mein Gesicht, dass ich seinem Blick kaum standhalten kann. Erneut benebelt mich sein erdiger, frischer Duft, bis mir schwindelig davon wird. Meine Knie werden von seiner Nähe ganz automatisch weich, und ich ärgere mich maßlos darüber, dass er meinem Körper all diese Reaktionen entlockt, während ich bei meinem Ehemann so gut wie gar nichts mehr empfinde.

»Hast du dir jetzt einen anderen jungen Kerl gesucht, der dich auf eine Weise befriedigen kann, wie es dein Waschlappen von Ehemann schon lange nicht mehr kann?«, fragt er mich provokant. »Wobei ich nicht glaube, dass es dir Timmy Marten je so gut besorgen könnte wie ich. Aber wenn man das Original nicht mehr bekommt, sucht man sich einfach einen billigen Ersatz, nicht wahr?«

»Wovon zur Hölle sprichst du da?«, fahre ich ihn fuchsteufelswild an und drücke ihn ruckartig von mir, sodass seine Hand von der Wand abrutscht. Seine Kiefer mahlen aneinander, als ich ihn anfauche: »Erst unterstellst du mir, ich würde mit deinem Vater – meinem Vorgesetzten – schlafen, und jetzt soll ich auch noch eine Affäre mit einem anderen meiner Studenten haben?« Ich balle die Hände zu Fäusten, sie zittern vor Wut und Unglauben. »Wofür hältst du mich eigentlich? Eine schamlose Hure?«

»Wofür soll ich dich denn halten?«, fordert er mich heraus. »Erst sehe ich dich ganz vertraut mit Timmy in seinem Wagen und dann erwische ich dich genauso vertraut mit meinem Vater.«

»Du bist wahnsinnig«, schnaube ich kopfschüttelnd und reiße meine Sachen vom Fensterbrett, um den Waschraum zu verlassen. »Lass mich ab sofort gefälligst in Ruhe. Wir hatten eine Abmachung, Zane.«

»Die verliert ihre Gültigkeit, sollte ich erfahren, dass du mit einem anderen deiner Studenten oder meinem Vater fickst«, lässt er mich entschlossen wissen, woraufhin ich innehalte und ihm einen fassungslosen Blick zuwerfe. Mein Herzschlag hämmert in meinen Ohren, als er drohend hinzufügt, ein überlegenes Lächeln auf den vollen Lippen: »Wenn du nicht möchtest, dass dein Ehemann von uns erfährt, lässt du besser deine gierigen Finger bei dir.«

Ich bin geneigt, ihn ein x-tes Mal zu ohrfeigen, und hätte es vermutlich auch getan, würde er nicht unvermittelt nach meinem Handgelenk greifen und mich ruckartig in eine der Toilettenkabinen zerren.

Empört will ich mich von ihm losreißen, doch er ist schneller, schlägt die Tür zu, und presst mich mit dem Rücken unsanft dagegen. Seine Hand drückt meinen Mund zu, als ich ihn wüst beschimpfen will, während sich sein Körper fest an den meinen presst. Und dann höre ich es.

Die Tür schwingt auf und Absätze klappern auf dem Boden.

Verflucht.

Ich halte die Luft an und erwidere Zanes starren Blick. Seine markanten Gesichtszüge wirken immer noch verschärft, doch nun, wo wir aneinandergepresst in einer engen Toilettenkabine stehen, erkenne ich noch etwas anderes als Wut in seinen Augen. Sie verdunkeln sich gefährlich, bevor sie auf diese wilde Weise auflodern, die mir schon allzu vertraut ist.

Automatisch presse ich meine Schenkel zusammen.

Die Kabinentür neben uns wird geöffnet und geschlossen, dann benutzt jemand die Toilette. Die Sekunden dehnen sich aus, in denen Zane und ich bloß totenstill dastehen und uns anstarren, während die Frau neben uns ihr kleines Geschäft verrichtet.

Ich spüre, wie mein Körper gegen meinen Willen weicher an seinem wird und sich meine Muskeln lockern, während mein Herz dennoch immer schneller gegen meine Brust schlägt.

Zane scheint beides auch zu spüren, denn er wirft einen kurzen Blick auf unsere Körper, ehe er die Hand von meinem Mund nimmt. Bevor er sie zurückzieht, streicht er mit dem Daumen über meine Unterlippe, die prompt zu bibbern beginnt.

»Sei still«, formt er lautlos mit den Lippen, dann wandert seine Hand plötzlich zwischen meine Beine.

Ich reiße die Augen auf und schüttele heftig den Kopf, als er meinen Rock hinaufschiebt und seine Finger über meine Mitte streicht. Leise keuchend presse ich die Schenkel zusammen, doch es bringt absolut nichts. Trotz der eingeschränkten Bewegungsfreiheit seiner Hand und dem Stoff meines Höschens fängt er an, mich mit kreisenden Bewegungen zu stimulieren, meine Schamlippen zu necken und meinen plötzlich zuckenden Eingang zu erforschen. Ich beiße mir auf die Zunge, um ein Stöhnen zu unterdrücken.

»Öffne deine Beine«, befiehlt er mir fast unverständlich leise, doch meine Augen hängen an seinen sinnlichen Lippen, sodass ich den Befehl problemlos verstehe.

Gegen meine Stimme der Vernunft handelnd, spreize ich langsam die Beine. Ich kralle mich mit flatternden Lidern an seinen starken Armen fest, als er nicht zögert und seine Finger unter mein Höschen schiebt. Mir entfährt ein erstickter Laut, als er zwei davon bis zu den Fingerknöcheln in mich einführt. Zu meiner Schande ummantelt heiße Feuchtigkeit seine rauen Finger. Mit geschlossenen Augen vergrabe ich die Hand in seinem Shirt und lehne die Stirn an seine harte Schulter.

Gott im Himmel. Er besorgt es mir mit seinen magischen Fingern so gekonnt und schnell, dass ein unanständiges Schmatzen ertönt, welches unserer Kabinennachbarin bestimmt nicht entgeht. Das Geräusch der getätigten Spüle verschluckt es zu meiner Erleichterung jedoch und ich nutze den Moment, um Zanes Gesicht zu packen und von mir zu drücken.

»Hör auf«, flehe ich ihn atemlos an, meine Stimme kaum wahrnehmbar.

»Zwing mich dazu«, erwidert er leise, ein selbstgefälliges Funkeln liegt in seinen dunklen Augen.

Meine Finger verkrampfen sich um sein Gesicht und bohren sich schmerzhaft in seine Wangen, was ihn nicht im Mindesten zu stören scheint. Anstatt aufzuhören, schlingt er eine Hand um meine Kehle, fixiert meinen Kopf an der Tür, und intensiviert seine Stimulation zwischen meinen Beinen. Erneut muss ich ein Stöhnen unterdrücken. Meine Hand rutscht schwach von seinem Gesicht ab.

Die Kabinentür neben uns wird geöffnet, danach ertönt das Klackern der Absatzschuhe der Frau auf dem Boden. Während Zane mich mit seinen Fingern um den Verstand bringt, wird das Wasser im Waschbecken aufgedreht und der automatische Seifenspender betätigt. Er summt leise, während ich Mühe habe, meine Erregung nicht lautstark hinauszuschreien.

Meine Waden beginnen, zu krampfen, und mein Unterleib zieht sich verlangend zusammen. Hitze überströmt mich, als Zane seinen Handballen gegen meine pulsierende Klit drückt und beinahe aggressiv darüber reibt, als würde er es darauf anlegen, dass ich meine Erlösung finde, bevor meine Kollegin den Waschraum verlässt und es nicht mehr mitbekommen kann.

Verdammter Mistkerl.

»Zane …«, entfährt es mir erstickt und flehentlich, wobei ich nicht einmal sagen kann, worum ich ihn anbettele – darum, dass er aufhört, oder darum, dass er weitermacht.

Mein Körper steht wie unter Strom und meine Wangen glühen, und dann brechen die ersten Beben eines Orgasmus über mich herein. Ich erzittere, winsele und versuche, mich krampfhaft auf den Beinen zu halten, was sich aufgrund meiner weichen Knie und der hohen Schuhe als schwierig erweist.

Und plötzlich fällt die Tür zum Waschraum zu. Wir sind allein.

Zane zieht die Hand aus meinem Höschen und tritt zurück.

»Was zur Hölle …?«, entfährt es mir krächzend, während ich innerlich vor Frustration zu brennen anfange. Alles in mir schreit danach, loszulassen, doch Zane wirkt nicht, als würde er mir diesen Wunsch erfüllen wollen. »Bring sofort zu Ende, was du angefangen hast!«, befehle ich ihm abgehackt, doch alles, was er mir schenkt, ist ein arrogantes Lächeln.

»Denk an meine Worte, Babe«, presst er mit seiner heiseren Stimme hervor, vollkommen ruhig und unbeteiligt, bevor er nach der Türklinke greift und sie unbeeindruckt davon, dass ich halbnackt an der Tür lehne, aufzieht.

Ich stolpere ein paar Schritte zur Seite und sehe ihm entgeistert hinterher, als er geschmeidig aus der Kabine tritt und den Waschraum verlässt. Dabei pfeift er leise vor sich hin.

Mieses. Verdammtes. Arschloch!

18

Mein Abend mit Gabriella verläuft toll. Auch ohne ein Glas Wein nach dem anderen zu trinken, amüsiere ich mich prächtig und schaffe es irgendwann sogar, mein Unwohlsein aufgrund meiner Schandtaten mit ihrem Sohn für eine kurze Zeit zu verdrängen. Wir erzählen uns von unseren Collegezeiten, von wilden Partys, auf denen wir waren, und den unmöglichsten Kerlen, mit denen wir damals ausgegangen sind. Ich erwähne den Kiffer, in den ich maßlos verliebt war, und sie beichtet mir einen One-Night-Stand mit dem Vater irgendeines Jungen, mit dem sie damals ausging.

Wie mir aufgefallen ist, hat sie es wirklich faustdick hinter den Ohren. Sie war eines dieser verrückten, unaufhaltsamen Mädchen, das vor nichts zurückgeschreckt ist und sich immer geholt hat, was es wollte. Ganz im Gegensatz zu mir, der langweiligen Streberin.

Ich mag Gabriella und hoffe, dass sich unsere Freundschaft entfaltet und noch länger währt. Ich vermisse Abende wie diese und Gespräche, die man nur mit einer Frau führen kann. Selbst wenn diese Frau die Mutter eines Kerls ist, mit dem ich sündige Dinge verbrochen habe, für die man zweifellos in der Hölle schmort.

»Ach, ich beneide meinen Jungen«, meint Gabriella mit einem verträumten Seufzen. »Er hat gerade die beste Zeit seines Lebens. Kann tun und lassen, was er will, ein Mädchen nach dem anderen vernaschen und sich auf den verrücktesten Partys betrinken, bis er umfällt.« Sie stutzt und gluckst. »Könnte. Er trinkt ja keinen Alkohol, weiß der Geier warum.«

Ich lächele, doch meine Brust verkrampft sich bei der Vorstellung, dass Zane ein Mädchen nach dem anderen vernaschen könnte. Unwillkürlich denke ich an Blasehase-Betty und frage mich, ob er sie gevögelt hat. Naheliegend, oder? Sie wirft sich ihm schließlich förmlich an den Hals, und er hat jedes Recht der Welt dazu, flachzulegen, wen er will.

»Die Collegezeiten waren einfach die besten«, fügt Gabriella wehmütig hinzu. »Ich war siebzig Prozent der Zeit stoned, trotzdem bleiben manche Sachen unvergessen.«

Ich lache. »Du hast gekifft?« Sie nickt gelassen, als hätte das jeder auf dem College getan. Jeder außer mir. Ich war viel zu ängstlich und prüde, um irgendwelche Drogen zu konsumieren. »Kifft Zane auch?«

Mist. Ich beiße mir sofort auf die Zunge, als mir die Frage wie aus dem Nichts herausrutscht.

Gabriella schüttelt den Kopf, ohne sich etwas aufgrund meines fragwürdigen Interesses an ihrem Sohn zu denken. »Man mag es nicht glauben, aber Zane ist recht anständig für sein Alter. Sehr verantwortungsbewusst. Er trinkt und raucht nicht und hat auch sonst noch nie irgendwelche Drogen genommen. Nicht einmal probiert.« Sie zuckt lächelnd mit den Schultern, wirkt ein wenig stolz. »Nach mir kommt er in der Hinsicht jedenfalls nicht.« Plötzlich lacht sie laut auf. »Dafür in einer anderen. Bei den Mädchen ist er ähnlich zurückhaltend, wie ich es damals bei den Typen war.«

»Er hat also viele … Freundinnen?«, höre ich mich fragen und haue mir mental eine runter. Was zur Hölle ist in mich gefahren, seine Mutter über ihn auszufragen? Noch dazu über sein Liebesleben? Das könnte in der Tat verdächtig auf sie wirken.

Doch wieder wirkt Gabriella ganz gelassen, als sie nickt und amüsiert erzählt: »Zane war schon auf der High School ein Mädchenschwarm. Jeden Sonntag ist eine andere morgens aus unserem Haus geschlichen. Und manchmal hat er sich unter der Woche weggeschlichen und ist durch das Fenster unserer Nachbarin geklettert, um ihre Tochter zu besuchen.« Sie grinst bei der Erinnerung kopfschüttelnd. »Das hat mich nie gestört. Sollte er doch seinen Spaß haben. Ich hatte meinen in seinem Alter auch. Und er war verantwortungsbewusst genug, um aufzupassen, was ich Harvey auch immer beteuert habe, wenn er sich wieder über seinen Sohn beschwert hat.« Nun verdreht sie die Augen.

Ich trinke einen Schluck vom Kaffee und lächele sie steif an. Es ist nicht sonderlich überraschend für mich, zu hören, dass Zane ein Aufreißer war. Immerhin ist er heute noch einer. Mich hat er definitiv aufgerissen, denn es war nie meine Absicht, ein betrügerisches Flittchen zu sein.

»Er hatte noch nie eine feste Freundin«, vertraut sie mir an, woraufhin ich mich möglichst unbeeindruckt gebe, um kein Misstrauen bei ihr zu erregen.

Insgeheim interessiert es mich brennend. Alles, was mit Zane zu tun hat. Er ist ein undurchschaubares Rätsel für mich, fast schon ein Mysterium.

»Aber das ist auch nicht sonderlich verwunderlich, wenn man bedenkt, welches Vorbild für Beziehungen er hatte.« Nun verändert sich ihr Gesichtsausdruck, wirkt schuldbewusst. »Harveys und meine Trennung hat ihn damals schwer getroffen und ziemlich mitgenommen. Er war erst sechzehn. Wir haben auch vor unserer

Scheidung kein wirklich gutes Beispiel für eine gesunde Beziehung abgegeben. Wir haben fortwährend gestritten und unsere Differenzen vor Zane ausgetragen, schon als er noch ganz klein war. Und dann hat er mich …« Sie unterbricht sich und winkt ab. »Ach, unwichtig. Was ich sagen will, ist, dass es mich nicht wundern würde, wenn er für immer der Kerl bleibt, der sich noch nachts still und heimlich aus der Wohnung schleicht, wenn du verstehst, was ich meine.«

Ich nicke und frage mich, was sie zuvor sagen wollte und warum sie es sich im letzten Moment anders überlegt hat. Stattdessen meine ich möglichst locker: »Er ist noch jung. In seinem Alter interessieren sich die wenigsten Kerle für eine feste Beziehung.«

Gabriellas Augen wirken trüb, als sie leise seufzt und mit den Schultern zuckt. »Bei Zane ist es anders. Es ist nicht so, als hätte er einfach kein Interesse daran, sich an ein Mädchen zu binden. Er hält bloß *einen Scheiß* von Beziehungen, um es in seinen Worten auszudrücken.« Sie lacht, doch es klingt traurig. »Für ihn existiert die Liebe nicht. Er hat nie gesehen oder erlebt, wie es ist, wenn sich jemand von Herzen liebt. Er weiß nicht, welch bedingungsloses Vertrauen damit einhergeht, da es das nie zwischen Harvey und mir gab. Er kennt die schönen Seiten einer Beziehung nicht, nur die hässlichen. In unserer Familie gibt es kein einziges Paar, das als gutes Beispiel durchgehen könnte, warum es sich lohnen würde, sein Herz an jemanden zu verschenken. Im Gegenteil. Eher eine lange Liste guter Beispiele dafür, warum man es bloß nie tun sollte. Und die Ehe ist für Zane der Witz schlechthin. Harveys und meine Ehe war schließlich auch ein Witz.«

»Weiß er von euren Affären?«, möchte ich vorsichtig wissen.

Sie sieht mich mit demselben Schuldbewusstsein an, das sich auch vorhin in ihrer Miene widergespiegelt hat. Dann nickt sie schwach. »Nicht nur das. Er hat sogar live miterleben müssen, wie seine Mutter fremdvögelt und sein Vater mitten in der Nacht in seinem Wagen mit einer seiner Klassenkameradinnen rummacht.«

Ich weite meine Augen. Das verschlägt mir für einen Augenblick förmlich die Sprache. »Dein Ex-Mann hatte etwas mit einer minderjährigen Schülerin?«

Gabriella schämt sich offensichtlich dafür, denn sie weicht meinem schockierten Blick unwillkürlich aus, nickt aber. »Zane und Harvey haben seither ein eher schlechtes Verhältnis zueinander, um es mal milde auszudrücken. Ich wundere mich bis heute darüber, dass er mir meine Fehltritte nicht annähernd so übelgenommen hat wie seinem Vater seine. Unsere Beziehung war immer enger, vielleicht deswegen. Und ich habe ihm seine eigenen Fehltritte auch nie übelgenommen, und von denen gab es weiß Gott viele. Zane ist ein komplizierter, schwieriger Kerl, aber ich liebe ihn mit all seinen Fehlern. Harvey und ich sind wohl beide daran schuld, dass er eine so gestörte Einstellung zu Beziehungen und der Ehe hat.«

»Na ja, gestört würde ich sie jetzt nicht unbedingt nennen«, wende ich zögerlich ein. Irgendwie habe ich das Bedürfnis, Zane zu verteidigen, da ich nun zum Teil verstehen kann, warum er ist, wie er ist. Es kann nicht sehr toll gewesen sein, seine Eltern dabei zu beobachten, wie sie fremdgehen. Und sein Vater eine seiner minderjährigen Klassenkameradinnen verführt.

Was für ein widerliches Schwein. Und einer wie er ist Dekan an einer privaten Universität.

»Du hast ja keine Ahnung, Rachel«, murmelt Gabriella, doch anstatt mir zu erklären, was sie damit meint, erhebt sie sich abrupt und zeigt auf den Himmel, von dem erste Regentropfen herab prasseln. »Oh je. Das Unwetter kommt. Lass uns lieber reingehen.«

Ich nicke und schnappe mir unsere Getränke, bevor ich ihr ins Haus folge. Wir verlegen unseren Frauenabend in ihr geräumiges Wohnzimmer, und ich werfe einen kurzen Blick auf mein Handy, um zu sehen, ob James versucht hat, mich zu erreichen. Hat er nicht.

Ich schreibe ihm eine weitere Textnachricht, wie ich es schon bei meiner Ankunft hier getan habe, damit er nicht vergisst, vorbeizukommen und sich um unsere Veranda zu kümmern. Währenddessen beginnt es draußen, wie aus Eimern zu schütten.

»Verflucht«, murmele ich und werfe einen Blick aus dem Fenster zu meinem Haus, doch die Straße ist zu dunkel und der Regen versperrt mir jegliche Sicht darauf. Ich erkenne bloß die beiden Bäume in unserem Vorgarten, deren Äste wild auf und ab peitschen und beinahe auf meinen Wagen knallen. »Der Sturm scheint früher aufzuziehen. Ich sollte mich um die Möbel und Pflanzen auf der Veranda kümmern.«

»Wollte James sich nicht darum kümmern?«, fragt Gabriella mit einer hochgezogenen Augenbraue, die Arme gemütlich auf der Couchlehne ausgebreitet.

»Wollte er. Aber ich glaube, er ist noch im Büro«, erwidere ich unschlüssig und werfe wieder einen Blick durch das Fenster zu meinem Haus. Im selben Moment ertönt ein lautes Donnern und ich zucke zusammen. Gleich mehrere Blitze zeichnen sich auf dem sonst schwarzen Himmel ab. »Er hat sich nicht gemeldet und antwortet nicht auf meine Nachrichten.«

»Dann geh mal lieber rüber und erledige das selbst«, fordert sie mich mit einem beunruhigten Blick nach draußen auf. »Es fängt an, richtig zu gewittern. Du solltest dich beeilen.«

Ich nicke und marschiere in den Flur, wo ich etwas gehetzt in meine Sneakers schlüpfe, während ich das Handy in meiner Hosentasche verstaue. Das Donnern draußen wird immer lauter und irgendwo schlagen Blitze ein. Zumindest klingt es so. Gabriella folgt mir in den Flur und deutet fragend auf einen Regenschirm, den ich dankbar lächelnd ablehne.

»Schade, dass ich schon gehen muss, aber ich würde das gerne bald mal wiederholen«, verabschiede ich mich von ihr, woraufhin sie mich anstrahlt und energisch nickt.

»Gerne. Nächstes Mal bei dir?«

»Montag, wenn das Unwetter vorbei ist?«, biete ich ihr freundlich an.

»Abgemacht.« Grinsend schlendert sie zur Haustür und öffnet sie für mich. »Oh Mann. Jetzt musst du aber wirklich laufen, Rachel.«

Ich kichere und winke ihr, bevor ich die Kapuze meines Sweaters über den Kopf ziehe und durch den strömenden Regen über die Straße laufe. Ich komme kaum ein paar Meter weit, da bin ich schon klatschnass und meine Kleidung tonnenschwer. Die Regentropfen fühlen sich wie harte Eiskristalle an, als sie auf meinen Kopf prasseln. Ich laufe durch tiefe Pfützen, schirme mir keuchend die Stirn mit der Hand ab, und zucke erneut zusammen, als es irgendwo in der Ferne unheilvoll kracht. Die Kapuze rutscht von meinem Kopf und ich bekomme eine kostenlose Haarwäsche.

Als ich endlich mein Haus erreiche, hechte ich die wenigen Stufen zur Veranda herauf und sehe mich erstaunt um. Sie ist leer. Kein einziger Blumentopf steht mehr auf dem weißen Geländer, die beiden großen palmenähnlichen Pflanzen fehlen seitlich der Haustür, und die Sitzbank rechts davon ist mit einer Art Plastikplane abgedeckt, die mit dicken Gummibändern an den hölzernen Beinen fixiert ist. Der dazu passende Schaukelstuhl fehlt.

Ich lächele. James hat sein Wort gehalten. Er war schon hier, um sich um alles zu kümmern, und hat es mir nicht einmal gesagt. Schuldgefühle steigen in mir auf, weil ich insgeheim schon sauer war, dass er sein Versprechen wieder einmal gebrochen hat.

Ich vergewissere mich kurz, dass die Sitzbank gut abgedeckt ist, bevor ich, tropfend wie ein begossener Pudel, zur Haustür gehe und meine durchnässten Sneakers auf der Matte davor abstreife. Dann nehme ich sie in die Hand, damit sie der starke Wind nicht über Nacht davonweht, und drücke mit dem Ellbogen die unverschlossene Tür auf. Ich höre James' tadelnde Stimme in meinem Kopf, die mir sagt, dass man auch in einer sicheren Gegend wie dieser die Tür abschließen muss, selbst wenn man nur bei einer Nachbarin vorbeischaut.

Kaum bin ich im Flur angekommen, streife ich die nasse Kleidung von meinem Körper, die allmählich schon zu einer zweiten Haut geworden ist, und krame gleichzeitig das Handy aus meiner Hosentasche. Ich wähle James' Nummer und klemme es mir zwischen Schulter und Ohr, während ich in die Küche wandere und mit dem Ellbogen das Licht einschalte. Seine Mailbox springt an, als ich meine nasse Kleidung über der Spüle ausdrücke. Das feuchte Haar klebt unangenehm an meinem Rücken.

Mit einem Lächeln auf den Lippen sage ich nach dem Piepton: »Hey, ich bin's. Warum hast du denn nicht angerufen? Ich wollte mich bloß dafür be… -«

Ein Klopfen an der Haustür lässt mich verstummen. Verwirrt drehe ich den Kopf und runzele die Stirn.

Kurzerhand beende ich den Anruf, lasse die Kleidung achtlos in die Spüle fallen, und spaziere nur in Unterwäsche in den Flur, wo ich mir prompt den Zeh am Schuhschrank stoße, weil ich zu faul war, das Licht einzuschalten.

»Autsch«, entfährt es mir stöhnend, bevor ich zur Tür humpele und das Licht einschalte. Obwohl es nur James sein kann, der vorbeigekommen ist, öffne ich die Tür bloß einen Spalt weit und verstecke meinen halbnackten Körper dahinter, bevor ich nach draußen schiele. Dort ist niemand zu entdecken.

»Hallo?«, rufe ich laut über den heulenden Wind und Starkregen hinweg, erhalte jedoch keine Antwort. Habe ich mir das Klopfen bloß eingebildet? War es vielleicht bloß einer der massiven Äste, der gerade gegen das Dach meines Wagens knallt?

»Mist«, zische ich und will schon nach draußen stürmen, da fällt mir wieder ein, dass ich keine Kleidung trage. Doch im nächsten Moment vergesse ich es wieder, da ich Zanes schwarzen Mustang auf der Straße gegenüber entdecke.

Ruckartig reiße ich die Tür komplett auf und kneife die Augen zusammen, bevor ich nach rechts und links blicke. Impulsiv halte ich Ausschau nach ihm und spüre, wie mein Herz gefühlt drei Takte schneller schlägt.

War der Wagen vorhin schon da? Aufgrund meines rekordverdächtigen Lauftempos und des strömenden Regens könnte ich ihn übersehen haben. Warum aber sollte er seinen Wagen vor dem Haus seiner Mutter parken, ohne hineinzugehen?

»Autoschlüssel.«

Kreischend wirbele ich herum und mache direkt noch einen erschrockenen Hüpfer zur Seite, bevor ich mir laut ausatmend eine Hand auf die nackte Brust schlage und »Verflucht!« ausrufe.

Zane runzelt die Stirn, als er seinen Blick an mir hinabgleiten lässt. »Irgendwie nett, dass du zu Hause nur in Unterwäsche rumläufst, aber du solltest dir vielleicht etwas überziehen, bevor du die Haustür öffnest«, bemerkt er dann trocken.

»Was zur Hölle machst du in meinem Haus?«, platzt es ungläubig aus mir heraus. Ich habe mich beinahe zu Tode erschreckt. »Und wie bist du überhaupt reingekommen?«

Er wirkt vollkommen unbeeindruckt von meiner Hysterie. »Durch die Hintertür. Du solltest dir vielleicht künftig auch angewöhnen, abzuschließen, damit nicht jeder wildfremde Kerl einfach so in dein Haus spazieren kann.« Er wirft wieder einen Blick auf meinen halbnackten Körper, ein Lächeln zupft an seinen Mundwinkeln. »Nette Unterwäsche übrigens. Ein pinkes Höschen würde meiner Sammlung noch fehlen.«

»Raus hier!« Ich packe ihn fuchsteufelswild am Saum seines nassen Shirts und zerre ihn in Richtung Tür. »Und brich nie wieder bei mir ein, klar?«

Was denkt er sich überhaupt dabei, einfach bei mir einzusteigen? Ist er völlig irre geworden? Was, wenn James dagewesen wäre?

»Einzubrechen würde voraussetzen, dass ich Hindernisse wie Türschlösser überwinden müsste, um dein Haus zu betreten«, erinnert er mich besorgniserregend abgebrüht. »Was nicht der Fall war.«

»Das gibt dir trotzdem kein Recht, einfach bei mir hereinzuspazieren!«, fauche ich aufgebracht.

»Gib mir deinen Autoschlüssel«, sagt er, meine Aufforderung, zu gehen, vollkommen ignorierend. Als ich ihn bloß entgeistert anstarre, verdreht er genervt die Augen.

Kurzerhand greift er an mir vorbei und reißt ihn aus der Porzellanschale am Schuhschrank. »Und noch was: Park deinen verdammten Wagen nicht unter einem Baum, wenn ein Hurrikan ähnlicher Sturm angekündigt wurde. Sofern dir was an deinem Auto liegt.«

Mit diesen Worten verlässt er das Haus und marschiert im strömenden Regen zu meinem Wagen, der immer noch vom wedelnden Ast misshandelt wird. Zane setzt sich klatschnass hinter das Steuer, schaltet den Motor ein und fährt rückwärts aus der Einfahrt. Dann parkt er den Wagen auf der Straße hinter seinem, weit weg von irgendwelchen Bäumen mit bösen, schwingenden Ästen.

Moment mal …

Mein Blick fällt auf meine leer geräumte Veranda, dann auf die mit Plastikplanen bezogene Sitzbank, die angeschraubt ist, weshalb man sie nicht im Haus verstauen kann, bis das Unwetter vorüber ist. Impulsiv werfe ich einen Blick über meine Schulter und weite meine Augen, als ich die nassen Schuhabdrücke auf dem Boden entdecke. Diese führen zur Kellertür unterhalb der Treppe und können nicht von mir stammen, da ich meine Schuhe ausgezogen habe, bevor ich das Haus betreten habe. Ich entdecke auch welche, die in die Küche führen, und folge ihnen. Sie enden vor der Hintertür, durch die Zane gekommen ist.

War er etwa schon vorher hier, als ich noch bei seiner Mutter zu Besuch war? Und war er es, der sich um meine Pflanzen und Möbel gekümmert hat? Das kann unmöglich sein, oder?

Ich starre ihn an, als wäre er eine Fata Morgana, als er Sekunden später klatschnass und tropfend den Flur betritt, wo er meinen Autoschlüssel achtlos zurück in die Schale wirft. Seine braunen

Augen treffen auf meine, als er sich mit einer Hand das nasse Haar aus der Stirn streicht, bevor er einen flüchtigen Blick auf die schmutzigen Schuhabdrücke wirft, die er überall hinterlassen hat.

»Sorry dafür«, meint er knapp, sein Tonfall ist kaum zu deuten. »Also dann. Schließ hinter mir ab.«

Als er Anstalten macht, mein Haus zu verlassen, laufe ich in den Flur und rufe: »Warte!«

Er hält inne und dreht sich mit einem Stirnrunzeln zu mir um. Ich halte ebenfalls inne und schlucke, als ich all die verführerischen Einkerbungen seiner Muskeln auf dem feucht an ihm klebenden Stoff seines schwarzen Shirts erkenne. Wie damals im Wagen stelle ich fest, dass er nass besser aussieht als trocken. Wassertropfen glitzern auf seinen langen Wimpern und perlen über seine gebräunte, stramme Haut auf der Brust.

Er gibt unter der Dusche bestimmt ein heißes Bild ab.

»Was?«, fragt er ungeduldig.

»Warst du das?« Ich deute nach draußen. »Hast du dich um meine Pflanzen und Möbel -«

»Und wenn schon«, fällt er mir ins Wort und wirkt dabei tatsächlich ein wenig verlegen. Er reibt sich den Nacken und zuckt mit den Schultern. »Du hast es schließlich nicht getan, und dein toller Ehemann scheint auch keinen Wert auf eure Möbel und Pflanzen zu legen.«

Ich blinzele überrumpelt. Das ist … nett von ihm. Verwirrend nett. *Zu* nett.

»Und warum tust *du* es?«, möchte ich irritiert von ihm wissen. »Du bist doch nicht extra bei einem Unwetter hierhergefahren, um nachzusehen, ob sich jemand um die Pflanzen auf meiner Veranda gekümmert hat?«

»Das Unwetter beginnt gerade erst.«

»Du weißt, was ich meine.«

»Ich war in der Nähe«, erklärt er ausweichend.

Und ich erkenne sofort, dass es eine Lüge ist.

Aus irgendeinem Grund muss ich lächeln. Diese Seite an ihm ist mir neu. Und ich hätte nie damit gerechnet, einmal auf eine positive Weise von ihm überrascht zu werden.

Vorsichtig mache ich einen Schritt auf ihn zu und bemerke, Angst davor zu haben, er könnte zurückweichen, was er jedoch nicht tut. Dennoch misstrauisch zieht er die Augenbrauen zusammen, als ich neckisch frage: »Zane Lewis, kann es sein, dass du tief in dir drin tatsächlich … so etwas wie ein netter Kerl bist?«

»Bullshit«, seufzt er und verzieht beinahe angewidert das Gesicht, als hätte ich ihn tatsächlich mit Stierscheiße verglichen. Ich muss lachen, und seine Miene verhärtet sich, während er die Tür hinter sich zuschlägt, da der starke Wind den Regen hereinträgt. »Was gibt es da zu lachen?«

»Nichts, es ist nur …« Ich schüttele lächelnd den Kopf und streiche ihm eine nasse Haarsträhne aus der Stirn, von der Wasser auf seine Nase tropft. »Danke.«

Als sich seine Schultern anspannen und seine Augen verengen, wird mir mein Fehler sofort bewusst. Als hätte ich mich verbrannt, ziehe ich die Hand zurück, doch er ist schneller und packt sie in einem forschen Griff. Ein Wimmern stiehlt sich aus meinem Mund, und er wirft einen Blick auf mein beleidigtes Handgelenk. Als er die blassblauen Flecken entdeckt, tritt ein fremder Ausdruck in seine dunklen Augen.

Und dann lodern sie mit einem Mal gefährlich auf.

»War ich das?« Seine Stimme klingt ruhig, ein starker Kontrast zu dem Ausdruck in seinen Augen. Dieser kann es problemlos mit dem Unwetter draußen aufnehmen. Darin erkenne ich ebenfalls einen nicht zu bändigenden Sturm, der Zerstörung ankündigt.

»Ja«, erwidere ich leise, ohne vorwurfsvoll dabei zu klingen. »Wer denn sonst?«

»Stimmt ja«, murmelt er rau, seine Augen brennend auf die meinen gerichtet. Plötzlich ist er mir viel näher als noch vor einer Sekunde. Er umschließt mein Handgelenk sanft mit seinen langen Fingern, bevor er den Daumen darüberstreicht, als wolle er sich entschuldigen. »Ich habe vergessen, dass ich der einzige Mann bin, der dich seit Längerem anfasst.«

Ich schlucke und schweige. Aus irgendeinem Grund treiben mich seine Worte heute nicht zur Weißglut. Immerhin sagt er nur die Wahrheit, und das zudem in einem Tonfall, der ganz untypisch … sanft klingt. Nicht gehässig, provokant, herausfordernd oder triumphierend.

»Oder hat sich das in der Zwischenzeit geändert?«, will er wissen und zieht mich an seinen Körper. Mir wird prompt wärmer, als er seine große Hand in mein feuchtes Haar schiebt und die Finger sanft hineinkrallt. Er neigt meinen Kopf nach hinten, anstatt wie sonst an meinem Haar zu reißen, und beugt das Gesicht zu meinem herab. »Jetzt, wo dein Mann wieder angekrochen gekommen ist?«

»Woher weißt du das?«, wispere ich plötzlich nervös.

Seine Nähe ist wie eine Droge. Sie berauscht mich, zieht mich gleichzeitig runter, nur um mich dann wieder abheben zu lassen, und nimmt mir jegliche Möglichkeit, klar zu denken oder die richtigen Entscheidungen zu treffen. Es ist, als würde sie einen Schalter in mir umlegen. Den, der meinen Verstand aktiviert. Oder in diesem Fall deaktiviert.

»Ich habe euch gesehen, schon vergessen?« Zane kommt meinem Mund noch näher, bis seine Lippen federleicht über meine streichen. Ich bekomme eine Gänsehaut auf dem feuchten Nacken, als er flüstert: »In seinem Wagen. Es sah sehr vertraut zwischen euch aus.« Seine Hand krallt sich fester um mein Haar, bevor er unverblümt fordert: »Sag mir, fickt er dich wieder? Oder lässt du ihn noch ein bisschen zappeln?«

»Wie kommst du darauf, dass *er* angekrochen kam?«, will ich im Gegenzug wissen. Meine Stimme bebt und verrät den Sturm an Gefühlen, der in meiner Brust wirbelt. »Vielleicht war ich es, die ihn angefleht hat, zu mir zurückzukommen.«

Zane lächelt wissend. »Warum solltest du das tun, nachdem ich dich daran erinnert habe, wie es ist, begehrt zu werden? Nachdem ich dir gezeigt habe, wie sich wahre Leidenschaft anfühlt, und dass diese schon lange nicht mehr zwischen euch existiert?« Ich blinzele ertappt. Er reibt seine stoppelige Wange an meiner und legt seine weichen Lippen an mein Ohr. »Das Einzige, das dich noch an deinen Mann bindet, ist das Blatt Papier, das du vor einer Ewigkeit unterschrieben hast. Auf welchem steht, dass du offiziell ihm gehörst, aber wir beide wissen, dass es inoffiziell schon lange nicht mehr so ist. Er kann dir nicht mehr geben, was du brauchst. Das, wonach sich jede Frau sehnt. Du bist vielleicht emotional noch an ihn gebunden, aber dein Körper will jemand anderen.« Er presst sein Becken gegen mich, und ich keuche auf, als ich seine harte Erektion an meinem Unterleib spüre. »Mich«, haucht er heiser. »Dein Körper will mich. Vielleicht sogar mehr, als meiner dich will. Und das ist fast unmöglich.«

Mir wird schwindelig und ich wimmere, als er an der empfindsamen Stelle hinter meinem Ohr saugt. Unwillkürlich werden meine Knie wieder weich, und ich kralle mich in seine starken Schultern. Sein Duft umhüllt mich, und ich stelle zu meinem Entsetzen fest, dass er mir längst vertraut ist. So vertraut, dass ich mich wohl und sicher bei ihm fühle, wie ich mich bislang nur bei meinem Mann gefühlt habe.

Inzwischen ist es nur noch Zanes Duft, den ich ständig in der Nase und nun auch überall in meinem Haus habe.

Eine Erkenntnis, die mir die Kehle zuschnürt.

»Hättest du deinen Mann angefleht, zu dir zurückzukommen, wärst du eine andere Frau als die, für die ich dich gehalten habe«, fährt er leise fort, bevor er den Kopf zurückzieht. Seine dunklen Augen verschmelzen mit meinen, so intensiv betrachtet er mich. »Das würde nicht zu dem Bild passen, das ich von dir habe. Denn diese Frau wäre viel zu stolz, um einen Mann anzubetteln, sie zu beachten und zu wollen. Sie hat es nicht nötig, weil sie ihren Wert kennt.«

Als er das zu mir sagt, dreht mein Herz förmlich durch. Es hämmert in meiner Brust. Alles an seiner Ausstrahlung wirkt aufrichtig und ernst. Ich suche nach Anzeichen einer Lüge in seinem Blick, suche Spott oder Hohn, finde jedoch nichts.

Meine Augen bleiben an seinen vollen Lippen haften, die wie immer von dunklen Bartstoppeln umgeben sind, und ich gebe dem Impuls nach und tue, wonach alles in mir verlangt.

Jede Faser meines Körpers, der sich nach seinem sehnt, wie er sich noch nicht einmal nach dem des Mannes gesehnt hat, mit dem ich seit beinahe einem Jahrzehnt zusammen bin.

Ich lege die Hände um Zanes Wangen, gehe auf die Zehenspitzen und drücke meine Lippen auf seinen Mund.

Der Kuss ist anders als jeder, den wir bisher geteilt haben. Er ist eine zarte, fast vorsichtige Annäherung, ein kleiner Beweis meiner Zuneigung und Dankbarkeit. Sanft, unschuldig, wertschätzend.

Er erwidert ihn trotzdem.

Auf exakt dieselbe Weise.

Und ich bin hilflos verloren.

19

Wir küssen uns, und absolut nichts hat sich je so intim angefühlt. Während unsere Zungen miteinander spielen, sich gegenseitig necken und liebkosen, fühle ich, wie sich ein imaginäres Band um uns wickelt, welches uns aneinanderfesselt. Es mag durchsichtig sein, ist aber so fest, dass ich mich niemals ohne Hilfe wieder daraus befreien könnte. Ein Band dunklen und sündigen Verlangens und noch so viel mehr, was mich verängstigt.

Zane bewegt seinen Körper nach vorne, ohne seine Lippen von mir zu nehmen, bis ich mit dem Rücken an der Wand lehne. Er packt meine Hände, verschränkt seine Finger mit meinen und drückt sie seitlich meines Kopfes an die Wand. Ein Kribbeln breitet sich diesmal nicht nur in meinem Unterleib, sondern in meinem ganzen Körper aus. Er knabbert spielerisch an meiner Unterlippe, und ich keuche, während seine Erektion schwer gegen meinen Bauch drückt.

Als er sich langsam zurückzieht, öffne ich flatternd die Lider. Immer noch sind unsere Finger ineinander verschlungen, seine feurigen Augen dunkel und begierig auf meine gerichtet. Ich wölbe mich ihm willig entgegen, flehe ihn still darum an, mich zu berühren, und er lächelt auf eine Weise, die verrät, dass er genau weiß, was ich damit bezwecke.

Zane lässt meine Hände los und greift an meinen Rücken, ohne mich aus den Augen zu lassen. Seine Finger finden den Verschluss meines BHs und öffnen ihn, bevor er ihn über meine Schultern und Arme streift. Ich schüttele mich vor Gänsehaut, weil er dabei so zärtlich vorgeht.

Dann küsst er mich auf dem Hals, arbeitet sich zu meinem Schlüsselbein herab und bewegt sich am Tal zwischen meinen nackten Brüsten nach unten. Ich lasse die Arme komplett sinken und der BH landet auf meinen Füßen.

Zanes Lippen streichen über die Rundung meiner linken Brust, bevor sie meinen Nippel umfangen und seine Zunge neckisch darüber leckt. Seine Hand findet meine andere Brust, und sein Daumen und Zeigefinger zupfen sanft an meiner prickelnden Brustwarze. Ich keuche und sehe wie gebannt auf ihn herab, nicht imstande, den Blick auch nur eine Sekunde lang von ihm abzuwenden.

Langsam lässt er die Hände an meinen Seiten nach unten gleiten, bis sie meine Oberschenkel umschließen, sie kneten und streicheln, während meine Finger sein seidiges Haar finden, sich sanft hineinkrallen und ihn bei mir halten. Er küsst meinen Bauch, taucht seine Zunge in meinen Bauchnabel und wandert immer tiefer, bis er den Stoff meines Höschens erreicht und es quälend langsam mit den Zähnen herunterzieht. Auch dieses landet bei meinen Füßen.

Kaum richtet er sich wieder auf, ziehe ich ihn sehnsüchtig am Nacken zu mir und presse meinen Mund wieder auf den seinen. Zane erwidert den Kuss dieses Mal hingebungsvoller und gröber, ohne tatsächlich grob zu werden.

Wir atmen uns beide schwer in den Mund, während ich an den Saum seines feuchten Shirts greife, bevor ich es ungeduldig nach oben ziehe. Er weicht für eine Millisekunde von mir, damit ich es über seinen Kopf streifen kann, und spannt all seine Muskeln an, als ich meine Hände danach auf seine feste Brust lege, bevor ich sie über seinen Bauch nach unten gleiten lasse. Er fühlt sich unter meinen Fingern so gut an, so weich und gleichzeitig hart, dass meine Fingerspitzen aufgeregt zu kribbeln beginnen.

Als ich an die Schnalle seines abgewetzten Gürtels greife, weicht er mit dem Kopf zurück und starrt mich durch verlangende Augen an, die nun beinahe schwarz erscheinen. Meine Finger zittern, als ich die Schnalle seines Gürtels öffne und kurz darauf den Knopf seiner Jeans.

Ich japse, als er mich plötzlich an den Oberschenkeln packt und sein Becken hart gegen meines presst, wodurch ich genauso fest gegen die Wand gedrückt werde.

»Mach weiter«, fordert er mich heiser auf, und ich zögere nicht und befreie seinen geschwollenen Schwanz aus den Boxershorts.

Zane weicht ein kleines Stück von mir, sodass ich den Stoff seiner Unterhose weiter nach unten ziehen kann, bis seine Erektion und sein strammer Hintern komplett frei liegen. Danach geht er leicht in die Hocke, damit ich seine mächtige Wurzel umfassen und seine Härte an meinen nassen Eingang führen kann.

Wir blicken uns an, tief und stumm, während er Zentimeter für Zentimeter in mich eindringt, bis er sich bis zu den Hoden in mir versenkt und ich stöhnend den Kopf zurückwerfe. Er keucht vor meinem Gesicht, bevor er seines an meinem Hals vergräbt.

Dann fängt er an, sich zu bewegen, erst langsam und zurückhaltend, aber so tief, dass ich auf eine überwältigende Weise von ihm ausgefüllt bin. Ganz und gar. Seine männliche Härte überdehnt mich, doch gleichzeitig ist es nicht genug.

Ich lege die Hände um seinen Hals, kralle mich an ihm fest und lasse mich in seinem genießerischen Tempo von ihm gegen die Wand vögeln. Ich genieße es ebenfalls in vollen Zügen, egal ob er langsam oder schnell zustößt, egal ob sanft oder hart. Es ist jedes Mal berauschend, ihn zu spüren, jedes Mal ein noch höheres High, bevor ich in ein tieferes Tief falle.

Sein Schwanz gleitet rhythmisch in mich, zwängt sich durch meine engen Wände und trifft diesen bestimmten Punkt in mir, als er sein Becken kippt und etwas fester in mich stößt. Ich stöhne, keuche, wölbe mich ihm entgegen, und er knurrt und reibt sich an mir, während seine Lippen an mir saugen und seine Zähne an mir knabbern.

Seine Finger bohren sich in das weiche Fleisch meiner Oberschenkel, als er ein schnelleres Tempo annimmt, welches mich unwillkürlich einem Orgasmus zusteuern lässt, ohne dass er mit seinen Fingern nachhelfen muss. Meine Beine beginnen zu zittern und alles in mir zieht sich sengend heiß zusammen.

»Noch nicht«, raunt er atemlos an meinem Hals, bevor er mich fester packt und unvermittelt ins Wohnzimmer trägt. Dort legt er mich mit dem Rücken auf der Couch ab und kniet sich über mich, sein Schwanz immer noch tief in mir.

Die angespannten Muskeln an seinen Armen zucken, als er sich seitlich meines Körpers auf der Sitzfläche der Couch abstützt und mit verhangenen Augen auf mich herabblickt. Seine Lippen sind von unseren Küssen ganz geschwollen.

»Ich ficke dich echt gerne.«

Sein unvermitteltes und unverblümtes Geständnis bringt mich zum Lächeln. »Zögerst du es deswegen hinaus?«

»Jein.« Seine Kiefer spannen sich an, und eine Strähne seines Haars fällt ihm in die Stirn, während er mich seltsam nachdenklich betrachtet. »Ich will einfach noch nicht gehen.«

Nun blinzele ich überrascht, komme jedoch nicht dazu, zu hinterfragen, was das zu bedeuten hat, da er meinen Mund mit seinem verschließt und wieder anfängt, sich in mir zu bewegen.

Ich stöhne und schlinge meine Beine um seine schmalen Hüften, bevor ich das Becken im selben Rhythmus seiner Stöße zu bewegen beginne, um ihm entgegenzukommen. Meine Hände kneten seine Schultern, seinen Nacken und seine Arme, bis sie in seinem seidigen Haar verharren.

Meine Mitte pulsiert von seiner immer roher werdenden Inbesitznahme, bis es fast zu viel wird. Die Reibung seines dicken Schwanzes, der immer schneller in mir empordrängt, seine rauen Hände auf meinem glühenden Körper, und seine Zunge, die immer wilder die meine umspielt. Es dauert nicht lange, bis ich mich ekstatisch unter ihm winde und heftig zu zucken anfange.

Als er zusätzlich eine Hand zwischen uns schiebt, um meine empfindliche Perle zu reiben, ist der Orgasmus unaufhaltsam. Schnell und gekonnt massieren seine Finger mein geschwollenes Nervenbündel, und ein Feuerwerk explodiert in mir.

»Sag meinen Namen«, befiehlt er mir just in dem Moment, in dem ich abhebe.

»Zane …« Ich erschauere und sehe rote Pünktchen vor meinem inneren Auge flirren. Dichter Nebel sickert in meinen Kopf, während Endorphine wie flüssiges Feuer durch meine Venen rauschen. Meine inneren Muskeln umklammern seine stählerne Härte und melken sie verzweifelt. Der Höhepunkt hat mich eisern im Griff, während ich mich dem Augenblick vollends hingebe. »Oh Gott.«

»Fuck«, höre ich Zane keuchend ausstoßen, bevor er sich mit ein paar wenigen harten Stößen in mir entlädt. Dabei hält er sich an mir fest, als wäre ich sein Anker. Sein Sperma spritzt in die Tiefen meines Körpers. Ich spüre, wie es sich in mir verteilt und eine kurzweilige Erinnerung an ihn zurücklässt.

Zanes Becken zuckt unkontrolliert gegen mich, und er presst die Kiefer so fest aufeinander, dass seine Zähne knirschen. Männlich und seiner eigenen Euphorie ausgeliefert, schwebt er über mir, all seine Muskeln verdickt und zitternd.

Ich sehe ihm benommen dabei zu, wie er sich seiner Erlösung hingibt, und spüre ein Kribbeln in meiner Brust, als sich sein Gesicht auf eine erotische Weise verzerrt. Sein Anblick macht mich sofort wieder scharf. Er sieht fast schon zu verführerisch aus. Betörend.

Als er die Augen öffnet, sind sie matt und verschleiert. So viel Lust und Hingabe liegen in seinem Blick, dass es mir die Sprache verschlägt. Ich will meine Hand auf seine stoppelige Wange legen, traue mich jedoch nicht. Diese Art der Nähe und Zärtlichkeit zwischen uns ist fremd und ungewohnt. Ich möchte sie nicht ausreizen und will nicht, dass er sich wieder zurückzieht und zum Arschloch mutiert.

Sein Schwanz pulsiert noch leicht in mir, während meine inneren Muskeln ebenso sanft zucken, als er sich aus mir zurückzieht und mit einem schweren Seufzen zur Seite rollt.

Augenblicklich fühle ich mich leer und einsam. In meiner Brust wird es ganz schwer und eng, als ich mich zur Seite drehe und in der Dunkelheit an die Wanduhr starre, den Rücken ihm zugewandt. Sie gibt ein leises *Ticktack* von sich, und es ist, als würde sie uns damit verhöhnen.

Zeit, um das hier zu beenden, Rachel. Zeit zu gehen, Zane.

Zane bewegt sich hinter mir, als würde er genau das tun wollen. Aufstehen, sich anziehen und verschwinden. Ich schließe die Augen und schlucke. Draußen gewittert und donnert es heftig, irgendwo schlagen Äste gegen das Dach und verursachen ein dumpfes Poltern, das in mir nachhallt. Die Fensterscheiben beben unheilvoll. Der Sturm tobt.

Trotzdem ist es mit einem Mal so gespenstisch still in meinem Kopf, dass es mir Angst bereitet. Ein einziger Gedanke poltert darin, er dominiert und beherrscht meine Gefühle.

Ich will nicht, dass Zane geht.

»Du -«

»Ich gehe schon«, unterbricht er mich mit exakt den Worten, die ich nicht von ihm hören wollte. Ich wage es jedoch nicht, ihm zu sagen, dass ich das genaue Gegenteil davon gerade aussprechen wollte. Dass er noch nicht gehen muss, dass er bleiben soll.

Ich bin froh über seine Unterbrechung, denn im nächsten Moment komme ich mir dumm vor. Was zur Hölle erwarte ich eigentlich von ihm? Was will ich von ihm? Und warum habe ich schon wieder mit ihm geschlafen? Das ist verrückt. *Ich* bin verrückt.

Offenbar nach ihm.

»Oder wolltest du etwas anderes sagen?«, will er mit rauer Stimme hinter mir wissen.

Ich zögere, bleibe dann aber einfach still. Er tut es ebenfalls für einige Sekunden, wenn nicht sogar Minuten. Diese fühlen sich schrecklich erdrückend an, und noch nie hat sich ein Schweigen schwerer auf mich gelegt. Ich möchte so viele Dinge sagen, die ich unmöglich laut aussprechen darf, doch plötzlich, in einem Moment auf den anderen, sind sie alle wie vergessen, als wären sie nie da gewesen.

Weil Zane sich von hinten an mich schmiegt und den Arm um meine Taille legt. Einfach so. Er sagt nichts und macht keine Anstalten, zu gehen. Stattdessen zieht er mich an seinen warmen Körper und drückt das Gesicht in meinen nackten Rücken. Sein Arm ruht auf mir, ohne sich zu bewegen, und ich befürchte, er könnte hören, wie hart mein Herz gegen meine Rippen klopft, da seine Finger gefährlich nahe vor der Stelle schweben.

Und so liegen wir einfach nur da und lassen weitere Minuten verstreichen. Der Sturm draußen wird hörbar schlimmer, und das Gewitter nimmt schon bald Ausmaße an, die mir Unbehagen bereiten. Ich versteife mich ein wenig, als das Zimmer mehrmals hintereinander von wütenden Blitzen erhellt wird, die dicht gefolgt von Donner begleitet werden. Der Regen knallt nun lautstark gegen die Fensterscheiben.

»Fürchtest du dich vor Gewitter?«, ertönt Zanes heisere Stimme hinter mir. Sie klingt nicht spöttisch, sondern neugierig.

»Manchmal«, gestehe ich leise. »Und nur ein bisschen.«

Ich spüre ihn an meiner Haut lächeln. Er äußert sich nicht dazu.

»Hast du mit Betty geschlafen?«, platzt es zusammenhangslos aus mir heraus. Mist. Woher kam dieser Gedanke denn plötzlich? Und warum zum Teufel spreche ich ihn laut aus?

Zane bleibt lange still, als würde er sich gedanklich dasselbe fragen. Dann sagt er schlicht: »Nein.«

Ich runzele die Stirn, bin verwirrt. Ob er lügt?

»Warum fragst du mich das?«, will er wissen. »Du schuldest mir übrigens auch noch eine Antwort.«

»Welche Antwort?«, weiche ich seiner Frage aus, da ich selbst keine Erklärung dafür habe.

»Ob dich dein Mann jetzt wieder fickt«, sagt er derbe wie immer. »Oder bin ich immer noch der Einzige, der es dir besorgt?«

Ich schlucke und schließe die Augen, will ihm keine Antwort darauf geben. Seine Hand legt sich auf meinen Bauch, und ich blinzele, als er sanft beginnt, meinen Bauchnabel mit seinem Finger zu umkreisen. Dann taucht er ihn hinein und pikst mich. Weil es kitzelt, zucke ich, und er lächelt spürbar, bevor er sich nach oben bewegt, sodass sein Gesicht auf Höhe meiner Schulter ist. Dort lässt er seine Lippen über meine Haut gleiten und leckt dann federleicht mit der Zunge über die Stelle hinter meinem Ohr. Wieder zucke ich, bevor ich zu lächeln anfange.

Diese ruhige, aber verspielte Version von ihm gefällt mir.

»Antworte, Babe«, fordert er mich auf, während seine Hand zu meiner Brust gleitet. Er umschließt sie auf eine Weise besitzergreifend, die ein Ziehen in meinem Schoß auslöst. So wie der Kosename, den ich nur aus seinem Mund mag.

»Er ist mein Ehemann«, gebe ich ihm schließlich eine Antwort, die eigentlich keine ist. »Es wäre ganz normal, wenn ich mit ihm schlafe … *Das hier* ist alles andere als normal. *Wir* sind nicht normal.«

»Fühlt sich nicht so an«, murmelt er. »Aber wenn du meinst.«

»Ich meine es nicht. Es ist die hässliche Wahrheit.«

»Dass es verboten ist, was wir tun?«

»Dass das mit uns absolut falsch ist.«

Zane schweigt und versteift sich merklich hinter mir. Dadurch erkenne ich den genauen Moment, in dem er wieder dichtmacht und eine andere Version seiner selbst wird. Und wie nicht anders zu erwarten war, nimmt er seine Hand von mir und zieht den Arm zurück. Auch seine Lippen hören auf, mich zu necken.

»Die hässliche Wahrheit ist, dass es kein ›Uns‹ gibt, Rachel.«

Obwohl ich darauf vorbereitet war, dass der unsensible Zane wieder zum Vorschein kommt, versetzt es mir einen Stich, wie emotionslos er diese Worte ausspricht.

»Dann kannst du mir ja sagen, dass du mit Betty gevögelt hast«, entfährt es mir abwertend, fast schon anklagend. Seine Worte beleidigen und verletzen mich, was ich jedoch niemals zugeben würde. »Warum hältst du es für nötig, zu lügen, wenn das mit uns unbedeutend ist? Sorry, es gibt ja gar kein ›Uns‹. Mein Fehler.« Mist, jetzt klinge ich eingeschnappt.

Impulsiv will ich mich erheben und das Zimmer verlassen, um dem weiteren Gespräch mit ihm auszuweichen, da ich keine Lust auf Arschloch-Zane habe, doch er umschlingt mich wieder mit seinem Arm und drückt mich fest an seine Brust. Mein Herz schlägt erneut schneller und pocht hart gegen meine Rippen. Ich rühre mich nicht vom Fleck und presse die Lippen aufeinander, um nicht wieder etwas Unüberlegtes zu äußern.

»Ich habe nicht gelogen. Warum sollte ich auch?«, sagt er vollkommen ruhig. »Ich habe Betty nicht gefickt. Sie ist unausstehlich.«

Das bringt mich zum Kichern, und die Anspannung fällt von mir ab. »Warum verbringst du dann Zeit mit ihr?«

»Tue ich das?«

»Es scheint so.«

»Ich liege aber gerade neben dir und nicht neben ihr.«

Darauf weiß ich keine Antwort. Doch mein Herz schon – es schlägt einen kleinen Purzelbaum.

»Und das, obwohl ich Gefahr laufe, dass dein Ehemann jeden Moment nach Hause kommen und mich durch das ganze Haus prügeln könnte.«

Nun lache ich auf, obwohl die Vorstellung alles andere als witzig ist. »Du hast nichts zu befürchten. Er wohnt immer noch im Hotel.«

Ups. Das wollte ich ihm gar nicht verraten, doch es ist zu spät. Kaum sind die Worte raus, dreht er mich auf den Rücken und stützt einen Arm seitlich meines Körpers auf der Couch ab, während er mit einem unleserlichen Ausdruck im Gesicht auf mich herabblickt.

»Warum?«

Ich beiße mir auf die Lippe und zucke mit den Schultern. »Wir … wir wollen es langsam angehen lassen.«

Seine Augen bohren sich in meine. »Du oder er?«

Ich räuspere mich. »Ich.«

Nun stiehlt sich ein beinahe triumphierendes Lächeln auf seine Lippen. »Verstehe.«

»Du verstehst gar nichts«, entgegne ich entschlossen. »Für dich ist all das nur ein Spiel. Es macht dir Spaß, mehr steckt nicht dahinter. Aber für mich *steht alles auf dem Spiel*, wenn -«

»Und was wäre so schlimm, wenn dein Mann von uns wüsste? Dann würde er dich eben verlassen, na und? Was würde sich für dich ändern? Er ist sowieso nicht mehr präsent in deinem Leben, Rachel«, unterbricht er mich und klingt dabei seltsam ernst, erwachsen und reif.

Auch seine Miene wirkt alles andere als belustigt, spöttisch oder gleichgültig. Er meint die Frage ernst, was die Erwähnung meines Namens untermauert. Er nennt mich selten bei meinem Vornamen. Im Grunde mag ich *Babe* auch lieber, aber nun fühlt es sich an, als würden wir uns wie zwei Erwachsene unterhalten, als wären wir auf

Augenhöhe. Sonst fühle ich mich ihm trotz unseres Altersunterschiedes immer irgendwie unterlegen.

Ich setze mich mit einem Stirnrunzeln auf, sodass er zurückweichen muss. Rasch schnappe ich mir die Decke, die über der Rückenlehne der Couch liegt, und wickele sie um meinen nackten Körper, während Zane die Arme vor der Brust verschränkt und mich auf eine Antwort wartend ansieht.

»James darf nicht von uns erfahren«, erkläre ich mit dünner Stimme. Sie klingt unruhig, weil mich die alleinige Vorstellung in Panik versetzt. »Das … das würde ihm das Herz brechen.«

Zane scheint keinerlei Mitleid für ihn zu empfinden. »Er hat auch deins gebrochen. Dann seid ihr quitt.«

Ich schweige.

»Oder willst du mir weismachen, dass diese Sache hier«, er beugt sich näher zu mir und starrt fest in meine Augen, »nicht auch aus einem klitzekleinen Bedürfnis nach Rache entstanden ist? Dass sie nicht auch deswegen ausgeartet ist, weil du wütend auf deinen Ehemann bist, da er sich in eine andere Frau verknallt, dich ignoriert und nicht mehr angefasst hat, und zu allem Übel auch noch ausgezogen ist, während du dich all den Leuten stellen musstest, die dich aufgrund deiner offensichtlichen Eheprobleme gelöchert haben?«

Das waren Gott sei Dank nicht viele, aber oh Mann. Auf diese Weise habe ich das noch nie betrachtet.

»Versteh mich nicht falsch, Baby. Ich weiß, dass ich unwiderstehlich bin und du mich wolltest. Aber ich bin im Gegensatz zu den meisten gutaussehenden Kerlen nicht dumm«, fährt er überzeugt fort. »Ich weiß genau, was das hier ist. Und wie es dazu kam. Du bist nicht der Typ Frau für eine wilde Affäre mit einem ihrer Studenten. Du bist einfach nur eine verletzte Frau. Du suchtest keine Ablenkung, sondern Trost. Weil ich dir keinen geboten habe, hast du einfach genommen, was du kriegen konntest. Und dann hast du Gefallen daran gefunden.«

Tränen brennen in meinen Augen, ohne dass ich es verhindern kann.

Was er sagt, ist schrecklich, stimmt aber. Seine Worte durchbohren mich wie Messerklingen, so wie ich auch James ein Messer in den Rücken gejagt habe. Tief in mir gibt es einen winzigen Teil, der diese Sache hier gutheißt. Der sie will, um sich zu rächen; um James heimzuzahlen, dass er mich so mies behandelt hat; um mir selbst zu bestätigen, dass es nicht an mir lag; um mein Ego wiederaufzubauen und meinen Schmerz zu lindern.

Im Grunde genommen habe ich Zane benutzt, wie er mich benutzt hat. Wir haben uns beide für unsere eigenen Zwecke benutzt.

Das Problem ist nur, dass es inzwischen so viel mehr für mich ist als das, was es zu Beginn war. Und das jagt mir eine solch große Angst ein, dass ich nicht in der Lage bin, die Situation anzupacken und in den Griff zu bekommen. Ich traue mich nicht, unter das, was einst ein Ausrutscher war und nun vielmehr zu einer richtigen Affäre geworden ist, einen endgültigen Schlussstrich zu ziehen, um meiner Ehe noch einmal eine Chance zu geben, weil dieser kleine Teil in mir gar nicht mehr an ihr arbeiten will. Er will nicht mehr um sie kämpfen, nun wo er gesehen hat, dass er es nicht muss. Dass es ihm auch ohne James gut gehen kann. *Mir* ohne ihn gut gehen kann.

Und dass es mir auch tatsächlich gut ohne ihn geht, was furchtbar ist.

Ich war noch nie jemand, der sich rein von seinen Gefühlen und Begierden leiten ließ. Mich mag ein attraktiver Mann beeindrucken, und grandioser Sex kann definitiv meinen Verstand verwirren, allerdings bin ich immer noch Herr über meine Gefühle und habe genügend Vernunft übrig, um zu wissen, was richtig und was falsch ist. Ich schmelze nicht so sehr bei Zanes Anblick und Berührungen dahin, dass ich keine Kontrolle mehr über mich oder meine Entscheidungen habe. Das ist bloß eine nette Ausrede. Auch wenn er es mir zugegebenermaßen schwer macht, standhaft zu bleiben und ihn in den Wind zu schießen, könnte ich es. Alles, was ich getan habe, war in vollem Bewusstsein und dem Wissen, dass es falsch ist, passiert.

Ich wollte es einfach. Ich wollte ihn.

Zane verzieht das Gesicht, als er die Tränen sieht, die über meine Wangen kullern. Erst zieht er sich zurück, doch dann hält er inne und blickt mich erneut an. Er wirkt ein wenig ratlos und überfordert.

Schließlich kommt er mir wieder näher und legt seine große Hand an meine nasse Wange. Ich zucke bei der sanften Berührung zusammen, weil sie unerwartet kommt, und schließe die Augen, als er mit dem Daumen meine Tränen fortwischt.

»Ich wollte dich nicht zum Weinen bringen, tut mir leid«, flüstert er untypisch zahm.

Als er die Hand zurückziehen will, kralle ich mich in sein Handgelenk. Meine Finger zittern. »Geh nicht.«

»Warum? Ich dachte, du wolltest mich ohnehin loswerden.«

Ich öffne die Augen und begegne seinem Blick mit Unsicherheit. »Wollte ich nicht.«

Seine dunklen Augen forschen in meinen, während er die Augenbrauen vor Verwirrung zusammenzieht. Offenbar versucht er, mich zu durchschauen, und ich wünsche ihm viel Glück dabei, weil ich es nicht einmal selbst schaffe.

Dann nimmt er die Hand wieder weg, und ich halte ihn dieses Mal nicht auf. Resigniert senke ich den Blick und atme schwer aus, als er sich von der Couch erhebt und seine Hose schließt. Das leise *Ticktack* der blöden Uhr verhöhnt mich wieder.

»Hast du Hunger?«

»Was?« Verwirrt sehe ich zu ihm auf.

Er marschiert entspannt aus dem Raum und ruft über seine Schulter: »Ich hoffe für dich, du hast etwas Anständiges zu essen hier. Sonst wirst du dir noch wünschen, ich wäre doch gegangen, weil ich zur Furie werde, wenn ich hungrig bin.«

20

»Warum wohnst du eigentlich nicht auf dem Campus?«

Zane hält mit dem Pizzastück vor seinem Mund inne. Obwohl ich reichlich frische Lebensmittel zu Hause habe, hat er sich für diesen Tiefkühlfraß entschieden. »Ist das eine ernst gemeinte Frage?«

Ich runzele die Stirn. »Ja?«

Er verzieht das Gesicht, doch ich konzentriere mich nur auf seine vollen Lippen, die vom Pizzafett verführerisch glänzen. »Wirke ich für dich wie ein Kerl, der sich in einem Wohnheim ein Zimmer mit irgendeinem Nerd teilen und auf Studentenpartys gehen könnte?«

Die Vorstellung ist so lächerlich, dass ich kichern muss. Zane ist nicht unbedingt der gesellige oder umgängliche Typ. »Nein.«

»Eben«, murmelt er, dann beißt er von der Pizza ab. Sein braunes Haar steht wild von seinem Kopf ab, und ich unterdrücke nur mit Mühe den Drang, meine Finger durch die dichten Strähnen gleiten zu lassen, um sie zu glätten. »Ich habe einfach keinen Bock auf dieses typische Studentenleben. Dafür fühle ich mich zu alt.«

Bei seinen letzten Worten verdrehe ich amüsiert die Augen. »Warum studierst du dann überhaupt?«

Neckisch funkelt er mich an. »Weil ich jedem unter die Nase reiben will, wie klug ich bin. Mit einem Collegeabschluss funktioniert das besser.«

Ich schnaube. »Und warum wohnst du nicht bei deiner Mutter oder deinem Vater, wie es viele andere Studenten tun?«

Er zieht missmutig die Augenbrauen zusammen. »Wird das ein Verhör?«

»Es ist nur eine Frage, Zane, weil es mich interessiert. Bisher weiß ich recht wenig von dir. Du hingegen weißt eindeutig zu viel von mir«, erwidere ich entschlossen.

Er senkt den Blick auf seinen Teller und zögert mit seiner Antwort, als würde es ihm nicht behagen, mir mehr über sich preiszugeben. Oder überhaupt auch nur irgendetwas. Es scheint, als würde er sich nie irgendjemandem anvertrauen, und insgeheim hege ich den tiefen Wunsch, dass er bei mir eine Ausnahme macht.

»Ich habe kein gutes Verhältnis zu meinem Vater. Im Grunde können wir uns nicht leiden. Und was meine Mutter betrifft – im Gegensatz zu den meisten anderen Kerlen in meinem Alter ist mir Hotel Mama zuwider. Ich habe gern meine Ruhe und erledige meinen Scheiß selbst«, eröffnet er mir schließlich ruhig.

»Wie zum Beispiel deine Wäsche zu waschen?«, frage ich scherzhaft.

Er sieht zu mir auf, wirkt ernst. »Eben alles, was auf einen zukommt, wenn man allein lebt. Ich bin kein kleines Kind mehr. Warum sollte ich bei meiner Mami wohnen und mich von ihr versorgen lassen? Sie hat ein eigenes Leben, und ich habe meins.«

Das beeindruckt mich in der Tat und unterstreicht das Bild, das ich von ihm habe, und welches seine Mutter weiter in meinem Kopf geformt hat.

»Du bist oft bei ihr zu Besuch«, sage ich mit einem kleinen Lächeln. »Das finde ich schön. Deine Mutter ist wirklich stolz auf dich, Zane.« Er blickt mich bloß kurz an, erwidert aber nichts darauf. »Siehst du deinen Vater auch außerhalb der Uni?«

»Nein.« Das Wort kommt schnell und hart über seine Lippen.

Ich mustere ihn still, ohne ihn dazu zu drängen, mir zu erzählen, warum seine Beziehung zu seinem Vater dermaßen schlecht ist – zum Teil weiß ich das ja bereits –, und bin überrascht, als er mir schließlich von selbst eröffnet: »Er ist ein schmieriger Sack, dem man nie etwas recht machen kann. Schon früher hat er mich für alles verantwortlich gemacht, und auch heute sucht er noch ständig einen Fehler an mir, den er mir vorhalten kann. Ich lege nicht viel Wert darauf, Zeit mit ihm zu verbringen. Es ist verschwendete Lebenszeit.«

»Das tut mir leid«, erwidere ich aufrichtig, woraufhin er mit den Schultern zuckt, als wäre es ihm egal.

Ich kann mir gut vorstellen, was er meint, denn schließlich habe ich selbst schon miterlebt, welche Haltung sein Vater ihm gegenüber hat. Auf der Veranstaltung damals ging er sofort davon aus, dass es Zane war, der Streit mit Timmy angezettelt hat. Er wollte gar nicht zuhören, als ich ihm erklärte, dass dem nicht so gewesen war.

»Meine Eltern …«, beginnt er zögerlich und senkt den Blick gedankenverloren auf seinen Teller. »Sie haben beide irgendwie versagt, aber meiner Mutter konnte ich das verzeihen, weil sie sich immer um unsere Beziehung bemüht hat. Ich habe selbst viel Scheiße gebaut und bin somit wohl nicht in der Position, ihr ihre Fehler vorzuhalten. Bei meinem Vater ist es etwas anderes. Er ist einfach nur ein Arschloch. Er hat keine Vergebung verdient und auch nie darum gebeten.«

Ich nicke verständnisvoll. Insgeheim freue ich mich, dass er mit mir darüber spricht. Dass er sich mir anvertraut und einmal die

Mauer um sich herum fallen lässt, um mir Zugang zu sich zu gewähren. Es ist ein schönes Gefühl, weil ich weiß, dass er jeden anderen kompromisslos aussperrt.

»Hast du deswegen deinen Nachnamen geändert?«, will ich vorsichtig wissen. »Weil du mit deinem Vater nichts zu tun haben möchtest?«

»Weil ich nicht mit ihm in Verbindung gebracht werden möchte«, erwidert er ehrlich, seine Stimme klingt belegt. »Er ist nicht unbedingt ein Vorbild, auch wenn man das aufgrund seines Jobs annehmen mag.«

»Dein Vater ist in der Tat ein schmieriger Sack«, stimme ich ihm ernst zu, woraufhin er mich amüsiert ansieht. Ich lächele. »Deswegen war es auch ziemlich beleidigend, dass du mir eine Affäre mit ihm unterstellt hast. Ich kann ihn genauso wenig leiden wie du.«

Zane fängt zu grinsen an, bevor er sich näher zu mir lehnt und flüstert: »Dann entschuldige ich mich dafür.«

»Wow«, entfährt es mir gespielt schockiert und ich schlage eine Hand auf meine Brust. »Ich muss mich verhört haben. Zane Lewis entschuldigt sich für etwas? Das kann unmöglich wirklich passieren.«

Lachend zieht er sich zurück und zuckt mit den Schultern.

»Ich könnte die Entschuldigung annehmen«, beschließe ich neckisch. »Allerdings unter einer Bedingung.«

Aufmerksam betrachtet er mich. »Welcher?«

»Ich will eine ehrliche Antwort von dir haben.«

»Auf welche Frage?«

»Ob du eifersüchtig warst«, erkläre ich mit einem nervösen Kribbeln in der Brust. »Du hast mir immerhin auch eine Affäre mit Timmy Marten unterstellt.«

Zane reibt sich den Nacken. Ich deute das als Zeichen von Verlegenheit und schmunzele. Unschlüssig betrachtet er mich, bevor er erneut mit den Schultern zuckt und zu meiner Überraschung gesteht: »Keine Ahnung. Vielleicht ein bisschen. Die Vorstellung hat mir einfach nicht gefallen.«

»Die Vorstellung von mir und Timmy?«

Er nickt, seine dunklen Augen funkeln seltsam. »Und die von dir und meinem Vater hat mich schlichtweg zum Kotzen gebracht.«

Nun lache ich laut auf, bevor ich geschmeichelt nicke. »Schön zu hören.«

»Warum?«

Ich höre auf, zu lachen, und räuspere mich. »Na ja, ich meinte, dass …« Beschämt verstumme ich, als mir klar wird, dass ich selbst nicht weiß, warum ich es schön finde, zu hören, dass er eifersüchtig war.

Schnell lenke ich vom Thema ab, indem ich ihm eine Frage stelle, deren Antwort mich schon lange interessiert: »Warum hast du mitten im Semester die Uni gewechselt?« Zane reagiert wie erwartet. Er verzieht das Gesicht und seufzt angestrengt. »Ach, komm schon. Das ist eine vollkommen harmlose Frage. Du tust so, als wollte ich von dir wissen, an wen du deine Jungfräulichkeit verloren hast.«

Jetzt lächelt er spitzbübisch. »Das würde ich dir viel lieber erzählen.«

Ich stütze schmunzelnd das Kinn an meiner Faust ab und betrachte ihn neugierig. »Also?«

»Phoebe Walters, Junior High School. Sie war verdammt heiß, obwohl sie diese hässliche Hornbrille getragen hat, und –«

Ich schlage kichernd nach seiner Schulter. »Erspar mir die dreckigen Details.«

»So dreckig sind sie gar nicht«, meint er amüsiert und mustert mich in meinem roten Seidenkimono. »Was ist mit dir? Wer hatte die Ehre?«

Ich denke kurz nach. »Der Kapitän der Footballmannschaft im Seniorjahr an der High School.«

Zane hebt überrascht eine Braue. »Ach, so eine warst du also. Habt ihr es hinter der Tribüne getrieben?«

Ich verdrehe die Augen. »Natürlich nicht. Wir gingen ein paar Mal miteinander aus und dann ist es einfach passiert, obwohl ich damit noch warten wollte. Ich war ziemlich schüchtern und hatte noch gar keine Erfahrungen mit Kerlen gesammelt.«

»War er gut?«

»Er war ein totaler Reinfall.«

Zane schmunzelt. »Die Hornbrille auch. Aber blasen konnte sie wie eine Weltmeisterin.« Nun verwandelt sich sein Schmunzeln in ein dreckiges Grinsen. »Natürlich nicht so gut wie du.«

Ich erröte und rutsche verlegen vom Barhocker, um unsere Teller abzuräumen. »Du hast die Frage nicht beantwortet«, erinnere ich ihn, ohne ihn anzusehen, während ich das Geschirr zur Spüle trage. »Warum du auf die *Rosegarden* gewechselt hast.«

»Bist du immer so hartnäckig?«

Ich lächele in mich hinein. »Meistens.«

Als ich ihn plötzlich hinter mir spüre, halte ich inne. Sein schlanker Körper schmiegt sich an den meinen, während er die Hände seitlich von mir an der Theke abstützt. Seine Lippen streifen meinen Hinterkopf, als er murmelt: »Vielleicht solltest du auch bei deinem Mann hartnäckig bleiben.«

»Was meinst du damit?«

»Trenn dich von ihm.«

Überrumpelt fahre ich in seinen Armen zu ihm herum. »Wie bitte?«

Zanes Gesichtszüge sind mit einem Mal angespannt und seine Augen mit einem fremden Ausdruck auf meine gerichtet. »Du hast mich schon verstanden. Trenn dich von ihm.« Als ich erbost und schockiert zugleich den Kopf schüttele, fügt er todernst hinzu: »Lass dich scheiden und schick den Arsch zum Mond.«

»Sprich nicht so von ihm!«, zische ich aufgebracht. »Und sag mir verdammt noch mal nicht, dass ich mich scheiden lassen soll.«

Was ist denn in ihn gefahren? Er empfindet die Frage nach seinem Uniwechsel als aufdringlich, nimmt sich jedoch das Recht heraus, mir zu sagen, ich solle meine Ehe beenden?

Ich will seinen Arm beiseiteschieben, um Distanz zwischen uns zu schaffen, er lässt mich jedoch nicht.

Stattdessen kommt er mir noch näher und sperrt mich zwischen sich und der Küchentheke ein, während er energisch auf mich einredet: »Der Kerl hat dich nicht verdient. Du verschwendest nur deine Zeit mit ihm. Eure Ehe ist schon kaputt, Rachel. Gib sie auf.«

»Wer gibt dir das Recht, über meine Ehe zu urteilen?«, fahre ich wütend hoch. »Du hast keine Ahnung von Beziehungen. Du hattest ja selbst noch nie eine. James und ich sind seit –«

»Ist doch scheißegal, wie lange ihr schon zusammen seid«, fällt er mir entschlossen ins Wort. »Man braucht kein Experte für Beziehungen zu sein, um zu erkennen, dass eure am Arsch ist. Sonst wäre das hier«, er zeigt erst auf sich und dann auf mich, »nie passiert, und das weißt du auch, Babe. Du machst dir etwas vor, wenn du denkst, du könntest deine Ehe kitten, sobald du das mit uns beendest und dich wieder deinem Mann widmest. Und auch das weißt du.«

»Verschwinde«, presse ich hart hervor. »Sofort.«

»Kannst du der Wahrheit nicht ins Auge sehen?«, fragt er mich. »Ich weiß, es tut weh, aber öffne die Augen, Baby. Das, was du einmal mit deinem Mann hattest, ist vorbei. Und du wirst es nie wieder bekommen. Nicht mit ihm.«

»Ach?« Ich lache spöttisch auf. »Aber mit dir? Geht es darum? Mach dich nicht lächerlich.«

Zanes Blick verfinstert sich, und er weicht endlich einen Schritt zurück. Mit verschränkten Armen erwidert er schroff: »Es geht hier nicht um mich. Bilde dir bloß nicht ein, ich würde dir dazu raten, dich offiziell zu trennen, weil ich dich für mich allein haben will. Für mich macht es keinen Unterschied, ob du einen Ehering trägst oder nicht. Zwischen deine Beine komme ich so oder so.« Empört öffne ich den Mund, um ihn zu beschimpfen, da fügt er sanfter hinzu: »Ich rate es dir um deinetwillen.«

»Warum solltest du das tun?«, frage ich herausfordernd. »Es ist schließlich nicht so, als würdest du mich tatsächlich mögen oder als würde dir etwas daran liegen, dass ich glücklich bin. Dir sind andere doch scheißegal.«

Zanes Miene wird noch dunkler und seine Pupillen lodern auf. Er nickt vor sich hin, betrachtet mich abschätzend von Kopf bis Fuß, und wendet sich dann schweigend ab, bevor er aus der Küche marschiert.

Ich folge ihm geladen und spüre, wie sich meine Brust verkrampft, als er kurz im Wohnzimmer verschwindet, bevor er zurückkehrt und im Flur sein Shirt an sich reißt, das immer noch auf dem Boden lag. Er schlüpft hinein, ohne mich zu beachten.

»Du kannst jetzt nicht gehen«, kommt es unruhig über meine Lippen, obwohl ich vor kaum einer Minute genau das von ihm verlangt habe. »Draußen wütet ein Sturm, und es schüttet wie aus Eimern. Das ist viel zu gefährlich, Zane.«

»Tu bitte nicht so, als würde dir etwas an meiner Sicherheit liegen«, entgegnet er spöttisch und imitiert meinen Tonfall von vorhin. Seine Augen treffen scharf auf meine, als er in seine Schuhe schlüpft. »Wenn du jemanden zum Ficken oder Kuscheln brauchst, kannst du ja deinen Mann anrufen. Er leistet dir sicher gern Gesellschaft, damit du keine Angst hast.« Ein herablassendes Lächeln bildet sich auf seinen Lippen, während ich schwer schlucken muss. »Ach, warte. Womöglich tut er das doch nicht, weil er ja nicht einmal vorbeigekommen ist, um sich um euer Scheißhaus zu kümmern. Warum sollte er sich also um dich kümmern? Du scheinst ihm auch nicht mehr wert zu sein.«

»Halt den Mund.«

»Die Wahrheit tut weh, was?«

»Halt verdammt noch mal den Mund!«, fauche ich mit krampfendem Herzen. »Warum bist du bloß so?«

»Wie denn?«, fährt er mich lautstark an und ich zucke erschrocken zusammen. Dass er die Beherrschung verliert, ist neu, denn sonst bin ich es, die ihre Gefühle nicht unter Kontrolle hat. »Ich meine es nur gut mit dir, verdammte Scheiße. Du hörst mir nicht zu, weil du nicht zuhören *willst*. Würdest du es tun, würdest du erkennen, dass mir vielleicht die meisten Menschen scheißegal sind, aber eben nicht alle.«

Ich blinzele überrumpelt und spüre, wie sich Schuldgefühle in meiner Brust einnisten. Soll das bedeuten, dass ich ihm nicht scheißegal bin? Waren seine Worte vielleicht zum ersten Mal wohlwollend? Er ist einfach so schwer einzuschätzen.

»Warte, Zane«, entfährt es mir versöhnlich, und ich versuche, nach seinem Arm zu greifen, als er auf die Haustür zusteuert, doch er weicht mir genervt aus und reißt sie auf. »Du kannst da nicht raus! Es ist lebensmüde, jetzt mit dem Auto zu fahren!«

»Und wenn schon«, höre ich ihn sagen, dann marschiert er im strömenden Regen unter einem Blitzgewitter und Donnerkrachen über die Straße zu seinem Auto. Mir wird schwer ums Herz, und Furcht schlingt sich um meine Kehle, als er in seinen Wagen steigt und den Motor anwirft.

Das ist doch verrückt! Es wurde nicht umsonst in den Medien davor gewarnt, während des Unwetters das Haus zu verlassen. Der Sturm wütet auf eine beängstigende Weise und die Straßen sind überschwemmt. Was, wenn er ins Schleudern gerät, irgendwo steckenbleibt oder ein Baum auf seinen Wagen segelt? Wenn der Blitz in sein Auto einschlägt? Wenn er …

Ohne es verhindern zu können, machen sich meine Beine selbstständig und tragen mich aus dem Haus. Ich friere augenblicklich und zittere vor Kälte, als ich in meinem dünnen Seidenkimono über die Straße auf Zanes Mustang zulaufe. Dieser beginnt gerade zu rollen und ich werfe mich im letzten Augenblick vor seine Motorhaube und schlage die Hände darauf.

Zane drückt ruckartig auf das Bremspedal und starrt mich mit ungläubig geweiteten Augen durch die Windschutzscheibe an. Ich erkenne ihn kaum, da die Scheibe durch all den Regen verschwommen ist, doch im nächsten Moment reißt er seine Wagentür auf und steigt aus.

»Was zur Hölle tust du da?«, ruft er mir zu. »Geh wieder ins Haus!«

Ich zucke zusammen, als es donnert, und streiche mir all das nasse Haar aus der Stirn. Es regnet so heftig, dass es sich anfühlt, als stünde ich unter dem Brausekopf in der Dusche. »Ich werde nicht zulassen, dass du riskierst, zu sterben, nur weil du von mir wegwillst! Bei diesem Wetter kannst du unmöglich noch fahren!«

»Jetzt sei nicht gleich so dramatisch«, seufzt er und kommt entschlossen auf mich zu. Er packt mich am Arm und zerrt mich über die Straße zu meinem Haus. Ich winde mich in seinem Griff, doch er marschiert einfach weiter. Gegen seine Stärke habe ich keine Chance.

»Ich werde schon nicht krepieren, also entspann dich.«

»Zane.« Ich bleibe abrupt stehen, was ihn ebenfalls zum Anhalten zwingt. »Tut mir leid, aber das kann ich nicht zulassen. Wenn du keinen Bock mehr auf mich hast, ist es okay, aber tu mir den Gefallen und bleib über Nacht im Haus deiner Mutter. Vielleicht legt sich das Unwetter ja morgen schon und du kannst –«

»Ich habe immer Bock auf dich«, unterbricht er mich plötzlich ganz friedlich. Ich blinzele ihn überrascht an, und er erwidert meinen Blick mit einer Intensität, die mich vergessen lässt, dass wir jederzeit von einem Blitz getroffen werden könnten. Oder die Äste des Baumes hinter mir gefährlich in unsere Richtung peitschen. »Aber ich habe keinen verfickten Bock darauf, mit dir über deinen Mann zu streiten. Wer nicht hören will, muss eben fühlen.«

»Wie meinst du das?«, frage ich unsicher.

Zane umklammert mein Gesicht mit beiden Händen und kommt mir so nah, dass wir dieselbe Luft einatmen. Aufgrund dieser simplen Geste beginnt alles in mir, zu kribbeln. Die Art, wie er mich hält und ansieht, wirkt so vertraut, so intim. Ich möchte meine Hände um seine legen und ihn bei mir halten, aber er sucht keine Nähe, sondern meine Aufmerksamkeit. Seine Augen verschmelzen mit meinen, und seine Stimme klingt beinahe streng und so eindringlich, dass es den

Anschein macht, als wäre es ihm unheimlich wichtig, dass ich ihm dieses Mal auch tatsächlich richtig zuhöre.

»Deine Ehe ist vorbei, Rachel. Je schneller du das einsiehst, desto besser. Dein Mann ist ein Arschloch, über das du weniger weißt, als du glaubst, und das Schlimmste, was du tun könntest, wäre, ihm zu sagen, dass du fremdgevögelt hast. Noch schlimmer, als zu versuchen, an deiner Beziehung zu ihm zu arbeiten. Also lass los, bevor es zu spät ist.«

Ungläubig starre ich ihn an und sehe dann dabei zu, wie er sich erneut auf den Weg zu seinem Wagen macht. Dieses Mal lasse ich ihn auch tatsächlich wegfahren, weil mich seine Worte förmlich lähmen.

Was zur Hölle wollte er mir damit sagen?

Das Wochenende geht wie im Nu vorbei, da ich ständig in meinen Gedanken gefangen war. Ehe ich mich versehe, ist es Montag, zehn vor acht, und ich stehe vor Hörsaal 111. Magenschmerzen sind mein ständiger Begleiter, seit ich das Haus heute Morgen verlassen habe, und nun erreicht meine Nervosität ihren Höhepunkt.

Der Abend mit Zane geht mir einfach nicht aus dem Kopf. All seine Worte, diese Ernsthaftigkeit und der Nachdruck in seinem Blick. Ich habe keine Ahnung, was all das zu bedeuten hat. Erst diese völlig fremde Version von ihm, die sanft, spielerisch und zuneigungsvoll ist, und dann sein plötzlicher Sinneswandel.

Warum hat er versucht, mir einzureden, dass ich mich von meinem Mann scheiden lassen soll? Dass unsere Ehe schon kaputt ist und ich nichts mehr daran retten kann? Warum war es ihm so wichtig, dass seine Worte zu mir durchdringen?

Mit James habe ich sowohl am Samstag als auch am Sonntag telefoniert. Es war komisch, was vermutlich an mir lag. Er hat sich erkundigt, ob ich ihm böse sei, weil er Freitag nicht wie versprochen vorbeigekommen ist, da es wieder irgendeinen Notfall bei einem Mandanten gab, und ich meinte abwesend, dass ich mich schon um die Veranda gekümmert hätte.

Was Zane getan hat, worüber ich immer noch mehr verwirrt als überrascht bin. In diesem Moment wurde mir klar, dass ihm offenbar tatsächlich etwas an mir liegt. Dass er mich sogar ein klitzeklein wenig mögen muss.

Mit einem tiefen Atemzug öffne ich die Tür zum Hörsaal und trete ein. Ich entdecke ein paar vertraute, müde Gesichter in den ersten Reihen, schiele jedoch sofort nach oben rechts. Zanes Platz ist unbesetzt, er ist noch nicht da. Zum ersten Mal, seit er meinen Kurs besucht, ist er nicht der erste anwesende Student.

»Guten Morgen«, begrüße ich meine Schüler und werfe einen Blick auf die Uhr. Der Unterricht beginnt in wenigen Minuten.

Ich nehme auf meinem Stuhl Platz und bereite meine Unterlagen vor, während ich ein bisschen mit den Studenten plaudere, die mir wie immer von ihrem Wochenende und dem neuesten Tratsch erzählen. Je mehr Leute den Saal betreten, desto unruhiger werde ich. Zane ist nicht unter ihnen. Schließlich ist es Punkt acht Uhr und jeder Platz außer seinem ist belegt.

Mit einem mulmigen Gefühl im Magen starte ich den Unterricht und werfe immer wieder einen Blick zur Tür, welche die restliche Stunde über geschlossen bleibt.

Als der Unterricht zu Ende ist, zögere ich nicht und mache mich auf den Weg in das Verwaltungsgebäude. Ich betrete das Lehrerzimmer und begrüße meine Kollegen, bevor ich mir einen Kaffee hole und mich mit Susan zum Mittagessen verabrede. Dann steuere ich zielsicher das Sekretariat an und klopfe an die Tür, bevor ich Dekan Fields Büro betrete.

Seine Sekretärin sitzt im Vorraum und sieht mit einem Lächeln zu mir auf, als ich an ihren Schreibtisch herantrete. »Guten Morgen, Rachel. Wie geht es Ihnen?«

»Gut, danke«, murmele ich abwesend und werfe einen Blick auf all die Dokumente auf ihrem Tisch. »Ich wollte mich bloß erkundigen, ob Nachrichten für mich hinterlassen wurden.«

»Moment«, murmelt sie und wühlt in den Unterlagen, bevor sie den Kopf schüttelt. »Nicht, dass ich wüsste. Erwarten Sie denn eine Nachricht? Von einem Kollegen?«

Ich seufze innerlich. Ich habe gehofft, sie würde mir sagen, dass Zane sich krankgemeldet hat. Ich habe seit Freitagnacht nichts mehr von ihm gehört und mache mir Sorgen, weil er bei diesem Unwetter mit dem Auto gefahren ist.

»Nein, ich dachte bloß, ein Student hätte sich möglicherweise bei Ihnen für sein Fernbleiben vom Unterricht entschuldigen lassen.«

»Bei mir hat sich kein Student krankgemeldet.« Sie runzelt die Stirn. »Aber wenden sich die meisten nicht ohnehin direkt an Sie?«

»Eigentlich schon, aber ich wollte trotzdem sichergehen«, erkläre ich ausweichend und lächele steif. »Gut, dann danke, Monica.«

Zane ist also einfach wieder zu Hause geblieben, ohne das zu melden. Eigentlich müsste *ich* das melden, aber ich tue es nicht – schon wieder nicht –, weil ich ihm keine Probleme mit seinem Vater einbrocken möchte.

Als ich mich abwende, tritt Dekan Fields aus seinem Büro. *Wenn man vom Teufel spricht.* Kaum erblickt er mich, verändert sich der Ausdruck in seinen Augen und ein schmieriges Lächeln stiehlt sich auf seine Lippen. »Rachel, guten Morgen. Was führt Sie zu mir?«

»Ich wollte nicht zu Ihnen«, erwidere ich abweisend und wende mich zur Tür. »Schönen Tag noch.«

»Warten Sie«, bittet er mich rasch und folgt mir nach draußen. Ich unterdrücke das Bedürfnis, die Augen zu verdrehen, als er mich durch den Flur zu den Ausgangstüren begleitet. »Hatten Sie doch Probleme mit dem neuen Studenten?«

Seine Frage überrumpelt mich, sodass ich perplex stehenbleibe. »Wie bitte?«

»Zane Lewis«, sagt er, und allein beim Klang seines Namens bekomme ich nervöses Bauchkribbeln. »Er hat Ihren Kurs heute Morgen abgewählt.«

»Er … w-was?« Ich klinge wie ein verdammter Vollidiot. Wie überfahren schüttele ich den Kopf. »Zane Lewis hat sich aus meinem Kurs austragen lassen?« *Was zur Hölle?*

Dekan Fields nickt, seine Augen scannen mich dabei bis aufs Knochenmark. »Gab es Probleme zwischen ihnen beiden?«

»Nein!« Ich räuspere mich und senke meine Stimme. »Ich meine, nein, er war ein vorbildlicher Student, und begabt ist er auch …«, *in vielen Dingen,* »ich wusste nicht, dass er meinen Kurs abgewählt hat. Niemand hat mich darüber informiert.«

»Sie sehen überrascht aus«, bemerkt er.

»Bin ich auch«, erwidere ich ehrlich. »Hat er gesagt, warum?«

»Er hat sich wohl für ein anderes Wahlfach entschieden«, meint mein Vorgesetzter schulterzuckend, der nicht zu wissen scheint, dass *ich* weiß, dass wir gerade über seinen Sohn sprechen. »Gut, das wäre dann auch schon alles. Ich wollte mich nur kurz darüber erkundigen, ob es irgendwelche Vorfälle gab, über die ich nicht in Kenntnis gesetzt wurde.«

Weit mehr, als Sie denken, Mr Fields.

»Alles klar«, murmele ich abwesend und sehe ihm dabei zu, wie er mit einem letzten hungrigen Blick auf mich zurück zum Sekretariat marschiert. In meinem Kopf herrscht ein Chaos und meine Gedanken überschlagen sich förmlich.

Hat Zane damit etwa einen Schlussstrich unter das gezogen, was er als *Nichts* bezeichnet? Unter … uns?

Und wenn ja, was hat ihn dazu bewogen?

21

Ich bin gerade erst seit fünf Minuten zu Hause, als es an der Haustür klopft. Seufzend stelle ich die Tasse Kaffee ab und marschiere in den Flur. Der Tag war anstrengend. Ständig habe ich darüber sinniert, warum Zane wohl meinen Kurs abgewählt und was dies zu bedeuten hat. Es ist ein klares Zeichen, das er damit gesetzt hat, doch ich verstehe einfach nicht, welche Absicht dahintersteckt. Offensichtlich ist es eine ziemlich unpersönliche Abfuhr an mich. Wie jedoch kam sein plötzlicher Sinneswandel zustande?

Liegt es daran, dass wir Freitagabend gestritten haben? Es ist schließlich nicht so, als hätten wir uns früher immer blendend verstanden. Wir haben uns fast jedes Mal, als wir uns gesehen haben, gezankt. Oder verbal duelliert und auf irgendeine Weise in die Haare bekommen. So ist einfach die Beziehung, die wir zueinander haben, falls man sie überhaupt als eine bezeichnen kann.

Chaotisch und unkontrolliert. Impulsiv und schwierig. Echt und ungekünstelt.

Als mir in den Sinn kommt, es könnte James sein, der nun, wo sich das Unwetter gelegt hat, vorbeigekommen ist, um nach dem Rechten zu sehen, versteife ich mich vor der Haustür und zögere damit, sie zu öffnen. Der Gedanke, mich jetzt auch noch mit ihm auseinandersetzen zu müssen, erstickt mich förmlich. Heute ist ein wirklich schlechter Tag, um mich auch noch mit meinen Eheproblemen zu beschäftigen.

Ich beschäftige mich schon viel zu sehr damit, mich zu fragen, warum mir die Sache mit Zane mehr zu denken gibt als meine kaputte Beziehung zu meinem Ehemann.

Innerlich auf alles vorbereitet, öffne ich die Haustür einen Spalt weit und schiele nach draußen. Als ich meine Nachbarin Gabriella erblicke, seufze ich erleichtert und ziehe die Tür komplett auf. Wir sind für heute bei mir verabredet, was ich beinahe vergessen hätte.

Lächelnd mustere ich sie in ihrem grauen Jogginganzug und sage: »Hey. Ich dachte, du würdest erst später vorbeikommen. Ich habe noch nichts vorbereitet.«

Ihre Wangen sind gerötet, und sie ist ein wenig aus der Puste, als hätte sie gerade ihre Joggingrunde beendet. »Kann ich reinkommen?«, fragt sie mich drängend, ohne mein Lächeln zu erwidern.

Ich nicke unsicher und trete beiseite. Fast grob schiebt sie sich an mir vorbei in den Flur und sieht sich flüchtig um, bevor sie sich mit verschränkten Armen zu mir umdreht. Ihr Haar ist zerzaust vom Laufen und erinnert mich an ein Vogelnest.

»Du solltest vielleicht besser die Tür schließen«, rät sie mir unheilvoll.

Misstrauisch drücke ich sie zu und spüre Nervosität in mir aufkeimen. Wenn ich mich nicht ganz täusche, wirkt sie … sauer? Ihre Augen senden giftige Pfeile auf mich und sind zu Schlitzen verengt.

Ich räuspere mich. »Alles in Ordnung?«

»Das wirst du mir hoffentlich gleich sagen.« Herausfordernd reckt sie ihr Kinn und durchbohrt mich mit ihrem Blick. »Vögelst du meinen Sohn, Rachel?«

Mir fällt die Kinnlade herunter, und ich erstarre zur Salzsäule. *Oh mein Gott.* Im ersten Moment bin ich sogar unfähig, einen Atemzug zu nehmen, während jeder Muskel meines Körpers vor Panik und Fassungslosigkeit gefriert, sodass ich mich keinen Millimeter weit rühren kann. Doch dann dringen ihre Worte tiefer zu mir durch. Beinahe beginne ich, zu hyperventilieren.

Verdammt! Verdammt, verdammt, verdammt.

»W-w-w-as?«, kommt es stotternd über meine Lippen.

Gabriellas Miene verhärtet sich, bevor sie ungläubig auflacht. »Es stimmt also tatsächlich. Du notgeile Schlampe vögelst meinen neunzehnjährigen Sohn! Deinen Studenten!« Sie wird bei jedem Wort lauter, und ich zucke zusammen. »Grundgütiger, Rachel! Was ist nur in dich gefahren? Hast du es so dringend nötig?«

»Ich …«

»Du wagst es, mein Haus zu betreten und die unschuldige, zurückgewiesene Ehefrau zu spielen, die sich von der Mutter des Kerls trösten lässt, den sie heimlich vögelt?«, blafft sie mich fuchsteufelswild an. »Das ist so widerlich und billig! Ich fasse es einfach nicht!«

»Gabriella, bitte …«

»Ich werde dir dein Leben zur Hölle machen, hörst du?«, schreit sie mich an und zeigt mit dem Finger auf mich. »Du wirst das noch bereuen, glaube es mir! Du vergehst dich an meinem Sohn und denkst, ungeschoren damit davonzukommen, während er für deinen Fehler bezahlen muss.« Sie lächelt auf eine verstörende Weise. »Du irrst dich. Dafür werde ich sorgen. Das lasse ich nicht noch einmal zu.«

»Ich vergehe mich doch nicht an deinem Sohn!«, presse ich entsetzt hervor, meine Stimme klingt erbärmlich dünn und zittrig. Durch die Wut, die mich nun selbst packt, überhöre ich beinahe ihre letzten Worte. *Das lasse ich nicht noch einmal zu.* »Wofür hältst du mich denn? Das mit Zane und mir … Das war ein Fehler. Es ist vorbei. Ich schwöre es dir, Gabriella.« Als sie mich bloß ansieht, als würde sie überlegen, mir die Haare vom Kopf zu reißen, frage ich verwirrt: »Und was meinst du damit, dass du das nicht noch einmal zulässt?«

Plötzlich tritt ein spöttischer Ausdruck in ihr Gesicht, den ich nur zu gut von ihrem Sohn kenne. Innerlich bereite ich mich auf einen verbalen Tiefschlag vor, der auch prompt folgt.

»Ach, dachtest du etwa, du wärst die einzige ältere und verheiratete Frau, die mit meinem Sohn im Bett war? Dass du etwas Besonderes bist?« Sie lacht gehässig auf. »Ich muss dich leider enttäuschen. Zane hat dir wohl nicht erzählt, warum er an die *Rosegarden* gewechselt hat – an der öffentlichen Uni gab es ebenfalls eine wie dich.«

Mein Herzschlag stoppt.

Zane hatte an seiner alten Uni ebenfalls eine Affäre mit einer seiner Dozentinnen? Einer verheirateten Frau wie mir? War all das also doch bloß ein Spiel für ihn? Von Anfang an? Ist das eine Art kranke Fantasie von ihm, seine Professorin und gleichzeitig die Ehefrau irgendeines Mannes zu vögeln?

Mir wird schlecht.

»Als die Sache aufgeflogen ist, wurde er der Uni verwiesen«, fährt sie fort. »Und die Schlampe bloß suspendiert, nicht aber entlassen. Das wird sich bestimmt nicht wiederholen.« Sie tritt entschlossen auf mich zu. »Geh mir aus dem Weg, Rachel!« Ihr Blick ist so finster wie die Nacht, und ihre Körperhaltung so angriffslustig, dass ich zugegebenermaßen Angst vor ihr bekomme. »Ich bin gespannt, was dein Mann dazu sagt, dass seine Frau sich mit Kindern vergnügt, während er -«

»Zane ist kein Kind mehr, und das weißt du«, fahre ich ihr aufgebracht über den Mund. »Stell mich bitte nicht als Pädophile dar! Zane ist ein erwachsener Mann, der genau weiß, was er tut. Ich habe mich ihm nicht an den Hals geworfen! Offensichtlich hat *er* sich vorsätzlich an mich herangemacht, wie er es auch schon bei seiner früheren Professorin getan hat. Ich -«

»Erspar mir deine billigen Ausreden und hör auf, meinen Sohn schlechtzureden«, zischt sie und schüttelt wutentbrannt den Kopf. »Hast du ihn eigentlich schon gevögelt, als ich ihn dir in meinem Haus vorgestellt habe?«

Ich schweige betreten und senke den Blick.

»Unfassbar«, murmelt sie ungläubig. »Nicht nur, dass du meinen Sohn verführt hast, du hast mir auch noch dreist ins Gesicht gelogen.«

»Was sollte ich denn machen?«, frage ich sie verzweifelt. »Dir sagen, dass ich eine Affäre mit deinem Sohn habe? Und dem meines Vorgesetzten? Ich hatte nie beabsichtigt, dass es dazu kommt, das musst du mir glauben. Erst war es ein Ausrutscher, weil ich betrunken und deprimiert war, da James ausgezogen ist, und dann -
«

»Jetzt machst du also meinen Sohn dafür verantwortlich?«, kreischt sie und rennt plötzlich wild im Flur auf und ab. »Wie schwach von dir! Willst du etwa damit sagen, er hätte deine Situation ausgenutzt? Oder gegen deinen Willen gehandelt?«

»Was?« Ich schüttele heftig den Kopf. »Nein! Natürlich war es nicht gegen meinen Willen.«

»Unfassbar«, murmelt sie erneut und bleibt mit einem vernichtenden Blick in meine Richtung vor der Treppe stehen. »Bis vor kurzem dachte ich wirklich, du hättest mein Mitleid verdient. Dass James das Arschloch in eurer Beziehung ist, dabei bist du es.«

Es sticht in meinem Herzen, und Tränen steigen in meine Augen. »Bitte sag es ihm nicht, Gabriella. Es würde ihm das Herz brechen.«

»Daran hättest du früher denken sollen«, entgegnet sie kalt und tritt wieder auf mich zu. »Wie oft hast du meinen Sohn gevögelt, Rachel, seit dein Mann ausgezogen ist? Oder hast du es sogar schon davor getan?«

Ich schweige, denn ich glaube, dass alles, was ich jetzt von mir geben könnte, sie nur noch mehr gegen mich aufbringen würde. Zurecht. An ihrer Stelle würde ich genauso an die Decke gehen. Wir sind Freundinnen geworden, während ich heimlich ihren Sohn getroffen haben. Ich habe ihr mein Herz wegen meines Ehemannes ausgeschüttet, während ich mich mit ihrem Sohn über meine Eheprobleme hinweggetröstet habe.

Das ist übel. Richtig übel.

»Du wirst nie wieder einen Job finden, sobald ich Harvey erzählt habe, was du getan hast. Dafür wird er sorgen«, droht sie mir. »Und ich werde dafür sorgen, dass dein Ehemann davon erfährt. Niemand in dieser Stadt wird je wieder ein Wort mit dir sprechen, wenn das publik wird. Besser also, du packst sofort deine Sachen und verschwindest von hier.«

Panik schlingt sich wie Hände um meine Kehle und drückt erbarmungslos zu. Gabriella wirkt nicht, als würde sie darüber mit sich reden lassen, und ich habe sowieso keine Ahnung, was ich sagen könnte, um sie zu besänftigen. Also frage ich etwas, das mir schon die ganze Zeit im Kopf herumschwirrt: »Woher weißt du es?«

»Ich habe euch Freitagnacht gesehen. Wie ihr draußen auf der Straße im Regen standet, wie er dich angefasst hat …« Sie verzieht auf eine Weise das Gesicht, als würde sie sich bei der Erinnerung übergeben müssen. »Es war unmissverständlich, was da zwischen euch läuft. Aber glauben wollte ich es nicht, deswegen bin ich nicht sofort zu dir rüber. Immerhin trifft man seine Affären für gewöhnlich auch nicht in dem Haus, in dem man mit seinem Ehemann lebt. Hast du ihn in eurem Ehebett gevögelt?«

»Gabriella, bitte.« Ihre Worte drehen mir den Magen um. »Hör auf. So war das nicht. Ich habe Zane nicht zu mir eingeladen und … Wir haben uns überhaupt nie verabredet, okay? Es ist einfach immer … passiert. Und es lässt sich nicht mehr rückgängig machen.« Als sie mich bloß schweigend anstarrt, ihr Atem schnell und abgehackt, schlucke ich schwer und murmele reuevoll: »Es tut mir leid. Ich verstehe, warum du sauer bist. Natürlich tue ich das. Aber du weißt doch ganz genau, wie es ist, wenn man sich ungewollt und vernachlässigt von seinem Mann fühlt. Wenn es jemand versteht, dann du. Und bitte glaub mir, dass ich es nicht darauf angelegt habe, deinen Sohn …« Ich verstumme und sehe weg.

»Meinen Sohn, was?«, fragt sie ein wenig ruhiger.

Unsicher erwidere ich ihren Blick. »Ich weiß es nicht. Ihm näherzukommen, ihn zu mögen … Was auch immer. Es ist das Letzte, was ich wollte, das musst du mir glauben. Und es ist vorbei.« Ich nicke, um meine Worte zu unterstreichen. »Er hat meinen Kurs abgewählt. Wir werden uns nicht wiedersehen.«

»Das will ich für dich hoffen, Rachel.« Gabriella starrt mich lange nur an, ihre Miene eine Mischung aus Verachtung und Argwohn.

Dann lässt sie ihren Blick an mir hinabschweifen, nickt, und greift nach der Türklinke. »Ich gebe dir vierundzwanzig Stunden, um die Stadt zu verlassen, bevor ich jedem erzähle, was du getan hast. Angefangen bei James und meinem Ex-Mann.«

Es fühlt sich an, als würde ich zu meiner eigenen Hinrichtung fahren. Meine schwitzenden Hände würgen das Lenkrad, während mein linker Fuß unruhig auf das Pedal tippt. Ich spiele sekündlich mit dem Gedanken, umzukehren, aber ich weiß, dass ich dieses Mal gar keine andere Wahl habe.

Ich muss meinem Mann meine Affäre beichten.

Es ist unbedeutend, dass ich noch heute meinen Job kündigen und die Stadt verlassen muss, denn er wird mich sowieso zum Teufel schicken. Ich bin auf mich allein gestellt. Und das alles bloß, weil ich meine Beine in Gegenwart eines neunzehnjährigen Studenten nicht zusammenhalten konnte.

Warum kam mir dennoch nicht ein einziges Mal der Gedanke, dass ich die Zeit zurückspulen würde, wenn ich es könnte?

Als ich in die Straße von James' Kanzlei einbiege, wird mir übel. Ich schlucke die Magensäure hinunter, die sich meinen Rachen hochkämpft, und umfasse das Lenkrad fester mit meinen Fingern, um mein Zittern in den Griff zu bekommen. Wie vor Wochen lege ich mir Worte im Kopf zurecht, die mein Verhalten erklären könnten, stelle aber schnell fest, dass sie genauso erbärmlich klingen, wie es meine Tat war.

Es ist schwer, sich eine passende Entschuldigung für etwas zurechtzulegen, das einem nicht wirklich leidtut. Ich bereue, dass ich meinen Mann hintergangen habe, ich bereue, dass ich gelogen und betrogen habe, und ich bereue, dass ich damit nicht nur mein, sondern auch sein Leben auf den Kopf stelle, aber ich bereue nicht, was ich mit Zane hatte – so fragwürdig und kompliziert es auch war.

Diese Sache zwischen uns hat mir dabei geholfen, die Dinge aus einer anderen Perspektive zu betrachten. Sogar er selbst hat dazu beigetragen, dass ich mir über einiges im Klaren werde. Seine immerzu harten und ungeschönten Worte haben sich einen direkten Weg in mich hineingebohrt. Sie haben dabei geholfen, meine Scheuklappen abzulegen und anzufangen, meine Ehe als das zu betrachten, was sie ist: kaputt.

Und es liegt nicht nur an James. Das weiß ich jetzt. Nicht nur daran, dass er sich zurückgezogen und von mir distanziert hat. Dass er aufgehört hat, mich zu beachten und zu berühren. Oder dass er sich in eine andere Frau verknallt hat. Dafür kann er nichts. Seine Gefühle kann man nun einmal nicht kontrollieren, das habe ich aus der Sache mit Zane gelernt. Ich konnte es schließlich auch nicht.

Und dadurch wurde mir auch klar, wie unglücklich ich tatsächlich war. Ich war nicht mehr als die Ehefrau eines Mannes, die um dessen Aufmerksamkeit gebuhlt hat. Die in ständigem Konkurrenzkampf mit seiner Arbeit stand. Ich habe nichts in meinem Leben wirklich genossen, nicht *gelebt*. Ich habe zurückgesteckt und seine Bedürfnisse über meine gestellt. Hobbys wie das Schreiben vernachlässigt, weil ich mich nur auf ihn konzentriert habe. Mich von Dingen verabschiedet, die mir eigentlich immer wichtig waren, wie zum Beispiel der Vorstellung, Kinder zu bekommen. Ich hatte schon vergessen, wie es sich anfühlen kann, für sich selbst zu leben. Wie es ist, wenn man ungehemmt und frei und … einfach man selbst ist.

Das ist etwas, das ich nicht mehr aufgeben will. Ich wünschte, ich könnte diese Version meiner selbst auch bei James sein – die Rachel, die tief in mir geschlummert hat und nun nicht mehr bereit ist, zu gehen –, aber ich weiß, dass das unmöglich ist. Zum einen, weil diese Rachel nicht mit der Version von James harmoniert, die er geworden ist, und zum anderen, weil diese Rachel es versaut hat, indem sie sich auf einen anderen Mann eingelassen und damit jede Chance zunichtegemacht hat, eine andere Version von James aus ihm herauszukitzeln. Vielleicht habe ich mir nicht genügend Mühe damit gegeben, aber vor Zane wusste ich gar nicht, dass ich das überhaupt möchte. Dass mich mein Leben nicht mehr zufrieden stellt, nicht nur mein Mann.

Der Gebäudekomplex, in dem James arbeitet, kommt immer näher, und ich sehe mich nervös nach einem freien Parkplatz um. Die Worte der Frau, die sich als jene entpuppt hat, auf die mein Mann abfährt, kommen mir in den Sinn, und ich seufze. In der Straße unmittelbar vor dem Gebäude herrscht ein Halte- und Parkverbot für normale PKWs. Nur Lieferwagen dürfen hier halten; deswegen ist sie auch voll davon.

Kurzerhand entscheide ich, dass es mir egal ist, ob ich eine Strafe erhalte, denn ich habe gerade wirklich keine Nerven, um eine Stunde lang im Kreis zu fahren und einen Parkplatz zu suchen.

Ich steuere den Stellplatz an, auf dem ich auch damals geparkt habe, stelle aber fest, dass jemand vor mir denselben gleichgültigen Gedanken hatte, denn er ist besetzt.

Von einem schwarzen Mustang.

Meine Augen weiten sich vor Unglauben, und ich betätige abrupt das Bremspedal, sodass der Fahrer hinter mir wüst zu hupen anfängt.

Fassungslos starre ich aus der Fensterscheibe auf den schwarzen, glänzenden Wagen, der unmittelbar vor dem Gebäude steht, und schnappe nach Luft, als ich das Nummernschild betrachte. Die Zahlenfolge ist mir vertraut.

Sowie der zerkratzte Lack an der Motorhaube.

Es ist Zanes Wagen, der vor dem Büro meines Mannes parkt.

Oh nein … Nein, nein, nein. Kann dieser Tag eigentlich noch schlimmer werden?

Was zum Teufel tut Zane hier? Ich bete zu Gott, dass es nicht das ist, was ich vermute. Das darf er mir nicht antun. Warum sollte er auch? Aus welchem Grund sollte er mein Leben ruinieren wollen?

Ruckartig reiße ich den Blick von seinem Mustang los, als der Fahrer hinter mir ein immer nervigeres Hupkonzert veranstaltet, und drücke aufs Gaspedal. Nun zittere ich am ganzen Körper, während sich die Gedanken in meinem Kopf förmlich überschlagen. Panik, Zorn und Verwirrung kämpfen in mir um die Vorherrschaft.

Impulsiv setze ich den Blinker und halte wenige Meter später in zweiter Spur. Ich betätige die Warnblinkanlage, als hätte ich eine Panne, und drehe mich steif im Sitz um, während die Fahrer der Autos hinter mir sichtlich wütend an mir vorbeirasen. Als kein Wagen mehr den Blick auf das Gebäude und Zanes Mustang versperrt, lasse ich das Fenster herunter und strecke den Kopf hinaus.

Mein Herz rast. Es handelt sich zweifellos um Zanes Wagen, der dort im Halteverbot parkt.

Ich hadere mit mir, was ich deswegen unternehmen soll, entscheide mich dann jedoch dafür, nichts zu tun und abzuwarten. Sollte Zane tatsächlich bei meinem Mann sein, werde ich ihn sofort zur Rede stellen, wenn er das Gebäude verlässt. Und vielleicht handelt es sich auch bloß um einen wirklich absurden Zufall, und er hatte einen Termin in einer der anderen Firmen, deren Büroräumlichkeiten in dem Gebäude ansässig sind.

Minuten vergehen, und mir wird immer schlechter. Ich schwitze, kann kaum richtig atmen, und stehe mehrmals kurz davor, auszusteigen und mich einfach selbst zu vergewissern, ob meine Befürchtung richtig ist. Sollte Zane James tatsächlich erzählt haben, was …

Mit einem Mal weicht all der Sauerstoff aus meiner Lunge. Zane verlässt das Gebäude. Er trägt wie immer lässige Jeans und ein schlichtes Shirt, darüber eine schwarze Lederjacke und dazu seine locker geschnürten Stiefel.

Und er ist in Begleitung meines Mannes, der unheimlich aufgebracht wirkt.

Scheiße.

Ich verstecke mich, so gut es geht, während ich mit einem Auge aus dem Fenster zu ihnen schiele. Ich kann beobachten, wie James Zane hinterherläuft und dabei wild gestikuliert. Er redet auf ihn ein, doch ich kann kein Wort von dem verstehen, was er sagt. Auch von seinen Lippen kann ich nicht lesen, da er zu weit entfernt ist. Allerdings erkenne ich zweifellos, dass er wütend ist.

Plötzlich wirbelt Zane zu ihm herum und sagt etwas. James verstummt, seine Miene verfinstert sich. Zane greift in die Innenseite seiner Lederjacke und fischt einen weißen Umschlag heraus. Ich runzele die Stirn, als er auf James zu marschiert und ihm diesen an die Brust drückt. Wieder sagt er etwas, und anhand seiner Körpersprache erkenne ich, dass auch er wütend ist. Nur hat er sich besser unter Kontrolle als mein Mann.

Was zur Hölle geht hier vor sich? Und was befindet sich in dem Umschlag?

James schüttelt fluchend den Kopf und rauft sich das Haar, als Zane sich entschlossen abwendet und in seinen Mustang steigt. Er sieht ihm hinterher und zerknüllt den Umschlag in seiner Hand, bevor er sich ruckartig abwendet und zurück ins Gebäude marschiert. Als Zanes Mustang an mir vorbeirast, ducke ich mich abrupt.

Was habe ich hier gerade beobachtet? Hat Zane James von unserer Affäre erzählt und dieser hat ihm Schweigegeld bezahlt, um mich zu schützen? Hat Zane ihn womöglich damit erpresst, überall in der Stadt herumzuerzählen, dass wir miteinander geschlafen haben, was nicht nur meinem Ruf schaden, sondern mich auch meinen Job kosten würde? Immerhin wäre es nicht das erste Mal, dass Zane versucht, jemanden zu erpressen. Mich hat er auch erpresst, auch wenn er im Nachhinein meinte, seine Drohungen wären nicht ernst gemeint gewesen.

Warum aber sollte Zane das Geld nun doch wieder zurückgeben, falls es sich tatsächlich um Schweigegeld handelt?

Vielleicht tut es ihm leid, und er wollte anständig sein.

Der Gedanke ist so lächerlich, dass ich ihn schon in der nächsten Sekunde wieder abschüttele.

Vollkommen durcheinander und überfordert schalte ich die Warnblinkanlage aus und bringe den Wagen zum Rollen. Wie paralysiert fahre ich die Straße entlang, ohne eine Ahnung zu haben, welches mein Ziel ist. Meine Stimme der Vernunft rät mir, zu tun, wofür ich herkam – mit meinem Mann zu sprechen und die Karten offen auf den Tisch zu legen –, doch der Teil in mir, der sich von meinen Gefühlen leiten lässt, funkt mir dazwischen und so folge ich Zanes Wagen, den ich an der nächsten Kreuzung entdecke.

22

Ich bin mir nicht sicher, ob Zane meinen Wagen hinter sich registriert hat. Entweder fährt er immer wie ein Irrer, oder aber er versucht, mich abzuhängen. Trotz seines viel zu schnellen Tempos und der scharfen Kurven, die er fährt, schaffe ich es, an ihm dranzubleiben, bis wir die Straße erreichen, in der er wohnt.

Er findet einen Parkplatz vor seiner Haustür und lenkt den Wagen mühelos in die enge Lücke, während ich einige Meter davor am Straßenrand halte und ihn beobachte. Offenbar hat er mich doch nicht bemerkt, denn er steigt aus und marschiert zu seinem Wohngebäude, ohne sich ein einziges Mal umzusehen.

Mit Herzrasen und mulmigem Magen parke ich auf der anderen Straßenseite und verlasse meinen Wagen. Meine Schritte sind gleichzeitig entschlossen und unsicher, als ich ihm zur Haustür folge, hinter welcher er just in diesem Moment verschwindet.

Als ich vor der geschlossenen Tür ankomme, zögere ich erst, um zu warten, bis er in seiner Wohnung angekommen ist. Nach einer qualvollen Minute zuckt mein Finger zur Nummer 7 auf der Sprechanlage, doch dann stutze ich. Kurzerhand wähle ich eine andere Türnummer.

»Hallo?«, ertönt eine weibliche, verschlafen klingende Stimme kurz darauf.

»Blumenlieferung!«, lüge ich fröhlich, woraufhin mir die Frau anstandslos die Tür öffnet. Als sie zu summen beginnt, drücke ich mit der Schulter dagegen und visiere direkt die Treppe an.

Mein Puls wandert in einen immer ungesünderen Bereich, je näher ich Zanes Wohnung komme. Nach Freitagabend und seiner plötzlichen Entscheidung, meinen Kurs abzuwählen, macht mich unser Aufeinandertreffen nun doch ziemlich nervös. Mehr jedoch, weil ich ihn dabei beobachtet habe, wie er sich mit meinem Mann streitet. Ich werde nicht eher wieder gehen, bis er mir verdammt noch mal sagt, was sein Besuch bei James zu bedeuten hatte.

Mit blanker Entschlossenheit klopfe ich an seine Wohnungstür. Ich höre Schritte dahinter und schlucke schwer. Innerlich bin ich dermaßen unruhig, dass ich nicht dazu imstande bin, mir zu überlegen, wie ich ihn am besten mit meiner Beobachtung konfrontieren soll.

Mir bleibt auch keine Zeit dafür, da er keine Sekunde nach meinem Klopfen mit einem genervten Gesichtsausdruck schwungvoll die Wohnungstür aufreißt.

Erst blinzelt er überrumpelt, dann wird seine Miene noch genervter, beinahe verärgert.

»Ich hätte nicht gedacht, dass du eine dieser Frauen bist«, murmelt er verächtlich.

»Welcher Frauen?«

Seufzend kehrt er mir den Rücken zu und marschiert durch den Flur in seine Küche. »Na, eine dieser Frauen, die anhänglich werden, nachdem man sie abserviert hat.«

Autsch. In meiner Brust sticht es.

»Du hast mich also tatsächlich … abserviert?«, frage ich mehr verwirrt als wütend, bevor ich ihm einfach folge und die Tür hinter mir schließe. Mein Tonfall klingt zu meinem Leidwesen gekränkt.

Zane wirft mir einen flüchtigen Blick zu. Dann öffnet er den Kühlschrank und schnappt sich eine Dose Eistee daraus. Er öffnet sie und nimmt genüsslich ein paar Schlucke davon, während ich steif im Türrahmen stehe und ihn, auf eine Erklärung wartend, ansehe.

Mit gleichgültiger Miene wischt er sich mit dem Handrücken über den Mund und fragt: »Was dachtest du denn, warum ich deinen Kurs abgewählt habe?«

Ich zwinge mich, meine Gefühle nicht offen zur Schau zu stellen, als ich knapp erwidere: »Keine Ahnung, was ich darüber denken soll.«

»Tja«, macht er wie ein Arschloch und zuckt mit den Schultern. »Ich hielt es einfach für die unmissverständlichste Weise, dir klarzumachen, dass ich dich nicht mehr ficken will. Sehen brauchen wir uns dann ja auch nicht mehr dreimal wöchentlich.«

Wow. Wie verdammt noch mal schafft er es jedes Mal aufs Neue, mich dermaßen zu beleidigen und zu kränken? Mit simplen Worten reißt er mir das Herz aus der Brust und trampelt darauf herum, während er gleichzeitig mühelos auch noch meinem Ego einen gewaltigen Dämpfer verpasst.

»Hast du es so auch bei meiner Vorgängerin gemacht?«, frage ich und spüre, wie sich Zufriedenheit in mir ausbreitet, als er überrumpelt zurückzuckt. *Eiskalt erwischt.* »Ist das deine Masche? Du suchst dir verheiratete Professorinnen, die empfänglich für deine Reize sind, weil es zu Hause schlecht läuft, vergnügst dich eine Zeit lang mit ihnen und erteilst ihnen dann eine unschöne Abfuhr, um dein Ego zu pushen?«

Zane starrt mich ausdruckslos an, seine Kiefer verhärten sich und seine Finger schlingen sich fester um die Dose in seiner Hand, bis er sie beinahe zerquetscht. »Woher weißt du davon?«

»Woher kennst du meinen Mann?«, stelle ich ihm eine Gegenfrage und erwische ihn erneut eiskalt. Ich erkenne ein kurzes Aufflackern von Unsicherheit in seinen Augen, bevor er wie immer seine stoische Maske aufsetzt.

»Keine Ahnung, was du meinst«, weicht er mir aus und marschiert an mir vorbei aus dem Raum, als würde er vor dem Gespräch flüchten wollen. Das passiert tatsächlich zum ersten Mal.

Aufgebracht folge ich ihm. »Ich habe euch gesehen, Zane. Du warst bei ihm. Vorhin erst. Und ihr habt euch gestritten.« Als er einfach weitergeht, ohne mir Beachtung zu schenken, bleibe ich hart schluckend mitten im Raum stehen und frage geradeheraus: »Hast du ihm von uns erzählt und gedroht, es öffentlich zu machen? Hast du Schweigegeld von ihm gefordert? War das die ganze Zeit über dein Plan? Der Grund, warum du dich an mich herangemacht hast – damit du meinen Mann damit erpressen und Geld aus unserer Affäre schlagen kannst? Hast du das bei der anderen Frau auch so gemacht?«

Ich rechne eigentlich mit keiner Antwort – zumindest keiner richtigen –, weshalb ich überrascht darüber bin, dass er ruckartig stehenbleibt und mir einen wütenden, beinahe fassungslosen Blick über die Schulter zuwirft. »Wie bitte?« Okay, wow, er klingt sauer. Meine Unterstellung scheint ihn zu reizen. Mit schweren Schritten kommt er auf mich zu und fragt schroff: »Meinst du das ernst? So denkst du also über mich, hm?«

»Ich weiß nicht, was ich denken soll«, erwidere ich mit einem Mal kleinlaut. »Erst beendest du, was auch immer das mit uns war, indem du dich ohne ein Wort zu mir aus meinem Kurs austragen lässt, und dann entdecke ich dich Stunden später beim Verlassen des Büros meines Mannes. Mit ihm, streitend. Nicht zu vergessen, erfahre ich, dass ich nicht die einzige Professorin bin, mit der du dich vergnügt hast.«

»Du hast offenbar wirklich eine absolut beschissene Meinung von mir«, presst er teils wütend, teils resigniert hervor. »Sprich doch lieber mal mit deinem tollen Ehemann. Mal sehen, welche Meinung du danach über *ihn* hast.« Nun schenkt er mir ein spöttisches Lächeln. »In dieser Geschichte bin nämlich zum ersten Mal nicht ich das Arschloch, Baby. Zumindest nicht ganz.«

Als er sich abwenden will, packe ich ihn am Saum seines Shirts und fordere ungehalten: »Sag mir sofort, was du damit meinst! Was hat es mit deinem Besuch bei meinem Mann auf sich? Woher verdammt noch mal kennt ihr euch überhaupt? Oder hast du ihn heute zum ersten Mal getroffen?«

Zanes dunkle Augen starren hart und verschlossen in meine. Sein Blick ist genauso angespannt wie sein Körper. Er packt meine Hand und löst sie von seinem Shirt, lässt mich aber nicht los, als er durch zusammengebissene Zähne knurrt: »Ich habe dir am Freitag alles gesagt, was wichtig ist. Alles, was du wissen musst. Du wolltest nicht zuhören.«

»Ich habe zugehört«, entgegne ich leise und erwidere seinen durchbohrenden Blick tapfer. »Ich habe es nur nicht verstanden.«

Zanes Blick wird kaum merklich weicher. »Das ist das Problem. Du verstehst so vieles nicht, Rachel, oder du verstehst es falsch.«

Ich runzele die Stirn. »Könntest du aufhören, all diese kryptischen Aussagen von dir zu geben, und mir einfach sagen, was Sache ist? Verdiene ich es nicht, die Wahrheit zu erfahren?« Als er meine Hand loslässt und schweigend zurückweicht, sein Blick unsicher und zögernd, füge ich belegt hinzu: »Wenn du meinen Mann erpresst hast, dann sag es mir einfach. Ich -«

»Verdammte Scheiße, ich habe deinen Mann nicht erpresst!«, platzt es lautstark aus ihm heraus, und ich zucke zusammen. »Ich habe weder damit gedroht, in die Welt hinauszuposaunen, dass ich dich gevögelt habe, noch habe ich Schweigegeld von ihm verlangt. Wie abgefuckt wäre das denn?«

»Abgefuckt vielleicht, aber nicht abwegig! Mich hast du schließlich auch erpresst«, kontere ich genauso aufgebracht.

»Einen Scheiß habe ich«, zischt er und kommt wieder einen Schritt auf mich zu. »Alles, was ich mir bei dir erlaubt habe, war bloß ein dummer Streich, ein Spielchen. Ich hatte nie vor, deinem Mann etwas zu stecken. Ich hatte auch nie vor, deine Unterwäsche als Beweismaterial an ihn zu schicken. Wofür hältst du mich? Ich wollte dich bloß wiedersehen, dich ärgern, aus der Reserve locken. Keine Ahnung, verdammt.«

»Wie bei ihr?« Vorwürfe schwingen in meiner Stimme mit, wieder klingt sie gekränkt.

Gabriella hatte recht – ich dachte tatsächlich, ich wäre etwas Besonderes, und nicht irgendeine Nummer auf Zanes Liste an verheirateten Eroberungen, die ganz zufällig auch seine Professorinnen sind. Wer weiß, wie viele es noch vor mir gab, von denen seine Mutter nichts weiß. Und niemand sonst. Vielleicht hat er schon in der High School damit begonnen, seine Lehrerinnen flachzulegen, weil es ihm einen Kick gibt. Weil er durch seine Eltern ein lächerliches Bild von der Ehe und von Beziehungen hat. Weil er sie als etwas ansieht, das ohnehin irgendwann kaputtgeht. Vielleicht will er auch derjenige sein, der sie endgültig zerstört.

Wow. Diese Psychoanalyse klingt zu gleichen Teilen an den Haaren herbeigezogen wie einleuchtend.

»Vergleich dich nicht mit ihr«, seufzt er. »Das mit uns ist etwas vollkommen anderes.«

Klar. Glaube ich ihm aufs Wort.

»Gab es noch mehr?«, will ich wissen. »Verheiratete oder ältere Frauen, die du flachgelegt hast? Frauen, die dich unterrichtet haben? Ist das irgendein Fetisch von dir?«

»Mach dich nicht lächerlich«, erwidert er abgeneigt. »Und nein, es gab nur sie und dich.«

Ich schlucke. »Hast du dich an mich herangemacht, weil du mich wolltest, oder weil dir die Vorstellung gefallen hat, mich zu erobern, obwohl ich verheiratet und deine Dozentin bin? Hat dir das einen Kick gegeben?«

»Beides«, gesteht er schamlos und ich bin nicht überrascht. »Ich hatte nicht die Absicht, mir an der *Rosegarden* eine neue Dozentin zu suchen, die ich flachlege, auch wenn mich der Gedanke gereizt hat, aber dann sah ich dich und …« Er zuckt mit den Schultern, seine Augen werden kaum merklich sanfter. »All meine guten Vorsätze waren wie vergessen.«

Ich schweige ihn bloß an.

»Mit dir ist es nicht wie mit ihr«, betont er ernst. »Es ist ganz anders, das kannst du mir glauben.«

Ich möchte ihn fragen, wo der Unterschied ist, verbiete es mir jedoch. Die Antwort würde nichts an unserer Situation ändern. Außerdem will ich insgeheim gar nichts über seine anderen Affären wissen. Es würde mich verletzen.

»Sag mir bitte endlich, was hier los ist, Zane«, fordere ich ihn stattdessen zum wiederholten Male auf.

»Frag deinen Mann«, drängt er mich. »Er soll es dir sagen. Ich kann nicht.«

»Warum nicht?«

»Weil es schon schlimm genug ist, wie du mich jetzt ansiehst«, murmelt er plötzlich auf eine Weise angreifbar und verletzlich, die ich nicht für möglich gehalten hätte. Nicht bei ihm. Er fährt sich überfordert durch das unordentliche Haar, sein Blick ratlos auf mich gerichtet. »Ich habe zwar nicht getan, was du mir unterstellst, aber ich habe trotzdem Scheiße gebaut. Du sollst nur wissen, dass ich versucht habe, es geradezubiegen, bevor es zu spät ist.«

»Was hast du getan?«, wispere ich mit einem Mal ängstlich.

Zane starrt mich lange nur an, bevor er wortlos in sein Schlafzimmer marschiert und mit einem kleinen rundlichen Ding, in dem ein USB-Kabel steckt, zu mir zurückkehrt. Ein roter Punkt blinkt darauf auf.

Ich runzele beunruhigt die Stirn, als er es mir in die Hand drückt, und stelle mit Entsetzen fest, dass es sich um eine Art Überwachungskamera handelt, die man irgendwo versteckt anbringen kann, um Räume zu filmen.

Mein Blick ist voller Unglauben, als ich zu ihm aufsehe und stockend frage: »Du hast … uns gefilmt?«

Zane erwidert ihn starr, doch in seinen Augen tobt ein Sturm. Ich erkenne die Reue und Schuld darin, als er einfach nickt, ohne überhaupt zu versuchen, diese abscheuliche und unverzeihliche Tat abzustreiten oder zu rechtfertigen.

»Wann?« Meine Stimme klingt beinahe emotionslos, obwohl die Gefühle in mir Amok laufen.

»Freitagabend.« Er ballt die Hände zu Fäusten und lockert sie wieder – das Ganze mehrmals –, bevor er mir beichtet: »Ich habe sie in deinem Wohnzimmer platziert, als du noch nicht da warst. Sie lief die ganze Zeit.«

Deswegen hat er mich mittendrin ins Wohnzimmer getragen und auf der Couch weitergevögelt. Deswegen hat er dafür gesorgt, dass ich noch nicht komme und mich erst im Wohnzimmer dazu gebracht. Deswegen hat er mir befohlen, seinen Namen zu sagen, während ich es tue. Es war dunkel, und so konnte er sichergehen, dass man weiß, mit wem ich mich vergnüge.

All das hat er getan, damit er es auf Video hat.

Was für ein hinterhältiges Arschloch.

Tränen treten in meine Augen. Schmerz, Verrat und Wut wirbeln in meiner Brust. Ich hätte ihm vieles zugetraut, aber das nicht. Ich hätte ihn nie für ein solch charakterloses Schwein gehalten, das er offenbar ist.

»Warum?« Das Wort kommt gehaucht und zittrig über meine Lippen, obwohl alles in mir danach schreit, ihn zu beschimpfen, zu ohrfeigen und sein gesamtes Mobiliar auseinanderzunehmen. Es zu zerstören, wie er mich gerade mit seinem Geständnis zerstört. Sein Verrat wiegt schwerer als der meines Mannes, der monatelang heimlich in eine andere Frau verknallt war und mich deswegen links liegen gelassen hat.

Sein Verrat brennt wie Feuer auf meiner Haut, lässt mein Herz in Flammen stehen und zu Asche zerfallen.

»Weil ich ein Abkommen mit deinem Mann hatte. Das Geld war meine Bezahlung für den Film.«

Mir entfährt ein erstickter Laut. Alles beginnt, sich zu drehen, und mir wird schwarz vor Augen.

Dann wirbele ich herum und stürme aus der Wohnung, weil ich keine Sekunde länger in seiner Gegenwart ertrage.

—

Sie war hier. Ich kann sie im ganzen Raum riechen. Der unverkennbare Duft von *Chanel No. 5* verstopft mir die Nase, seit ich James' Hotelsuite betreten habe. Die zweite benutzte Zahnbürste im Badezimmer war ein weiteres Indiz für ihre Anwesenheit, und die silbernen Ohrstecker auf einem der Nachttische der ultimative Beweis, dass mein Mann mindestens einmal in Gesellschaft hier übernachtet hat. In Gesellschaft seiner Kollegin Alissa, dem Topmodel.

Anders als erwartet, hat mir diese Erkenntnis nicht das Herz gebrochen. Seit ich erfahren habe, dass James ein Abkommen mit Zane hatte, welches beinhaltete, dass dieser mich beim Fremdgehen filmt und dafür von meinem Mann bezahlt wird, gibt es da nichts mehr in meiner Brust, das brechen könnte.

Was er an mir begangen hat, ist Hochverrat. Unverzeihlich. Jetzt sind wir wohl quitt. Fast will ich es nicht glauben, aber irgendein Teil in mir weiß ganz instinktiv, dass es stimmt. Trotzdem will ich es aus seinem Mund hören. Ich brauche Antworten.

Nachdem ich von Craig, James' Boss, erfahren habe, in welchem Hotel er residiert, habe ich mich auf den Weg gemacht und warte seither in seiner Suite auf ihn. Seit geraumer Zeit sitze ich auf dem luxuriösen Doppelbett und starre reglos auf die geschlossene Zimmertür. Da ich seinem Chef gesagt habe, ich würde James überraschen wollen, ist es nicht verwunderlich, wie überrumpelt er wirkt, als er die Suite nach gefühlten Stunden betritt. Zu meiner

Erleichterung ist er allein und nicht in Begleitung seiner neuen Flamme.

»Rachel«, entfährt es ihm sichtlich verunsichert, bevor er in seinem Anzug die Suite betritt und die Tür hinter sich schließt. »Woher weißt du, in welchem Hotel ich wohne?«

»Sollten Ehefrauen nicht wissen, wo ihre Ehemänner leben?«, entgegne ich seltsam ruhig.

»Doch, natürlich«, erwidert er und sieht sich flüchtig in der Suite um. Ich bemerke, wie sich seine Schultern anspannen, als er die Ohrringe auf dem Nachttisch neben mir entdeckt. In der Hoffnung, ich hätte sie nicht bemerkt, fragt er mich aufgesetzt freundlich: »Wollen wir runter ins Restaurant gehen und zusammen zu Abend essen? Ich -«

»Wir können mit dieser Scharade aufhören«, falle ich ihm tonlos ins Wort und verschränke meine Hände im Schoß. James' Körperhaltung wirkt steif und defensiv, als ich verlange: »Lass uns die Karten offen auf den Tisch legen, James. Ich denke, es gibt einiges, worüber wir sprechen sollten. Angefangen damit, warum du den Kerl, mit dem ich schlafe, dafür bezahlen wolltest, meinen Seitensprung auf Video aufzuzeichnen.«

Ich sehe, wie sich seine Miene deutlich verdüstert. Nun lässt er seine aufgesetzte Fassade fallen. Ein beinahe spöttisches Lächeln zupft an seinen Mundwinkeln, als er aus seinem Jackett schlüpft und es achtlos über einen Stuhl wirft, bevor er völlig gelassen seine Krawatte vor dem Spiegel lockert.

Währenddessen sagt er reuelos: »Dann hat er also doch geplaudert. Das war fast zu erwarten.«

»Wie konntest du das tun?«, frage ich ihn fassungslos. »Was wolltest du damit bezwecken?«

»Du fragst, wie *ich* das tun konnte?« Mit einem angewiderten Blick dreht er sich zu mir um. »Die Frage ist wohl eher, wie *du* das tun konntest. Du hast mich belogen, mich hintergangen. Du hast mit einem deiner verfickten Studenten gevögelt und wunderst dich, warum ich dir ebenfalls eins auswischen wollte?«

Ruckartig erhebe ich mich und zeige auf das Paar Ohrringe auf dem Nachttisch. »Spiel nicht das verdammte Unschuldslamm, James! Offensichtlich hast auch du an einem anderen Kuchen geknabbert.«

»*Nachdem* ich erfahren habe, dass meine Frau eine untreue Schlampe ist.«

Mir stockt der Atem. Noch nie hat er mich dermaßen beleidigt.

Mit einem wütenden Funkeln in den Augen tritt er auf mich zu und blafft: »Eine untreue Schlampe, die unsere Ehe für einen neunzehnjährigen Bengel aufs Spiel setzt. Die unsere Ehe einfach wegwirft. Ich kenne dich überhaupt nicht, Rachel. Die Frau, in die ich mich einmal verliebt habe, hätte so etwas Widerliches nie getan.«

»Also was?«, frage ich rasend, mein Herz krampft und schlägt bis zu meinem Hals hinauf. »Du findest heraus, dass ich fremdgehe, und bezahlst meine Affäre dafür, uns beim Sex zu filmen? Und vögelst dann selbst fremd, als hättest du es gar nicht erwarten können, deine verdammte Kollegin flachzulegen? Als hättest du bloß auf einen Grund gewartet, dich nicht mehr von ihr fernzuhalten? Das ist mindestens genauso widerlich.«

»Vielleicht«, gesteht er mit einem reuelosen Blick, seine Kiefer mahlen aneinander. »Aber ich lasse mich von dir nicht zum Narren halten. Und auf keinen Fall lasse ich zu, dass du nach unserer Scheidung dein Leben genauso weiterführen kannst, wie wir es uns *zusammen* aufgebaut haben. Dass du das Haus behältst und die

Hälfte meines hart erarbeiteten Geldes bekommst, um es dann für deinen Toyboy auszugeben. Falls du dich erinnerst, gibt es eine Ehebruchsklausel in unserem Ehevertrag. Gott segne meine Mutter, die darauf bestanden hat, dass wir einen aufsetzen, bevor wir heiraten. Sie wusste wohl, dass du eine kleine Schlampe bist, die sich früher oder später auf die Suche nach Frischfleisch macht.«

Ich schlage ihm ins Gesicht, während Tränen über meine Wangen strömen. »Du kannst dein Scheißgeld behalten! Behalte das Haus, das Auto, unsere Sparbücher. Behalte jeden verdammten Cent, ich will nichts davon haben!«

Als ich mich schluchzend abwende, um an ihm vorbei aus dem Zimmer zu stürmen, packt er meinen Ellbogen und reißt mich zurück. Seine Wange glüht wie Feuer und sein Blick ist eine wutentbrannte Maske, doch seine Augen verraten den Schmerz, den auch er empfindet, weil wir zu einem dieser Paare geworden sind, das wir nie sein wollten. Wir sind sogar noch viel schlimmer.

»Du hast mich betrogen«, presst er schwer atmend hervor. »Mit einem deiner Studenten. Mit einem neunzehnjährigen Kerl, einem Kind. Wie zur Hölle kannst du dir erlauben, mir Schuldgefühle einreden zu wollen? Meinetwegen ist unsere Ehe nicht gescheitert.«

»Ach, nein?«, frage ich erstickt. »Du trägst also gar keine Schuld daran? Du hast mich verdammt noch mal in die Arme eines anderen getrieben, James! Du hast mich und unsere Beziehung vernachlässigt! Du hast dich in eine andere Frau verliebt! Und du bist ausgezogen!« Ich werde immer lauter und reiße hysterisch meinen Arm von ihm los. »Du hast recht damit, wütend auf mich zu sein. Du hast recht damit, mich eine untreue Schlampe zu nennen, und du hast vielleicht sogar recht damit, es mir heimzuzahlen, indem du selbst fremdvögelst. Aber du hattest kein gottverdammtes Recht der Welt dazu, Zane dafür zu bezahlen, uns beim Sex zu filmen, damit du einen Beweis dafür hast und diesen bei der Scheidung gegen mich verwenden kannst. Das ist einfach nur widerwärtig und billig.«

»Was glaubst du denn, wie ich mich gefühlt habe, als ich dir zu ihm nach Hause gefolgt bin?«, schreit er mich an, und ich zucke zusammen. »Ich bin zu unserem Haus gefahren, um nach dir zu sehen, weil du nicht auf meine Nachricht geantwortet hast, nachdem du in der Kanzlei warst. Du bist gerade in deinen Wagen gestiegen, und ich war neugierig, wohin du fährst, also bin ich dir gefolgt. Und dann bist du in diesem Wohngebäude verschwunden. Ich bin dir hineingefolgt und konnte hören, wie der Typ darüber spricht, dich noch im Treppenhaus zu ficken. Dann wurde die Tür zugeschlagen, und ich bin nach oben gerannt und euren Stimmen gefolgt. Ich habe jedes beschissene Wort eures Streits gehört, Rachel. Jedes. Beschissene. Wort. Und erinnerst du dich, was dann passiert ist?«

Ich schlucke und senke den Blick, während heiße Scham in mir aufsteigt.

»Dann hast du irgendwann gestöhnt«, beantwortet er seine eigene Frage und lässt mich abrupt los. »Du warst stundenlang in seiner Wohnung und hast dich mit ihm vergnügt, während ich unten im Wagen gesessen und auf dich gewartet habe. Ich wollte dich sofort damit konfrontieren, aber ich konnte es einfach nicht. Ich wollte einfach nicht glauben, dass du mir so etwas antust. Je länger ich darüber nachgedacht habe, desto wütender wurde ich. Und dann kamst du mitten in der Nacht aus dem Gebäude und sahst so durchgevögelt aus, dass mir schlecht davon wurde. Da ist es mit mir durchgegangen und ich habe dem Bastard einen Besuch abgestattet.«

»Du … du bist zu ihm hochgegangen?«, frage ich stockend, während ich mir bildlich vorstelle, wie er unten in seinem Wagen saß und stundenlang nichts anderes getan hat, als sich vorzustellen, wie ich gerade von einem anderen Kerl gevögelt werde.

James stiert mich mit vorwurfsvollen Augen an. »Das bin ich. Und weißt du, was das Lächerlichste an dieser Sache ist, Rachel? Dass der Kerl dich tatsächlich mag.« Ich blinzele, da lacht er kopfschüttelnd auf und sagt: »Ich meine, seien wir doch mal ehrlich … Du bist fünfzehn Jahre älter als er. Was kannst du ihm schon bieten? Finanziell scheint es ihm ja nicht schlecht zu gehen. Aber ich habe schon verstanden, was ihn an dir reizt. Du bist seine Professorin. Eine Beziehung zwischen euch ist verboten. Das hat ihm neben der Tatsache, dass du verheiratet bist, wahrscheinlich einen Kick gegeben.«

Seine Worte kränken mich, sodass ich unfähig bin, etwas darauf zu erwidern.

»Doch im Endeffekt war er gar nicht so redselig wie erwartet. Man sollte meinen, dass er Angst hatte, weil der Ehemann seines Betthäschens mitten in der Nacht an seine Tür klopft und ihm damit droht, die Scheiße aus ihm herauszuprügeln, aber es schien ihn völlig kaltzulassen. Alles, was ich gesagt habe. Erst, als ich damit gedroht habe, mich an die Uni zu wenden, wodurch du deinen Job verloren hättest, hat er eingelenkt und mir alles erzählt. Jedes dreckige Detail, das mir bestätigt hat, dass ich dich gar nicht kenne. Da habe ich verstanden, dass das zwischen euch mehr sein muss, oder er sich zumindest einbildet, dass es mehr ist als ein simpler Fick«, fährt er abgeneigt fort. »Der arme Kerl hat sogar versucht, dich zu verteidigen, ist das zu glauben? Zu rechtfertigen, warum du mit ihm gevögelt hast. Er hat behauptet, er hätte dich erpresst und dazu gezwungen. Als wärst du das verdammte Opfer in dieser Geschichte.«

Ich spüre, wie mein gebrochenes Herz heftig zu pochen beginnt. Das hat Zane für mich getan?

»Am Ende habe ich ihn vor die Wahl gestellt: Entweder, er tut, was ich von ihm verlange, und besorgt mir den Beweis für deinen Seitensprung, oder aber ich wende mich an den Dekan der Uni und mache eure Affäre publik. Er hat unter der Bedingung zugestimmt, dass ich euer kleines Sexfilmchen nur verwenden werde, um bei der Scheidung zu bekommen, was ich will, damit du wenigstens deinen Job behältst und dein Ruf nicht unwiderruflich zerstört wird. Damit konnte ich mich zufriedengeben. Schließlich will ich selbst nicht, dass die ganze Stadt von dieser Sache weiß. Das würde auch meinem eigenen Ansehen schaden.«

»Und am nächsten Tag kamst du vorbei und tatst, als wüsstest du von nichts«, erinnere ich mich ungläubig. »Du hast gesagt, du hättest dir überlegt, deinen Job aufzugeben, und wolltest wieder einziehen.«

»Was du nicht wolltest, weil du nicht bereit warst, deine Affäre zu beenden«, meint er überzeugt. »Oder willst du mir weismachen, dass es einen anderen Grund als diesen Kerl gab, weshalb du beschlossen hast, wir sollten es langsam angehen? Du warst dir nicht mehr sicher, ob du mich noch willst. Du warst dir unsicher darüber, was du eigentlich *von ihm* willst.« Abschätzend mustert er mich von Kopf bis Fuß. »Als wir zusammen essen waren, musste ich mir die größte Mühe geben, mir nicht anmerken zu lassen, wie abstoßend ich dich fand.«

»Wow«, entfährt es mir fassungslos.

Mir fehlen die Worte, um auf seine Geständnisse zu reagieren, weil sie mir förmlich die Sprache verschlagen. Nie im Leben hätte ich damit gerechnet, dass James von meiner Affäre weiß und all das hinter meinem Rücken getan und geplant hat. Mich bei der

Scheidung auszunehmen und bloßzustellen. Mir alles zu nehmen, um mir eins auszuwischen.

Ich kenne meinen Mann wohl auch nicht sehr gut, denn das hätte ich ihm nie zugetraut. Diese rachsüchtige Seite an ihm ist mir absolut fremd, auch wenn ich sie tatsächlich sogar irgendwie verstehen kann.

Was mich jedoch noch mehr überwältigt, ist Zanes Rückenstärkung. Er hat versucht, es für mich geradezubiegen, hat mich in Schutz genommen und meinen Mann davon abgebracht, mich öffentlich an den Pranger zu stellen, indem er meinem Vorgesetzten erzählt, dass ich mit einem meiner Studenten schlafe. Nicht auszudenken, was passiert wäre, hätte er es getan ... Denn was James nicht weiß, ist, dass es sich dabei auch noch um den Vater des besagten Studenten handelt.

Zane hatte also einen Grund dafür, mich dermaßen zu verraten. Er hat uns bloß gefilmt, um mich davor zu bewahren, zum Stadtgespräch zu werden und meinen Job zu verlieren. Wie abgefuckt.

Deswegen war er wahrscheinlich auch am Tag nach meinem Besuch bei ihm nicht an der Uni. Er konnte mir vielleicht nicht in die Augen sehen. Und dann hat er mich abends mit James zusammen im Auto gesehen und ist einfach davongefahren. Am nächsten Tag auf dem Campus hat er mich auf der Toilette aufgesucht und war außer sich, weil er dachte, ich hätte auch eine Affäre mit einem anderen Studenten und seinem Vater. Er gab zu, dass er ein wenig eifersüchtig war, mich so vertraut mit anderen Männern gesehen zu haben, aber nun verstehe ich sein Verhalten besser. Er hat sich wohl gefragt, ob ich tatsächlich die bin, für die er mich hält, und nicht doch einfach eine notgeile Schlampe, die ihren Ehemann mit jedem dahergelaufenen Kerl betrügt. Die Vorstellung scheint ihn rasend gemacht zu haben, weil er mich vor meinem Mann verteidigt hat.

»Keine Ahnung, welche Hoffnungen du dem Kerl gemacht hast, aber heute hat er plötzlich entschieden, sich nicht an unseren Deal zu halten«, reißt mich James verbittert aus den Gedanken, und ich sehe schweigend zu ihm auf. »Er war überzeugt davon, ich würde dich niemals auffliegen lassen, weil ich damit meinem eigenen Ruf schaden würde, also hat er mir mein Geld zurückgegeben und gesagt, ich solle mich ins Knie ficken und hätte jemanden wie dich gar nicht verdient.« Er stößt einen abfälligen Laut aus. »Wie ironisch, oder?«

Deswegen hat er sich aus meinem Kurs austragen lassen. Er wollte gar keinen Schlussstrich unter uns ziehen, sondern unter diese ganze verkorkste Sache. Er wollte James keinen Beweis mehr dafür liefern, dass ich ihn hintergehe, denn diesen hätte er sich locker auch selbst besorgen können. Und er wollte sicherstellen, dass er nicht mehr mein Student ist, sollte James sich doch an seinen Vater, den Dekan, wenden, denn das würde die Sachlage maßgeblich verändern. Man könnte mir zwar immer noch unmoralisches Verhalten vorwerfen, aber kündigen könnte man mir nicht mehr so leicht. Es gäbe immerhin keine Beweise für eine frühere Affäre, und laut dem Kodex ist es nur verboten, mit einem Studenten eine Beziehung einzugehen, den man unterrichtet. Aber Zane unterrichte ich nun nicht mehr.

Und jetzt verstehe ich auch endlich all seine kryptischen Aussagen und sein Verhalten von Freitagnacht. Nun wird mir klar, warum er mich wie aus dem Nichts förmlich dazu drängte, meinen Mann zu verlassen und die Scheidung einzureichen. Er meinte auch, dass ich ihm unsere Affäre nicht beichten soll. Damit wollte er verhindern, dass ich mir mein eigenes Grab schaufele.

Nach allem, was ich nun weiß, könnte ich James sogar zutrauen, heimlich ein Aufnahmegerät bei sich zu tragen, bloß um einen Beweis für meinen Seitensprung zu erhalten. Da ich ihn allerdings im Hotelzimmer überrascht habe, ist das momentan ausgeschlossen. Im Endeffekt ist es auch egal – außer der Scheidung will ich nichts von ihm.

Gott, mein Kopf droht, zu explodieren.

»Es hätte nicht so laufen müssen«, meint er nun mit einem bedauerlichen Blick, der aufrichtig wirkt. »Es hätte nicht so enden müssen, Rachel.«

»Das stimmt«, murmele ich leise. Meine Stimme klingt irgendwie fremd. Ich betrachte ihn ein letztes Mal ausführlich und sehe in diese blauen Augen, in die ich mich einmal verliebt habe, bevor ich mich hart schluckend abwende und die Tür anvisiere. »Ich verlasse noch heute die Stadt und werde dir in den nächsten Tagen meine neue Adresse mitteilen. Lass mir die Scheidungspapiere zukommen, und ich schicke sie dir unterschrieben zurück. Ich verzichte auf alles. Es gehört dir.«

Als ich die Hand auf den Türgriff lege, halte ich beim Klang seiner belegten und leisen Stimme inne.

»Ich weiß, dass du mich jetzt für ein Arschloch hältst, aber das bin ich nicht. Ich bin einfach nur verletzt und wütend. Du hast mir das Herz gebrochen, Rachel.«

Ich nicke vor mich hin und öffne die Tür, um die Suite zu verlassen. Und ihn.

»Du mir meines auch.«

23

Ich vergieße keine einzige Träne, während ich mein Leben in zwei Koffer packe. Innerlich fühle ich mich wie tot, und ich heiße diese besorgniserregende Abgestumpftheit mit jeder Faser meines Körpers willkommen. Ich möchte gar nichts fühlen, denn würde ich zulassen, mich mit all den Emotionen auseinanderzusetzen, die ich krampfhaft unterdrücke, würde ich vermutlich zusammenbrechen.

Ich verzichte darauf, persönliche Dinge wie Bilder oder Erinnerungsstücke einzupacken, und stopfe nur all meine Kleidung und wichtigsten Besitztümer wie meinen Laptop und meine amtlichen Dokumente in die Koffer. Ich lasse mir keine Zeit, sondern gehe systematisch jeden Raum des Hauses ab und sehe mich nach Dingen um, die ich in meinem neuen Leben gebrauchen könnte. Ein Leben, von dem ich noch nicht einmal weiß, wo es stattfinden soll.

Das Erste, das ich getan habe, als ich nach Hause kam, war, eine E-Mail mit meiner Kündigung an Dekan Fields Büro zu schicken. Dann habe ich meine Kollegin Susan angerufen und ihr erzählt, dass ich die Stadt verlassen und mich bei ihr melden werde, wenn ich angekommen bin. Wo auch immer. Ich fühlte mich verpflichtet, mich von ihr zu verabschieden, auch wenn es eine sehr unpersönliche Verabschiedung war, denn immerhin sind wir so etwas wie Freundinnen. Meine einzige andere gewonnene Freundin –

Gabriella –, wird sowieso nicht von mir erwarten, dass ich mich verabschiede, bevor ich die Stadt verlasse. Immerhin hat sie mich dazu gezwungen.

Ich nehme es ihr nicht übel. Tatsächlich bin ich sogar froh darüber, denn sie lässt mir gar keine andere Wahl, als dieses Kapitel meines Lebens endgültig zuzuschlagen, was dringend notwendig ist, um weiterzumachen. Hier in Woodshaven könnte ich kein neues Kapitel aufschlagen. Doch einen Neustart zu wagen, ist genau das, was ich brauche und tun muss.

Diese Stadt bringt nur Unheil mit sich. Seit ich hier lebe, geht alles den Bach hinunter. Auf eine wirklich üble Weise, die ich mir in meinen kühnsten Träumen nie hätte ausmalen können.

Nach gut einer Stunde bin ich aufbruchbereit, auch wenn es sich nicht anfühlt, als wäre ich tatsächlich bereit, diese Stadt und alles, was mich mit ihr verbindet, hinter mir zu lassen. Obwohl ein Teil von mir die Flucht vor diesem Ort und den Menschen hier ergreifen will, weigert sich ein anderer mit Händen und Füßen dagegen. Alles geht so verdammt schnell. Ich fühle mich unvorbereitet und … irgendwie verloren. Hilflos und maßlos überfordert.

Mit einem tiefen Seufzer trage ich meine Koffer in das untere Stockwerk und schlüpfe in meine Sneakers und eine Jeansjacke. Ich sehe mich hart schluckend um und erinnere mich plötzlich an den Tag zurück, an dem James und ich hier eingezogen sind. Das ganze Haus war voller gestapelter Kartons, die eine Umzugsfirma schon frühzeitig für uns nach Woodshaven transportiert hatte. Wir machten uns in den ersten Tagen gar nicht die Mühe, diese auszupacken, sondern genossen den neuen Abschnitt unseres Lebens in dem Bett, über dessen Kauf wir uns ewig uneinig waren. James wollte irgendein besonderes Modell um das Doppelte des Preises von diesem, doch ich hatte mich vehement dagegen gewehrt, so viel Geld für ein Möbelstück auszugeben. James meinte damals zwinkernd, dass wir unbedingt ein Bett bräuchten, das auch tatsächlich etwas aushält, und ich habe über den anzüglichen Witz gekichert – nicht ahnend, dass es bei einem Witz bleiben sollte, weil sich schon bald unsere Ehe zu einem Witz entwickeln sollte.

Tränen treten in meine Augen. Ich verbiete mir jedoch, zu weinen. Ich brauche meine Kraft für den langen Weg ins Ungewisse. Wer weiß, wohin er mich führen wird und was mich dort erwartet.

Als ich die Haustür öffne, entschlossen und so tapfer, wie ich in dieser Situation nur sein kann, ist das Erste, was ich erblicke, Zanes schwarzer Mustang, der just in diesem Moment gegenüber auf der Straße parkt. Augenblicklich spüre ich, wie mir all der Mut und die Willensstärke, mich in mein Auto zu setzen und fortzufahren, verloren gehen. Mein Herz beginnt, wie wild zu rasen.

Zane steigt aus dem Wagen und wirft sofort einen Blick auf mein Haus, als wäre dies sein Ziel. Als er mich entdeckt, verändert sich sein Gesichtsausdruck, doch ich vermag ihn nicht zu deuten.

Meine Finger zittern, als ich sie fester um die beiden Koffer schlinge, bevor ich mich dazu zwinge, das Haus zu verlassen. Ich visiere meinen Wagen in der Einfahrt an, während Zane mich anvisiert.

Ich habe nicht damit gerechnet, ihn wiederzusehen. Schon gar nicht heute, nach unserem Streit und seinem Geständnis. Unwillkürlich fragt sich dieser dumme, naive Teil in mir, ob er zu mir gefahren ist, um sich mit mir auszusprechen, weil ihm tatsächlich etwas an mir liegt, aber ich bringe die nervige Stimme in meinem Kopf rasch zum Schweigen. Sie überfordert mich bloß.

»Rachel.« Zane spricht meinen Namen merkwürdig aus, irgendwie anders. Er hat diesen reifen und erwachsenen Tonfall angeschlagen, der eigentlich gar nicht zu ihm passt. Zumindest nicht zu dem Zane, den er immerzu zur Schau stellt und welcher eigentlich bloß eine Fassade ist.

Inzwischen weiß ich, dass viel mehr in ihm steckt als bloß ein kleines Arschloch, das gerne austeilt, um nicht selbst einstecken zu müssen.

»Willst du deine Kamera zurück?«, frage ich, ohne ihn anzusehen, während ich mein Gepäck zum Auto schleppe.

Aus dem Augenwinkel erkenne ich, wie sich seine Schultern anspannen und seine Kiefer verhärten. Er bleibt vor dem Wagen stehen, als ich ihn umrunde, und wirft einen Blick auf die Koffer, die ich nun auf dem Boden abstelle, um meinen Autoschlüssel aus der Jeans zu kramen. Er wirkt beunruhigt, als er die Stirn runzelt.

»Wohin fährst du?«

»Weg.« Ich vermeide es immer noch, ihn anzusehen. Nicht, weil ich wütend auf ihn bin – nach meinem Gespräch mit James habe ich keinen wirklichen Grund mehr, auf ihn wütend zu sein –, sondern, weil es mir verdammt schwerfällt, meine Gefühle zu unterdrücken, wenn ich es tue. Ich habe Angst davor, mir meinen Abgang selbst schwerer zu machen, als er schon ist.

»Hast du mit deinem Mann gesprochen?«

Nun versteife ich mich und werfe einen kurzen Blick in seine Richtung. Ein Fehler, wie sich sofort herausstellt. Die Unsicherheit und das Mitgefühl in seinen Augen versetzen mir einen Stich. »Ja. Er hat mir alles erzählt.«

Zane schweigt. Wieder wirft er einen Blick auf meine Koffer, und nun scheint er zu ahnen, was hier vor sich geht. »Du ziehst aus?«

»Ich ziehe weg«, korrigiere ich ihn tonlos. Ich fühle mich schuldig, mich ihm gegenüber so kalt und abweisend zu verhalten, aber alles andere wäre falsch. Das mit uns war falsch, und ein rührender und tränenreicher Abschied würde einfach nicht zu uns passen.

Die hässliche Wahrheit ist, dass es kein ›Uns‹ gibt, höre ich seine heisere Stimme flüstern und erinnere mich an die Nacht, in der er das zu mir sagte. Wir lagen auf der Couch und haben gekuschelt. Es war absurd, fühlte sich aber nicht schlecht oder falsch an. Mit Zane fühlte sich nie etwas schlecht oder falsch an, obwohl es das war. Alles.

»Wie meinst du das?«, fragt er mich mit zusammengezogenen Augenbrauen. Sein dunkles Haar ist wild durcheinander und seine Klamotten wie immer lässig. Tiefsitzende Jeans, abgewetzter Ledergürtel, einfaches Shirt und seine Lieblingsstiefel. Jetzt jedoch wirkt seine Körperhaltung alles andere als lässig und entspannt. »Wohin zum Teufel willst du ziehen? Du arbeitest in Woodshaven.«

»Jetzt nicht mehr«, lasse ich ihn wissen und öffne die Heckklappe meines Wagens. »Ich habe vorhin meine Kündigung eingereicht.«

Zanes Miene verfinstert sich. »Hat er dich dazu gezwungen?«

»James?« Er nickt und ich schüttele den Kopf. »Nein, aber deine Mutter.«

Jetzt wirkt er wie vor den Kopf gestoßen. »Was?«

»Sie weiß von uns«, erkläre ich ihm und lehne mich seufzend an den Wagen. Immer noch hämmert mein Herz in der Brust, und ich frage mich, warum es mir so schwerfällt, diese blöden Koffer in den Kofferraum zu packen und wegzufahren. Stattdessen stehe ich hier und rede mit ihm, obwohl ich genau das vermeiden wollte.

»Seit wann weißt du, dass sie es weiß?«, will er sichtlich überrumpelt wissen. Offenbar hat sie nur mich damit konfrontiert und nicht ihren Sohn.

»Seit heute.«

»Bevor oder nachdem du bei mir warst?«

»Sie hat mir einen Besuch abgestattet, bevor ich dich besucht habe«, eröffne ich ihm schulterzuckend. »Und ich brauche wohl nicht zu erwähnen, dass sie außer sich war. Sie hat uns Freitagnacht zusammen gesehen.«

»Daher wusstest du von dem Grund für meinen Uniwechsel. *Sie* hat dir davon erzählt.« Zane fasst sich mit beiden Händen an den Kopf und blickt gen Himmel, bevor er vorwurfsvoll in meine Augen sieht, die seinen umgehend ausweichen wollen. »Verdammt Rachel, warum hast du nichts gesagt?«

»Du hast mir doch klar zu verstehen gegeben, dass du keinen Bock mehr auf mich hast. Dass du diese verkorkste Sache zwischen uns absichtlich auf eine möglichst beschissene Weise beendet hast, damit ich mir ja nichts einbilde. Also hielt ich es auch nicht für nötig, dich darüber zu informieren, dass ich noch heute die Stadt verlasse, weil mir deine Mutter damit gedroht hat, mein Leben zu ruinieren«, entgegne ich aufgebracht, weil sich nun all die Gefühle, die ich so inständig zu unterdrücken versucht habe, einen Weg an die Oberfläche bahnen. Obwohl ich glaube, zu wissen, dass eine gute Absicht dahintersteckte, fällt es mir leichter, mir einfach einzureden, dass die fiese Abfuhr nicht mehr ist als das.

Ich fahre mir über das Gesicht und atme angestrengt aus. »Aber es ist ohnehin nicht mehr von Bedeutung. Ich habe gekündigt und werde die Stadt verlassen.«

»Du gehst nirgendwohin«, beschließt er. »Ich regele das.«

Ich lache humorlos und packe endlich meine Koffer in den Kofferraum.

»Hörst du mir nicht zu? Du musst nicht gehen. Meine Mutter wird kein Sterbenswörtchen sagen. Du hast mein Wort«, redet er eindringlich auf mich ein, wilde Entschlossenheit schwingt in seiner rauen Stimme mit.

»Sie hat es mir damit leichter gemacht, eine Entscheidung für meine Zukunft zu treffen«, erkläre ich ihm. »Nämlich, dass diese nicht in Woodshaven stattfinden kann. Nach allem, was geschehen ist, brauche ich einen Neuanfang. Es war ein Fehler, hierherzuziehen. Diese Stadt ist mein verdammter Untergang.«

»Warum machst du es deinem Mann so leicht?«, fragt er mich wütend. »Jetzt bekommt er genau das, was er wollte.«

»Soll er es doch bekommen«, murmele ich gleichgültig. »Immerhin hat er einen guten Grund für sein Verhalten. Ich war ein Arschloch zu ihm.«

»Er ist selbst ein Arschloch«, presst er mit dunkler Stimme hervor.

»Mag sein.« Ich schließe die Heckklappe meines Wagens und marschiere an ihm vorbei zum Haus.

Während ich die Tür abschließe und meinen Schlüssel unter die Fußmatte schiebe, spüre ich seinen permanenten Blick auf mir. Seine Augen durchbohren mich förmlich, dringen direkt bis zu der leeren Hülle meines Herzens durch.

Als ich wieder zu meinem Wagen gehe, erkenne ich aufrichtiges Bedauern in seinem Blick. Das schmerzt unglaublich, weil mich trotz allem, wofür er einen Teil der Verantwortung trägt, der Gedanke, ihn nie wiederzusehen, schwer mitnimmt. Es tut weh, Abschied von ihm zu nehmen. Von meinem alten Leben, um mich in ein neues mit ungewisser Zukunft zu stürzen. Und das von jetzt auf gleich.

Also verzichte ich darauf, mich richtig von ihm zu verabschieden, und öffne entschlossen die Fahrertür meines Wagens. Ich will gerade einsteigen, als mich seine bittende Stimme zum Innehalten zwingt.

»Geh nicht.«

Ich schlucke schwer und schließe die Augen.

»Du kannst nicht einfach wegziehen.« Seine Stimme ist von Emotionen durchzogen, die sie vollkommend fremd klingen lassen. »Du wolltest dich nicht einmal verabschieden.« Nun klingt er gekränkt, und ich sehe ihn verzweifelt an. »Was wird aus uns, wenn du jetzt gehst?«

Die Frage trifft mich vollkommen unvorbereitet.

»Du hast es doch selbst gesagt, Zane«, murmele ich nach einem langen Zögern verbittert. »Es gibt kein ›Uns‹ in dieser Geschichte. Und auch in keiner anderen.«

Unsere Blicke verschmelzen miteinander, so intensiv starren wir uns in die Augen. Dieser Moment fühlt sich intimer an, als sich jeder angefühlt hat, den wir nackt miteinander verbracht haben.

Deswegen wende ich mich wieder ab.

»Das war eine Lüge, und das weißt du.«

Erneut lässt mich seine Stimme innehalten. Verdammt. Er sagt es völlig aufrichtig und ohne jede Spur von Unsicherheit.

Aber ich erlaube mir nicht, zuzulassen, ein ›Uns‹ in dieser Geschichte zu sehen. Das wäre geradezu hirnverbrannt und absurd. Ich bin fünfzehn Jahre älter als er, und er hat noch so einiges in seinem Leben vor sich. Er hat noch nicht richtig gelebt, doch ich glaube, dass selbst ich das noch nicht getan habe. Außer mit ihm habe ich mich nie richtig lebendig und frei gefühlt, weil mein Leben vor ihm durchorganisiert, strukturiert, kontrolliert und eintönig war. Ich glaube auch, dass es zu spät für mich ist, um dieses Gefühl wieder zu erleben. Oder es noch für eine längere Zeit genießen zu können. Immerhin bin ich Mitte dreißig und keine neunzehn mehr.

Zane hingegen kann dieses Gefühl noch oft erleben und mit jeder anderen Frau kennenlernen. Und er wird es. Er hat seine besten Jahre noch vor sich.

»Ich weiß, dass auch ich ein Arschloch bin«, murmelt er schließlich resigniert. »Aber du bist anders … Du kannst damit umgehen. Du weißt, dass ich manches nicht so gemeint habe. Oder?«

Schweigend drehe ich mich zu ihm um. Sein Anblick macht mich sprachlos. Er wirkt zum allerersten Mal beinahe aufgelöst und unbeholfen. In einem Maße überfordert, das an Verzweiflung grenzt.

»Ich habe keine Ahnung, wie du all das, was du tust und von dir gibst, meinst, Zane«, sage ich nach einigen Sekunden, in denen ich um Worte gerungen habe, mit belegter Stimme, die klingt, als müsse ich gegen einen Widerstand in meinem Rachen ankämpfen, der sich verdächtig nach einem aufsteigenden Schluchzen anfühlt. »Und vielleicht ist es auch besser, wenn ich es niemals erfahre.«

»Ich wollte dein Leben nicht auf den Kopf stellen, Rachel.« Seine braunen Augen tragen einen weichen Ausdruck, der zu seinem sanften Blick passt. »Ich weiß, dass ich zum Teil Schuld an diesem Chaos habe, und dass ich mich manchmal scheiße verhalten habe. Ich hätte dir außerdem erzählen sollen, dass dein Mann bei mir war.«

»Das hättest du. Aber ist schon okay.« Ich hole tief Luft und steige in den Wagen, um es endlich hinter mich zu bringen. Meine Hand zittert, als ich den Motor starte. »Mach's gut, Zane. Und bau nicht so viel Unsinn.« Ich versuche es mit einem Lächeln, welches misslingt, und schließe die Wagentür mit einem endgültigen Geräusch.

Zane starrt mich an. Unschlüssig, hin- und hergerissen. Er rührt sich nicht vom Fleck, selbst dann nicht, als ich die Hände um das Lenkrad lege und aufs Gaspedal drücke. Er bleibt steif unmittelbar vor dem Wagen stehen, sodass ich wieder anhalten muss.

Bitte geh, flehen ihn meine Augen an. Mach es mir nicht noch schwerer. Bitte mich nicht noch einmal, zu bleiben, sonst schaffe ich es vielleicht nicht, zu gehen.

Sekunden vergehen wie Minuten, bis sie sich wie lähmende Stunden anfühlen, während wir uns einfach nur anstarren. Dann senkt er den Blick und tritt zur Seite, macht mir den Weg frei, lässt mich gehen.

Enttäuschung wallt in mir auf, heiß und erdrückend, obwohl ich mir genau das von ihm gewünscht habe. Ich zögere nicht, trete aufs Gaspedal, und fahre los, um ihn, James und diese Stadt hinter mir zu lassen. Ich vergieße keine einzige Träne, selbst dann nicht, als ich die Stadtgrenze passiere und Woodshaven offiziell verlasse.

Doch der kleine Teil in mir, der von Anfang an mehr in Zane gesehen hat als irgendeinen Studenten, weint sehr wohl bittere Tränen. Und der andere Teil in mir – die alte Rachel – gerät gleichzeitig in Panik und fragt sich, was zur Hölle sie eigentlich getan hat und nun tun soll.

24

Heute unterschreibe ich endlich den Mietvertrag für mein neues Apartment in Allentown. Warum es mich wieder in meine Heimatstadt Buffalo in New York verschlagen hat, kann ich nicht genau sagen. Viele Möglichkeiten blieben mir nicht, und hier wusste ich wenigstens, was mich erwartet.

Bis zu meinem ersten Collegejahr habe ich mit meinen Eltern hier gelebt, allerdings nördlich in Parkside. Dass ich zentral ein relativ hübsches und teils möbliertes Apartment gefunden habe, das ich mir monatlich leisten kann, grenzt quasi an ein Wunder. Es war schwer, auf die Schnelle eine Unterkunft zu finden, da aktuell recht wenige freie Wohnungen ausgeschrieben sind. Leerstehende Häuser gibt es im Überfluss, kamen für mich jedoch nicht in Frage. Ganz allein brauche ich nicht so viel Platz, und für die Einrichtung habe ich auch nicht das nötige Kleingeld.

Alles, was ich zur Verfügung hatte, als ich Woodshaven verlassen habe, waren ein paar tausend Dollar auf meinem Sparbuch und ein paar hundert auf meinem Bankkonto. Ich habe nun knapp vier Wochen in einem Hotel residiert, während ich auf Wohnungssuche war, und somit schon mehr Geld ausgegeben, als mir lieb ist. Nachdem ich die Kaution und erste Miete heute Morgen einbezahlt habe, kann ich das Sparbuch wohl direkt auflösen.

Allerdings beruhigt mich die Aussicht auf den Job als Dozentin am Community College hier in Buffalo, für welchen ich mich letzte

Woche beworben habe. Aktuell sind Semesterferien, und Arbeitsbeginn wäre demnach erst in zwei Wochen, aber bis dahin schlage ich mich locker durch. Ich habe mich auch an einer kleinen privaten Uni beworben, wurde jedoch aufgrund meiner mangelnden Referenzen abgelehnt. Dekan Fields hat sich aufgrund meiner unpersönlichen und plötzlichen Kündigung geweigert, mir ein Empfehlungsschreiben auszustellen.

Ich hätte mir nichts anderes von ihm erwarten sollen.

Von James habe ich seit meinem Auszug nichts mehr gehört. Kein Sterbenswörtchen. Ich habe ihm die Adresse meines Hotels zukommen lassen, damit er mir die Scheidungspapiere zusenden kann, habe jedoch bis heute keine erhalten. Später werde ich ihm die Adresse meiner neuen Wohnung übermitteln, sobald alles unter Dach und Fach ist.

Der Gedanke, mich offiziell von ihm zu lösen, fühlt sich zu gleichen Teilen erdrückend wie befreiend an. Es ist der letzte Schritt, den ich machen muss, um offiziell neu anzufangen.

Und ich bin bereit dafür. Auch wenn mich der Gedanke verängstigt, von nun an ganz auf mich allein gestellt zu sein, hatte ich in den letzten vier Wochen genügend Zeit, um mir über einiges klar zu werden und mich mit der Vorstellung anzufreunden – mit der Vorstellung von mir als Singlefrau. Ich habe tatsächlich sogar begonnen, all die Vorteile dieses neuen Kapitels meines Lebens zu sehen, und gelernt, all die Nachteile aus meinem Kopf zu verdrängen.

Jetzt kann ich lebendig und frei sein. Es war Unsinn, zu denken, dass ich das aufgrund meines Alters nicht mehr sein könnte. Immerhin bin ich vierunddreißig und keine sechzig.

Während ich mich auf den Weg zu meinem Termin mit dem Makler mache, der das zentral gelegene Apartment im Auftrag eines älteren Ehepaares vermietet, wandern meine Gedanken wie immer, wenn ich meinem Kopf keine richtige Beschäftigung gebe, zu jemandem, den ich mir geschworen habe, daraus zu verbannen. Ich spüre, wie mir ganz schwer ums Herz wird, und beschleunige meine Schritte, als würde das mein Hirn davon abbringen, mich einzelne Erinnerungen noch einmal durchleben zu lassen.

Hör auf, an ihn zu denken. Er ist Geschichte. Woodshaven ist Geschichte.

Ich krame die Kopfhörer aus meiner Handtasche und stöpsele sie mir in die Ohren, bevor ich mein Handy daran anstecke und *Spotify* öffne. Ich wähle irgendeine Playlist aus und drehe die Lautstärke ganz hoch, während ich mich auf den unbekannten Song konzentriere. Er gefällt mir, und mein Kopf beginnt ganz automatisch, im Takt der Musik zu wippen. Nun verlangsamen sich meine Schritte wieder, während ich über die Straße zu der Kreuzung laufe, die mich direkt zu meiner neuen Wohnung führt.

Als der Interpret beginnt, über verflossene Liebschaften zu singen, fluche ich innerlich und schalte auf den nächsten Song weiter. Auch dieser handelt von der Liebe, und ich drücke wahllos auf irgendein anderes Lied, dessen Songtext mir nun endgültig auf der Seele herumtrampelt. Es geht um Leidenschaft und die Angewohnheit der Menschen, immer das zu wollen, was sie nicht haben können. Nach dem zu lechzen, was unerreichbar für sie erscheint.

Genervt reiße ich die Kopfhörer aus meinen Ohren und wickele sie um mein Handy, bevor ich dieses wieder in meiner Handtasche verstaue. Ich lege den Rest des Weges zurück und winke, als ich den Makler vor der offenstehenden Haustür des dreistöckigen Gebäudes entdecke. Es wurde erst vor kurzem kernsaniert und sieht dementsprechend neuwertig und gepflegt aus. Das war ein ausschlaggebender Grund, warum ich mich für dieses Apartment entschieden habe, wobei nicht sonderlich viele andere zur Auswahl standen.

Als ich den Mann Mitte vierzig erreiche, schenkt er mir ein breites Lächeln und fragt: »Na, schon aufgeregt?«

»Eher erleichtert«, gestehe ich ihm freundlich und folge ihm in das Gebäude hinein.

Wir steigen die Treppe in den ersten Stock hinauf und betreten das lichtdurchflutete Apartment. Wie beim letzten Mal, als ich hier war, fühle ich mich prompt wohl und beginne gedanklich, mich einzurichten. Obwohl die wichtigsten Möbelstücke vorhanden sind, fehlt es hier eindeutig an Deko und Pflanzen. Außerdem möchte ich ein paar der Wände streichen, da sie alle farblos sind. Das lässt die Räume kühl wirken.

»So«, stößt der Makler hervor und scheint es wie beim letzten Mal eilig zu haben. Er bedeutet mir, auf der roten Couch im Wohnzimmer Platz zu nehmen, und legt die Dokumente auf den Tisch. Als er neben mir sitzt, erklärt er zügig: »Das ist der Mietvertrag. Lesen Sie ihn gründlich durch, bevor Sie ihn unterschreiben. Wie vereinbart ist er unbefristet und der Mietpreis für zehn Jahre gesichert. Auf den anderen Dokumenten finden Sie die Kontaktdaten der Vermieter, die immer für Sie erreichbar, aber meistens nicht in der Stadt sind.«

Ich nicke vor mich hin und nehme den Mietvertrag in die Hand. Obwohl er sagte, ich solle ihn gründlich durchlesen, wird er mit jeder verstrichenen Minute immer ungeduldiger neben mir.

Mit einem amüsierten Lächeln überfliege ich die letzten Seiten und krame anschließend einen Stift aus meiner Tasche. Ich versehe den Wisch mit meiner Unterschrift neben der Zeile mit dem heutigen Datum und unterzeichne auch die beigelegte Kopie, bevor ich ihm diese reiche.

»Vielen Dank«, sagt er höflich und erhebt sich prompt von der Couch. Er fischt einen Schlüsselbund aus seinem Jackett und reicht ihn mir. »Es gibt jeweils einen Hauptschlüssel und einen Ersatzschlüssel. Sollten Sie einen davon verlieren, müssen Sie bei Ihrem Auszug für neue Schlösser aufkommen. Für den Briefkasten gibt es nur einen Schlüssel, also passen Sie gut darauf auf.«

Ich nicke und erhebe mich ebenfalls mit den Dokumenten in der Hand, bevor ich mir die vielen Schlüssel schnappe und ihm den Bankbeleg für die Bezahlung der Kaution und ersten Miete reiche, obwohl ich diesen auch schon per E-Mail an meine eigentlichen Vermieter geschickt habe. »Damit Sie ihn für Ihre Unterlagen haben.«

Der Makler bedankt sich kurz angebunden und marschiert in den Flur. »Dann wünsche ich Ihnen alles Gute, Mrs Summers.«

Ich schlucke schwer, als ich die formelle Anrede aus seinem Mund höre. *Mrs Summers.* Erst erinnert sie mich daran, dass ich schon bald wieder eine *Miss* sein werde, und dann erinnert sie mich erneut an diesen Jemand, den ich krampfhaft aus meinem Kopf zu verbannen versuche. Er hat meinen Namen immer so unanständig ausgesprochen, dass mir unwillkürlich Hitze in die Wangen steigt, während sich ein genauso unanständiges Szenario vor meinem inneren Auge abspielt.

Ich auf der Motorhaube eines schwarzen Mustangs. Er mit seinem Gesicht zwischen meinen Beinen.

Verdammt. Warum zur Hölle spukt er andauernd in meinem Kopf herum?

»Sollten Sie noch etwas brauchen, zögern Sie nicht und rufen Sie mich an«, reißt mich der Makler aus den Gedanken, wofür ich ihm dankbar bin.

Ich nehme lächelnd seine Visitenkarte entgegen, auf der auch seine E-Mail-Adresse und private Telefonnummer vermerkt sind, und versteife mich augenblicklich, als er schmunzelnd hinzufügt: »Oder jemanden brauchen, der Sie in der Stadt herumführt. Ich biete mich gerne als Reiseführer an.«

»Ich bin hier aufgewachsen, also danke, nicht nötig«, weise ich ihn schroffer ab, als beabsichtigt.

Ich sehe ihm an, dass er versucht, sich die harte Abfuhr nicht allzu sehr anmerken zu lassen. Mit einem knappen Nicken wendet er sich ab und marschiert aus der Wohnung.

Ich schließe die Tür hinter ihm und atme schwer aus. Jetzt heißt es Koffer aus dem Hotel holen und mich hier einrichten. Obwohl ich keine Lust darauf habe, in ein Möbelhaus zu fahren und mich um Dekoration und Pflanzen zu kümmern, bin ich froh über die Beschäftigung.

Denn so bin ich wenigstens für ein paar Stunden zu abgelenkt, um an Zane zu denken und mich zu fragen, ob er wohl auch an mich denkt.

Zwei Wochen später eile ich aus der Wohnung, um nicht direkt an meinem ersten Arbeitstag zu spät zu kommen. Klar, früher oder später wird das zweifellos passieren, aber ich muss die Leute hier erst langsam an meine Unpünktlichkeit gewöhnen. Daher renne ich wie bei einem Marathon zu meinem Wagen, werfe mich hinter das Steuer und schleudere meine Umhängetasche achtlos auf die Rückbank. Ich starte den Motor, lege den Gang ein und fahre los. An der Kreuzung schnalle ich mich umständlich an, während ich versuche, mir den Kaffee im Pappbecher nicht über die Bluse zu kippen, und schalte gleichzeitig mit dem Ellbogen das Radio ein. Frauen-Multitasking nennt sich das.

Taylor Swift trällert irgendetwas von wilden Träumen, und ich schalte direkt auf einen anderen Sender um, da ich selbst genügend wilde Träume habe.

Und in allen spielt ein Kerl, der einem ganz bestimmten meiner früheren Studenten sehr ähnlichsieht, die Hauptrolle. Die Träume sind teilweise so unanständig und feucht, dass ich nachts mit rasendem Herzen und einem sehnsüchtigen Ziehen im Unterleib aufwache. Fast schon fühle ich mich wie damals, als James mich monatelang nicht angefasst hat und ich es mir andauernd selbst besorgen musste. Doch nun ist es schlimmer. Es reicht nicht mehr, es mir täglich mit der Hand zu machen, bevor ich zu Bett gehe. Diese Träume bringen mich noch um den Verstand.

Spontan beschließe ich, mir nach der Arbeit einen neuen Vibrator zu kaufen. Mal sehen, ob das Abhilfe verschafft.

Sieben vor acht parke ich auf dem Campusparkplatz für Mitarbeiter und steige hastig aus dem Wagen. Ich kann weit und breit niemanden entdecken und verfluche mich dafür, zwanzig Minuten länger geschlafen zu haben als erlaubt. Doch der Traum von letzter Nacht hat mich ewig wachgehalten, und dann kamen die Gedanken an den Hauptdarsteller hinzu, und ich …

Stopp. Hör auf, an ihn zu denken. Konzentriere dich lieber auf deine erste Unterrichtsstunde.

Nachdem ich letzte Woche erfahren habe, dass ich den Job als Dozentin am Community College in Buffalo ergattern konnte, war ich schon zweimal hier, um noch ein Gespräch mit dem Dekan zu führen und mich mit dem Campusgelände vertraut zu machen. Ich wollte nicht riskieren, an meinem ersten Tag verwirrt herumzuirren. Also sah ich mir die Hörsäle an, die relativ große Mensa, die beiden Wohnheime und natürlich die Angestellten, die trotz des ersten Arbeitstages nach den Ferien verwirrend fröhlich wirkten. Ich habe sie genauestens unter die Lupe genommen und festgestellt, dass ich auch hier nicht reinpasse.

In Woodshaven fiel ich aufgrund meines Aussehens nach Großstadttussi auf, welches Problem ich hier nicht habe. Die meisten Professorinnen tragen ähnliche Outfits wie ich und haben die typische New Yorker-Attitüde. Allerdings scheine ich nun irgendetwas von einer Kleinstadthausfrau an mir zu haben, als trage ich einen Stempel mit genau dieser Aufschrift auf der Stirn, denn jeder Kollege wollte umgehend wissen, woher ich stamme. Als ich sagte, dass Buffalo meine Heimatstadt sei und ich jahrelang in Boston gelebt habe, waren sie regelrecht verwirrt. Als ich jedoch hinzufügte, dass ich gerade erst aus einer Kleinstadt in der Nähe von Louisville hierhergezogen bin, haben sie allesamt einleuchtend genickt.

Trotzdem erscheinen sie alle bisher sehr freundlich und offen. Selbst der Dekan macht einen überaus netten und professionellen Eindruck. Kein Vergleich zu dem Sack Fields.

Wie immer schweifen meine Gedanken auf direktem Weg zu Zane, und ich unterdrücke nur mit Mühe das Bedürfnis, mir eine zu knallen, um ihn aus meinem Kopf zu bekommen. Dass ich ständig an ihn denke, macht mich fertig. Die vielen Gedanken an ihn – in den unpassendsten Situationen wohlbemerkt – nagen wie eine Ratte an mir und hinterlassen ein immer größeres Loch in meiner Brust. Fast scheint es so, als würde ich ihn … vermissen?

Herrgott noch mal. Das ist verrückt.

Ich schnappe mir meine Umhängetasche und all die ungeöffneten Briefe, die ich dem Postboten gestern nach meinem Einkauf abgenommen und achtlos in den Wagen geworfen habe, und stopfe sie grob hinein, bevor ich über das Campusgelände eile. Meine hohen Absätze und der unebene Boden im Innenhof werden sobald keine Freunde, stelle ich fest, als ich auf dem Weg zum Hörsaalgebäude gleich dreimal hintereinander umknicke.

Kaum habe ich es erreicht, ziehe ich meinen Stundenplan aus der Tasche und suche nach dem heutigen Tag, um herauszufinden, in welchem Hörsaal mein Kurs stattfindet. Ich fühle mich wie eine überforderte Studentin an ihrem ersten Collegetag.

»Mrs Summers«, ertönt eine freundliche Stimme hinter mir, und ich drehe mich stirnrunzelnd um. Es ist mein neuer Boss, Dekan Barrow, der mit einem überraschten Lächeln auf mich zukommt. »Sind Sie immer so früh dran? Ich muss gestehen, das schindet direkt einen guten Eindruck.«

Mein Stirnrunzeln vertieft sich. Früh dran? Kann er die Uhr nicht lesen?

Als ich einen Blick auf die große, runde Uhr an der Wand über einem Hörsaal werfe, meine ich verwirrt: »Wir haben offensichtlich unterschiedliche Ansichten von ›früh dran.‹« Ich lächele verkrampft in seine Richtung.

Der Mann Ende fünfzig grinst jungenhaft. Im Gegensatz zu meinem alten Boss trägt er keinen formellen Anzug, sondern eine elegante, graue Hose und einen dunkelblauen Pullover über einem weißen Hemd. Er sieht gut aus für sein Alter. Blaue Augen, grau meliertes Haar, groß gewachsen und nette Statur. Bestimmt war er heiß begehrt, als er selbst noch ein Student war.

»Eine Stunde vor Unterrichtsbeginn erscheint fast keiner Ihrer Kollegen auf dem Campus«, erwidert er sichtlich zufrieden über die Ausnahme, die ich ganz ungewollt darstelle.

Denn … Verflucht, was? Mein Kurs beginnt erst um neun?

Das würde erklären, warum der Parkplatz wie ausgestorben war.

»Der Aufenthaltsraum für das Personal befindet sich allerdings im Verwaltungsgebäude«, erinnert er mich freundlich, da er wohl davon ausgeht, ich hätte mich bloß verirrt und nicht in der Zeit vertan. »Kommen Sie, ich begleite Sie dorthin. Bis die ersten Ihrer Kollegen eintrudeln, haben Sie den Raum für sich allein und können in aller Ruhe einen Kaffee trinken und sich auf den Unterricht vorbereiten.«

Innerlich die Augen verdrehend, da ich eine wertvolle Stunde Schlaf verschenkt habe, die mir niemand je zurückgeben wird, setze ich ein Lächeln auf und spiele einfach mit, während ich ihm in den Innenhof folge.

»Genau das wollte ich tun. Mir ist es überaus wichtig, an meinem ersten Tag gut vorbereitet zu sein. Und ein pünktlicher Mensch war ich sowieso schon immer.« Meine innere Stimme lacht höhnisch.

Mein Vorgesetzter nickt beeindruckt und hält mir die Glastür auf, bevor er mir den Vortritt in den kühlen Flur des Verwaltungsgebäudes überlässt. »Das freut mich, zu hören. Hier entlang.« Er dirigiert mich nach links und deutet mit einem Nicken auf eine hölzerne Tür, die sich nur mit passendem Schlüssel öffnen lässt. »Den Schlüssel haben Sie bei sich?«

»Natürlich«, erwidere ich hastig und lächele. »Danke für die Wegweisung, Mr Barrow.«

»Gerne doch. Dann wünsche ich Ihnen einen schönen ersten Arbeitstag, Mrs Summers«, verabschiedet er sich höflich von mir, bevor er sich in die andere Richtung abwendet.

Ich seufze in mich hinein, krame meinen Schlüsselbund aus der Tasche, und probiere es danach mit jedem der Schlüssel, bis einer in das Schloss passt und sich die Tür entriegelt. Dann betrete ich den noch leeren Raum, lege meine Tasche auf einem der runden Tische ab und steuere direkt die Kaffeemaschine in der kleinen Küche an.

Als ich einen doppelten Espresso in den Händen halte, lasse ich mich auf einen der Stühle sinken und krame aus Langeweile die ungeöffneten Briefe aus meiner Tasche, die ich zu meinem Glück mitgenommen habe, damit ich sie später nicht wieder im Wagen vergesse. Ich trinke aus der pinken Tasse, die wohl irgendeiner meiner Kolleginnen gehört, und blättere flüchtig durch die vielen Kuverts, bis mir der Stempel auf einem der Umschläge förmlich ins Auge springt und ich innehalte.

Mein Magen zieht sich augenblicklich zusammen.

Es ist der Stempel der Kanzlei, in der James arbeitet. *Wilson, Hendricks & Morris.*

Und das sind wohl unsere Scheidungspapiere.

Ich stelle die Tasse auf den Tisch und öffne mit zittrigen Fingern den Briefumschlag. Obwohl ich wusste, dass dieser Brief kommen wird und ich selbst für eine Scheidung bin, durchlebe ich mit einem Mal eine Reihe von Emotionen, die mich förmlich erschlagen. Sie prügeln wie Fäuste auf mich ein, als ich die zusammengehefteten Papiere aus dem eleganten Umschlag fische und auseinanderfalte.

Dann habe ich es Schwarz auf Weiß vor mir und spüre, wie Tränen in meine Augen steigen.

Auflösung der Ehe unten angeführter Parteien: James William Summers und Rachel Summers.

In diesem Moment wird mir klar, dass ich es auf diese Weise nicht tun kann. Nicht, wenn das Gespräch im Hotelzimmer das letzte war, das ich mit meinem Ehemann geführt habe. So soll es nicht enden. Wir sollten nicht im Bösen auseinandergehen, immerhin haben wir Jahre unseres Lebens miteinander verbracht. Die meiste Zeit davon glücklich.

Ich krame das Handy aus meiner Tasche, tupfe mir die Tränen aus den Augenwinkeln und wähle seine Nummer. Meine Kehle schnürt sich zu, als der erste Freiton ertönt, und ich bete innerlich dafür, dass es zwischen uns noch nicht so weit gekommen ist, dass wir nicht einmal mehr die Anrufe des anderen beantworten. Immerhin könnte etwas passiert sein, weshalb ich so früh morgens und nach sechswöchiger Funkstille bei ihm durchklingele.

Als es plötzlich still in der Leitung wird, schließe ich die zittrigen Finger fester um das Handy an meinem Ohr. Und dann höre ich seine besorgte Stimme, die fragt, ob alles in Ordnung ist, und lächele.

Wenigstens können wir uns nach allem immer noch aufeinander verlassen.

25

»Hey! Tut mir leid für die Verspätung«, schießt es aus mir hervor, als ich James gegenüber auf dem Stuhl Platz nehme. »An den Verkehr in Buffalo muss ich mich erst noch gewöhnen.«

James wirkt aufgeregt, als er mich anlächelt und erwidert: »Oder daran, dich endlich mal rechtzeitig fertig zu machen?«

Ich lache. »Erwischt.«

Und schon breitet sich betretenes Schweigen zwischen uns aus. Fast war ich schon erleichtert, dass es so locker und zwanglos zwischen uns ist, aber natürlich stehen dem einige unausgesprochene Dinge im Weg.

Als James' Blick auf meinen Ehering fällt, wird die Stille zwischen uns noch lauter, und ich lege meine Hände rasch auf meinen Schoß.

Bisher habe ich es nicht über mich gebracht, den Ring abzulegen. Ich hoffe, er spricht mich nicht darauf an oder deutet es falsch.

Ich bin froh über das Erscheinen des Kellners, der in Hemd und Anzughose an unseren Tisch tritt und uns die Speisekarten reicht. Da ich noch nie zuvor hier war, studiere ich sie mit voller Konzentration, während James wie immer bloß einen flüchtigen Blick benötigt, um sich für eine Speise zu entscheiden. Sein unverwandter Blick auf mir fühlt sich unangenehm an, weshalb ich mich noch mehr in die Karte vertiefe, während ich gleichzeitig aus den Augenwinkeln meine Umgebung mustere.

Er hat ein hübsches Restaurant für unser Treffen ausgesucht, was mich überrascht. Ich hätte nicht gedacht, dass er einer Aussprache überhaupt zustimmen würde, und schon gar nicht, dass er vorschlägt, dafür nach Buffalo zu kommen, anstatt mich mit seiner Lieblingsausrede ›Zeitmangel‹ abzuspeisen und mich stattdessen nach Woodshaven zu zitieren.

Seit meinem Anruf bei ihm sind ein paar Tage vergangen, da er seinen Besuch in New York aufgrund der Arbeit erst am Wochenende einrichten konnte, doch das war mir nur recht. Ich brauchte diese Zeit, um mich mental auf unser Wiedersehen vorzubereiten. Trotz all der Worte, die ich mir dafür zurechtgelegt habe, bin ich mehr als nervös, diese nun auszusprechen. Oder überhaupt auch nur mit ihm zu sprechen.

Der Kellner kehrt zurück und nimmt unsere Bestellung auf. Als ich ein Glas Sodawasser anstelle meines geliebten Pinot noir bestelle, blinzelt James überrascht, äußert sich jedoch nicht dazu.

»Ich habe dem Rotwein abgeschworen«, erzähle ich ihm, um das Eis zwischen uns zu brechen. Sein Blick ist freundlich, als er nickt. »Ich dachte mir, dass ich den auch gleich in Woodshaven zurücklassen könnte.«

Sein Gesichtsausdruck verändert sich schlagartig, und ich beiße mir auf die Zunge. Mist. Das kam blöd rüber.

»Entschuldige, ich meine -«

»Schon klar«, unterbricht er mich. »Nicht nötig, es zu erklären.«

Ich nicke. »Okay.«

»Okay«, sagt er im selben Tonfall, bevor wir uns wieder anschweigen.

Ich knete angespannt die Finger unter der Tischplatte und entdecke, dass er dasselbe mit den seinen tut. Das bringt mich zum

Lächeln. Schließlich gestehe ich zögerlich: »Ich bin ein bisschen nervös, tut mir leid. Ich weiß nicht so recht, wie ich ein Gespräch anfangen soll.«

Nun scheint auch er sich ein wenig zu entspannen. Er lehnt sich in seinem dunkelblauen Hemd an den Tisch und nickt irgendwie erleichtert. »Geht mir genauso. Nachdem, wie unser letztes Aufeinandertreffen geendet hat, auch irgendwie verständlich, oder?«

»Ja«, stimme ich ihm sanft zu. »Das ist auch der Grund, warum ich dich noch einmal sehen wollte, bevor … bevor ich die Scheidungspapiere unterzeichne.«

James versteift sich kaum merklich. »Ich hätte anrufen sollen, bevor ich sie losschicke. Tut mir leid. Das war unsensibel.«

Ich winke ab. »Ach, Quatsch. Ich wusste doch, dass mich der Brief früher oder später erreicht.«

»Hast du dir die Papiere gründlich angesehen?«

Ich nicke. »Du überlässt mir die Hälfte deines Vermögens.« Was mich in der Tat überrascht, nachdem er noch vor wenigen Wochen fest entschlossen war, mir jeden Cent zu nehmen.

»Unseres«, korrigiert er mich sanft, sein Blick schuldbewusst auf mich gerichtet. »Es gehört auch dir, und es war unfair, alles für mich behalten zu wollen. Ich habe das Haus und meinen Job, und du musstest ganz neu anfangen. Ich meine, ja, du hast Ehebruch begangen und damit würde die Ehebruchsklausel in Kraft treten, allerdings bin ich um nichts besser als du, und das wurde mir klar.«

Ein dankbares Lächeln umspielt meine Mundwinkel, welches er genauso sanft erwidert. Schließlich gebe ich mir einen Ruck und greife nach seiner Hand, bevor ich aufrichtig flüstere: »Es tut mir ehrlich leid, wie das mit uns gelaufen ist. Was ich getan habe, war falsch. Dafür gibt es keine Ausrede oder Entschuldigung. Ich möchte trotzdem, dass du weißt, dass ich dich sehr geliebt habe und mir unsere Ehe immer wichtig war. Auch jetzt liebe ich dich noch, natürlich. Aber eben … anders als zuvor.«

»Ich weiß«, kommt es gepresst über seine Lippen. Seine Augen blicken fest in meine, als er selbst ein Zugeständnis macht. »Ich weiß auch, dass ich nicht unschuldig am Scheitern unserer Ehe bin. Und dafür möchte auch ich mich entschuldigen.« Er legt seine andere Hand auf meine und drückt meine Finger. »Ich weiß nicht, was in mich gefahren ist, dass ich mich an diesen Jungen gewandt und ihn beauftragt habe, ein Video von euch zu machen … Das ist ekelhaft, und ich schäme mich dafür. Ich hätte anders reagieren sollen. Ich hätte einfach mit dir reden sollen.«

Mein Herz pocht heftig gegen meine Rippen, während ich innerlich erleichtert aufatme. Ich hatte gehofft, dass unser Gespräch so verlaufen würde, aber ehrlich gesagt nicht damit gerechnet.

»Schon gut. Ich habe auch einen Fehler begangen, für den ich mich schäme«, entgegne ich ruhig. »Und ich bin sehr dankbar dafür, dass wir heute hier sitzen und endlich wie zwei Erwachsene miteinander sprechen, was wir schon viel früher hätten tun sollen.«

James nickt bekräftigend. »Ich war froh, dass du angerufen hast, Rachel.«

Ich lächele.

»Und … Wie läuft es bei dir?«, fragt er dann vorsichtig, als hätte er Angst, unser Gespräch in eine falsche Richtung zu lenken. »Du hast recht schnell eine Wohnung gefunden. Gratuliere zum Einzug.«

»Danke. Die Wohnung ist wirklich nett.« Ich nehme einen Schluck vom Sodawasser, während er mich aufmerksam betrachtet. »Einen neuen Job habe ich auch. Ich unterrichte seit Montag am Community College, und bisher gefällt es mir dort sehr gut. Die

Kollegen sind angenehm, und die Studenten -« Ich unterbreche mich selbst, als ich bemerke, dass nun ich es bin, die unser Gespräch in eine gefährliche Richtung zu lenken droht.

»Also bei mir läuft es ganz gut«, murmele ich abschließend mit einem verkrampften Lächeln. »Und bei dir?«

»Stress in der Arbeit. Wie immer«, antwortet er schulterzuckend. »Das kennst du ja schon.«

»Stimmt.« Mir liegt eine Frage brennend auf der Zunge, doch ich weiß, dass sie wie ein Streichholz ist, das man in eine Benzinlache wirft. Wir könnten in Flammen aufgehen, wenn ich sie stelle.

Trotzdem kann ich mich nicht davon abhalten.

Ich schlinge die Finger um mein Glas und drehe es gedankenverloren dazwischen, während ich zögerlich frage: »Also du und Alissa … Seid ihr jetzt ein Paar?«

James weitet für den Bruchteil einer Sekunde die Augen, bevor er den Blick ziellos schweifen lässt und an seiner Krawatte zerrt, als würde sie ihn würgen. Da habe ich meine Antwort.

»Ist schon gut«, zwinge ich mich, zu sagen, um ihm das Unbehagen zu nehmen. »Es war blöd, dass ich gefragt habe.«

»Wir sind wohl so etwas wie ein Paar«, gesteht er mir und wagt einen Blick in mein Gesicht. Als er sieht, dass ich lächele, entspannen sich seine Schultern kaum merklich. »Und was ist mit dir und dem Bengel?«

Aufgrund des Wortes *Bengel* muss ich lachen. Dann schüttele ich den Kopf. »Wir haben keinen Kontakt, seit ich weggezogen bin.«

»Verstehe.« James mustert mich nachdenklich. »Hättest du das denn gerne?«

Unangenehm berührt sehe ich weg. Ich verfluche mich innerlich dafür, unser Gespräch in diese Richtung gelenkt zu haben. »Ich weiß nicht«, murmele ich schließlich belegt und zucke mit den Schultern. »Ich meine, nein, denn das würde zu nichts führen, oder?«

James runzelt die Stirn. »Also lautet die Antwort Ja. Du hättest gerne Kontakt mit ihm.«

Um Worte verlegen, freue ich mich über die Unterbrechung durch den Kellner, der unsere Speisen serviert. Ich hoffe darauf, dass das Thema dadurch beendet ist, doch kaum habe ich den ersten Bissen meiner Pasta verschlungen, hakt James erneut nach, woraufhin ich unsicher zu ihm aufsehe.

»Ehrlich gesagt, ja.« Ich spüre, wie meine Wangen vor Scham erröten. »Ich weiß, dass du das nicht verstehst und es total verrückt klingt, aber irgendwie … irgendwie finde ich es schade, dass es so geendet hat. Mit ihm und mir. Da war irgendetwas zwischen uns, das … das mehr war, als man auf den ersten Blick meinen mochte.«

James starrt mich bloß an, seine Miene eine Mischung aus Ratlosigkeit und Verwirrung.

»Gott, tut mir leid«, schießt es schuldbewusst aus mir hervor. »Es ist total unangebracht, dass ich mit dir darüber spreche. Lass uns das Thema wechseln.«

Und das tun wir auch. Wir unterhalten uns über unverfänglichere Themen, bis wir aufgegessen haben, und führen das Gespräch bis zur Nachspeise weiter. Als sich der Abend dem Ende nähert, krame ich die Scheidungspapiere aus meiner Handtasche und reiche sie ihm über den Tisch.

»Danke noch einmal für das Treffen. Es bedeutet mir viel, dass wir uns ausgesprochen haben«, sage ich ernst.

James blickt mich aus weichen Augen an. »Mir auch, Rachel.« Er verstaut die Dokumente in seinem Jackett, das über der Stuhllehne hängt, und ruft den Kellner für die Rechnung herbei.

Ich sehe die Traurigkeit in seinen Augen, die auch mich plötzlich überwältigt, als mir in den Sinn kommt, dass dies vielleicht das letzte Mal ist, dass wir uns sehen.

»Vielleicht können wir ja mal telefonieren?«, schlägt er plötzlich hoffnungsvoll vor.

Erleichtert nicke ich. »Das wäre nett.«

Zehn Minuten später begleitet er mich zu meinem Wagen, der draußen auf dem öffentlichen Parkplatz steht. Er betrachtet mich innig von der Seite, während ich meinen Blick geradeaus halte und mit den Tränen kämpfe, die in meinen Augen brennen. So sehr ich mich darüber freue, die Dinge zwischen uns geklärt zu haben, so schwer ist es nun für mich, Abschied zu nehmen. Im Bösen geht es sich immer leichter auseinander als im Guten.

»Ich bin glücklich«, sagt James unvermittelt, woraufhin ich ihn von der Seite anblinzele. Es wirkt, als wäre ihm eine Last von den Schultern gefallen, nun wo er dieses Geständnis abgelegt hat. »Und es tut mir wirklich leid, dass ich es bin.«

»Das muss dir nicht leidtun, James.« Ich drehe mich mit einem bedrückten Lächeln zu ihm um. »Ich bin froh darüber. Du sollst glücklich sein.«

Seine blauen Augen blicken deprimiert auf mich herab. »Ich glaube, es war das einzig Richtige, dass wir uns getrennt haben. Irgendwie haben wir uns weiterentwickelt, aber dabei auseinandergelebt und verloren. Und ich habe mich in eine andere Frau verliebt.« Er schluckt schwer, und ich tue es ihm gleich. »Ich wollte das wirklich nicht, es ist einfach passiert. Und ich habe wirklich versucht, es aufzuhalten, aber als ich erfahren habe, dass du mich mit deinem Studenten betrügst, war es auch Erleichterung, die ich empfunden habe. Vermutlich wegen ihr … Alissa.«

Ich blinzele.

»Das klingt hart, aber ich weiß, dass auch du am Ende glücklicher in der Nähe eines anderen warst als in meiner«, fährt er leise fort und streicht die Träne von meiner Wange, die sich ganz zu meinem Leidwesen aus meinem Auge gelöst hat. »Ich wünsche dir nur das Beste, Rachel. Und wenn es dieser Kerl ist, der dich glücklich macht …« Ein wenig missmutig verzieht er das Gesicht. »Dann solltest du ihn anrufen. Oder zurück nach Woodshaven kommen.«

Augenblicklich schüttele ich den Kopf. »Nein. Mein Leben findet jetzt hier statt. Außerdem kann ich keine Beziehung mit einem fünfzehn Jahre jüngeren Kerl eingehen. Das wäre … absurd. Unsere Affäre war schon nicht richtig. Und ich bin glücklich.« Ich nicke, um dem Nachdruck zu verleihen, und lächele breit.

Warum jedoch fühlen sich meine letzten Worte wie eine üble Lüge gegenüber mir selbst an?

26

Seufzend steige ich aus meinem Wagen und reiße meine Umhängetasche an mich. Mit einem lauten Knall fällt die Tür ins Schloss, und ich marschiere mit erschöpften Schritten zu meinem Wohngebäude, vor dem sich ein junges Paar lautstark streitet. Genervt weiche ich den beiden Streithähnen aus und werfe der Blondine einen bösen Blick zu, als sie mich beim wilden Gestikulieren mit ihrem Ellbogen erwischt. Sie murmelt abwesend eine Entschuldigung, und ich verschwinde leise fluchend im Haus.

Heute war ein echt beschissener Tag. Vielleicht der beschissenste in all den acht Wochen, in denen ich nun schon in Buffalo lebe. Erst bin ich – natürlich – viel zu spät auf dem Campus erschienen – ich sollte mich wohl mal erkundigen, ob es so etwas wie Therapien oder Medikamente gegen Unpünktlichkeit gibt –, und dann habe ich mir auf dem Weg zum Hörsaal den Kaffee über die Bluse geschüttet. Natürlich war sie weiß. Und natürlich hatte ich keine andere zum Wechseln da.

Also musste ich eine Kollegin, die mich nicht sonderlich zu mögen scheint, um eines ihrer Wechseloberteile bitten, woraufhin sie mir das Hemd ihres Mannes gab, welches sie zuvor aus der Reinigung geholt hatte. Ich muss wohl nicht erwähnen, dass ich aussehe wie ein verdammter Clown, weil es sich nicht bloß um ein Hemd in Männergröße handelt, sondern der Besitzer besagten Kleidungsstückes auch noch Größe XXL trägt.

Im Endeffekt hätte ich direkt auch meinen Rock ausziehen können, denn das Hemd reicht bis zu meinen Knien.

Dass meine Kollegin darauf bestanden hat, dass ich es spätestens in drei Tagen wieder zurückgebe und zuvor fachmännisch auf meine Kosten reinigen lasse, hat mich neben all den belustigten Blicken meiner Studenten bloß noch genervt.

Später habe ich mein Geschäft auf der Männertoilette verrichtet, was ungefähr einhundert Menschen mitbekommen haben, die mich beim Verlassen der Toilette beobachteten. Da die beiden Waschräume direkt nebeneinander liegen und ich dieses Mal von der anderen Seite kam, habe ich den Irrtum erst bemerkt, als ein paar Kerle lauthals gelacht haben.

Jetzt macht das Gerücht die Runde, ich wäre in Wahrheit ein Mann und hätte eine Geschlechtsumwandlung hinter mir.

Sehr schmeichelhaft.

»Kaffee«, jammere ich vor mich hin, während ich die Stufen in den ersten Stock zurücklege und meinen Wohnungsschlüssel aus der Umhängetasche krame. Als ich vor meiner Tür ankomme und einen gelben Umschlag entdecke, der auf der Fußmatte liegt, runzele ich die Stirn.

Kaum halte ich ihn zwischen den Fingern, beginnt mein Herz, wie wild zu rasen.

Es ist derselbe Umschlag, den ich in Woodshaven von Zane erhalten habe. Der, in dem er mir eines meiner Höschen geschickt hatte.

Meine Finger kribbeln, als ich das Innere des Umschlages zu ertasten versuche, jedoch bloß die Polsterung spüre. *So wie damals.* Ich drehe ihn um und schlucke schwer, als ich bloß meine Anschrift, aber keinen Absender darauf entdecken kann. *So wie damals.*

Und plötzlich geht es mit mir durch. Ich kann kaum blinzeln, da habe ich den Umschlag schon brutal mit beiden Händen auseinandergerissen und einen ungläubigen Blick hineingeworfen.

Es ist mein verdammtes Höschen, das darin liegt. Das Letzte, das er noch von mir hatte.

»Ich dachte, das hättest du gern zurück.«

Erschrocken wirbele ich herum und schlage mir mit aufgerissenen Augen die Hand samt Umschlag auf die Brust. Meine Augen weiten sich noch mehr, als ich erkenne, dass Zanes Stimme nicht bloß ein Hirngespinst, sondern real ist.

So wie er, der lässig mit verschränkten Armen an der Mauer am anderen Ende des Ganges lehnt. Seine braunen, feurigen Augen ruhen auf meinen und rauben mir mit ihrer bloßen Intensität den Sauerstoff. Mein Herz hört ebenfalls auf, zu schlagen, bevor es sich brüllend gegen meinen Brustkorb wirft.

Zane ist hier.

In Buffalo.

Vor meiner Wohnung.

Und ich starre ihn wie eine taubstumme Bekloppte an.

Seine Stirn legt sich in Falten, als er einen Blick an mir hinunterwirft, bevor seine Augen amüsiert funkelnd wieder auf meine treffen. »Stehst du seit Neuestem auf Männerklamotten oder kleiden sich die modernen Frauen in New York heutzutage wie Kerle?«

Meine Lider flattern wild und ich befürchte, es würde kein Ton, vielmehr nur ein Krächzen aus meinem Mund kommen, weshalb ich ihn weiterhin geschlossen halte.

Zanes braunes Haar schlägt eine verführerische Welle, als er den Kopf zur Seite neigt und zu schmunzeln beginnt. Wieder mustert er mich in aller Ruhe und Ausführlichkeit, woraufhin mir prompt heiß wird. Sein Blick fühlt sich wie eine geisterhafte Berührung auf meiner plötzlich glühenden Haut an.

»Oder bist du fett geworden?«, neckt er mich, woraufhin ich endlich reagiere – mit einem Augenrollen. Er grinst und stößt sich von der Wand ab. Mein Herz beginnt wie auf Kommando, zu flattern, oder vielmehr durchzudrehen. Als sein Blick auf meine Beine fällt, bemerkt er: »Du siehst nicht fett aus. Bist du schwanger?« Als ich immer noch nichts erwidere, vergeht ihm das Lachen und er bleibt abrupt stehen. Mit einem Mal weicht all die Farbe aus seinem Gesicht. »Fuck. Du bist doch nicht …«

»Herzlichen Glückwunsch, Daddy«, rutscht es mir aus Jux heraus, und ich lege lächelnd eine Hand auf meinen Bauch, bevor ich ihn streichele. Innerlich lache ich mich tot, als Zanes Augen tellergroß werden und er wirkt, als würde er gleich in Ohnmacht fallen. »Freust du dich?«

Nun ist es an ihm, mich wie ein taubstummer Bekloppter anzuglotzen.

»Du …« Er verstummt und schüttelt ungläubig den Kopf. »Du bist …« Es scheint, als würden ihm die Worte im Hals steckenbleiben, doch er versucht noch ein drittes Mal, sie hervorzuwürgen. »Du bist s-s-schwa –«

Ich lache so heftig los, dass ich an der Tür anstoße und mir den Kopf anschlage. Zane braucht ein paar Sekunden, ehe er realisiert, dass ich mir bloß einen Scherz mit ihm erlaubt habe. Und dann folgt auch schon seine Rache.

»Was zur Hölle, Rachel?« Er kommt auf mich zu, doch ich bin schneller und schließe in Windeseile die Wohnungstür auf.

Kaum öffne ich sie, packt er mich von hinten und hebt mich ruckartig hoch. Ich quietsche auf und schlage um mich, als er mich über seine Schulter wirft und die Wohnung betritt. Ächzend kralle ich mich in seinen Rücken, als er die Tür mit dem Fuß zutritt und sich so abrupt umdreht, dass ich mir ein weiteres Mal den Kopf anstoße – dieses Mal am hölzernen Kleiderständer.

»Au«, entfährt es mir wehleidig.

»Tut mir jetzt nicht unbedingt leid«, murmelt Zane und schlägt mir mit der flachen Hand auf den Hintern. Ich quietsche erneut auf. Er trägt mich ins Wohnzimmer, wo er mich wie einen Gummiball auf die Couch wirft, bevor er sich über mir aufbaut und schmunzelnd beschließt: »Das musst du wiedergutmachen, Babe.«

Außer Atem erwidere ich seinen intensiven Blick und schlucke schwer, als ich all das rohe Verlangen und die heiße Sehnsucht in seinen Augen entdecke. Ich könnte mich irren, glaube aber, auch so etwas wie ehrliche Freude in ihnen zu erkennen.

Meine Mundwinkel formen sich zu einem Lächeln. »Was machst du hier?«

Zane hört auf, zu schmunzeln, und betrachtet mich mit nachdenklicher Miene. Seine Arme sperren mich unter sich ein, und sein erdiger Duft steigt mir in die Nase. *Oh Himmel.* Ich habe diesen Duft vermisst.

»Mir war langweilig«, meint er mit seiner heiseren Stimme, deren unvergleichlichen Klang ich ebenfalls vermisst habe. »Und Buffalo wollte ich schon immer mal sehen.«

Zweifelnd hebe ich die Augenbrauen. »Ach, ist das so?«

Er nickt ernst, seine zuckenden Mundwinkel verraten ihn jedoch. »Zufälligerweise habe ich dann erfahren, dass du hier wohnst … Und zufällig war ich in der Gegend. Und hier bin ich nun.«

»Klingt logisch.« Immer noch leistet mein Herz Überstunden, während es in meiner Magengegend zu flattern und ziehen anfängt. Seine Nähe hat noch genau dieselbe Wirkung auf mich wie früher – ich spüre, wie mir langsam die Kontrolle über meinen Körper entgleitet.

Das erste Anzeichen für meinen Kontrollverlust ist meine Hand, die sich plötzlich in seinem Haar befindet. Meine Finger gleiten durch die seidigen Strähnen, und ich beiße mir auf die Unterlippe, als sich seine Gesichtszüge vor Lust verschärfen. Seine Augen werden noch dunkler und stürmischer, dann fällt sein Blick auf meine Lippen.

Ich öffne den Mund, um etwas zu sagen, doch er verschließt ihn, ohne zu zögern, mit einem harten Kuss.

Ich stöhne an seinen vollen, weichen Lippen, während in mir ein Feuerwerk losgeht. Meine Gefühle spielen verrückt, und mein Atem gerät außer Kontrolle.

Zane scheint es ähnlich zu gehen, denn er wird unwillkürlich unbeherrschter und küsst mich heftiger, gieriger, sehnsüchtiger. Seine Zunge taucht besitzergreifend in meinen Mund, während er ungestüm mit einer Hand das lockere Hemd aufreißt, sodass er meinen BH entblößt. Auch dieser ist gleich darauf fällig. Mit einem simplen Schnippen öffnet er den vorderen Verschluss, dann sind seine Hände auch schon gierig auf meinen Brüsten, kneten und drücken sie.

Er knurrt erregt an meinen Lippen, und ich keuche auf.

Himmel. Auch seine Hände auf meinem Körper habe ich vermisst.

»Fuck«, entfährt es ihm atemlos, bevor er sich zurückzieht und mich mit einem Ruck auf den Bauch dreht.

Ich japse und kralle die Finger in die Rückenlehne der Couch, während er meine Hüften packt, meinen Hintern in die Höhe reißt, und meinen Rock grob nach oben zerrt. Das Klirren seiner Gürtelschnalle ertönt, bevor ich eine Bewegung hinter mir wahrnehme, doch ehe ich den Kopf zu ihm umdrehen kann, spüre ich ihn schon in seiner vollen Länge in mir.

Ein erstickter Laut steigt meine Kehle empor, während Zane hinter mir keucht. Seine Finger graben sich beinahe strafend grob in das zarte Fleisch an meinen Hüften, während er für ein paar Sekunden lang reglos in mir verharrt, als würde er das Gefühl, in mir zu sein, in sich aufnehmen und in vollen Zügen genießen wollen. Seine eiserne Härte füllt mich bis zum tiefsten Winkel meines Inneren aus, und auch ohne, dass er sich in mir bewegt, spannt sich mein Körper vor Euphorie an.

Ungeduldig zerrt er das lose Hemd und den geöffneten BH von meinen Armen und schleudert die Kleidungsstücke achtlos durch den Raum. Seine Hand gleitet über meine nackte Wirbelsäule, während sein Schwanz in mir vorfreudig zuckt, und ich schließe flatternd die Augen, als er sie um meinen Nacken schlingt und anfängt, seine Hüften gegen mich zu stoßen.

Genauso hart, wie er mich auf der Couch fixiert.

»Gott«, stöhne ich auf und bohre die Nägel in den weichen Stoff des Sitzpolsters, während ich ihm willig meinen Hintern entgegenrecke. »Jaaa …«

Durch seine tiefen Stöße und das schnelle Tempo kann ich mich kaum auf den Knien halten, doch seine Hand hält mich eisern in Position. Unsere nackte Haut klatscht aneinander, jedes Mal, wenn er in mich pumpt, und meine Lust schmatzt unanständig zwischen meinen Beinen. Ich bin so feucht, dass ich das Gefühl habe, zu tropfen. Es ist, als hätte sich mein Körper für ihn aufgespart. Als würden die angestaute Lust und ersehnte Leidenschaft nun förmlich meinen Körper fluten.

Zanes Schwanz gleitet mühelos in mich und reibt in einem perfekten Winkel an meinen inneren Wänden. Meine Muskeln umklammern ihn gierig und saugen ihn noch tiefer ein. Seine dicke Eichel massiert diesen süßen, empfindsamen Punkt tief in mir. Das Gefühl, von ihm ausgefüllt zu sein, ist unglaublicher und berauschender denn je. Nichts fühlt sich vergleichbar gut an.

Seine Hüften stoßen mit stetigen Schüben weiter gegen mich, während meine Sinne erfüllt von seinem Duft und der Hitze seines Körpers hinter meinem sind. Sein Eindringen bleibt grob und unkontrolliert, was sein Verlangen nach mir widerspiegelt. Die Flamme der Begierde, die schwelend in mir lodert, bricht nun zu einem Feuer aus, das mich von innen heraus verbrennt. Die Hitze überzieht auch meine Wangen, sodass ich mich fiebrig und benommen fühle.

Wir mögen vielleicht Probleme im Umgang miteinander haben, aber im Vögeln … darin sind wir verdammte Weltmeister.

Der Orgasmus kündigt sich mit aller Macht an, bevor er heftig durch meinen Körper pulsiert und sich im tiefen Inneren meiner Weiblichkeit sammelt. Es zuckt und pocht zwischen meinen Beinen, während sich ein Schrei meiner Kehle entringt und ich unter ihm erzittere. Der Höhepunkt trifft mich hart, aber es ist noch lange nicht genug.

Über das Rauschen des Blutes in meinen Ohren hinweg, höre ich Zane hinter mir unverständliche Worte murmeln, bevor er sich aus mir zurückzieht und mich auf den Rücken dreht. Dann ist er wieder über mir, sein Gesicht ganz nah vor meinem, und seine Hände auf meinen Beinen, die er sich um seine schmale Hüfte legt. Sein immer noch steinharter Schwanz gleitet Zentimeter für Zentimeter wieder in mich, während er meine Augen mit den seinen festhält. Ich bin vollständig von ihm umgeben, vollkommen von ihm vereinnahmt.

Als er sich bis zu den Hoden in mir vergräbt, presst er seine Lippen auf meine und besitzt mich nun ganz und gar auf jede nur erdenkliche Weise.

Der Kuss ist atemlos, langsam und sinnlich. Ähnlich wie seine Stöße, als er sein Becken an mir reibt und gegen mich schiebt. Meine Nerven sind vom Orgasmus überreizt, und meine Klit überaus empfindlich, was Zane nicht davon abhält, seine Hand zwischen uns zu schieben und sie mit den Fingern zu bearbeiten. Er reibt sie mit kreisenden Bewegungen, während er seine Zunge in mich taucht und ich stöhnend die Füße an seinem Hintern verknote. Meine Hände finden sein Haar, während sein Schwanz den perfekten Winkel trifft und diese magische Stelle in mir findet, die mich vor Euphorie zucken lässt.

Ich wimmere an seinem Mund, als ich ein weiteres Mal komme. Mein Rücken bäumt sich auf, und all der Sauerstoff entweicht meiner Lunge. Ich erbebe und beiße in seine Schulter, um einen weiteren heiseren Lustschrei zu unterdrücken.

Zane erschauert im selben Moment über mir und vergräbt stöhnend das Gesicht an meinem Hals. Sein Becken zuckt ein paar Mal sanft gegen mich, während er all sein Sperma tief in mich spritzt. Ich spüre seinen heißen, abgehackten Atem auf meiner glühenden Haut und bekomme davon eine Gänsehaut am ganzen Körper.

Dann sind es seine Hände, die ich rau auf meinen nackten Brüsten spüre, während meine Beine um seine Hüften zittern und schließlich kraftlos abrutschen.

Seine Lippen saugen an mir, küssen und necken mich, und ich kralle mit geschlossenen Augen die Hände in seinen Nacken, um ihn bei mir zu behalten. Ich spüre, wie sein Schwanz weicher in mir wird und sein Sperma ganz langsam aus meinem Eingang tropft, rege mich jedoch keinen Millimeter weit. Auch Zane bleibt an Ort und Stelle und bewegt sich nicht.

Nach ein paar Sekunden schlingt er die Arme um meinen nackten Rücken, richtet sich auf, und bringt sich in eine sitzende Position. Mich zieht er dabei auf seinen Schoß, sodass ich rittlings auf ihm sitze – unsere Körper immer noch miteinander vereint. Unsere Münder schweben nah voreinander und meine Brust berührt die seine, die sich heftig hebt und senkt.

Wir keuchen uns gegenseitig ins Gesicht, während wir tief in die Augen des anderen sehen, ohne auch nur ein einziges Wort von uns zu geben. Ich höre, wie sein rasender Herzschlag langsamer wird und spüre, wie sich auch mein eigener allmählich beruhigt.

Seine Hand bewegt sich zu meinem Hintern und krallt sich sanft hinein. Ich glaube, so etwas wie ein Lächeln auf seinen geschwollenen und geröteten Lippen zu erkennen, und lächele automatisch ebenfalls. Meine Hände legen sich seitlich um seinen Hals, bevor ich dem starken Drang nachgebe und eine davon auf seine stoppelige Wange lege.

Als er sich hinein schmiegt, macht mein Herz einen Satz.

Dann erlaube ich es mir, etwas zu tun, das eigentlich gar nicht zu uns passt. Mit einem leisen Seufzer lege ich meinen Kopf auf seiner Schulter ab und schmiege mich an seinen athletischen Körper. Ich spüre, wie sich seine Muskeln verspannen, sich jedoch wieder lockern, als ich eine Hand in seinem Haar vergrabe und sanft seine Kopfhaut massiere. Er revanchiert sich dafür, indem er beginnt, meine nackten Oberschenkel zu streicheln und zu kneten. Meine erschöpften Muskeln kapitulieren augenblicklich und entspannen sich im selben Maße wie ich.

Wie immer haben wir nicht sehr viel Zeit damit verschwendet, uns zu unterhalten, bevor wir übereinander hergefallen sind. Seltsamerweise bringt mich genau das dazu, mich unglaublich wohl in seiner Nähe zu fühlen, als hätten die zwei Monate Funkstille zwischen uns nie stattgefunden. Alles ist noch wie früher – nichts hat sich zwischen uns verändert. Da war kein Zögern seiner- oder meinerseits, keine Zurückhaltung und keine Unsicherheit.

»Warum bist du hier?«, breche ich schließlich die Stille zwischen uns. Meine Stimme klingt genauso heiser wie seine immerzu.

Zane zögert mit seiner Antwort. Dabei streichelt er immer noch untypisch sanft meine Beine bis zu den Hüften. »Ich wollte dich sehen.«

Die Antwort ist eine, die mich freut, aber auch verunsichert. Langsam weiche ich zurück und betrachte ihn, studiere den weichen Ausdruck in seinem Gesicht und suche nach Erklärungen in seinen Augen, in denen sich der Sturm allmählich legt. Sie sind verhangen, funkeln jedoch auf diese spezielle feurige Weise, wie sie es immer tun.

»Woher wusstest du, wo du mich finden kannst?«, frage ich leise.

»Von deinem Mann.«

Ich blinzele überrumpelt. »Du hast James getroffen?«

Er schüttelt den Kopf und wirft wie unbewusst einen Blick auf meine Hand, als ich mir das wirre Haar hinter die Ohren streiche. Als er den Ehering auf meinem Finger entdeckt, werden seine Gesichtszüge kaum merklich härter.

»Zufällig. Er hat die Gelegenheit genutzt, um sich bei mir zu entschuldigen.« Anhand seines Gesichtsausdruckes vernehme ich, dass er nicht weiß, was er davon halten soll. »Und ich die Gelegenheit, um zu fragen, wo du jetzt wohnst.«

»Warum?«, wispere ich und bemerke, geradezu hoffnungsvoll zu klingen, obwohl ich absolut keine Ahnung habe, was ich mir von ihm erhoffe.

Was kann man sich schon von einem Kerl wie Zane erhoffen?

»Hast du vor, hierzubleiben?«, stellt er mir unvermittelt eine Gegenfrage, woraufhin ich verwirrt nicke. Er zieht eine Augenbraue in die Höhe und bedenkt mich mit einem unergründlichen Blick. »Hast du mit ihm gesprochen, seit du Woodshaven verlassen hast?«

»Wir haben uns getroffen«, erzähle ich ihm. »Hier in Buffalo.«

Zanes Miene verdunkelt sich nun so auffällig, dass ich die Veränderung in seiner Stimmung schon wahrnehme, bevor er schroff wissen will: »Hast du ihn gefickt?«

»Was?« Ich weiche kopfschüttelnd zurück. »Nein, wir … wir waren zusammen essen.« Als er mich bloß anstarrt, verziehe ich das Gesicht. »Warum fragst du mich so etwas?«

»Hast du vor, dich scheiden zu lassen?«, umgeht er meine Frage erneut mit einer Gegenfrage.

Das Verhör bringt mich dazu, mich zurückzuziehen. Ständig bin ich ein offenes Buch für ihn, während er irgendetwas Verborgenes in einer Kiste mit Vorhängeschloss ist, zu dem er mir den Schlüssel nicht geben will. Das stört mich.

Ich schiebe seine Hände von mir und klettere von seinem Schoß. Sofort läuft sein Sperma aus mir und ich suche den Boden nach meinem Höschen ab, das ich wie durch ein Wunder auch tatsächlich finde. Heute hat er es nicht stibitzt.

Während ich mich wieder vollständig bekleide, zieht er seine Boxershorts und Hose hinauf und verschließt seinen Gürtel. Dabei gibt er kein weiteres Wort von sich, doch seine Miene spricht Bände: Sie ist hart und verschlossen und signalisiert mir, dass er mich wieder aussperrt und dichtmacht.

»Wir haben die Scheidung bereits eingereicht«, kommt es trotzdem leise über meine Lippen, woraufhin er in der Bewegung innehält und zu mir aufsieht. »Der Antrag läuft.«

Er äußert sich nicht dazu, starrt mich bloß an. Seine Augen bohren sich in meine, den Ausdruck darin vermag ich wie so oft nicht zu deuten.

Ich bleibe unbeholfen vor der Couch stehen und blicke abwartend auf ihn herab. Ich habe keine Ahnung, was ich sagen soll, da es nun an ihm ist, etwas zu sagen. Sich zu erklären. Sein plötzliches Auftauchen nach zwei Monaten und sein Verhör bezüglich des Status meiner Beziehung zu James.

Hoffnungsvoll halte ich seinen Blick fest und warte darauf, dass ein Wort über seine Lippen kommt, doch er schweigt wie ein Toter. Enttäuschung keimt in mir auf, und ich wende mich genauso still von ihm ab. Meine Knie sind weich, als ich auf mein Schlafzimmer zusteuere, um mich im angrenzenden Bad frisch zu machen, obwohl ich die Erinnerung an ihn nicht buchstäblich fortwischen möchte.

Kaum habe ich das Badezimmer erreicht, schließe ich die Tür hinter mir und verriegele sie. Ich gehe zum Waschbecken, stütze beide Hände darauf ab, und starre meinem Spiegelbild entgegen. Die Frau, die ich erblicke, sieht auf eine entzückende Weise durchgevögelt aus. Ihr helles Haar steht wild zu Berge, ihre Wangen sind gerötet und ihre Augen tragen einen befriedigten Ausdruck. Dennoch kann ich die Ratlosigkeit dahinter erkennen.

Ich wüsste genauso gerne wie sie, wie sie die Gefühle, die in ihr toben, einordnen soll.

»Ich habe oft an dich gedacht«, ertönt es plötzlich leise, und ich drehe schwer schluckend den Kopf zur geschlossenen Tür.

Ich auch an dich, wollen meine Lippen formen, doch ich presse sie rasch aufeinander, um nicht wie immer alles offen preiszugeben, während er sich bedeckt hält.

Gott, und wie oft ich in den vergangenen Wochen an ihn denken musste.

Ich höre, wie er sich an die Tür lehnt, bevor er zögerlich sagt: »Ich glaube, ich habe dich vermisst.«

Ich schließe die Augen. *Ich dich auch. Hör nicht auf, zu reden. Gewähre mir endlich einen Blick hinter deine perfekt einstudierte Fassade. Öffne dich für mich.*

»Keine Ahnung, was ich hier mache«, meint er seufzend und klingt nun selbst ratlos. Mein Herz wummert aufgeregt. »Ich habe nicht viel darüber nachgedacht, bevor ich ins Auto gestiegen und hierhergefahren bin.«

Zögerlich mache ich ein paar Schritte auf die Tür zu, bevor ich impulsiv innehalte. Mit einem leisen Seufzer lehne ich mich an die Fliesenwand daneben und gestehe: »Ich habe auch oft an dich gedacht, Zane. Manchmal habe ich mir auch gewünscht, dass ich deine Nummer hätte, um dich anzurufen, aber im Endeffekt hätte das doch nichts gebracht. Das hier … das führt zu nichts.« *Oder?*

Ein paar Sekunden lang ist es still, bevor er ruhig fragt: »Meinst du?«

»Meinst du das etwa nicht?«, stelle ich ihm die Gegenfrage.

»Ich weiß es nicht«, gesteht er zu meiner Überraschung. »Vielleicht schon.«

»Du bist fünfzehn Jahre jünger als ich«, spreche ich den Gedanken laut aus, der mich permanent peinigt, als würde das erklären, warum das mit uns niemals zu etwas führen kann.

Insgeheim weiß ich, dass das ein dummer, konservativer Gedanke ist, der gar nicht zu meiner Lebenseinstellung passt. Bei James und mir hat mich unser Altersunterschied von zehn Jahren auch nie gestört. Was sind schon fünf Jahre mehr? Und warum spielt es in unserer Gesellschaft eine so große Rolle, ob es die Frau oder der Mann ist, die oder der dem anderen ein paar Jährchen voraus hat?

Wenn ein Mann eine doppelt so junge Freundin hat, schlagen ihm seine Kumpels anerkennend auf die Schulter. Wahrscheinlich reißen sie noch ein paar unanständige Witze darüber. Doch wenn eine Frau einen viel jüngeren Kerl hat, erntet sie verstörte Blicke. Ich weiß noch genau, wie meine eigene Reaktion ausfiel, als ich dachte, meine Nachbarin Gabriella hätte eine Beziehung mit Zane. Ich nannte sie gedanklich sogar seine *Sugarmommy.*

»Na und?«, fragt Zane vollkommen unbeeindruckt, und ich habe gar nichts anderes von ihm erwartet. In manchen Punkten hat er mir trotz seines Alters einiges voraus. Ihm ist es egal, was andere denken. Er schenkt dem keinerlei Beachtung und tut, worauf er Lust hat. Das, was er für richtig hält, selbst wenn es falsch ist.

»Ich mag dich, Rachel«, höre ich ihn flüstern, und seine Worte finden einen direkten Weg zu meinem heftig pochenden Herzen. »Ich weiß nicht, ob das mit uns zu etwas führen kann oder ich überhaupt dazu imstande bin, so etwas wie eine richtige Beziehung zu führen, aber ich werde das Gefühl nicht los, dass das mit uns gar nicht so falsch war, wie man auf den ersten Blick meinen mag.«

Alles in mir beginnt, zu kribbeln. Dieselben Worte habe ich zu James gesagt. Dass Zane genauso empfindet, überwältigt mich, weil ich nie damit gerechnet hätte. Ich dachte, er würde sich längst mit einer anderen vergnügen, während ich dem, was ich mit ihm hatte, wie ein kleines Mädchen hinterhertrauere. Es mag entgegen jeder Norm sein, hat sich aber zu keinem Zeitpunkt schlecht angefühlt. Im Gegenteil.

»Was denkst du?«, fragt er mich leise.

Ich hole tief Luft, drehe das Schloss in der Tür und öffne sie einen Spalt weit, als er zurückweicht. Unsere Augen treffen aufeinander, während ich mit mir hadere, ihm eine ehrliche Antwort darauf zu geben oder nicht.

Dann gebe ich mir einen Stoß und sage: »Es hat sich nie wirklich falsch angefühlt. Wenn ich an James gedacht habe, ja, aber wenn es nur um uns beide ging … nie.« Als er die Tür komplett öffnet, weiche ich schwer schluckend zurück. »Aber … die Vorstellung von uns als Paar ist …«

»Lächerlich?«, bietet er mir an, woraufhin ich lächeln muss. Ich nicke, und er schmunzelt. »Ich weiß. Total absurd.«

»Ja!« Ich fahre mir lachend und gleichzeitig seufzend über das Gesicht. »Außerdem kennst du mich viel besser als ich dich.«

»Na und?«, fragt er unbeeindruckt. »Das lässt sich leicht ändern.«

»Aber du redest doch so ungern.«

Ein neckisches Funkeln tritt in seine Augen. »Ich rede nicht so gern, wie ich dich vögele, aber das eine schließt das andere ja nicht aus. Nur bitte nicht beides zur selben Zeit.«

Ich muss kichern. Dann fällt mir prompt der nächste Grund ein, der dagegensprechen würde, dass wir uns weiterhin sehen und dieser Sache zwischen uns einen Namen geben. »Zusätzlich lebe ich hier, während du in Woodshaven lebst, und …«

»Ist doch egal«, meint er wieder überzeugt und nähert sich mir langsam. Ich lege den Kopf in den Nacken, während er mit einem weichen Ausdruck in den Augen auf mich herabblickt. »Ich komme dich besuchen.«

»Jedes Wochenende?«, frage ich zweifelnd.

Immer noch wirkt er ernst, als er mit den Schultern zuckt und nickt. »Warum nicht? Du lebst nicht am anderen Ende der Welt, Rachel. Und ich habe schon viel Aufwendigeres getan, um zu vögeln, als mich für acht Stunden in mein Auto zu setzen.«

Ich lache wieder und verdrehe gleichzeitig die Augen. »Du weißt, dass es in einer Beziehung nicht nur ums Vögeln geht, oder?«

»Ich weiß. Aber wir vögeln nun mal wirklich gut.«

»Das ist verrückt. Das wird nie funktionieren.«

Zane zuckt ein weiteres Mal unbekümmert mit den Schultern, ein Lächeln umspielt seine Mundwinkel. »Das werden wir erst herausfinden, wenn wir es versuchen.« Nun hört er auf, zu schmunzeln, und betrachtet mich eingehend. »Miteinander.«

Oh Gott. Er scheint das wirklich ernst zu meinen. Und das Schlimme daran ist, dass auch ich mir ernsthafte Gedanken darüber mache, ob es mit uns klappen könnte. Ob wir es tatsächlich versuchen sollen.

Als ich ihn bloß überfordert anstarre, während sich meine Gedanken überschlagen, greift er nach meiner Hand und hält sie zwischen unseren Körpern fest. Seine Augen blicken tief in meine, als er etwas tut, das symbolischer nicht sein könnte.

Er zieht meinen Ehering vom Finger.

»Dieses Kapitel ist vorbei«, meint er rau, aber sanft, und legt den Ring auf der Waschmaschine neben uns ab, ohne mich dabei aus den Augen zu lassen. »Wir müssen unserem Kapitel keinen Namen geben. Wir müssen das mit uns nicht definieren. Aber ich glaube, wir wissen beide, dass es doch ein ›Uns‹ in dieser Geschichte gibt. Und von Anfang an gegeben hat. Lass uns sehen, wie das Kapitel weitergeht. Vielleicht endet es ja doch irgendwann, vielleicht aber sind auch einfach *wir* das Ende.«

»Du meinst, das Happy End?«, frage ich und lege meine Hand auf seine Brust. Zane schmunzelt und nickt. »Das würde voraussetzen, dass du auch nur im Entferntesten ein bisschen romantisch bist, was du nicht bist.«

Nun verwandelt sich sein Schmunzeln in ein neckisches Lächeln. Er schiebt seine Hände forsch in mein Haar, neigt meinen Kopf nach hinten, und raunt vor meinen Lippen: »Nicht jedes Happy End muss vor Romantik triefen, Baby. Manchmal reicht auch ein ganz simples Happy End. Eines, das zur Geschichte passt. Und unsere ist nun mal nicht kitschig oder romantisch. Dafür ist sie echt und ungefiltert.«

Mit diesen Worten verschließt er meinen Mund mit einem Kuss, dem ich mich voll und ganz hingebe, während ich zum ersten Mal zulasse, die Vorstellung von Zane und mir als Paar zu genießen.

Bestimmt wird unsere Geschichte chaotisch weitergehen, und bestimmt werde ich schon bald graue Haare seinetwegen bekommen, aber alles andere würde mich auch enttäuschen.

Danksagung

Achtung.
Lies das hier, sonst verpasst du möglicherweise eine kleine Überraschung.

Wie immer möchte ich mich in erster Linie bei meinen treuen Lesern bedanken. Ihr ermöglicht es mir, zu tun, was ich liebe, und tatsächlich zu glauben, dass ich Talent dafür habe :P

Außerdem möchte ich mich bei meinem Freund bedanken, der mich bei allem unterstützt und auch dann an mich glaubt, wenn ich es selbst nicht tue. Du bist der beste Wegbegleiter, den ich mir vorstellen könnte.

Ein großes Dankeschön geht auch an S. Einfach, weil du du bist, und wir uns manchmal auch ganz ohne Worte verstehen. Es war Liebe auf den ersten Chat.

Danke auch an meine unverwechselbare D. Ich bin froh, dass uns das Schreiben zusammengeführt hat, denn unsere täglichen Gespräche möchte ich nicht mehr missen.

Und zu guter Letzt bedanke ich mich bei meinen Glitzerschnecken. Unsere chaotische Gruppe beweist mir immer wieder aufs Neue, dass verrückt zu sein nichts Schlechtes ist. Wer würde bei unseren Chatverläufen schon denken, dass wir alle seriöse Autoren sind? *Vegas, Baby.*

Nun zu Rachels Geschichte: Diese kam mir wie viele andere spontan (und über Nacht) in den Sinn. Sie musste nicht erst ewig in meinem Kopf reifen, bevor ich bereit war, sie niederzuschreiben. Sie war einfach da. Von der ersten bis zur letzten Zeile. Dementsprechend schnell brachte ich sie dann zu Papier.

Die Rohfassung von ›The ugly truth about us‹ entstand in weniger als einem Monat. Ich brauchte Abwechslung zu all meinen anderen Romanen, die man vorwiegend im Genre Dark Romance findet. Dafür war Rachels Geschichte perfekt, obwohl sie an sich alles andere als perfekt ist.

Mit dem Ende habe ich gehadert. Es sollte zur Geschichte der beiden passen, und diese ist nun einmal nicht romantisch oder einfach. Deswegen passte hier auch kein klischeehaftes Happy End mit Tortenguss.

Da ich jedoch weiß, dass manche Leser eine gute Portion Romantik dennoch brauchen, damit ihr Leserherz befriedigt ist, habe ich mich dafür entschieden, für all jene einen kurzen Epilog zu schreiben. Ihr findet ihn nach der Danksagung als Zusatz. Er gewährt euch einen kleinen Einblick in die Zukunft der beiden.

Für all die anderen, die Rachels und Zanes Geschichte in ihrer eigenen Fantasie ganz nach ihren Vorstellungen weiterspinnen möchten, kann die Reise hier enden :) Wer weiß schon, was aus den beiden geworden ist?

Zusatz

Epilog

Wieder werfe ich einen Blick auf mein Handy. Mein Fuß tippt unruhig gegen das Tischbein und mein Magen verkrampft sich, als ich die leere Statusleiste auf dem Display sehe. Kein verpasster Anruf, keine eingegangene Nachricht.

Seufzend fahre ich mir durch das Haar und erhebe mich mit mulmigem Magen von der Couch. Dann laufe ich ziellos durch die Wohnung.

Herrje, ich fühle mich wieder wie sechzehn. Wie eine pubertierende Teenagerin, die befürchtet, ihr High School-Schwarm hätte sie abserviert, ohne dass sie es mitbekommen hat.

In der Küche werfe ich einen Blick auf die Uhr. Es ist bereits zehn Uhr abends. Ich überlege, wie ich mich davon ablenken könnte, dass ich seit gestern Abend nichts mehr von Zane gehört habe, und beschließe kurzerhand, weiter an meinem Manuskript zu arbeiten.

In meiner Zeit in Woodshaven habe ich das Schreiben massiv vernachlässigt, und erst nach meinem Umzug nach Buffalo habe ich bemerkt, wie sehr es mir eigentlich fehlt, meine Gedanken zu Papier zu bringen. Es ist mehr als bloß ein Hobby für mich, eher eine Leidenschaft, und schafft einen tollen Ausgleich zu meinem Job an der Uni, bei dem ich nur über das Schreiben lehre.

Aktuell arbeite ich seit ungefähr vier Monaten an einem Thriller, den ich bald – wenn alles nach Plan läuft – beenden werde. Ich bin total aufgekratzt deswegen, da ich mich damit bei einem Verlag hier in New York bewerben möchte. Über eine Kollegin habe ich einen guten Kontakt knüpfen können, der mir möglicherweise die Tür zum Verlagswesen öffnen wird.

Meine Euphorie diesbezüglich wird zurzeit von meiner angespannten Beziehung zu Zane überschattet. Wir führen nun seit ungefähr zehn Monaten eine Fernbeziehung, die mal besser und mal schlechter läuft. Aber wer hätte gedacht, *dass* sie überhaupt läuft?

Es ist doch nicht so einfach, wie wir dachten, uns nur am Wochenende sehen zu können. Zane fährt öfter zu mir als ich zu ihm, und anfangs schien ihm das Pendeln nichts auszumachen. Allerdings hat er nun seit drei Monaten einen Nebenjob und in den Prüfungswochen keine Zeit für einen Wochenendausflug, da er lernen muss. Entgegen meiner anfänglichen Annahme ist ihm seine Ausbildung nicht egal; stattdessen hängt er sich sogar total rein, was ich bewundere, mich aber auch frustriert. Dadurch bin ich gezwungen, nach Woodshaven zu fahren, wenn ich ihn sehen möchte – was ich eigentlich immer möchte. Unter der Woche fehlt er mir, und wenn wir uns abends mal verpassen und ich zu Bett gehe, ohne seine Stimme gehört zu haben, die mir unanständige und schmutzige Worte zuflüstert, welche seine Art von »Gute Nacht« darstellen, bin ich unglaublich deprimiert.

Und wenn wir uns streiten, kann ich nicht einfach zu ihm fahren und ihn fragen, was zur Hölle nicht mit ihm stimmt. Das nervt. Ganz besonders, wenn er mich wie momentan eiskalt ignoriert.

Seit wir gestern eine heftige Auseinandersetzung am Telefon hatten, die mit einer Lappalie begann, ruft er mich nicht mehr zurück und beantwortet auch keine meiner Nachrichten. Ich weiß, dass ich die Schuld an unserem Streit trage, und dass das oft der Fall ist, obwohl ich zu Beginn unserer Beziehung dachte, er wäre derjenige, an dem sie scheitern würde.

Ich vermisse ihn nun mal und habe eine komische Art, das zu zeigen. Nämlich, indem ich die unnötigsten Gründe suche, um sauer auf ihn zu sein, damit er mir mehr seiner Aufmerksamkeit und Zuneigung schenkt. Doch selbst zehn Anrufe hintereinander können die Tatsache nicht wettmachen, dass mir seine Nähe fehlt. Ich sehne mich nach mehr als seiner Stimme.

Als er meinte, ich solle zurück nach Woodshaven ziehen, ging es mit mir durch. Ich möchte nicht einmal für ein Wochenende in meine Vergangenheit reisen, und dann ganz bestimmt nicht für die Ewigkeit. Meine Zukunft kann überall stattfinden – überall, außer in Woodshaven.

Obwohl ich mich tatsächlich mit Gabriella versöhnt habe und wir regelmäßig telefonieren, lebt James noch mit seiner Verlobten dort, und sie erwarten ein Baby. Ständig vor Augen geführt zu bekommen, dass er mit einer anderen Kinder haben wird, was er mit mir nie haben wollte, kann mir gern erspart bleiben. Woodshaven ist winzig, daher würde ich den beiden bestimmt früher oder später über den Weg laufen.

Ich fühle mich im Vergleich zu James, als würde ich auf der Stelle treten, obwohl es beruflich so toll bei mir läuft. Ich arbeite immer noch am Community College, habe dort Freundinnen in Kolleginnen gefunden, und schreibe nebenbei an dem allerersten Buch, das ich veröffentlichen möchte. Es könnte also nicht besser laufen.

Wäre es nur nicht so kompliziert mit Zane …

Als mich die Verzweiflung aufgrund unserer ausweglos erscheinenden Situation erfasst, klappe ich den Laptop wieder zu und marschiere ins Wohnzimmer, wo ich mir mein Handy schnappe. Ein weiteres Mal wähle ich Zanes Nummer und seufze, als bloß die Mailbox anspringt.

»Hey, ich bin's. Hör mal, es tut mir leid wegen gestern. Ich weiß, dass ich zickig war und … Kannst du mich bitte zurückrufen? Ich -«

Ein Klopfen an der Wohnungstür unterbricht mich, und ich beende stirnrunzelnd den Anruf. Verwirrt gehe ich in den Flur und schließe die Tür auf.

Als ich Zane entdecke, der mich mit einer Mischung aus Freude und Vorwürfen ansieht, stiehlt sich unwillkürlich ein erleichtertes Lächeln auf meine Lippen.

»Hey! Ich -«

»Siebzehn Anrufe in Abwesenheit?«, unterbricht er mich ungläubig und hält das leuchtende Display seines Handys vor meine Nase. Ich blinzele verlegen, als ich das Anrufprotokoll betrachte. Außer meinem Namen findet man dort keinen anderen. »Ich will gar nicht erst anfangen, all die Nachrichten zu zählen, die du mir seit gestern geschrieben hast.«

»Ja … Was das angeht …« Ich räuspere mich peinlich berührt. »Ich werde nicht gerne ignoriert.«

Seine dunklen Augen funkeln amüsiert, obwohl er genervt dreinsieht. »Ach, was du nicht sagst.«

»Ich dachte, du hättest mich abserviert«, platzt es zu meiner Verteidigung aus mir heraus, woraufhin er mich ansieht, als hätte ich den Verstand verloren.

»Wie soll ich dich denn abservieren, ohne dir zu sagen, dass ich dich abserviere?«

»Ich dachte, genau das wäre die Abfuhr«, erkläre ich ihm schulterzuckend. »Dass du mir mit dem Ignorieren meiner Anrufe und Nachrichten zu verstehen zu geben versuchst, dass du mit mir Schluss machst.«

Zane blinzelt. Und blinzelt. Dann fährt er sich seufzend durch das unordentliche Haar und steckt das Handy in seine Hosentasche. »Oh Mann. Du machst mich echt fertig, Babe.« Als er mich kopfschüttelnd ansieht, lächele ich mein süßestes Lächeln. »Du bist irgendwie verrückt, das weißt du, oder?«

»Kann sein«, erwidere ich und klimpere unschuldig mit den Wimpern.

Zane lacht leise und greift nach etwas neben sich, während er murmelt: »Ich mache nicht mit dir Schluss. Ich mache jetzt sogar ernst.«

»Wie meinst du das?«, frage ich stirnrunzelnd.

Als er meine Wohnung mit einer vollgestopften Reisetasche in der Hand betritt, weite ich meine Augen. Er stellt sie im Flur ab, schlüpft aus seinen Schuhen, und wendet sich mir mit einem wild entschlossenen Blick zu. »Ich ertrage es nicht mehr, dass wir ständig streiten, weil wir uns so selten sehen. Davon platzt mir irgendwann noch der Kopf, verdammt. Und da du dich weigerst, zu mir nach Woodshaven zu ziehen, bleibt mir nichts anderes übrig, als zu dir zu ziehen.«

»Du … du ziehst nach Buffalo?«, echoe ich überrumpelt, während mir das Herz bis zum Hals hinauf schlägt. »Zu mir?«

Er wirft einen fragenden Blick auf seine Reisetasche und dann durch die Wohnung. »Nein, ich dachte, ich versuch's mal bei deiner Nachbarin.« Als ich bloß blinzele, betont er seufzend: »Ja, *zu dir.*«

Ich starre ihn wie überfahren an.

»Du wolltest es so – vergiss das nicht, wenn ich dir auf den Sack gehe«, warnt er mich mit einem strengen Blick vor, und endlich löse ich mich aus meiner Schockstarre und mache quietschend einen Sprung auf ihn zu.

Zane lacht und stolpert nach hinten, als ich mich ihm an den Hals werfe und ein Dutzend Küsse auf seine stoppelige Wange drücke. »Freu dich nicht zu früh, Babe.«

»Was ist mit der Uni? Und deinem Job?«, schießt es aufgeregt aus mir hervor, und ich weiche zurück, um ihn anzusehen. Vor lauter Freude glühen meine Wangen, und er lächelt, als er es bemerkt. »Du kannst das nicht alles aufgeben. Nicht meinetwegen. Du -«

»Die Uni gebe ich nicht auf, ich wechsele sie nur ein weiteres Mal. Und einen Job finde ich auch hier«, lässt er mich entspannt wissen und legt die Hände um meine Taille. Unwillkürlich steht mein Körper wie unter Strom. Nach all den Monaten bin ich immer noch selbst durch eine unschuldige Berührung wie diese sofort wie elektrisiert. »Lass uns das später bereden.« Seine Lippen kommen meinen gefährlich nah, und ich bekomme weiche Knie, als er meine Unterlippe zwischen die Zähne saugt. »Ich vermisse nämlich, wie du dich unter mir anfühlst, und wie hübsch du aussiehst, wenn du mich in den Mund nimmst.«

Obwohl es keinen unpassenderen Zeitpunkt geben könnte, um ihm meine Liebe zu gestehen, tue ich genau das. Anstatt auf die Knie zu sinken oder mir die Kleidung vom Leib zu reißen, wie ich es meist tue, sobald er meine Wohnung betreten hat, platzen geflüsterte Worte aus meinem Mund, die mir schon länger brennend auf der Zunge liegen.

Wir haben sie noch nie ausgesprochen. Keiner von uns beiden.

»Ich liebe dich.«

Zanes Gesichtszüge entgleisen vor Überrumpelung, und er blinzelt ein paar Mal unkontrolliert. Ich befürchte schon, ich würde ihn damit nun in die Flucht treiben, weil es ihm zu viel auf einmal ist – der Umzug und dann meine unvermittelte Liebeserklärung –, doch er überrascht mich, indem er schalkhaft grinst und »gewonnen« sagt.

Irritation mischt sich zu meiner Überraschung über mich selbst, da ich nicht vorhatte, die Worte je auszusprechen. Zumindest nicht als Erste. »Gewonnen?«

»Erinnerst du dich nicht?«, fragt er triumphierend. »Vor ein paar Monaten haben wir gewettet, wer von uns die drei magischen Worte zuerst sagen wird. Ich war der Meinung, dass ich sie niemals sagen werde, und du warst dir sicher, dass ich sie nicht nur sagen, sondern auch als Erster sagen werde.«

Und da macht es *Klick* bei mir.

Ich verziehe das Gesicht. »Mist. Jetzt bin ich um einhundert Dollar leichter.«

»Her mit der Kohle, Baby.« Zane grinst immer noch breit, als ich einen Hundertdollarschein aus meiner Handtasche krame und diesen in seinen Hosenbund stecke, als wäre er ein Stripper. Als ich mich augenrollend abwenden will, packt er mich am Nacken und bringt mein Gesicht nah vor seines. »Danke. Und danke, dass du es endlich gesagt hast, denn das Warten darauf, dass ich es endlich sagen kann, hat mich fast so sehr genervt wie dein Telefonterror.«

Mein Herz macht einen Satz. Ich lächele an seinen Lippen, bevor ich die Arme um seinen Hals schlinge und frage: »Ist das so?«

Seine Augen tragen einen ernsten und zugleich warmen Ausdruck, als er erwidert: »So ist es, Baby. Oder denkst du, ich würde mein Leben in Woodshaven für eine Frau aufgeben, die ich gerade so ertragen kann?«

Mein Lächeln vertieft sich.

»Neue Wette: Wer es zuerst während dem Vögeln sagt, schuldet dem anderen zweihundert Dollar.«

Nun grinse ich verschmitzt. »Die Wette gilt.«

Am Ende dieses Abends ist Zane nicht nur die einhundert Dollar los, die er gerade erst gewonnen hat, sondern schuldet mir noch einhundert Dollar.

Über die Autorin

Unter dem Pseudonym S. H. Roxx veröffentlicht die Autorin Romane und Novellen im Genre Dark Romance, Romance und New Adult. So genau kann sie sich nicht festlegen. Ihre Liebe zum Schreiben hat sie schon früh entdeckt, doch den Mut zur Veröffentlichung erst im Jahr 2018 gefasst. Seither lebt sie ihre Leidenschaft auch hauptberuflich aus.

Regelmäßige Updates zu ihren Büchern und die Möglichkeit zur Kontaktaufnahme finden Sie auf:
https://www.instagram.com/s.h.roxx/

Alle bisher erschienenen Werke finden Sie auf:
https://www.amazon.de